QUI NE SE RESSEMBLE PAS

Qui Ne Se Ressemble Pas
Traduit de l'anglais par Laure Ludovic et Valentin Translation
Mannequin de couverture : Simone Curto
Photographe : Maurizio Montani
Conception de la couverture : Sommer Stein, Perfect Pear Creative

QUI NE SE RESSEMBLE PAS

VI KEELAND

CHAPITRE 1
Rencontrer M. Armoire à Glace
Josie

Oh merde.

Je garai ma voiture de location et en sortis pour aller voir l'arrière du Ford Explorer. Les sourcils froncés, je regardai la petite bosse sur le pare-chocs, contente que l'agent insistant m'ait au moins convaincue de prendre une assurance supplémentaire. De toute façon, pourquoi y avait-il un poteau ici ? Je soupirai.

Peu importe. Je m'occuperais de tout ça demain. La journée avait déjà été assez longue. Ce qui aurait dû être un trajet de onze heures depuis New York en avait pris quinze à cause d'un pneu à plat et de plusieurs embouteillages dans divers États, le tout pendant que je gérais les messages et les appels incessants de mon ex, Noah.

Je pivotai pour retourner dans la voiture, mais m'arrêtai quand je remarquai un objet rouge qui dépassait sous le pneu arrière.

Était-ce... *une boîte à lettres* ?

Zut. Apparemment, ce poteau n'était pas là par hasard finalement. Je levai les yeux vers la maison à laquelle elle appartenait et envisageai d'attendre le lendemain pour aller frapper à la porte. Mais j'allais rester ici un certain temps et je ne voulais pas partir du mauvais pied avec le voisin. Je retirai donc la boîte métallique écrasée de dessous la voiture, la transportai tout le long de l'allée et frappai à la porte d'entrée.

Lorsque cette dernière s'ouvrit, j'oubliai momentanément pourquoi je me tenais là.

Ouah ! Canon n'était pas un mot assez fort. Des yeux verts avec un soupçon de gris, une mâchoire carrée avec juste ce qu'il fallait de poils, et un nez parfaitement droit. Sans parler qu'il était très grand. Un mètre quatre-vingt-dix ? Quatre-vingt-quinze ? Ses larges épaules remplissaient tout l'encadrement de la porte. Ce devait être l'homme le plus grand que j'avais jamais vu d'aussi près. Je me demandai brièvement s'il parvenait à acheter des chemises dans un magasin normal. Noah portait de l'extra-large, et cet homme-ci avait l'air de pouvoir écraser mon ex comme un insecte. Cette pensée me fit sourire.

En revanche, elle ne fit pas sourire M. Armoire à Glace. Il croisa les bras sur son torse et regarda la boîte à lettres abîmée entre mes mains.

— Vous avez quelque chose à me dire ? demanda-t-il en levant un sourcil.

— Heu...

Je soulevai la boîte. Pourquoi ? Je n'en avais aucune idée. Mais je ressentais le besoin de faire quelque chose de mes bras.

— Je crois que j'ai heurté votre boîte à lettres.

— Vous *croyez* ?

— Non, non... Je l'ai heurtée, c'est sûr. Je voulais dire que je n'étais pas sûre que ce soit la vôtre.

— Où était la boîte à lettres quand vous l'avez heurtée ?

Je me retournai et pointai du doigt la pelouse au bout de l'allée que je venais de remonter afin d'arriver jusqu'à la porte. Le poteau solitaire était toujours là.

— Elle était là-bas.

— Et pourtant vous *hésitez* sur la maison à laquelle elle appartenait ?

— Je, euh...

Oh, ce type était un connard. Il n'était pas obligé de se moquer de moi. Ce genre de choses arrivait. Comme les accidents de voiture. Ce n'était pas un drame. Je la remplacerais.

— Oui, j'ai heurté votre boîte à lettres. Je m'excuse. La journée a été longue, je ne conduis pas si bien que ça et il fait nuit. J'essayais de reculer dans mon allée, et ma foi... la marche arrière n'est pas aussi facile que la marche avant.

L'homme plissa les yeux.

— *Votre* allée ?

Je pointai du doigt la maison à droite.

— Celle-là.

Il y jeta un coup d'œil.

— Vous logez dans ce taudis délabré ?

— Délabré ?

Je regardai à côté, mais contrairement à cette maison-ci, la lumière du porche était éteinte, donc je ne voyais pas très bien.

— L'agent immobilier a dit qu'elle a besoin d'un petit coup de neuf.

La lèvre du type se retroussa.

— Si vous le dites...

Génial. J'ai hâte de voir à quoi ressemblent les lieux maintenant. Je secouai la tête.

— Quoi qu'il en soit, je remplacerai votre boîte à lettres. Est-ce que vous l'avez trouvée dans le coin ?

Il releva le menton.

— Chez Clifton, l'entrepôt de bois en bas de la rue.

— J'irai en chercher une demain matin à la première heure. Ça vous dérange si je la garde jusque-là, pour être sûre de prendre la bonne ?

M. Armoire à Glace haussa les épaules.

— Si ça vous chante.

— D'accord, eh bien...

Je levai une main et l'agitai maladroitement.

— À demain, alors.

Je descendis l'allée, sentant son regard sur moi, mais je refusai de me retourner. Cependant, une fois arrivée à ma voiture, qu'il me fallait encore rentrer en marche arrière dans l'allée voisine, je dus à nouveau faire face à la maison, alors je jetai un coup d'œil vers la porte. Sans surprise, le géant grognon était toujours là, à regarder. Je saluai maladroitement une deuxième fois, puis me glissai derrière le volant et posai la boîte à lettres abîmée sur le siège du passager.

Après avoir démarré le moteur, je jetai un nouveau coup d'œil à la maison. *Yep. Il regarde toujours.*

Génial. Il attendait probablement d'être amusé par ma tentative de marche arrière dans l'allée, puisque j'avais avoué ne pas être la meilleure des conductrices. Je n'avais pas besoin de ce genre de pression, alors je décidai d'avancer, de faire demi-tour et de me garer en marche avant. Je n'aurais qu'à porter mes sacs un peu plus loin. Sauf que... maintenant, j'étais agitée. Entre la boîte à lettres abîmée et ce type qui me regardait, j'enclenchai accidentellement la marche arrière au lieu de la marche avant et heurtai immédiatement le poteau de la boîte à lettres. Cette fois-ci, je le renversai.

Freinant brusquement, je fermai les yeux. *Putain de vie.* Ce truc de faire confiance à mon instinct que j'avais récemment commencé à appliquer ne fonctionnait pas exactement comme prévu.

Ma gorge se serra et le bout de mes doigts se mit à picoter – signes révélateurs qu'une véritable crise d'angoisse arrivait. C'était vraiment la dernière chose dont j'avais besoin, alors je fis ce que ma nouvelle thérapeute m'avait appris à faire. Je fermai très fort les yeux et comptai jusqu'à dix tout en me concentrant sur ma respiration. Lorsque je les rouvris, je ne me sentis pas mieux, surtout quand je constatai que M. Armoire à Glace était toujours planté là. Mais je me sentis obligée de dire quelque chose. J'appuyai donc sur le bouton pour baisser la vitre du passager et agitai la main.

— Désolée ! Je remplacerai ça aussi !

Mon nouveau – et pas si chaleureux que ça – voisin ne dit rien. J'étais presque sûre que nous n'allions pas devenir les meilleurs amis du monde, alors inutile d'essayer d'arranger les choses. Je passai la première, vérifiai que j'avais *bien* passé la première avant de lever le pied du frein et réussis à faire mon demi-tour et à me garer dans mon allée sans autre catastrophe.

Cependant, quand les feux me permirent de voir pour la première fois mon nouveau chez-moi loin de chez moi, je me demandai si une autre catastrophe ne m'attendait pas.

Oh non.

Deux fenêtres étaient condamnées par du contreplaqué, la porte du garage était de travers et il manquait la moitié des volets de la maison, l'autre moitié pendouillant dans le vide. Aucune respiration profonde n'allait améliorer la situation. Si l'extérieur ressemblait à ça, j'étais terrifiée par ce que je pourrais trouver à l'intérieur. Il y avait une lampe de porche cassée suspendue au-dessus de la porte d'entrée, alors je sortis de la voiture en laissant les feux allumés pour pouvoir voir.

La serrure rouillée dans laquelle j'enfonçai la clé était dans le même état que le reste de la maison, alors je ne sus pas trop pourquoi je fus autant choquée quand la clé ne tourna pas. Je remuai la poignée plusieurs fois. La serrure semblait vouloir tourner, mais il fallait la convaincre un peu. Je forçai donc légèrement et... elle bougea. Oh oui, elle bougea.

Clac !

Je fermai les yeux. *Pitié, pitié, faites qu'elle ne soit pas cassée.*

Mais bien sûr, elle l'était.

Merde.

Merde.

Double meeerde !!!

Qu'est-ce que j'allais faire maintenant ?

Je regardai la maison devant moi. Peut-être que les fenêtres du rez-de-chaussée n'étaient pas verrouillées ? Ou peut-être que je pouvais retirer le bois qui recouvrait ce que je supposais être une fenêtre cassée. Je passai les dix minutes suivantes à faire le tour de la propriété, essayant toutes les fenêtres que je pouvais atteindre. Inutile de dire que, aujourd'hui, j'avais une chance *de merde*, donc aucune n'était ouverte. De retour à la voiture, j'enclenchai les feux de route pour inspecter le reste de la maison. Au premier étage, la troisième fenêtre en partant de la gauche semblait ouverte de quelques centimètres. J'envisageai de conduire la voiture sur la pelouse afin de pouvoir grimper sur le toit, mais il semblait que je ne pourrais toujours pas atteindre la fenêtre. Peut-être devrais-je appeler un serrurier ? Cependant, la dernière fois que j'avais fait une telle chose, le serrurier avait mis plus de trois heures à venir, et c'était dans la ville animée de New York, pas dans cette petite ville. Je mourais d'envie d'aller dormir.

Je jetai un coup d'œil vers la maison de M. Armoire à Glace et me mordillai la lèvre. Il n'était pas des plus aimables, mais je n'avais besoin que d'une échelle. Mon instinct me disait que c'était la solution la plus facile, et comme c'était mon instinct qui m'avait mise dans ce pétrin, je pensais que c'était à lui de m'en sortir. Je ravalai donc ce qu'il me restait de fierté, retournai chez le voisin et pris une grande inspiration avant de frapper.

L'homme-arbre ouvrit à nouveau, et comme on pouvait s'y attendre, il ne prit pas la peine de dire bonjour.

— Rebonjour ! gazouillai-je un peu trop joyeusement. Pourrais-je vous déranger pour une échelle ?

Ses sourcils se froncèrent.

— Pour quoi faire ?

Je lui montrai la porte d'à côté.

— Apparemment, je me suis mise dans de beaux draps. La clé s'est cassée dans la serrure.

Je brandis la preuve cassée en deux sur mon trousseau de clés.

— Vous voyez ? Et je n'ai que celle-ci. Aucune fenêtre n'est ouverte au rez-de-chaussée, mais il semble qu'il y en ait une à l'étage. Si vous avez une échelle, je suis sûre qu'il ne me faudra pas plus de cinq minutes pour vous la rapporter.

Le type me regarda fixement pendant dix bonnes secondes. Puis il me dépassa sans dire un mot. J'ignorais totalement si cela voulait dire que je devais le suivre, mais c'est ce que je fis. M. Armoire à Glace tapa un code dans le mur sur le côté de son garage et la porte commença à monter. Il se glissa à l'intérieur et attrapa une échelle.

— Devant ou derrière ? grogna-t-il.

— Euh... devant.

Il hissa l'échelle sur son épaule et traversa la pelouse en direction de chez moi. Je le suivis.

— Vous n'avez pas à la porter. Je peux le faire.

L'homme de peu de mots me jeta un coup d'œil et continua à avancer.

— D'ac.... cord. Je suppose que vous allez la porter, marmonnai-je.

Une fois arrivé, il examina la façade de la maison. Repérant la fenêtre ouverte, il appuya l'échelle contre les bardeaux de bois et se mit à grimper.

Apparemment, il fait aussi ça à ma place...

Je le regardai d'en bas, appréciant en silence la vue d'un denim épousant un beau derrière. J'étais peut-être en proie au délire après mon long voyage, mais je ne pus m'empêcher de penser qu'une pièce de monnaie rebondirait à la perfection sur cette chose ferme, et j'eus brusquement envie d'une pêche mûre et juteuse.

Je secouai la tête pour chasser ces pensées ridicules pendant que M. Armoire à Glace, surnommé « la Pêche », ouvrait la fenêtre du premier étage et grimpait à l'intérieur. Deux minutes plus tard, il ouvrit la porte d'entrée.

Je poussai un soupir de soulagement.

— Merci beaucoup.

L'homme imposant croisa les bras sur son torse, se tenant dans l'embrasure de la porte – apparemment une de ses postures favorites – et me regarda de haut.

— Comment est-ce que je sais que vous avez vraiment le droit de rester ici ?

— Eh bien, la maison m'appartient, alors...

Il plissa les yeux.

— Vous l'avez achetée quand ? Je n'ai vu aucun panneau « à vendre ».

— Je ne l'ai pas achetée. J'en ai hérité. Il y a quinze ans. Quand mon père est décédé.

— Qui était la vieille dame qui vivait ici alors ?

— C'était une locataire. Ma mère la lui a louée après la mort de mon père. Je n'avais que treize ans à l'époque.

— Qu'est-ce qui lui est arrivé ?

— À Mme Wollman ? Elle a emménagé dans une résidence sénior le mois dernier. C'était devenu trop, pour elle, de vivre seule et de s'occuper d'une maison.

— Ça, c'est sûr, oui...

Il regarda par-dessus son épaule.

— C'est quand la dernière fois que vous avez vu cet endroit ?

— Jamais. C'est la première fois que je visite Laurel Lake.

M. Armoire à Glace jeta un nouveau coup d'œil par-dessus son épaule avant de me regarder encore une fois.

— Qui est votre entrepreneur ?

Je fronçai les sourcils.

— Mon entrepreneur ? Personne. Je me suis dit que j'allais remettre moi-même la maison en état le temps de mon séjour ici.

Sa lèvre tressaillit.

— Ça devrait être intéressant.

J'avais peut-être démoli sa boîte à lettres, et il avait peut-être porté une échelle et grimpé dans ma maison pour que je puisse y entrer, mais je n'allais pas laisser ce connard sexy me ridiculiser. Je mis mes mains sur mes hanches et plissai les yeux.

— Qu'y a-t-il de si intéressant à ce que je fasse les travaux moi-même ?

Son sourire amusé s'accentua.

— Elle a besoin d'un peu plus que d'un coup de peinture et de coussins décoratifs.

Là, il m'énervait.

— Je vous ferai savoir que je suis très bricoleuse. J'ai un diplôme d'*ingénieur*.

Je ne précisai pas qu'il s'agissait d'un diplôme d'ingénieur en *sciences pharmaceutiques*.

— Si vous le dîtes...

— Et si je vous remerciais pour votre aide de ce soir et que vous me laissiez entrer chez moi ?

Le connard pivota son corps pour me laisser passer, sans pour autant quitter le pas de la porte. Avec autant d'assurance que possible, je redressai le dos, levai le menton et essayai d'ignorer les picotements de mon corps tout en passant devant lui pour entrer dans la maison.

M. Armoire à Glace activa les lumières. J'avais déjà décidé que peu importe à quoi ressemblait l'intérieur de la maison, je n'allais pas donner à cet homme la satisfaction de me voir réagir. Mais tout le courage du monde n'aurait pas pu masquer ce qui me frappa quand je jetai un coup d'œil aux lieux. Je poussai un gros cri de surprise.

Oh.

Mon.

Dieu.

Je clignai des yeux plusieurs fois, espérant que j'imaginais des choses. Peut-être était-ce un mauvais rêve ? La journée avait été longue et j'étais fatiguée, alors peut-être que j'étais entrée dans la jolie petite maison à l'intérieur étincelant et avais fait une sieste... Mais non, je ne rêvais pas. Des journaux étaient empilés du sol au plafond dans une moitié de la cuisine. Et la cuisine n'était *pas* petite. Les piles s'étalaient sur six rangées, chacune mesurant probablement quatre mètres de long et deux mètres de haut. J'étais tellement choquée par cette collection dérangeante qu'il me fallut un moment pour remarquer l'*autre moitié* de la cuisine. Les portes des placards, peintes en vert d'eau, pendaient sur leurs gonds. Il manquait la moitié des carreaux de la crédence et le robinet de l'évier n'était plus là. Et c'était uniquement ce que je pouvais constater au premier coup d'œil.

Ma bouche resta ouverte. *Un petit coup de neuf ?* C'était ce qu'avait dit l'agent immobilier. Un passage en forme d'arche menait au séjour. Je fis l'erreur d'y jeter un coup d'œil, et la maison se mit à tourner un peu. Ça semblait tout aussi mauvais, voire pire, que la cuisine. Il n'y avait ni plafond ni murs ! Aucune fichue plaque de plâtre ! Seulement des encadrements de bois avec des fils qui pendaient partout. Pire encore, des trucs étaient empilés aussi dans cette partie de la maison. Je crus d'abord qu'il s'agissait de journaux, mais en me penchant pour regarder de plus près, je me rendis compte de mon erreur.

— Ce sont des cassettes vidéo ?

Je suppose que je ne m'attendais pas à ce que quelqu'un réponde. Dans mon état de stupeur, j'avais complètement oublié M. Armoire à Glace, alors je sursautai quand sa voix retentit.

— *Ouais.*

Un mot. *Une seule fichue syllabe.* Pourtant, j'y entendis l'amusement. Ça en fut trop. L'ensemble de la journée entra en ébullition. Et le couvercle était sur le point de sauter tandis que je me dirigeais vers mon connard de voisin.

Je me plantai face à lui et enfonçai mon index dans sa poitrine.

— Vous trouvez ça drôle ? Vraiment ?

Cela me mit tellement hors de moi que, au milieu de ma rage, je remarquai à quel point ladite poitrine était ferme sous mon doigt. On aurait dit un mur de briques. *Mais non… juste non.* Je me forçai à l'ignorer et à continuer.

— J'ai fait quinze heures de route dans les bouchons, avec mon téléphone portable qui vibrait comme un moustique insistant à mon oreille, j'ai crevé, la clim' de ma voiture de location est tombée en panne, j'ai heurté votre *stupide* boîte à lettres, puis la clé s'est cassée dans la serrure. J'ai dû ramper devant le voisin grognon pour lui emprunter une échelle afin de pouvoir rentrer chez moi. Et quand j'y parviens enfin, c'est pour voir que la maison est en ruine et a manifestement été occupée par une personne atteinte du syndrome de Diogène. Et comme si tout ça ne suffisait pas, *comme si une journée de merde ne suffisait pas à tuer la bonne humeur d'une personne*, vous me poussez à bout en vous *réjouissant* de ce moment.

Je retirai mon doigt du chêne humain et l'enfonçai à nouveau à chaque mot.

— J'en.

Un coup.

— Ai.

Un coup.

— Assez.

Un coup.

— Vous.

Un coup.

— Êtes.

Un coup.

— Nul.

Au moins, j'avais réussi à effacer le sourire en coin du type. Cependant, il ne dit pas un mot. Il resta planté là à me dévisager. Au bout d'une bonne minute, il reprit enfin la parole.

— Vous restez ici ce soir ?

Mes yeux s'écarquillèrent.

— *Bien sûr que je reste ici !* hurlai-je comme une folle. *Où est-ce que j'irais sinon ?*

Il me regarda pendant quelques secondes, puis se retourna et sortit. Je crus que cela marquait la fin des choses jusqu'à ce que j'entende une portière de voiture s'ouvrir. Dix secondes plus tard, M. Armoire à Glace réapparut dans l'embrasure de ma porte *avec mes valises.*

J'en restai aussi muette que lorsque j'avais mis le pied dans la maison. L'homme posa les bagages dans la cuisine et disparut à nouveau. Une minute plus tard, il revint, cette fois-ci avec le lit gonflable que j'avais emballé et un carton. Il les ajouta à ma pile de valises et disparut encore une fois. Après deux autres voyages, il croisa mon regard et hocha sèchement la tête.

— Bonne nuit.

Puis il partit, tirant la porte derrière lui.

Je secouai la tête en regardant l'intérieur de la maison. Mais que s'était-il passé ces quinze dernières minutes ?

CHAPITRE 2

La ville la plus chaleureuse d'Amérique
Josie

— Bonjour ? Est-ce que vous livrez ?

L'homme grisonnant portant un badge au nom de *Sam* me sourit.

— Bien sûr. À quelle adresse ?

— Sur Rosewood Lane, à un kilomètre d'ici environ.

— Aucun problème. Je pourrai peut-être vous caser dans le planning de cet après-midi, si vous voulez.

— Oh, ce serait génial. Merci beaucoup.

— Vous savez ce que vous voulez faire livrer ?

— J'ai une liste, principalement des plaques de plâtre, de la quincaillerie et d'autres trucs du genre. Mais j'envisageais de faire un tour pour voir si j'avais oublié quelque chose.

Il hocha la tête.

— Prenez votre temps. Je m'appelle Sam. Je suis en pause dans trente minutes, mais je viendrai vous chercher avant d'y aller pour voir si on ne peut pas s'occuper de vous.

Ça c'était le genre d'hospitalité à laquelle je m'étais attendue en arrivant à Laurel Lake, pas l'accueil que j'avais reçu de la part du voisin grognon. Au moins, je ne l'avais pas vu ces deux derniers jours. J'étais passée le voir la veille pour lui dire que j'avais commandé sa boîte à lettres de remplacement, mais il n'y avait eu personne. En plein jour, j'avais pu jeter un coup d'œil à sa maison. Des bacs de fleurs, de jolis rideaux, une couronne sur la porte d'entrée – cela m'avait fait me demander s'il y avait une Mme Armoire à Glace. Je n'arrivais pas à l'imaginer, *lui*, faire une aussi jolie décoration.

Alors que j'arpentais les allées du magasin de bricolage, mon téléphone vibra dans ma poche. Je le sortis et me crispai, m'attendant à voir de nouveau le nom de Noah sur l'écran. Pour mon plus grand plaisir, c'était Nilda – la femme que j'aurais souhaité avoir pour mère. Mes épaules se détendirent au moment où je décrochai.

— Salut, Nilda !

— Bonjour, mon cœur. Comment vas-tu ?

— Je vais bien.

— C'est comment de vivre dans la ville la plus chaleureuse d'Amérique ?

— Jusqu'ici, c'est intéressant. Le lac est magnifique, tellement calme et paisible. Il n'y a que des maisons de mon côté. L'autre côté est un terrain protégé par l'État, alors quand on se tient devant, on a l'impression d'être dans une contrée sauvage. Tout ce qu'on peut voir, c'est un immense lac et de grands, vieux arbres.

— Ça ressemble au paradis.

— Ça l'est. L'extérieur en tout cas. L'intérieur... pas tant que ça. Apparemment, la maison de papa était occupée par une accumulatrice compulsive, et l'endroit tombe presque en ruine. J'ai passé la journée d'hier à remplir une benne à ordures et je ne me suis toujours pas débarrassée de tous les journaux et cassettes vidéo.

— Oh non. Est-ce que tu loges ailleurs ?

Dans l'état actuel de la maison, j'aurais probablement dû me reloger, mais je ne voulais pas que Nilda s'inquiète.

— C'est vivable. C'est juste un peu plus de travail que prévu.

— Heureusement que ma fille est la bosseuse que je connais.

Je souris.

— Comment te sens-tu ? lui demandai-je. Est-ce que tu es allée voir un médecin pour ton mal de dos ?

— J'y travaille.

— Tu as dit la même chose pour ton mal de ventre il y a quelques années, et pourtant la seule fois où tu as *vraiment* vu un médecin, c'est quand ils t'ont fait sortir de la maison sur une civière parce que ton appendice avait explosé. Est-ce qu'il faut que je te dénonce à ma mère ?

Il n'y avait pas grand-chose qui intéressait l'estimée Dr Melanie Preston, mais elle *adorait* harceler les autres pour qu'ils se fassent soigner correctement.

Nilda soupira.

— Je prendrai bientôt rendez-vous. Promis. Mais en parlant du Dr Preston... Est-ce que tu as parlé à ta mère depuis que tu es sortie de l'hôpital ?

— Elle m'a laissé un message vocal, mais je ne l'ai pas encore rappelée.

— Je suis sûre qu'elle est inquiète.

Je ricanai.

— Si elle s'inquiétait de savoir comment je vais, elle serait venue me voir.

Nilda ne dit rien. Depuis vingt-cinq ans que je la connaissais, elle n'avait jamais dit du mal de ma mère, même quand elle le méritait clairement. Et ce n'était pas uniquement parce que ma mère était sa patronne.

Je doutais que Nilda ait jamais dit du mal de quelqu'un. C'était la personne la plus gentille et chaleureuse du monde. Je lui devais tant.

— Parle-moi des habitants de Laurel Lake, dit Nilda. Est-ce qu'ils valent leur statut de *plus chaleureux d'Amérique* ?

Je pensai immédiatement à une personne qui n'incarnait pas le titre que Laurel Lake portait depuis dix-sept ans. Cela dit, j'avais un peu trop pensé à lui au cours des dernières quarante-huit heures. Il était temps que j'oublie M. Grognon. Je n'allais pas laisser un œuf pourri gâcher la petite ville qui me faisait fantasmer depuis presque toujours.

— Je n'ai pas encore rencontré grand-monde, répondis-je à Nilda. Mais le type du magasin de bricolage est vraiment adorable, et la dame du coffee shop m'a offert ma boisson hier quand je lui ai dit que j'étais nouvelle en ville.

Nilda et moi discutâmes ensuite pendant quinze minutes alors que je déambulais dans les sections « matériel électrique » et « chauffage », ajoutant divers objets auxquels je n'avais pas pensé quand j'avais fait ma liste de courses. Je finis par lui parler de mon voisin, même si je m'étais dit que j'allais me le sortir de la tête. Avant de raccrocher, je lui rappelai de prendre rendez-vous avec un médecin, mais j'étais presque sûre de devoir téléphoner à ma mère dans quelques jours pour l'impliquer. En fait, ça ne m'étonnerait pas que Nilda n'appelle *pas* le médecin uniquement pour que je sois obligée de contacter Melanie. Je n'avais jamais compris pourquoi elle voulait tant que j'aie une relation avec ma mère, mais je savais que ça partait d'une bonne intention. Après avoir raccroché, j'allai trouver Sam.

— Je suis prête pour programmer la livraison, dis-je en brandissant ma liste.

Il la lut avec attention.

— Nos gars n'ont le droit de livrer que sur votre allée. À moins que vous ne prévoyiez d'utiliser le placo et le bois immédiatement, vous voudrez peut-être quelques bâches. Ils annoncent de la bruine aux infos depuis quelques jours.

— Oh, c'est bon à savoir. Vous pouvez ajouter ça à ma livraison, s'il vous plaît ?

Sam me fit un clin d'œil.

— Tout de suite. Et je vais vous programmer avec George comme chauffeur. Si vous avez besoin que des choses soient portées à l'intérieur, ça ne lui posera pas de problème. Certains gars sont paresseux et se cachent derrière le règlement.

— Merci.

Il saisit un porte-bloc et parcourut rapidement quelques documents.

— Je peux vous faire livrer ça entre 13 et 16 h aujourd'hui. Si, pour une raison ou une autre, vous n'êtes pas chez vous, ils l'empileront au milieu de l'allée.

— D'accord. Mais je serai chez moi. J'ai un lit qui arrive aussi, dis-je en secouant la tête. J'ai cru que je pouvais me contenter d'un matelas gonflable. Mais apparemment, mon dos a décidé que je n'étais plus une adolescente.

Sam sourit.

— Tout comme moi.

Des heures plus tard, mes AirPods sur les oreilles, je regardais une vidéo YouTube sur la façon de placer des plaques de plâtre quand la table de la cuisine se mit à trembler. J'ôtai un écouteur et jetai un coup circulaire. Mais je ne vis pas ce qui avait causé ça. Jusqu'à ce que :

boum. Boum. Boum. Je sursautai. *Seigneur.* Ce devait être le livreur, mais les coups étaient un peu agressifs.

Toutefois, l'hostilité prit tout son sens quand j'ouvris la porte d'entrée et trouvai M. Armoire à Glace de l'autre côté. Ses lèvres formaient une ligne sévère. Je décidai de la contrer avec un accueil tout aussi exagéré, mais le mien fut joyeux.

Je souris d'une oreille à l'autre, montrant pleinement mes dents bien blanches.

— Salut, voisin. Quel plaisir de vous voir.

Il grogna un mot que je ne compris pas.

— Quoi ? demandai-je en portant ma main à mon oreille. Je n'ai pas compris ce que vous avez aboyé.

Il se renfrogna.

— Vous attendez une livraison ?

— Oui. Pourquoi ?

— Parce qu'ils ont jeté *votre merde* dans mon allée.

— Quoi ? m'écriai-je, restant bouche bée. Ils n'ont pas pu faire ça.

Je contournai péniblement l'homme de la taille d'un arbre qui semblait aimer rester planté sur les pas de portes et jetai un coup d'œil sur son allée. Évidemment, ma livraison s'y trouvait. Et le camion n'était nulle part en vue.

— Je ne sais pas pourquoi ils ont fait ça. J'ai attendu tout l'après-midi que ces trucs arrivent.

M. Armoire à Glace brandit une copie-carbone jaune de facture.

— J'en ai une idée.

— Qu'est-ce que vous racontez ? rouspétai-je en lui arrachant le papier des mains pour le lire attentivement. Quarante-quatre Rosewood Lane. Ils ont la bonne adresse.

— La bonne adresse, hein ?

— Oui.

Il leva le menton, indiquant quelque chose derrière moi de l'autre côté de la cuisine. J'étais perdue : que pouvait-il bien me montrer dans *ma* maison pour prouver *ses* dires ? Cependant, mes yeux s'écarquillèrent quand je la vis.

Sa boîte à lettres abîmée.

Sa boîte à lettres abîmée sur le côté de laquelle était peint le numéro : quarante-quatre.

Oh merde.

— Je...

Mes épaules s'affaissèrent.

— Je me suis plantée.

— Vous croyez ?

— Je suis passée devant cette boîte à lettres tellement de fois ces deux derniers jours que le numéro s'est inconsciemment incrusté dans mon esprit, je pense.

Je secouai la tête.

— Je vais arranger ça.

— Comment ?

— Ne vous inquiétez pas pour ça. Ça aura disparu d'ici une heure. D'accord ?

Sa réponse fut de secouer la tête. M. Joyeux se tourna et se mit à descendre mon allée. Mais je pensais alors à quelque chose.

— Hé, Arm' ?

Il s'arrêta, mais ne se retourna pas.

— C'est censé être moi ?

Je fermai les yeux. *Merde.*

— Désolée. Je, heu... ce n'est pas le début de votre prénom ?

— Non.

— Quel *est* votre prénom ?

— Fox.

— Fox ? Un diminutif pour Foxton ou Foxwell ou quelque chose comme ça ?

— Juste Fox.

— OK, eh bien, *Juste* Fox… Est-ce que par hasard vous avez donné un pourboire au livreur ? Parce que ce n'était pas sa faute à lui si j'ai indiqué la mauvaise maison, et je ne veux pas le priver de pourboire.

Arm' – ou plutôt Fox – me tournait toujours le dos. Sauf que, à présent, il pivotait et secouait la tête.

— Si je les avais *vus* décharger le camion sur mon allée, est-ce que je ne leur aurais pas dit qu'ils se trompaient de maison ?

— Oh.

Mon sourire disparut.

— Désolée, je n'ai pas réfléchi.

— Sans blague…

Je fis les gros yeux.

— Vous n'avez pas à être aussi grossier ! J'ai fait une erreur involontaire.

Fox continua à avancer. Je fis donc une chose très mature et tirai la langue dans son dos.

— J'ai vu, lança-t-il, déjà à moitié arrivé chez lui.

Sérieusement ? C'est une blague ? Ce connard avait des yeux derrière la tête ? Je pariais que cette deuxième paire était vert jade et elle aussi bordée de cils noirs, comme ceux qui ornait son regard noir perpétuel. Malgré tout, j'attrapai mes baskets et les enfilai avant de me rendre sur l'allée voisine pour tirer ma livraison là où elle devrait être.

Je n'avais pas pris conscience de la quantité de choses que j'avais commandée jusqu'à ce que j'y regarde de plus près. Il y avait beaucoup de choses empilées au sommet d'une grosse palette en bois.

— Génial, marmonnai-je tout en me penchant pour soulever la première pièce de placo.

Malheureusement, non seulement j'avais mal jugé la quantité de ce que j'avais commandé, mais j'en avais aussi mal jugé le poids. Une seule plaque de plâtre devait peser près de vingt-cinq kilos, sans parler du fait qu'elle était beaucoup plus grande que moi. Ma maigre tentative pour la porter était une blague, alors je me résolus rapidement à la saisir par une extrémité et à la tirer sur la pelouse. J'avais parcouru environ trois mètres quand ma charge s'allégea brusquement. M. Chaleureux souleva le placo dans les airs, au-dessus de sa tête, et se mit à le porter jusqu'à mon allée comme s'il ne transportait que deux kilos et demi. Je dus courir pour rattraper ses grandes enjambées.

— Je peux le faire, déclarai-je.

— Vous la voulez où ?

— Euh... dans l'allée, je suppose. Le garage est rempli de choses que la locataire a laissées derrière elle.

— Ils ont annoncé de la pluie.

— J'ai une bâche.

— Vous allez avoir besoin d'une palette sinon l'eau va attaquer par en dessous.

— Oh. Il y en a une sous tout ce qu'ils ont livré.

— Et en quoi ça va m'aider là ?

Bien vu. Je fronçai les sourcils et regardai autour de moi, comme si une palette en bois allait magiquement apparaître sur la pelouse.

— Mon pick-up devrait être déverrouillé, grommela Fox. La télécommande pour ouvrir mon garage est sur le pare-soleil. Il y a des palettes en bois contre le mur sur le côté gauche.

— D'accord.

Je retournai en courant vers la maison d'à côté pendant que mon voisin bourru attendait avec le placo.

Sans surprise, son garage était impeccable, et les palettes étaient exactement là où il avait dit. Je revins rapidement sur mon allée et posai le bois en plein milieu.

Fox plaça la plaque dessus et retourna vers la pile dans son allée.

— Laissez-moi au moins vous aider, lui dis-je en courant derrière lui. Ce sera plus facile si nous le portons ensemble.

Il secoua la tête sans regarder dans ma direction.

— Non.

Cette fois-ci, quand il se pencha pour prendre le placo, il attrapa *deux* plaques. Je refusais de le laisser faire tout le travail, alors je soulevai la suivante et commençai à la tirer sur l'herbe. Le temps que j'arrive à mon allée, Fox avait fait deux voyages en transportant deux plaques de plâtre à chaque fois. Le géant ne transpirait même pas.

Quinze minutes plus tard, la grosse pile avait été déplacée là où elle aurait dû être livrée. Fox fit un geste vers la maison.

— Vous avez déjà engagé un entrepreneur ? demanda-t-il.

— Non. Je vais le faire moi-même.

— Vous avez beaucoup d'expérience dans la pose de placo ?

— Non, mais je regarde des vidéos sur YouTube pour apprendre. Ça n'a pas l'air si difficile.

— Bien sûr. YouTube, lança-t-il avec un sourire en coin. Ça, c'est un bon plan.

Je plissai les yeux.

— Mais c'est quoi votre problème ?

— En dehors d'une boîte à lettres défoncée et d'une tonne de merdes que je n'ai pas commandées qui envahit mon allée au moment où je veux m'y garer ?

Je levai les yeux au ciel.

— Vous êtes toujours aussi négatif ?

— Réaliste, pas négatif.

— Vous ne me connaissez pas. Et pourtant vous êtes certain que je ne suis pas capable de faire les réparations moi-même ?

— Pour pouvoir poser du placo, il faut être capable de *tenir* le placo.

Je plissai à nouveau les yeux.

— Vous savez, les gens de cette ville sont censés être *chaleureux*.

— Et les bons voisins devraient être vus pas entendus. On n'a pas toujours ce qu'on veut.

— Ce dicton concerne les *enfants*, pas les voisins.

J'essuyai une goutte de transpiration sur mon front, remarquant qu'il n'y avait toujours pas la moindre trace de sueur sur le stupide front de Fox.

— Et pourquoi est-ce que vous ne transpirez pas après avoir transporté tout ça ?

— Je fais du sport.

J'agitai les bras en l'air.

— Vous insinuez que je n'en fais pas ?

Les yeux de Fox parcoururent mon corps avant de se verrouiller aux miens.

— Je n'ai pas dit ça.

La façon dont mon corps réagit me déconcerta.

— Peu importe, soufflai-je. Merci de m'avoir aidée à tout déplacer.

— Pas de quoi, dit-il avant de faire une pause. Encore une fois.

Ce *encore une fois* gâcha ma tentative d'échange courtois. Cet homme n'était clairement pas capable de politesses. J'affichai un faux sourire évident.

— Passez une bonne journée.

Fidèle à son apparente marque de fabrique, Fox pivota et s'éloigna sans un mot. Qui faisait cela ? Tourner le dos sans même un mouvement de menton ou un geste de la main ? *Quelqu'un dont je n'ai pas besoin dans ma vie, voilà qui.*

Jetant un coup d'œil à mon voisin pendant qu'il traversait sa pelouse, je secouai la tête. *Ce type est un vrai con.* Mes yeux tombèrent sur son jean moulant. *Mais bon sang... un con avec un beau cul.*

CHAPITRE 3

M. Changement
Fox

— *Bon sang*, marmonnai-je intérieurement. *Qu'est-ce qu'elle fabrique maintenant ?*

Je n'aurais jamais dû regarder à ma gauche en passant en pick-up devant la maison, laisser la curiosité l'emporter. Mais je le fis. Et je stoppai aussi le fichu véhicule, jetant un coup d'œil à l'intérieur de la maison de ma nouvelle voisine cinglée à travers la fenêtre en saillie. La petite blonde soupe au lait était en équilibre sur une chaise, elle-même posée sur une autre, et faisait quelque chose avec le plafonnier de la cuisine. J'aurais dû sortir mon téléphone portable de ma poche et taper 9 et 1, juste pour me préparer à ce qui se passerait dans cinq secondes.

Alors qu'elle s'étirait, elle vacilla, et mon cœur fit de même. J'ouvris la portière de mon pick-up, prêt à bondir, entrer chez elle et l'éloigner physiquement de l'installation instable. Mais le luminaire qu'elle tripotait s'alluma alors, et elle leva le poing en l'air. Elle descendit, et je laissai échapper un flux d'air chaud, refermai la portière et appuyai sur l'accélérateur avant d'être témoin d'un autre truc stupide.

Sur le chemin du chantier, je fis mon arrêt habituel au *Comptoir à Café de Rita*. Auparavant, cela s'appelait simplement *Chez Rita*, mais elle avait changé pour un nom à consonance *yuppie* lorsqu'elle avait donné un coup de jeune à l'endroit quelques années plus tôt. Les *yuppies* d'Airbnb, qui venaient chercher ici quelque chose qui n'existait pas à cause du stupide surnom de Ville la Plus Chaleureuse d'Amérique, étaient plus que disposés à payer un dollar cinquante de plus pour acheter un café hors de prix dans un *comptoir*.

— Bonjour, saluai-je avec un hochement de tête.

— Salut, mon beau, dit Rita. Tu veux comme d'habitude ?

— Oui.

— Et c'est parti pour un café noir et une banale tranche de pain complet grillée.

Elle appuya sur plusieurs touches de la caisse.

— Quand arriverai-je à te convaincre de changer les choses ? Mes boissons énergisantes sont assez délicieuses. Je suis une sorte de magicienne. Tu ne sentiras même pas le goût du chou kalé dans mon smoothie concombre-pomme.

— Je ne suis pas fan du changement.

Elle disparut et revint avec un grand café et mon habituel pain grillé enveloppé dans de l'alu.

— J'ai entendu dire que tu avais une nouvelle voisine. Tu pourras peut-être t'en faire une amie.

Cette ville aurait dû s'appeler la Plus Indiscrète d'Amérique, pas la plus chaleureuse. Je secouai la tête.

— Me faire de nouveaux amis m'intéresse à peu près autant que tes smoothies énergisants, rétorquai-je en levant une main. Je peux avoir mon petit déjeuner maintenant ?

Rita fit un bruit réprobateur.

— Tu as de la chance que ta mère soit si gentille et que tu sois un vrai canon, sinon personne ne serait sympa avec toi, Fox Cassidy.

Je hochai sèchement la tête et posai un billet de cinq sur le comptoir.

— Bonne journée à toi aussi, Rita.

Sur le chantier, je retrouvai ma bande hétéroclite à l'intérieur de la caravane climatisée. Je pointai du doigt mon contremaître, Porter, qui était assis sur un coin du bureau de mon assistante, et me renfrognai.

— Pourquoi est-ce que tu es là au lieu de faire ton boulot dehors ?

Il afficha un sourire suffisant qui faisait craquer beaucoup de nanas, mais n'avait aucun effet sur moi.

— Il n'est pas encore 8 h. Je suis en train de parler à Opal de la future Mme Tobey. J'ai eu un rencard hier soir. Je suis amoureux, je te le dis.

Je passai devant lui et m'assis à mon bureau.

— Tu es toujours branché infirmières ?

Porter Tobey travaillait pour moi depuis trois ans maintenant. La première année, il s'était pris de passion pour les enseignantes, ne fréquentant que des institutrices qu'il disait maternelles et câlines. La deuxième année, il était passé aux hôtesses de l'air, ce qui n'avait pas été facile à faire vu que notre petite ville était à quarante-cinq minutes de l'aéroport le plus proche. Mais il s'était montré dévoué et avait passé beaucoup de temps aux bars de l'aéroport, avec une valise vide pour ressembler à un voyageur. Il avait apprécié les hôtesses de l'air parce qu'elles n'étaient pas câlines – il disait trouver leur indépendance rafraîchissante. Maintenant, c'étaient les infirmières. Il y en avait plus qu'une poignée à Laurel Lake, et je me demandais si ce changement n'avait pas un rapport avec le long trajet en voiture jusqu'à l'aéroport et le prix de l'essence qui montait en flèche.

— Les infirmières sont si chaleureuses et attentionnées, dit-il dans un soupir.

— Et les femmes du bureau pour l'emploi ? Elles sont comment ? Parce que c'est là que tu vas passer ton temps...

J'indiquai la porte avec deux doigts.

— ... si tu ne quittes pas tout de suite mon bureau.

Porter se leva.

— Tu sais, mon infirmière a beaucoup d'amies. Peut-être que je peux lui demander de t'arranger un coup et organiser un double rencard. Ça t'aiderait peut-être à te débarrasser de cette mauvaise humeur que tu traînes dernièrement, tu sais, depuis trois années.

— Dehors !

Porter quitta précipitamment la caravane, me laissant seul avec Opal. Cette dernière secoua la tête.

— Tu devrais être plus gentil avec ce garçon. Il t'admire.

— Il a vingt-sept ans, ce qui n'en fait que six de moins que moi. Donc, ce n'est pas un gamin. Et il m'admire parce que je fais vingt centimètres de plus que lui.

— Il a perdu son père quand il était jeune. Tu es un modèle.

— Alors je l'aide en lui apprenant à avoir une conscience professionnelle solide.

Je pointai l'imprimante du doigt.

— En parlant d'être professionnel, tu penses pouvoir m'imprimer le cahier des charges du projet Franklin ?

Elle regarda sa montre.

— Une fois que j'aurai appelé ma mère. Tu es peut-être capable d'intimider Porter pour qu'il commence à travailler avant l'heure, mais tu ne me fais pas peur.

J'eus le plaisir d'écouter Opal discuter pendant dix minutes des oignons que sa mère avait au pied. À 8 h pile, elle raccrocha, tapota sur son clavier, et l'imprimante commença à cracher des feuilles de papier. Nos bureaux étaient peut-être à trois mètres d'écart, maximum. Opal m'apporta la pile.

— Bonjour, patron. Voici le cahier des charges de Franklin.

— Merci, grommelai-je.

Je lus ce qu'elle m'avait donné, mais Opal ne bougea pas. Au lieu de ça, elle attendit que je lève à nouveau les yeux vers elle.

Je soupirai et baissai les papiers.

— Oui ?

Elle sourit.

— J'ai entendu dire que tu avais une nouvelle voisine. Elle s'appelle Josie.

— Bon sang. Est-ce qu'il y a quelqu'un qui n'est pas au courant ?

— Reuben de la station-service a dit qu'elle était très jolie.

Des cheveux blonds, des yeux bleu clair, et une peau qui me faisait me demander si elle était aussi douce qu'elle en avait l'air. Mais je n'allais pas donner à la commère de la ville d'autres sujets de discussion en partageant mon avis. Je haussai les épaules.

— Je n'ai pas remarqué.

— C'est une scientifique, tu sais.

— Tu es sûre que tu parles de la bonne voisine ?

— Elle vit chez Mme Wollman... la vieille entasseuse compulsive.

Mes sourcils se froncèrent.

— Comment savais-tu que Mme Wollman était une entasseuse compulsive ?

— Tout le monde en ville le savait.

Opal étudia mon visage.

— Sauf toi, apparemment. Bref, la jolie fille est docteur... pas le genre que tu vas voir quand tu ne te sens pas bien ou que tu t'es cassé un os, mais un de ceux qui font de la recherche. Elle a un bon travail, elle crée de nouveaux médicaments pour une grande boîte pharmaceutique.

Eh bien, j'espérais qu'elle était plus douée pour faire des médocs que pour gérer un projet de construction.

— Tant mieux pour elle.

— Et Frannie de la poste a dit que son courrier était transféré pour soixante jours, pas de manière permanente.

— Est-ce que le gouvernement n'a pas des règles de confidentialité que Frannie devrait suivre ? Ou est-ce qu'elle ouvre aussi les factures et le courrier des gens pour répandre des rumeurs ensuite ?

— Elle reçoit aussi des cartes de vœux de la part de Josie pour les fêtes – Frannie, pas la poste. Même si, évidemment, ça doit emprunter ce canal pour parvenir jusqu'à Frannie.

— Elles se connaissent ? demandai-je, intrigué.

— Non. La première fois que Frannie l'a rencontrée, c'est quand elle est venue récupérer son courrier transféré il y a quelques jours.

— Et pourtant elle reçoit des cartes de Noël de sa part ?

— Pas seulement pour Noël, mais pour Pâques et Thanksgiving, aussi. Elles s'échangent des cartes de vœux pour chaque vacances.

— Je rate quoi, là ? Elles ne se connaissent pas, pourtant elles s'échangent des cartes de vœux ?

— Oui.

— Comment est-ce que ça fonctionne ?

— Je ne comprends pas trop moi-même. Mais Frannie a dit qu'elles ont commencé à s'échanger des cartes il y a une dizaine d'années. Apparemment, quelques centaines arrivent par la poste avec la même adresse d'expédition plusieurs fois par an. Le Dr Josie envoie beaucoup de cartes aux gens de Laurel Lake.

Je me dis qu'Opal devait rater une ou deux pièces du puzzle. La chaîne de ragots avait des maillons fissurés quelque part. Peu importe. J'avais des choses à faire de toute façon.

— À quelle heure arrive la livraison du carrelage aujourd'hui ?

Comme toujours, Opal m'ignora.

— Rachael du supermarché a dit que Josie faisait beaucoup de provisions. Apparemment, elle n'est pas intolérante au gluten et mange beaucoup de glucides.

J'agitai dans les airs les papiers que je tenais en main.

— Sérieusement ? Mais putain ! Vous vous rassemblez tous en secret pour discuter des allées et venues dans cette ville ? Il y a une caméra planquée quelque part qui vous prévient quand quelqu'un entre ?

— Contrairement à toi, certains d'entre nous sont chaleureux et aiment apprendre à connaître les nouveaux arrivants.

— Je pense que c'est plutôt que vous discutez tous de la vie des autres parce que vous n'en avez pas vous-mêmes.

Je bougeai mes doigts pour simuler un mouvement de marche.

— Maintenant, va me trouver à quelle heure le carrelage arrive.

• • •

Il était presque 19 h 30 quand je m'arrêtai pour prendre à manger avant de rentrer chez moi. Le *Laurel Lake Inn* était un restaurant chic selon les critères de la ville ; on n'y mangeait pas vêtu d'un jean poussiéreux et de bottes de travail sales comme celles que je portais. Mais il faisait un filet de porc au pesto roulé au bacon qui me faisait saliver rien que d'y penser, alors je m'y arrêtais une fois par semaine pour prendre à emporter. Habituellement, je passais ma commande par téléphone, mais j'avais oublié mon portable au bureau et étais venu directement depuis le chantier.

— Salut, Syl. Est-ce que je peux commander le porc et la purée de pommes de terre, s'il te plaît ?

— Bien sûr, Fox. On est un peu chargé ce soir. Je vais voir si quelqu'un d'autre a commandé le porc récemment, et je te donnerai son plat. Il pourra attendre quelques minutes plus.

Elle me fit un clin d'œil.

— Merci, j'apprécie.

Sylvia disparut dans la cuisine, aussi envisageai-je d'entrer dans le bar et de prendre une bière fraîche. J'avais fait trois pas à l'intérieur quand mon regard croisa celui d'une certaine blonde. Josie était une conductrice merdique et elle était incapable de porter plus de deux kilos et demi, mais bon sang, c'était difficile de détourner son regard d'elle. Elle fronça les sourcils en me voyant, ce qui me fit sourire.

Le restaurant était peut-être bondé, mais il n'y avait que deux autres personnes au bar en plus de Josie et moi. Elle avait une assiette de nourriture devant elle et ce qui semblait être un verre de vin. J'avançai sans me presser et commandai une bière, faisant de mon mieux pour ne pas regarder sur le côté, mais cela ne dura pas longtemps. Mon regard s'accrocha sur la main qui tenait son verre – son annulaire gauche, en particulier. Il était nu. Je l'avais déjà remarqué l'autre jour.

Josie prit la parole sans lever les yeux.

— J'ai entendu une rumeur qui disait que vous jouiez en NHL. C'est vrai ?

— De qui avez-vous entendu ça ?

— De la gentille dame du bureau de poste.

Sans blague. C'était ainsi qu'opérait Frannie. Elle vous faisait parler en offrant des informations, puis vous soutirait des pans de votre vie sans que vous vous en rendiez compte. Je l'avais appris depuis longtemps.

— La *gentille dame* du bureau de poste est une fouineuse qui raconte à tour de bras les histoires de tout le monde.

— Donc ça veut dire que vous ne jouiez pas au hockey ?

— Si.

Elle regarda vers moi et sourit.

— Je sais. Je vous ai cherché sur Google quand elle l'a mentionné.

— Pourquoi m'avoir posé la question si vous connaissiez déjà la réponse ?

Elle haussa les épaules.

— Vous étiez doué ?

— Google ne vous l'a pas dit ?

— L'article que j'ai lu disait que vous étiez dans l'équipe olympique.

— Vous connaissez beaucoup d'athlètes professionnels merdiques qui vont en équipe olympique ?

— Je ne connais absolument aucun athlète professionnel merdique.

Je ne pus me retenir de sourire cette réplique. Elle était maligne. Et jolie. Mais elle semblait aussi être pénible à gérer. Et c'était le tiercé gagnant loin duquel je me tenais ces temps-ci. Alors je pris une gorgée de ma bière et restai silencieux.

— Vous commandez à manger ou vous êtes juste venu pour cette bière ? demanda-t-elle au bout de quelques minutes.

— Je prends à emporter.

— La nourriture est très bonne ici.

Je hochai la tête.

— La meilleure que Laurel Lake ait à offrir. Croyez-moi, je mange beaucoup de plats à emporter.

— Vous n'aimez pas cuisiner ?

— Je déteste nettoyer une fois que les plats sont prêts. C'est plus facile de prendre quelque chose en rentrant chez moi.

— J'adore cuisiner. Je trouve ça relaxant. Mais le four de ma cuisine est cassé. Il était rempli de journaux d'il y a huit ans, alors je ne pense pas non plus que Mme Wollman ait été une grande cuisinière. Je m'en fais livrer un nouveau demain.

Sylvia entra et posa une main sur mon épaule.

— Ton plat est prêt, Fox.

— Merci. J'arrive.

J'aurais aimé traîner davantage, découvrir ce que le bon docteur aimait faire d'autre, mais cela signifiait qu'il était vraiment l'heure de partir. Sortant le billet de dix de ma poche, je le jetai sur le bar et fit un signe de main au barman.

— Profitez de votre repas, dit Josie.

— Vous aussi. À quelle heure dois-je m'attendre à voir les livreurs demain ?

Son joli petit nez se plissa.

— Les livreurs ?

— Pour le nouveau four. À moins que vous n'ayez réussi à fournir la bonne adresse cette fois-ci.

Elle me regarda de travers.

— Très drôle. Mais je pense que vous n'aurez pas à vous donner la peine de transporter un appareil ménager.

Je jetai un dernier coup d'œil à ses yeux en amande et à sa bouche rose boudeuse et me dit intérieurement, *Dommage*. Je hochai la tête.

— Passez une bonne soirée, doc.

— Vous aussi. Attendez. Comment vous saviez que j'étais docteur ?

Je fis un clin d'œil.

— Les rumeurs vont dans les deux sens.

CHAPITRE 4
Abattre les murs
Josie

J'étais devenue une cliente régulière de *Chez Lowell*, le petit magasin de bricolage bien achalandé de la ville. Sam se souvenait toujours de mon nom et me demandait comment se passaient les travaux et, hier, le caissier m'avait donné un bon de réduction de vingt pour cent. Nous étions aujourd'hui samedi, alors l'endroit était plus bondé que d'habitude même s'il pleuvait, et les gens qui faisaient leurs achats ressemblaient plus à des propriétaires qu'aux entrepreneurs que j'y avais vu toute la semaine. Je faisais la queue, surfant sur mon téléphone, jusqu'à ce que quelqu'un me tapote l'épaule.

— Excusez-moi. Ce ne serait pas vous qui logez sur Rosewood Lane ?

Je me retournai et vis une femme d'une petite soixantaine d'années, avec un maquillage vif et un combi-short rose encore plus vif.

— Oui. Comment le savez-vous ?

La femme sourit.

— La chance, je suppose. Mon amie vous a décrite et... eh bien, c'est une petite ville, alors ce n'est pas si difficile de repérer les nouvelles têtes.

Elle me tendit sa main.

— Je suis Opal Rumsey. Je crois que mon patron est votre voisin ?

— Fox ?

Elle hocha la tête.

— Mais ne retenez pas ça contre moi. Tous ceux qui travaillent à *Cassidy Construction* ne sont pas aussi grincheux que le patron.

Je gloussai.

— Ravie de vous rencontrer, Opal. Je suis Josie.

— Les rumeurs disent que vous êtes propriétaire de l'endroit où vous vivez.

— Oui. Je l'ai hérité de mon père quand il est décédé.

— Oh, toutes mes condoléances.

— Merci. C'était il y a longtemps.

Opal hocha la tête.

— La plupart d'entre nous pensaient que Mme Wollman était la propriétaire, elle a vécu là si longtemps.

— En fait, mes parents en grandi à Laurel Lake.

— Vraiment ? Comment s'appelaient-ils ?

— Henry et Melanie Preston. En fait, le nom de jeune fille de ma mère était Melanie Langone. Mon père aurait eu soixante-dix ans cette année. Ma mère en a soixante-huit. Mes parents m'ont eue tard.

— Le nom ne m'est pas vraiment familier.

Elle enroula une mèche de cheveux autour de son doigt et fit un clin d'œil.

— Cela dit, je suis bien plus *jeune* que vos parents. Allaient-ils à l'école en ville ?

— Mon père est né et a grandi à Laurel Lake. La famille de ma mère a emménagé ici après son diplôme du lycée. Mais elle avait un frère plus jeune.

— Vous savez qui les a probablement connus, alors ?

— Qui ?

— Bernadette et Bettina Macon. Des jumelles. Elles sont nées et ont grandi ici à Laurel Lake. Elles ont eu soixante-neuf ans la semaine dernière. Bernadette était institutrice en ville avant sa retraite, alors elle connaît encore plus de monde que moi.

— Oh, je connais Bettina Macon.

Je secouai la tête.

— Enfin, je ne la connais pas *réellement*, mais nous échangeons des cartes de vœux.

— Elle aussi ? Je commence à me sentir mise de côté. Mon ami Frannie a dit que vous échangiez des cartes. C'étaient des amis de votre famille ou quelque chose comme ça ?

Je souris.

— Non. C'est un peu une longue histoire, mais j'envoie beaucoup de cartes de vœux.

— *Personne suivante, s'il vous plaît ?* s'écria le caissier.

À cause de la discussion, je ne m'étais pas rendu compte que c'était mon tour. Je m'approchai du comptoir, et Opal m'emboîta le pas.

— Eh bien, on aura très bientôt terminé, dit Opal. Mais j'aimerais entendre votre histoire. Que diriez-vous d'aller déjeuner ? La petite sœur de Bernadette et Bettina, Rita, possède le coffee shop de la ville, et Bernadette travaille derrière le comptoir les samedis pour que Rita puisse passer du temps avec ses bébés l'après-midi. La boutique vend ces mini-sandwiches préparés de frais plusieurs fois par jour. Absolument délicieux. Je les aime parce qu'ils sont petits, alors je n'ai pas à en prendre qu'un seul. Bref, je peux vous présenter à Bernadette, on verra si elle se souvient de votre papa et vous pourrez me raconter votre histoire de cartes de vœux.

— Euh... bien sûr, acceptai-je en haussant les épaules. Pourquoi pas ? Ça a l'air amusant.

Ma nouvelle amie Opal conduisait une coccinelle Volkswagen jaune vif. Un peu de pluie commença à tomber alors que nous nous dirigions vers le parking. Nous prîmes des voitures séparées, mais je la suivis jusque chez Rita. En chemin, je ne pus m'empêcher de songer que c'était une chose que je ne ferais *jamais* à New York – accepter de déjeuner avec une quasi-inconnue. Être ici m'avait fait baisser ma garde, acceptant qu'une personne amicale était simplement amicale et qu'elle n'avait pas d'arrière-pensées. L'atmosphère était si différente.

Quand nous arrivâmes chez Rita, la fille derrière le comptoir nous informa que Bernadette était en pause et serait de retour quelques minutes plus tard. Opal et moi commandâmes des cafés glacés et quatre types différents de mini-sandwiches. Nous nous installâmes au fond de la boutique sur un canapé en cuir confortable et des fauteuils démesurés assortis. L'endroit me rappelait un peu *Friends*. Chaleureux et cosy. Un endroit où retrouver son groupe d'amis pour échanger des histoires.

— Je suis toute ouïe.

Opal sirota son café et prit l'un des sandwiches.

— Racontez-moi votre histoire de cartes de vœux, et si votre histoire est bonne et que nous avons du temps avant le retour de Bernadette, je vous raconterai la fois où elle a un peu trop bu, est tombée et a coincé son talon aiguille dans sa culotte en voulant se relever.

Je gloussai.

— Je vais peut-être devoir enjoliver un peu mon histoire pour m'assurer d'entendre la vôtre.

Les yeux d'Opal pétillèrent.

— Quelque chose me dit que votre histoire sera plus que suffisante. Allez-y maintenant. Racontez-moi pourquoi tout le monde dans cette ville à part moi reçoit une carte de Noël de votre part.

— Eh bien, j'ai grandi dans la banlieue de New Jersey. Quand j'étais petite, mon père me racontait souvent toutes ces histoires incroyables du temps où, enfant, il vivait à Laurel Lake. Deux ans avant sa mort, la ville a été nommée pour la première fois *Plus Chaleureuse d'Amérique* par le magazine *People*. Il était si fier qu'il le racontait à quiconque voulait l'écouter. Laurel Lake est devenue cette sorte d'endroit magique mythique pour moi. Il promettait toujours de venir visiter la ville, mais ma mère est une neurochirurgienne de renom et elle travaille beaucoup. Nous avions prévu de venir à plusieurs reprises, mais il y avait toujours un imprévu pour elle et nous devions annuler. Mon père est mort de manière très inattendue quand j'avais treize ans... arrêt cardiaque dans son sommeil. Nous n'étions jamais venus.

Opal couvrit son cœur de sa main.

— Oh, c'est horrible. C'est tellement jeune pour perdre son père.

— Ça a vraiment été difficile. Mon père était mon meilleur ami. Je n'ai jamais été très proche de ma mère. Mes parents étaient un couple très étrange. Papa riait beaucoup, racontait des histoires à dormir debout et il était chaleureux et aimant. De l'autre côté, ma mère est un peu froide... un peu détachée et toujours professionnelle, même avec moi. Sa carrière est toujours passée en premier, et elle n'était pas beaucoup à la maison. Pour être honnête, je n'ai jamais vraiment compris leur couple. Mais pour je ne sais quelle raison, mon père était amoureux fou de ma mère. Il vénérait le sol qu'elle foule.

Je fis une pause et pris une gorgée de mon café glacé.

— Bref, revenons-en aux cartes. Après la mort de mon père, j'ai commencé à passer beaucoup de temps chez ma meilleure amie Chloe. Elle appartenait à une famille de sept enfants et ils n'avaient pas beaucoup d'argent, mais ils adoraient tous Noël. Chaque année à la fin du mois de novembre, ils décoraient leur maison avec les cartes de Noël de l'année précédente suspendues à des ficelles. Ils les accrochaient sur chaque mur de la cuisine et du séjour. Ma maison était décorée pour les fêtes par une équipe de professionnels qui venait et rendait tout parfait. Une fois, j'ai demandé à ma mère si nous pouvions accrocher des décorations faites main à l'arbre, et elle m'a dit de les mettre sur le petit arbre dans la chambre de Nilda. Nilda était notre gouvernante à domicile qui veillait aussi sur moi parce que ma mère était rarement à la maison.

Je mordis dans un sandwich avant de continuer.

— L'histoire continue cinq ans plus tard. L'année de mes dix-huit ans, j'ai quitté la maison pour l'université et j'ai eu mon propre studio à New York. J'avais hâte de décorer mon chez-moi pour Noël cette première année-là... à ma manière, pas celle de ma mère. Alors j'ai acheté cinq boîtes de cartes de Noël, cinquante au total, et je les ai envoyées à tous mes amis. Je crois que j'en ai reçu une en réponse. Rétrospectivement, la plupart des jeunes de dix-huit ans sont soit trop fauchés pour envoyer des cartes soit trop pris dans leur vie pour prendre le temps de le faire. Mais ça m'a rendue triste, parce que j'avais voulu suspendre les cartes sur des ficelles comme le faisait la famille de Chloe.

L'année suivante, j'ai eu l'idée d'envoyer des cartes à des étrangers et de leur demander de m'en renvoyer une. Le lendemain matin de Thanksgiving, j'ai pris une photo de moi en train de sourire devant mon arbre de Noël. J'ai écrit moi-même un message sur chacune des cartes, disant que je voulais rassembler des cartes pour décorer la maison, et que j'espérais en recevoir de leur part. J'avais l'annuaire de Laurel Lake dans un carton avec les affaires de mon père, alors j'ai décidé d'envoyer les cartes à des personnes vivant ici. Je me suis dit que s'ils étaient les gens les plus chaleureux d'Amérique, j'aurais de meilleures chances d'obtenir une carte en retour. Cette année-là, j'ai envoyé cinquante cartes et en ai reçu quarante et une. J'avais eu *une* carte de mes amis l'année précédente et quarante et une d'étrangers complets. Je les ai accrochées à des ficelles sur tous les murs de mon petit appartement.

— J'adore ça ! s'écria Opal. Les concitoyens de votre père ont pris soin de vous une fois qu'il ne pouvait plus le faire.

— Je n'ai jamais pensé à ça comme ça, mais oui, je suppose qu'ils l'ont fait.

Je pris une gorgée de café.

— En mars, les cartes étaient toujours suspendues, alors j'ai décidé d'envoyer des cartes de Pâques aux quarante et une personnes qui m'avaient répondu à Noël. À la saison de fêtes suivante, j'ai envoyé cinquante nouvelles cartes à des personnes prises au hasard dans cet annuaire, et à peu près le même nombre a répondu. Au fil des ans, j'ai continué à écrire aux anciens et à ajouter des nouveaux. Je crois que je reçois environ neuf cents cartes pour Noël aujourd'hui, et un peu moins pour des fêtes plus petites, comme le quatre juillet. Je procède par ordre alphabétique dans l'annuaire de Laurel Lake. J'en suis au N maintenant.

Quelques cartes me sont renvoyées parce que l'annuaire que j'utilise est dépassé, mais j'aime faire ça.

— La raison pour laquelle je n'ai pas eu le plaisir de recevoir de carte de votre part est logique alors. Mon nom de famille est Rumsey.

Je souris.

— J'ai entamé une sorte de correspondance avec quelques résidents de Laurel Lake. J'échange des lettres en plus des cartes avec certains d'entre eux. Ils me racontent ce qui se passe dans leur vie, et je fais la même chose. Je n'en ai jamais rencontré aucun, et pourtant, ils me semblent être de vieux amis.

— C'est merveilleux. Je suis surprise que ça vous ait pris aussi longtemps pour venir en visite.

Je soupirai.

— Oui. Ça n'aurait pas dû être si long. Malheureusement, j'ai suivi les traces de ma mère et j'ai passé beaucoup d'années à étudier et à trop travailler.

— J'ai entendu dire que c'était *Docteur* Preston.

Je secouai la tête.

— Le Dr Preston est ma mère. Je suis juste Josie.

— On vient à peine de se rencontrer, mais je peux déjà vous dire que vous êtes loin d'être *juste Josie*, ma jolie.

— C'est gentil à vous de dire ça.

Opal finit l'un des mini-sandwiches.

— Alors qu'est-ce qui vous a finalement amené à Laurel Lake maintenant ?

Je baissai les yeux.

— J'ai... eu une crise mentale et je me suis dit que ce serait mieux de quitter la ville pendant quelque temps.

— Pardonnez mon ignorance, mais je ne suis pas sûre de comprendre ce que ça veut dire. Une crise mentale ?

— En gros, j'ai fait une dépression nerveuse. Tout a une nouvelle désignation ces jours-ci, n'est-ce pas ?

Opal recouvrit ma main des siennes.

— Je suis vraiment désolée. Est-ce que vous allez bien maintenant ?

Je souris tristement.

— Oui. J'ai passé un mois dans un établissement hospitalier à recevoir un traitement. Quand j'en suis sortie, je suis rentrée chez moi et une pile de lettres m'attendait dans mon appartement. L'une d'elles provenait de l'agent immobilier qui percevait les loyers de la locataire de la vieille maison de mon père. Elle disait que Mme Wollman avait déménagé. Je ne me sentais pas prête à reprendre le travail aussi tôt, alors ça m'a semblé être l'occasion parfaite de quitter New York et de voir enfin la ville que mon père aimait tant.

Opal me serra la main.

— Eh bien, vous êtes venue au bon endroit. Notre lac a des pouvoirs de guérison.

— Il est vraiment magnifique. Il y a une sérénité ici que je ne peux pas trouver à New York.

Opal hocha la tête.

— Puis-je vous poser une question personnelle, Josie ?

Je gloussai.

— Plus personnelle que de vous dire que j'ai récemment passé du temps en hôpital psychiatrique ?

Elle sourit.

— Êtes-vous célibataire ?

Mes yeux descendirent vers ma main gauche. Elle était bien plus légère ces jours-ci sans l'immense pierre que j'avais portée pendant presque un an.

— Oui.

Elle se pencha davantage, comme si elle me disait un secret.

— Fox Cassidy, votre voisin, aussi. Vous feriez un très joli couple tous les deux.

— Oh mon Dieu, gloussai je. Fox et moi nous sommes rencontrés. Je ne crois pas qu'il soit mon plus grand fan.

Elle balaya cette remarque d'un mouvement de main.

— Bah ! Quoi qu'il ait fait pour vous donner cette idée, ce n'est que Fox étant Fox. Cet homme est une noix de coco. Une coquille dure à l'extérieur, mais doux et sucré à l'intérieur.

Je haussai brusquement les sourcils.

— Fox ? Doux et sucré à l'intérieur ?

Opal sourit.

— Je sais. Difficile à croire, hein ? Mais c'est la vérité. Croyez-moi, je travaille avec lui depuis longtemps.

— Et que fait Fox dans la vie ?

— Il est entrepreneur du bâtiment, principalement pour des établissements publics. Il est aussi coach pour une équipe de hockey... pour des personnes ayant des handicaps. Un grand nombre de ces gamins ont des paralysies cérébrales ou le syndrome de Down. Quelques-uns ont concouru aux Jeux Paralympiques. Et il fait tout ce travail gratuitement. Et sans en parler aux gens aussi, dois-je ajouter.

— Waouh, vraiment ?

— Oui. Restez dans le coin assez longtemps, et je suis sûre que vous aurez l'occasion d'en rencontrer quelques-uns. Les week-ends, je le vois parfois déjeuner avec des gars de l'équipe, ou bien il court dans les rues avec un ou deux d'entre eux pour un entraînement supplémentaire.

Heu... Je n'aurais jamais deviné que Mister Ronchon était aussi généreux. Même si c'était en quelque sorte logique vu qu'il avait porté mes valises dans la maison après que j'avais écrasé sa boîte à lettres. Et qu'il avait déplacé toutes mes plaques de plâtre quand je les avais fait livrer à la mauvaise adresse. Il y avait un gentleman enfoui sous cet extérieur grognon. Cela me rappelait quelque chose que mon père disait, quelque chose à quoi je n'avais pas pensé depuis longtemps : *Les garçons parlent. Un gentleman n'a pas besoin de le faire ; il agit.*

Quelques minutes plus tard, une femme plus âgée vêtue d'un polo noir sur lequel était brodé *Le Comptoir de Rita* s'approcha de notre table. Elle parla tout en nouant un long tablier autour de sa taille.

— Hé, Opal. Comment ça va ? Katie m'a dit que tu me cherchais.

— Oh, salut Bernadette. Je veux te présenter quelqu'un. Voici Josie Preston. Sa maman et son papa vivaient ici à Laurel Lake. Il avait un an de plus que toi, et elle, deux de moins, alors je me suis dit que tu les connaissais peut-être.

— Oh ?

Bernadette regarda vers moi et me fit un clin d'œil.

— Est-ce que votre père a aussi quarante-neuf ans ?

Opal s'esclaffa.

— Tu as des varices plus vieilles que quarante-neuf ans.

Bernadette fit taire Opal d'un geste de main, puis se tapota les lèvres avec son index.

— Preston, Preston. Votre père ne serait pas Henri Preston, si ?

Je souris.

— C'est lui. Et ma mère était Melanie Langone.

— Votre mère ne me dit rien. Mais oh mon Dieu, Henri Preston ! Je n'ai pas entendu ce nom depuis des années.

Elle regarda dans le vide comme si elle visualisait un souvenir.

— Beau gosse Henri. Il jouait de la caisse claire dans la fanfare de l'école. Il avait de beaux yeux bleu vif. Toutes les cheerleaders étaient amoureuses de lui, mais il en était relativement inconscient. Il a été élu « plus beau garçon » dans l'almanach de notre classe.

— Vraiment ? Waouh. Il ne l'a jamais mentionné.

Bernadette me regarda dans les yeux.

— Vous avez les mêmes mirettes.

Je souris.

— On m'a toujours dit que je ressemblais à mon père.

— Et comment va Henri ?

— Il est décédé il y a plusieurs années.

Son sourire retomba.

— Oh, je suis désolée. Je n'étais pas au courant.

— Merci.

— Josie loge sur Rosewood Lane, dit Opal. La maison où vivait la vieille Mme Wollman.

— L'accumulatrice compulsive ? C'est vrai. J'avais oublié que les Preston possédaient cette maison.

— Mon père me l'a léguée à sa mort.

— Vous êtes en ville pour un moment ?

Je hochai la tête.

— Vous savez qui vous devriez rencontrer ? Tommy Miller. C'était le meilleur ami de votre père. Il vit sur Lilac Street, à un pâté de maisons de la vôtre. Ils se baladaient toujours avec une canne à pêche à la main et un sourire aux lèvres quand ils étaient gamins.

— Oh, j'ai entendu beaucoup d'histoires sur Tommy.

— Il vit toujours ici. Même maison. Même rouquin aux cheveux bouclés et à la tête dure. Mêmes blagues qu'il raconte depuis une bonne moitié de siècle. Je parie qu'il a beaucoup d'histoires sur votre père de cette époque-là. Peut-être qu'il connaîtra votre mère aussi.

— J'adorerais le rencontrer.

— Et si j'arrangeais ça ? Disons dimanche prochain à 14 h chez moi ? Dans une semaine à partir de demain.

J'organiserai un barbecue. Je demanderai à Tommy qui d'autre inviter que vous pourriez avoir envie de rencontrer.

— Oh, je ne veux pas que vous vous donniez tout ce mal…

— Il n'y a pas de mal du tout. C'est l'essence même de cette petite ville. On cherche des raisons de s'asseoir au bord du lac, de boire du thé alcoolisé et de raconter les mêmes bonnes histoires encore et encore. Quand on trouve une personne qui ne les a pas encore toutes entendues, c'est une raison suffisante pour faire la fête.

Je ris.

— Alors d'accord. Je préparerai des desserts.

Bernadette montra le comptoir d'un mouvement de tête.

— Je dois retourner derrière le comptoir afin que Katie puisse prendre sa pause. Mais laissez-moi votre numéro de téléphone avant de partir, juste au cas où Tommy ne pourrait pas venir ou autre chose.

Je levai mon téléphone portable.

— Vous voulez que je vous envoie un message pour que vous l'ayez ?

Elle gloussa.

— J'ai encore un de ces téléphones à clapet. Je ne sais pas du tout envoyer de messages. Mais vous pouvez l'écrire sur un bout de papier, et je l'ajouterai dans le répertoire de mon téléphone pour plus de sécurité.

— D'accord, dis-je en souriant.

— On se voit le week-end prochain alors.

— J'ai hâte. Merci, Bernadette.

Opal et moi regardâmes Bernadette s'éloigner. Tandis qu'elle arrivait au comptoir, la porte d'entrée s'ouvrit et mon grognon de voisin en personne entra. Il secoua les cheveux pour en chasser l'eau de pluie et s'avança pour passer sa commande. Je n'avais pas réalisé que je le fixais du regard jusqu'à ce qu'Opal se mette à parler.

— Je l'ai vu à un mariage il y a quelques mois de ça. Ses cheveux étaient lissés vers l'arrière comme une star de cinéma de l'ancien temps. Même moi je ne pouvais pas le quitter des yeux. Je comprends.

Je secouai la tête.

— Oh. Je ne regardais pas Fox de cette manière-là.

— Non ? demanda Opal avec un grand sourire.

— Je suis juste surprise qui n'ait pas de parapluie. Il semble si organisé.

— Oui oui.

J'essayai d'ignorer le connard sexy qui se tenait devant le comptoir, mais c'était presque impossible de ne pas lui jeter des coups d'œil, même après qu'Opal m'eut démasquée. Pendant que Fox attendait que Bernadette lui serve son café, il jeta un coup d'œil circulaire au coffee shop. Quand son regard trouva Opal et moi, il fronça les sourcils et secoua la tête.

— Salut, patron ! cria Opal en agitant ses doigts.

Fox hocha la tête comme si ça lui était déjà douloureux d'admettre qu'il l'avait vue et regarda à nouveau son café en cours de préparation. Quelque secondes plus tard, il avait franchi la porte, un gobelet en carton en main.

Opal sourit d'une oreille à l'autre.

— Vous lui plaisez.

— Hmm… Quelle partie de cette brève interaction vous a donné cette idée ? Les sourcils froncés quand il m'a repérée ou sa façon de s'enfuir par la porte comme s'il y avait ici quelque chose de contagieux qu'il risquait d'attraper ?

Le sourire d'Opal s'élargit.

— Les deux.

CHAPITRE 5
YouTube
Josie

Un verre de limonade fraîche à la main, je reculai d'un pas et admirai mon dur labeur. J'avais accroché *deux* plaques de plâtre dans le séjour après être revenue de mon déjeuner avec Opal aujourd'hui. Ce n'était pas beaucoup, mais ça me donnait un sentiment d'accomplissement.

Un *toc toc* interrompit mes autocongratulations. La porte d'entrée était ouverte, ne laissant que la vieille moustiquaire en métal pour me séparer de Mister Grognon.

— Oh non. Pitié, ne me dîtes pas qu'Amazon a livré chez vous les cartons que j'ai attendus toute la journée. Je vous jure que j'ai vérifié l'adresse trois fois.

Fox brandit quelque chose. *Un parapluie ?*

— Vous avez oublié ça chez Rita. Opal l'a déposé chez moi et m'a demandé de vous le donner.

J'avançai vers la porte et l'ouvris, bien que j'aurais pu saisir le parapluie à travers l'énorme trou de la moustiquaire.

— Oh, merci.

Il me le tendit.

— Je ne sais pas trop pourquoi elle n'a pas pu vous le rapporter alors qu'elle était juste à côté.

J'en soupçonnais la raison. Opal avait de grands projets pour Fox et moi.

Il ne lâcha pas le parapluie quand je tendis la main vers lui.

— C'est la commère de la ville. Vous feriez peut-être mieux de faire attention à ce que vous lui dîtes si vous ne voulez pas que cinquante personnes connaissent tout de vous d'ici demain matin.

— Je ne sais pas pourquoi vous dîtes une chose pareille, répliquai-je, les yeux écarquillés. D'ailleurs, c'est vraiment gentil à vous d'offrir votre temps pour entraîner une équipe de hockey constituée de personnes ayant des besoins spéciaux.

Fox leva les yeux au ciel, mais une esquisse de sourire agita le coin de sa bouche.

Je pointai son visage du doigt.

— C'était quoi, ça ?

Il passa sa main sur sa joue.

— Quoi ?

— Je crois que c'était *presque* une expression de bonheur, même si je n'en suis pas sûre. Peut-être qu'en fait, vous avez mal.

Un immense sourire illumina le beau visage de Fox. La vision était sacrément spectaculaire.

— Eh bien, est-ce que c'était si dur que ça ? demandai-je. Il vous faut réaliser que vous êtes un homme imposant. L'air renfrogné que vous avez tout le temps vous rend très intimidant. Quand vous souriez, cela adoucit votre apparence tout entière.

— Peut-être que je ne veux pas paraître doux.

Je levai les yeux au ciel.

— Peu importe, Mister Grognon. Merci de m'avoir rendu mon parapluie. Oh, et j'ai vu que mes bacs à poubelle étaient sortis sur le trottoir ce matin, mais je ne les y ai pas mis. C'est vous ?

Il haussa les épaules.

— Ça avait besoin d'être fait.

— Eh bien, merci encore.

Fox pivota et fit quelques pas. Comme d'habitude, sans dire bonjour ni quoi que ce soit. Mais avant qu'il ne quitte le porche, il se retourna.

— Pourquoi êtes-vous ici ?

— Vous voulez dire à Laurel Lake ? Je rénove la maison.

— La commère de la ville m'a dit que vous aviez un bon boulot. Pourquoi ne pas engager quelqu'un pour réparer les lieux ? Ça vous permettrait de remettre la maison en location.

— J'avais besoin d'un projet pour me tenir occupée.

— Pourquoi ne pas vous tenir occupée au boulot ?

— J'ai... pris un congé.

Fox plissa les yeux.

— Pourquoi ?

Je soupirai.

— Si vous voulez tout savoir, j'ai fait une dépression nerveuse.

Ses yeux étudièrent mon visage, comme s'il essayait de jauger ma sincérité. Quelques secondes plus tard, il s'adoucit.

— Désolé.

— Ce n'est pas grave. Ce n'était pas votre faute.

Fox regarda à nouveau l'intérieur de la maison.

— Vous avez fait des progrès.

Je hochai la tête, montrant le séjour.

— J'ai même accroché mes premières plaques de plâtre aujourd'hui.

Fox regarda à nouveau brièvement derrière moi.

— Vous avez accroché ça toute seule ?

— Oui.

Il entra dans le séjour, regardant attentivement les murs.

— Vous voulez d'abord la bonne nouvelle ou la mauvaise ?

Je me joignis à lui pour observer le mur.

— De quoi est-ce que vous parlez ?

— Eh bien, la bonne nouvelle, c'est que vous avez plutôt fait du bon travail. Les vis sont séparées de vingt centimètres au bord et de quarante au centre. Vous ne les avez pas enfoncées trop profondément dans la roche pour que l'application de l'enduit de rebouchage prenne du temps. C'est pas mal.

Je me redressai avec fierté.

— Merci. J'ai tout appris des vidéos YouTube.

— Mais je suppose que vous avez uniquement regardé celles sur les murs, pas celles sur les plafonds ?

— Je me suis dit que je regarderai pour les plafonds quand j'en serai à ce niveau-là. Mais vous me rendez nerveuse maintenant, quelle est la mauvaise nouvelle ?

Fox pointa le doigt vers le haut.

— Les plafonds doivent être faits avant les murs.

J'écarquillai les yeux.

— Pitié, dites-moi que vous plaisantez.

— Les pièces murales sont posées après, parce qu'elles aident à soutenir le plafond.

Fox forma un T avec ses mains.

— Il faut également enfoncer les plaques murales en les alignant contre le plafond pour qu'il n'y ait pas d'espace à combler avant de fixer les coins.

Je fis la moue.

— Je suppose que je vais à nouveau regarder des vidéos sur YouTube ce soir au lieu du dernier épisode de *L'amour est aveugle*. Je le gardais comme récompense personnelle et prévoyais d'ajouter de la vodka à la limonade pour l'occasion.

— C'est quoi *L'amour est aveugle* ?

— C'est une émission de téléréalité où un tas de célibataires apprennent à se connaître séparés par des murs. Ils ne se voient pas avant d'être tombés amoureux et que l'homme fasse sa demande en mariage.

— Ça a l'air ridicule.

— Ne soyez pas aussi catégorique. Qu'est-ce que vous regardez ?

— Les infos. Le sport.

— Pas étonnant que vous ayez constamment les sourcils froncés. Vous n'avez peut-être pas remarqué, mais le monde est déprimant.

La lèvre de Fox tressaillit.

— Vous savez quoi ? Regardez votre stupide émission, et je passerai demain matin pour vous montrer comment accrocher le plafond, comme ça vous n'aurez pas besoin de regarder des vidéos YouTube.

Je plissai les yeux.

— Où est le piège ?

— Quel piège ?

— Je veux dire, pourquoi être aussi gentil maintenant, alors que vous avez été un connard à la minute où je suis arrivée ?

— Peut-être que je fais juste preuve de bon voisinage. Après tout, c'est la ville la plus chaleureuse d'Amérique, non ?

Cette dernière partie était clairement sarcastique.

— C'est parce que je vous ai dit que j'avais fait une dépression nerveuse, c'est ça ? Vous avez peur, si nous n'êtes pas sympa, de revenir un jour chez vous et de me trouver roulée en boule sur la pelouse ou quelque chose comme ça.

Sa lèvre fut prise d'un nouveau soubresaut.

— Est-ce que la raison est importante ?

J'y réfléchis, puis haussai les épaules.

— Pas vraiment. Accrocher les deux plaques que j'ai réussi à soulever m'a pris six heures. J'essaye de ne pas penser au temps que le plafond me prendra.

Fox hocha la tête.

— 8 h, ça vous va ?

— Le café sera prêt.

— J'aime le pain complet grillé aussi.

Je souris.

— Je verrai ce que je peux faire.

Il se dirigea vers la porte, ouvrit la moustiquaire et continua à avancer – traversant la pelouse, puis franchissant sa porte d'entrée. Cet homme avait vraiment besoin d'apprendre à dire au revoir.

CHAPITRE 6
Piña Colada
Fox

Elle avait le parfum de l'été.

Et ça me mettait hors de moi.

De plus, j'étais fatigué après une nuit de sommeil merdique. Je m'étais tourné dans tous les sens à penser à Miss Bricolage vêtue en tout de rien d'autre qu'un short en jean et de bottes de travail – pas de haut, pas de chaussettes, définitivement pas de soutien-gorge ou de culotte. J'aurais probablement pu abréger mes souffrances avec une branlette rapide, mais j'avais refusé de céder et faire ça en pensant à ma fichue voisine pénible. Alors, à la place, j'avais scruté le plafond, tournant furieusement de gauche à droite toutes les cinq minutes.

Josie sauta des deux derniers barreaux de l'échelle.

— Je peux demander quelque chose ?

— Quoi ?

— Est-ce que vous êtes toujours aussi grognon le matin ?

— Je ne suis pas grognon.

— Ah non ? Alors c'est quoi ? Votre idée d'une personnalité rayonnante ? J'ai demandé si votre café vous allait, et vous m'avez grogné dessus.

— Ce n'était pas un grognement. C'était un bruit.

Josie émit un bruit grave et court semblable à celui d'un cochon.

J'arquai un sourcil.

— C'est censé être moi ?

Elle refit le bruit, ajoutant cette fois-ci des mouvements de bras, tel un singe, et sautant de partout.

— *Grouik.*

— Adorable.

Elle sauta à nouveau.

— *Grouik, Grouik.*

Je tentai de ne pas réagir, mais elle était foutrement mignonne.

Josie pointa mon visage du doigt.

— Le voilà à nouveau ! Le sourire fugace de Mister Ronchon. C'est assez... oserais-je dire... *sympa.*

Elle poussa un cri de surprise exagéré et plaqua ses mains sur sa bouche.

— Oh non. J'espère que ce n'est pas trop douloureux.

— D'accord, petite maligne. J'ai compris. Et si vous sortiez vos grognements sur le porche pour rapporter le petit deux par quatre que j'y ai laissé ? Je vous montrerai comment faire un support facile pour soutenir le placo pendant qu'on le visse dans le plafond.

Josie se dirigea fièrement vers la porte. La femme portait un débardeur blanc et une longue jupe rose pâle aux motifs floraux pour faire des travaux. On aurait dit qu'elle se rendait à un pique-nique pour un rencard, et non qu'elle accrochait des plaques de plâtre – bien que le débardeur la moule à tous les bons endroits et qu'il y ait quelque chose dans ses clavicules qui m'empêchait de la quitter du regard. Porter avait sacrément de la chance qu'elle ne travaille pas pour moi, sinon j'aurais pu faire de sa tenue l'uniforme officiel de notre entreprise. J'avais l'impression qu'elle ferait son apparition dans mes fantasmes de fin de soirée, plutôt que la salopette. Josie se pencha pour ramasser le bois qui se trouvait dehors, et le haut de son débardeur bâilla, me donnant une vue directe sur l'intérieur. Je me forçai à tourner la tête dans une autre direction, même si mes yeux continuaient à dévier vers elle pour regarder.

— Bon sang, grommelai-je pour moi-même. J'ai besoin de foutre le camp d'ici.

Elle revint avec un morceau de bois de trente centimètres de long et me le tendit.

— Voilà pour vous.

Je secouai la tête.

— Pas pour moi. Pour *vous*. Attrapez la visseuse et grimpez sur cette échelle.

— D'accord !

Elle était un peu trop joyeuse si tôt le matin pour mon goût. Une fois qu'elle fut en haut, elle regarda vers le bas.

— Et maintenant ?

— Maintenant, vous prenez ce deux par quatre et vous le vissez à ce montant, dis-je en montrant ce dernier du doigt. À environ deux centimètres au-dessus de cette solive.

— C'est quoi une solive ?

— C'est la poutre horizontale en haut du mur. Vous allez accrocher le deux par quatre parallèlement à cette solive afin de pouvoir déposer le placo dessus pendant que vous le visserez au plafond.

— Oh ! Malin. D'accord.

Elle fit ce que je lui dis, puis déplaça l'échelle tout autour de la pièce, accrochant les autres deux par quatre. Quand elle eut terminé, elle sauta de l'échelle et frappa une fois des mains.

— Et maintenant ?

— Maintenant, vous allez me préparer une autre tasse de café et une autre tranche de pain complet grillé, et je vais accrocher le placo au plafond.

— Quoi ? Non. Je vais le faire.

— Vous n'allez pas être capable de maintenir au-dessus de votre tête une plaque de plâtre de vingt-cinq kilos d'une seule main tout en la vissant avec l'autre.

— Qu'est-ce que vous en savez ?

Je la regardai de haut en bas.

— Parce que vous n'êtes qu'un mètre cinquante de manucure de luxe.

— Qu'est-ce que mes ongles ont à voir là-dedans ?

— Si vous faisiez n'importe quel travail physique, ils ne ressembleraient pas à ça. Bon sang, je parie que vous ne faites même pas la vaisselle.

Les yeux de Josie s'écarquillèrent. Ses mains se posèrent sur ses petites hanches pulpeuses.

— *Je vous demande pardon ?* Je vous ferai savoir que je fais la vaisselle. J'ai même un nouveau robinet de cuisine… que j'ai installé moi-même l'autre jour. Et je ne fais peut-être pas la taille d'un chêne comme vous ni ne travaille de mes mains pour vivre, mais je fais du Pilates cinq fois par semaine *et* j'utilise des haltères de cinq kilos pour travailler mes bras comme Jennifer Aniston quatre fois par semaine.

— Cinq gros kilos, hein ?

Je me renfrognai.

— Ne vous moquez pas de moi.

— Je suis juste réaliste.

— Non, vous êtes *con*. J'aurais dû regarder les vidéos YouTube. Au moins là-bas, les personnes qui vous enseignent des choses n'insultent pas les étudiants. Vous est-il possible de me dire simplement quoi faire pour que je le fasse ?

Il haussa les épaules.

— D'accord. Allez dehors et attrapez l'une des plaques, puis portez-la jusqu'en haut de l'échelle. Commencez par le coin. Appuyer une des côtés du placo sur le deux par quatre que vous avez accroché et alignez le bord pour remplir les coins autant que possible. Puis vissez-la aux poutres du plafond.

— Bien.

Josie sortit sur l'allée. Depuis la maison, je la regardai lutter pour soulever la plaque de plâtre de la pile. Rester ici et ne pas l'aider allait à l'encontre de tout ce que j'étais. Après plusieurs secondes, elle reposa la plaque sur la pile et revint à la cuisine. Je crus qu'elle allait admettre sa défaite, mais au lieu de ça, elle fouilla à l'intérieur d'un sac en plastique de chez Lowell posé sur la table et en sortit une poignée de transport – un outil qui se fermait sur la plaque de placo et permettait de la trimbaler bien plus facilement. Beaucoup de mes hommes utilisaient de tels gadgets.

Josie me jeta un sourire plein de fougue en repartant. Cette fois-ci, elle parvint à soulever la plaque de plâtre, mais ce fut toujours difficile pour elle de la transporter à l'intérieur de la maison, même s'il n'y avait que vingt marches. Il était impossible qu'elle parvienne à monter ce truc en haut de l'échelle et le visser au plafond toute seule. Elle atteignit le deuxième barreau avant que l'échelle commence à basculer. Si je n'avais pas été là pour la rattraper, elle serait au sol avec une couverture de placo.

— Je peux le faire maintenant ? demandai-je.

— J'en suis capable. Ça va juste me demander un peu de temps.

Je mis mes mains sur mes hanches.

— Que dites-vous de ça… on est d'accord que vous en êtes capable, mais on est aussi d'accord que ça me prendra bien moins de temps pour installer le plafond, et j'ai des trucs à faire.

Elle mordit sa lèvre boudeuse.

— D'accord. Mais uniquement parce que vous avez une contrainte de temps.

Je lui pris la plaque des mains.

— *Bien sûr.*

Au cours de la demi-heure suivante, je plaçai quatre plaques de plâtre au plafond. Josie regarda, désireuse d'aider à chaque fois que c'était possible. À un moment donné, un téléphone portable sonna, posé sur le haut d'un carton de l'autre côté de la pièce. Josie l'ignora. Mais quelques minutes plus tard, il se remit à sonner. Cette fois-ci, elle traversa la pièce et regarda l'écran.

— Ça vous ennuie si je réponds ?

— Faites ce que vous avez à faire.

Josie quitta le séjour pour retourner dans la cuisine. La maison n'était pas si grande que ça, alors il était impossible de ne pas entendre la conversation. D'un côté, du moins.

— Bonjour, mère.

Silence.

— Oh non ! Elle va bien ?

Je me retins d'enfoncer la dernière vis afin de ne pas interrompre sa conversation. Ça semblait important.

— Est-ce qu'ils vont la garder toute la nuit ?

Elle soupira.

— D'accord, eh bien, c'est déjà ça. Je n'ai pas cessé de l'embêter pour qu'elle aille voir le médecin. Dieu merci, tu étais à la maison quand elle est tombée.

Il y eut quelques minutes de silence. Quand Josie parla à nouveau, elle haussa la voix.

— Je n'étais pas en *vacances*, maman. J'étais dans un hôpital psychiatrique. Et tu le sais, parce que je t'ai laissé un message le jour où j'y suis entrée.

Silence.

— Non, en fait il y a une différence. Des vacances sont très différentes. Tu sais quoi, je dois y aller. Dis à Nilda que je l'appellerai ce soir, quand elle aura quitté les urgences.

Elle raccrocha sans dire au revoir.

Après trente secondes à secouer la tête sans quitter son téléphone des yeux, elle sembla se rappeler que j'étais là.

— Désolée, dit-elle. Vous avez besoin que je vous donne quelque chose ?

Je secouai la tête, me demandant si je devais dire quelque chose. Mais elle avait l'air assez secouée.

— Vous allez bien ?

— Oui.

J'attendis une autre minute.

— Vous voulez en parler ?

— Parler ? Je crois que vous avez prononcé dix mots depuis qu'on s'est rencontrés. Et la majorité était des insultes.

— Certains disent que j'écoute mieux que je ne parle...

— Non. C'est bon. Mais merci.

Une minute s'écoula, et elle semblait toujours assez agacée par le coup de fil.

— Dieu préserve ma mère parfaite d'avoir une fille qui ne l'est pas ! C'est la première fois que je parle à cette femme depuis mon entrée à l'hôpital psychiatrique, et elle me demande comment étaient mes *vacances*. Mes *vacances* ! Vous savez, comme si j'avais siroté des margaritas, allongée sur la plage, au lieu d'être privée de mes lacets de chaussures par mesure de sécurité.

— Certaines personnes prétendent que les choses n'arrivent pas parce qu'elles ne peuvent pas les gérer.

Josie souffla.

— Pas ma mère. Elle est capable de tout gérer.

— Peut-être que c'est ce qu'elle veut que vous pensiez.

Quand elle ne me répondit pas immédiatement, j'enfonçai la dernière vis dans la plaque et descendis de l'échelle. Josie était encore en train de bouillir tandis que je sortais, attrapais une autre plaque de plâtre et la vissais aussi. Cette femme était peut-être une conductrice de merde dépassée par cette maison délabrée et ma queue était bien trop intéressée par elle à mon goût, mais je n'étais pas un connard complet. Elle avait l'air d'avoir traversé des moments difficiles dernièrement. Alors je sortis mon téléphone, écrivis à Porter et lui demandai quelque chose que je demandais à peu de gens – un service. Puis je retournai accrocher le dernier morceau de plafond.

Le pick-up de Porter arriva en grondant devant le trottoir juste au moment où je terminais. Il avait un de ces systèmes d'échappement odieux – le genre pour lequel on payait un supplément afin de réveiller les voisins en partant tôt le matin. Il frappa à la porte moustiquaire alors que j'étais encore sur l'échelle.

Je fis un mouvement de menton vers la porte.

— C'est pour moi, si vous pouviez le laisser entrer.

— Oh, dit Josie. Bien sûr.

À deux pièces de distance, debout en haut d'une échelle, je ne ratai quand même pas la façon dont les yeux de Porter s'illuminèrent à la vue de la femme qui ouvrait la porte. *Merde.* J'aurais dû le voir venir. Josie était son genre – elle était vivante. Porter afficha un sourire qui faisait baisser leur culotte à bien trop de femmes, mais ses fossettes ne firent que crisper les muscles de ma mâchoire. Je me dépêchai d'enfoncer les dernières vis, mais, le temps que je descende et que je ramène mes fesses dans la cuisine, Porter guidait déjà la main de Josie jusqu'à ses lèvres.

— Du calme, petit. Je t'ai invité ici pour travailler, pas pour te comporter comme si tu étais dans un bar pour célibataires.

Les yeux de Porter pétillèrent.

— Je me présentais à la charmante dame.

Je levai le menton.

— Josie, voici Porter. Porter... Josie. Maintenant, au travail.

Le front de Josie se plissa.

— Au travail ?

— Porter est un idiot qui chasse tout ce qui porte une jupe, mais il sait poser les enduits comme pas deux. Il peut commencer le plafond pendant que je m'occupe du placo des murs.

— Oh, vous n'avez pas à faire ça. Je peux m'en charger. Le plafond était plus que suffisant.

— On s'en occupe.

— Mais...

Je me retournai vers mon employé.

— Il y a une autre échelle dans mon garage. Il devrait aussi y avoir du bois que tu pourras utiliser comme planche.

— Compris, patron.

Porter disparut. Pendant ce temps-là, Josie me dévisagea comme si j'avais deux têtes.

— Quoi ? demandai-je.

— Je ne vous comprends pas. Vous agissez comme si j'étais une plaie pour vous uniquement parce que je respire, et pourtant vous allez m'aider.

— Vous êtes une plaie pour moi.

— Alors pourquoi m'aider ?

— Comme si je le savais. J'ai juste l'impression que c'est ce qu'il faut faire.

Josie réfléchit à ma réponse pendant une minute, puis un sourire éclaira son visage.

— Quoi ? demandai-je.

— Opal a raison. Vous êtes une noix de coco.

— Qu'est-ce que ça peut bien vouloir dire ?

— Rien, répondit-elle avec un sourire. Sauf que j'ai vraiment envie d'une piña colada maintenant.

CHAPITRE 7
Pas intéressé
Fox

Deux heures plus tard, Porter sauta au bas de l'échelle, essuyant l'enduit de ses mains sur son jean.

— Alors, c'est quoi l'histoire avec Josie ?

Je jetai un coup d'œil sur le côté et me remis à mesurer la dernière plaque de plâtre qui devait être accrochée au mur.

— Il n'y a aucune histoire.

— Elle ne t'intéresse pas ?

Ma mâchoire se crispa.

— Non.

— Alors pourquoi est-ce qu'on est ici un samedi matin, à travailler dans son séjour alors qu'on a une semaine de retard sur le chantier du lycée ? S'il y avait des heures supplémentaires à faire, ce serait plus logique d'être en train de poser le parquet du gymnase.

— Laisse-moi gérer mes affaires, occupe-toi des tiennes.

Porter fourra ses mains dans ses poches.

— Je n'ai aucune affaire à gérer. Opal a dit que Josie avait heurté ta boîte à lettres.

Je regardai le plafond et secouai la tête. Est-ce que la ville tout entière avait besoin de commérer ?

— Et pourquoi est-ce qu'Opal te parle de ma boîte à lettres ?

— Tu te souviens de la fois où j'ai fait accidentellement une marche arrière dans la plaque signalétique du bureau ? Le plateau de mon pick-up était rempli de cartons de placards pour le projet Woodward alors je n'y voyais pas grand-chose.

— Oui, et alors ?

— Tu m'as presque viré tellement tu étais en colère.

— Et ?

— Ton meilleur employé manque de se faire *virer* pour avoir heurté une plaque, mais une femme que tu viens à peine de rencontrer se fait refaire son salon un dimanche ?

— Tais-toi et finis ton enduit.

— J'ai terminé, du moins jusqu'à ce que Josie revienne du magasin avec le ruban de renfort dont j'ai besoin pour faire ce coin.

Je levai les yeux vers le plafond. Comme attendu, tout était terminé, à l'exception de ce coin-là. Je montrai l'énorme pot d'enduit sur le sol.

— Commence les murs.

— Il ne reste plus rien.

— Il y a un seau entier dans mon garage.

— Je croyais que tu voulais seulement que je fasse le plafond ?

— Bon sang, commence les murs !

Porter prit son temps pour se rendre chez moi. Il revint avec le seau dans une main et une Pop-Tart dans l'autre.

— Est-ce que ça t'arrive de prendre un autre parfum que sucre roux-cannelle ?

— Est-ce que ça t'arrive de *demander* avant d'entrer chez quelqu'un et de vider ses placards ?

Il m'ignora et continua à avaler la Pop-Tart.

— Donc ça ne te dérange pas si j'invite Josie à sortir avec moi ? Elle est sacrément canon.

Je n'aimai pas le nœud qui me serra l'estomac à l'idée que Porter pose un doigt sur Josie, mais je ne cesserais jamais d'en entendre parler si je le tenais éloigné.

— Je ne suis pas son gardien.

— Génial.

Comme le placo était terminé et que j'étais deux fois moins rapide que Porter en matière d'enduit, je décidai de retourner chez moi et d'aller chercher quelques ventilateurs pour aider au processus de séchage. L'humidité du lac en juillet gardait tout mouillé pendant des jours. Pendant mon passage là-bas, je reçus un coup de fil du sous-traitant que j'avais essayé de joindre toute la semaine. Le temps que je retourne chez la voisine, Josie était revenue de la boutique. Et ce putain de Porter commençait déjà sa drague.

Il se tenait derrière elle, tout près, sa main couvrant la sienne pendant qu'il guidait le couteau à enduit sur le mur. J'avais envie de le cogner.

— Hé, patron !

L'enfoiré souriait.

— Josie est vraiment douée. Peindre des paysages est aussi un de ses hobbies, comme moi.

— Ah oui ? grinçai-je, les dents serrées.

— Je ne suis pas très douée, dit Josie. Et je n'ai pas peint depuis des années.

— C'est dommage, répondit Porter d'une voix traînante. Peut-être que tu pourrais changer ça. Le coucher de soleil sur le lac est un sujet magnifique.

Elle sourit.

— Je suis sûre que oui.

— J'ai un chevalet supplémentaire. Je peux venir le déposer un jour...

— Oh, je ne veux pas te faire faire de détour.

— Ça ne me dérange pas du tout.

J'avais dû donner mon feu vert à Porter pour faire taire le moulin à cancans de la ville, mais je n'étais pas obligé de rester planté là à le regarder dérouler sa stupide toile. Je me raclai la gorge.

— Je vais prendre le relais, Porter. Merci pour le coup de main.

Il fronça les sourcils.

— Il me reste encore trois murs à finir.

— Je peux m'en occuper.

— Mais je suis plus rapide.

— Si tu veux travailler aujourd'hui, tu peux te rendre sur le chantier du lycée pour lequel on est à la bourre. Je prévoyais d'attendre que le système CVC soit installé pour rattraper le retard, afin d'avoir un peu d'air frais quand les températures atteindront les 30 °C, comme c'est prévu aujourd'hui. Mais si tu as envie de travailler...

Porter leva les mains en l'air.

— Non, c'est bon.

— Très bien alors, dis-je en hochant la tête. Je te verrai demain.

Il prit son temps pour rassembler ses affaires, puis se dirigea vers Josie.

— C'était très sympa de te rencontrer.

— Toi aussi, Porter. Merci beaucoup d'avoir aidé. J'apprécie vraiment.

— Quand tu veux. Je suis sincère. Si tu as besoin d'un coup de main avec quoi que ce soit dans le coin, tu n'as qu'à crier. En fait, laisse-moi te donner mon numéro de téléphone au cas où tu aies envie de me joindre.

— Oh. D'accord.

Josie se rendit dans la cuisine, attrapa son téléphone sur la table et le tendit à Porter. Il tapa son numéro de téléphone en souriant, puis utilisa l'appareil de Josie pour appeler le sien.

— Maintenant, j'ai ton numéro aussi.

— Merci encore.

— Peut-être que je repasserai bientôt avec le chevalet.

Elle sourit poliment, mais ne le découragea pas. Mon non-employé du mois me salua en tirant sur sa casquette.

— Bonne journée, patron.

— Oui. À plus tard.

Une fois qu'il fut parti, je m'attelai à enduire le séjour.

— Qu'est-ce que je peux faire ? demanda Josie.

— Rien. Il ne reste plus que ça à terminer aujourd'hui.

Elle regarda la pièce.

— Je n'arrive pas à croire que vous ayez tout terminé en quelques heures. Ça m'aurait pris des semaines, au minimum.

— C'est mon métier.

Elle s'assit sur l'échelle.

— Comment êtes-vous passé de hockeyeur à entrepreneur ?

— Je me suis pété le genou. Je n'avais pas encore trente ans. J'avais besoin de faire quelque chose pour le reste de ma vie.

— Oh, c'est horrible. Est-ce que c'était pendant un match ?

Je détournai le regard.

— Non.

Josie resta silencieuse pendant une minute. Je devinai qu'elle attendait que j'en dise plus.

— Comment avez-vous appris à faire tout ça ? demanda-t-elle, avant d'afficher un grand sourire. Je suis sûre que c'est grâce à des vidéos YouTube, pas vrai ?

Je gloussai.

— Mon père était entrepreneur. J'ai travaillé pour lui dès que j'ai eu douze ans. Il voulait que j'aie un plan de secours au cas où les choses ne fonctionneraient pas avec le hockey. J'étais convaincu que j'allais être une superstar, alors je pensais que ce n'était pas nécessaire. Il s'est avéré qu'il avait raison après tout.

— Je voulais être ballerine quand j'étais petite.

— Ah oui ? Vous êtes bonne danseuse, alors ?

— Non. Je suis épouvantable.

Elle rit.

— Je ne sais pas du tout pourquoi je viens de vous dire ça.

Quelqu'un tapa de manière énergique sur la vieille moustiquaire en métal, ce qui fit sursauter Josie. Je n'avais, moi non plus, entendu personne remonter l'allée.

— Est-ce que c'est le quarante-six Rosewood ?

— Oui ?

— Je viens de livrer une benne à ordures. Vous la voulez dans l'allée ?

— Oh. Oui, je suis désolée. Laissez-moi bouger ma voiture.

Josie attrapa ses clés et sortit. Quand elle revint, le bruit d'une alarme résonna tandis que le livreur déplaçait une petite benne à ordures en marche arrière dans l'allée.

— À quoi va servir la benne ? demandai-je.

Elle montra les piles de journaux dans la cuisine.

— À me débarrasser de tout ce qui reste. Il y a aussi une chambre entière remplie de journaux à l'étage. J'ai mal jugé la quantité de déchets qu'il y avait ici quand j'ai rempli la première que j'ai commandée la semaine dernière. Les cassettes vidéo du séjour l'ont presque remplie aux trois quarts.

Je regardai ma montre. J'avais dit au sous-traitant qui m'avait appelé un peu plus tôt que je le retrouverais Franklin sur le chantier pour lui montrer toutes les choses que ses hommes avaient faites à moitié. Mais j'avais encore une heure devant moi.

— Je peux vous donner un coup de main pendant un moment.

— Oh mon Dieu, non. Vous en avez déjà tellement fait. Je peux gérer ça toute seule.

— Je suis ici, et ce sera plus rapide à deux. De plus, avoir tout ce papier partout dans la maison est une cause d'incendie. Je ne veux pas que ma maison prenne feu à cause de la vôtre.

Josie eut un petit sourire en coin

— Vous ne me trompez pas, Fox Cassidy. Toutes les excuses que vous inventez ne peuvent pas cacher le fait que, au fond de vous, vous êtes un type décent.

Si seulement elle savait à quel point mes pensées pour elle étaient indécentes hier soir...

Plutôt que de débattre, je me dirigeai vers l'une des piles de journaux et en pris deux pleines brassées. Le livreur finissait de décharger la benne à ordures quand je sortis. J'y jetai le premier tas pendant que Josie signait la paperasse. Après ça, nous fîmes plusieurs allers-retours. Le soleil tapait extrêmement fort, alors au troisième ou au quatrième voyage nous étions tous les deux relativement en sueur. Le débardeur blanc de Josie collait à sa peau, et chaque fois qu'elle soulevait les bras pour attraper une pile de journaux, elle affichait une peau crémeuse dans laquelle je rêvais d'enfoncer mes dents.

Elle n'était pas mon genre, du moins du point de vue non physique. J'aimais les femmes qui ne me demandaient pas pourquoi je ne parlais pas, les femmes qui ne voulaient qu'une seule chose de moi – et ce n'était pas d'apprendre à me connaître quand j'avais encore mes vêtements sur moi. Les quadragénaires divorcées remplissaient cette tâche à merveille, de préférence celles que les hommes rendaient encore amères et qui n'étaient pas prêtes à trouver un nouveau mari. Elles avaient aussi tendance à savoir ce qu'elles aimaient au lit et n'avaient aucun complexe à s'assurer de l'avoir. Simples. Voilà comment je les aimais.

Ce que Josie n'était *vraiment pas*. Elle était du genre à chercher quelque chose – un conte de fées auquel elle croyait encore. Et pas les originaux de Grimm.

Elle leva les bras pour attraper une autre pile de journaux, et une perle de sueur glissa dans le creux de son dos alors que je me rapprochais d'elle. Je salivai à la pensée de lécher la goutte salée sur sa peau. Je fus incapable de détourner le regard, du moins pas avant qu'elle ne se tourne et me surprenne. Je redressai vivement la tête, essayant de faire comme si je ne l'avais pas observée, et finis par me cogner contre la table de la cuisine. Un carton vacilla avant de tomber par terre. Je tentai de le rattraper, mais le ratai, et le haut s'ouvrit en atterrissant sur le côté. Du contenu s'étala sur le sol de la cuisine.

— Merde. Désolé.

Je me penchai et rassemblai ce qui était tombé. On aurait dit un tas de cartes de Noël. Des centaines.

— Mme Wollman entassait des cartes aussi ?

Josie s'agenouilla et en attrapa une qui avait glissé de l'autre côté de la pièce. Elle l'ajouta à la collection dans la boîte.

— En fait, elles sont à moi.

Je sentis mes sourcils se froncer.

— Vous avez transporté un carton de vieilles cartes de Noël depuis New York ?

— Oui.

Je regardai à nouveau dans le carton.

— Ça représente combien d'années là-dedans ?

— Juste une.

— Les gens vous envoient autant de cartes ? Je ne pense même pas que les habitants de cette ville soient aussi nombreux.

Elle sourit.

— En fait, si. Je n'en suis qu'au N.

— Hein ?

Josie replaça le couvercle du carton et se redressa, la boîte entre ses mains.

— Rien.

Je haussai les épaules.

— Si vous le dites.

Je me remis à déplacer les piles de journaux dans la benne à ordures. À mon second voyage, je remarquai une carte qui sortait à moitié de sous le four. Elle était ouverte, alors quand je la pris, je ne pus m'empêcher de voir ce qui était écrit à l'intérieur.

Joyeux Noël !

Tom et Renee Dwyer

C'était quoi ce bordel ?

Josie revint dans la cuisine après son dernier voyage jusqu'à la benne à ordures et me trouva en train d'observer la carte.

— Où est-ce que vous avez eu ça ? demandai-je.

— La carte ?

— Oui...

Elle jeta un coup d'œil et lut l'intérieur.

— Oh, Tom et Renee. Ils sont très gentils. Ils vivent ici à Laurel Lake. Vous les connaissez ?

— On a tendance à connaître les gens quand on est fiancé à leur fille.

— Je n'avais pas réalisé que vous étiez fiancé.

Je croisai son regard.

— Je ne le suis pas. Evie est morte.

CHAPITRE 8
Il y a longtemps
Fox

Cinq ans plus tôt

Est-ce que j'imagine des choses ?

Il n'y avait jamais personne sur la glace à cette heure-ci, et certainement pas quelqu'un qui faisait ça. Je m'appuyai contre la barrière en plastique pour mieux voir, m'assurant que je n'imaginais rien. Mais non, il y avait réellement une femme sur la glace. Et elle était vraiment... en train de *changer de culotte*. Elle portait une jupe de tennis et un haut court, pas même des collants dans cet endroit glacé. Je l'observais pendant qu'un minuscule morceau de tissu rouge tombait sur la glace et qu'elle levait un genou pour enfiler ce qui semblait être une culotte noire trois fois plus grande. Elle la remonta le long de ses jambes, ramassa le tissu rouge sur la glace, patina jusqu'à la ligne de touche et la jeta par-dessus les barrières directement dans la prison.

Je restai silencieux, curieux de savoir ce qu'elle ferait ensuite. La jolie rouquine semblait perdue dans son propre monde tandis qu'elle patinait vers un coin de la patinoire. Elle prit une profonde inspiration, regarda droit devant elle pendant un long moment, puis se mit à patiner à reculons avec détermination. Lorsqu'elle atteignit les trois quarts de mon côté de la glace, elle se tourna vers l'avant et sauta dans les airs. Son corps se tordit et tourna si vite que je perdis le compte du nombre de tours qu'elle avait effectués. Alors qu'elle redescendait, nos regards se croisèrent et sa concentration se brisa. Elle atterrit durement sur les fesses.

Merde.

Je bondis sur la glace. Heureusement j'avais déjà lacé mes patins. Je me penchai en avant pour l'aider, mais elle repoussa mes mains.

— Mais qu'est-ce que tu fichais planté là ? demanda-t-elle.

— Je ne voulais pas t'interrompre.

Elle essuya la glace sur ses fesses et se remit debout. Elle allait avoir un joli bleu plus tard.

— C'est un sacré saut que tu as fait là.

— Ça l'aurait été, si tu ne m'avais pas autant fait peur. Comment es-tu entré, d'ailleurs ?

— J'ai une clé.

— Oh. Eh bien, peux-tu me laisser quinze minutes de plus avant de refaire la glace ? Je dois vraiment maîtriser ce saut.

— Refaire la glace ?

— Tu es le type de l'entretien, non ?

Je souris. Cela faisait des années que je ne m'étais pas approché d'une patinoire sans que quelqu'un me reconnaisse. Surtout à peu de kilomètres de ma ville natale. Mais je décidai de jouer le jeu.

— Oui, je peux te donner quinze minutes de plus.

— Merci.

Elle retourna de l'autre côté de la patinoire, se pencha en avant pour poser ses mains sur ses genoux et ferma les yeux quelques secondes avant de se remettre en position. Puis elle refit le même saut, sauf que, cette fois-ci, il ne sembla pas y avoir autant de rotations qu'à l'essai précédent. Cependant, au moins, elle réussit l'atterrissage. J'étais impressionné, mais elle avait l'air peu satisfaite d'elle-même. J'avais déjà regardé du patinage artistique à la télévision, et cette femme paraissait aussi bonne que n'importe laquelle d'entre elles. Elle répéta le saut une fois de plus et atterrit en ayant à nouveau l'air insatisfaite.

Prenant une profonde inspiration, elle me jeta un regard noir.

— Est-ce que tu es obligé de me regarder comme ça ?

— Tu t'entraînes pour une compétition ?

— Je m'entraîne pour les épreuves de sélection olympiques.

— Est-ce qu'il ne va pas y avoir des gens qui te regarderont pendant la sélection ?

— Oui, mais j'aurai tout réglé à ce moment-là. Tu me rends nerveuse.

J'aimais bien la regarder, et il était aussi plus tard que l'heure à laquelle j'avais bloqué la patinoire pour m'entraîner, mais j'appréciais sa détermination.

— Pas de problème.

Cependant, quand j'entrai dans le bureau, j'allumai l'écran de sécurité et appuyai sur le bouton pour enclencher les caméras intérieures. Les pieds posés sur le bureau, je nouai les mains derrière la tête et regardai la femme faire son saut cinq fois de plus avant de le réussir à la sixième tentative. Ses rotations étaient si rapides que je n'arrivais pas toujours à les compter, mais son poing levé et son sourire m'indiquèrent qu'elle avait réussi. Je zoomai et me surpris à lui sourire en retour, bien qu'elle ne puisse manifestement pas me voir. *Bon sang, elle est magnifique.* Elle commença à bondir sur la glace, faisant une sorte de danse de la victoire excentrique, ses bras s'agitant dans tous les sens. Quand elle eut terminé, elle quitta la glace et entra dans la prison. Elle jeta un coup d'œil circulaire à la patinoire, probablement pour voir si je rôdais encore, puis elle se pencha pour attraper quelque chose. Je ne pouvais pas voir derrière les barrières, mais à la façon dont elle se tortillait, j'étais presque certain qu'elle était en train de changer à nouveau de culotte. Étrange. Mais montrez-moi un athlète qui ne faisait pas des trucs bizarres.

Quelques minutes plus tard, elle apparut sur le seuil du bureau. Je n'avais pas encore éteint l'écran. Elle se pencha vers l'intérieur et regarda le moniteur.

— Tu me regardais ?

— Tu as réussi ton mouvement. Félicitations.

— Je t'ai dit que ça me rendait nerveuse que tu me regardes.

— *Savoir* que je te regarde te rendait nerveuse. Tu ne peux pas être nerveuse pour quelque chose que tu ignores, déclarai-je en haussant les épaules. Et puis, si tu patines un peu plus vite, tu seras capable de mettre plus de hauteur dans ton saut et tu ne l'interrompras pas si tôt en redescendant.

— J'ai patiné aussi vite que possible.

— Non. Tu as commencé à le faire, puis tu as ralenti parce que ta nervosité a pris le dessus. Tu dois y aller à fond.

Elle me regarda, les yeux plissés.

— Est-ce que ton patron sait que tu restes assis à regarder les gens au lieu de travailler ?

Je souris.

— Je crois que ça ne le dérangerait pas.

Elle inclina la tête.

— Peut-être que je devrais lui demander ?

— Peut-être, répondis-je en soutenant son regard. Au fait, c'est quoi cette histoire de changement de culotte ?

Ses yeux s'écarquillèrent.

— Tu m'as regardée faire ça ?

— Ce n'est pas comme si j'espionnais par la fenêtre de ta chambre. Tu l'as fait en plein milieu de la patinoire.

— Je pensais être *seule*.

— Est-ce que l'autre serrait trop pour tous ces sauts ou quelque chose comme ça ?

— Non. Ce n'était pas ma culotte fétiche, c'est tout.

— Répète ça ?

— Celle que j'ai mise porte chance. Et j'essayais de m'en donner un peu.

Je n'entrai jamais sur la glace avant un match sans avoir tapé trois fois sur le portillon, alors une culotte porte-bonheur m'était logique. Ce n'étaient pas les objets en eux-mêmes, mais la croyance que nous avions en eux. Tout était valable.

Je levai le menton vers son sac.

— Est-ce que ta culotte est dans ton sac ?

— Oui, pourquoi ?

— Je peux l'emprunter ?

— Tu es quoi, une sorte de pervers ?

— Non. J'ai juste besoin d'un peu plus de chance.

— Pour quoi faire ?

— J'espère qu'une jolie femme que je viens de rencontrer acceptera de sortir avec moi.

— Tu ne parles pas de moi, si ?

— Si.

— Tu ne sais même pas comment je m'appelle.

Je tendis la main vers elle.

— Fox. Et toi ?

— Evie. Mais je ne vais pas sortir avec toi.

— Pourquoi pas ?

— Parce que je ne te connais même pas.

— Prends un café avec moi alors. Ici, maintenant. Il y a un distributeur près des vestiaires. Comme ça, tu pourras apprendre à me connaître, voir que je suis un mec génial et accepter un dîner.

— Je ne sais pas...

Elle se tordit les lèvres comme si ce n'était pas un non définitif.

— Est-ce que tu ne dois pas t'occuper de la glace ?

Je ne lui avais pas menti, je lui avais juste laissé tirer ses propres conclusions. J'attrapai le porte-bloc qui était toujours accroché sur le mur et regardai le planning.

— Personne d'autre ne viendra avant 8 h.

Elle regarda la patinoire vide par-dessus son épaule. Son visage changea, et j'eus le sentiment que la balançoire sur laquelle elle était assise était sur le point de pencher du mauvais côté. Je venais peut-être à peine de rencontrer cette femme, mais je savais une chose sur les athlètes : ils aimaient la compétition. Alors je changeai d'approche.

— Tu sais quoi ? Et si on faisait une course pour décider ?

— Une course ? Sur la glace tu veux dire ?

Je hochai la tête.

— Si je te bats, tu prends un café avec moi. Ensuite, ce sera à moi de te charmer pour avoir un dîner.

Elle rit.

— Tu es sérieux ? Tu sais que je suis une patineuse professionnelle, non ?

— Oui.

Je tendis ma main.

— Mais tu ne sais pas comment je patine.

Elle gloussa.

— Je pense que tu m'offres un pari perdant.

— Est-ce qu'on a quand même un marché ?

— Bien sûr. Pourquoi pas ?

Je me levai. Alors que je me dressais de toute ma taille, Evie sembla presque inquiète pour la première fois. Elle ne m'avait vu debout que de loin et la glace était surélevée par rapport à la surface environnante.

— Tu es tellement grand.

Je fis un clin d'œil.

— Des jambes longues font de moi un patineur plus rapide.

Elle sourit, toujours très confiante.

— Si tu le dis.

Nous avançâmes côte à côte jusqu'à l'entrée et retirâmes en même temps la protection en plastique de nos lames avant d'entrer sur la glace. Evie patina à reculons jusqu'à une extrémité de la patinoire.

— Est-ce que tu veux faire un tour d'échauffement ?

J'étais trop fier pour ça.

— Pas besoin.

Elle rit.

— Jusqu'où patine-t-on ? L'autre côté, ou fait-on un aller-retour ?

Je haussai les épaules.

— Comme tu veux.

— Alors faisons l'aller-retour. Je vais compter et on partira à trois, d'accord ?

— D'accord.

Nous prîmes tous deux position, penchés en avant avec les pieds écartés et les patins enfoncés dans la glace, attendant de pousser.

— Tu es prêt ? demanda-t-elle.

— Depuis la naissance.

Elle secoua la tête.

— *Un. Deux... trois !*

Nous décollâmes, volant sur la glace. Je devais lui reconnaître une chose. Pour un petit modèle, Evie m'en donna pour mon argent à l'aller. Mais je pouvais couper un virage mieux que quiconque dans la Ligue, alors je lui bottai les fesses sur le retour.

Elle se plia en deux, les mains sur les genoux, haletant.

— Comment tu as fait pour apprendre à patiner si vite ?

— Des années d'entraînement.

Je m'apprêtais à lui rappeler notre marché et à lui indiquer la direction du distributeur de boissons, quand Neil, celui qui devait *vraiment* refaire le revêtement de la glace, cria depuis le côté.

— Bonjour, Cassidy !

J'agitai ma main.

— Bonjour, Neil !

Je jetai un coup d'œil à Evie, dont les sourcils étaient froncés.

— Tu as dit t'appeler Fox.

— Oui. Cassidy est mon nom de famille.

— Fox... Cassidy ? Comme le hockeyeur ?

Je souris.

— Exactement comme lui.

CHAPITRE 9

Belles vues

Josie

Je pourrais m'habituer à ça…

Des nuances d'orange et de violet se reflétaient sur le lac alors que le soleil plongeait derrière les arbres. Tandis que j'observais le paysage depuis ma chaise longue sur la terrasse arrière, la sérénité des lieux sembla s'incruster dans mes pores, aidant ma respiration à se faire plus lente et profonde.

La journée avait été longue. Mais j'en avais fait plus au cours des douze dernières heures qu'au cours des trois derniers mois. La benne à ordures était pleine. La cuisine était enfin débarrassée des journaux. Le séjour était plâtré et enduit, et les trois quarts des journaux avaient disparu du premier étage. La majorité du travail avait été faite avec l'aide de mon voisin déroutant, du moins jusqu'à ce qu'il trouve une carte de la famille de sa fiancée décédée et file d'ici aussi vite qu'il le pouvait. C'était une étrange coïncidence – une poignée de cartes tombaient d'un carton, et c'était *celle-là* qu'il ramassait ? Cela dit, je supposais que ce serait une coïncidence bien plus étrange dans une ville comme New York avec huit millions de personnes. Dans une ville aussi petite que Laurel Lake, les chances n'étaient pas du tout aussi astronomiques.

Plus important encore, je venais de discuter avec Nilda, qui était de retour à la maison après sa chute suite à des spasmes dans son dos. Dieu merci, elle allait bien. Je finis la dernière gorgée de ma limonade alcoolisée, regardai une fois de plus la beauté du ciel et fermai les yeux. Quelques minutes plus tard, je commençais à m'assoupir, mais des bruits de pas lointains me mirent en alerte. Mes yeux s'ouvrirent pour découvrir Fox au bord de son quai. Il avait le regard perdu vers le lac, et je ne pus m'empêcher de me demander s'il pensait à sa fiancée décédée. Quelques minutes s'écoulèrent, et je commençai à me sentir comme une intruse, comme si ces moments étaient censés être privés, entre lui et le lac. Alors je me levai silencieusement, tentant de retourner furtivement dans la maison sans qu'il sache que je l'avais vu. Mais après trois pas en direction de la porte, une planche en bois céda sous mon pied.

— Merde ! m'écriai-je tandis que je m'enfonçais.

— Josie ? appela la voix grave de Fox. Tout va bien ?

Au temps pour mon don de furtivité. J'agrippai ma cheville douloureuse et tentai de ne pas paraître blessée.

— Je vais bien ! J'ai juste perdu l'équilibre !

Mais quelques secondes plus tard, Fox apparut sur ma terrasse.

— Qu'est-ce qui s'est passé ?

— Je suis tombée. Ce n'est rien, affirmai-je en agitant la main pour le chasser.

Il s'accroupit près de moi et toucha ma cheville. Je grimaçai.

— Ça fait mal au toucher ?

— Un peu.

— Vous avez de la glace au congélateur ?

Je secouai la tête.

— J'ai tout utilisé pour ma boisson.

Sa lèvre tressauta.

— Ne bougez pas. Je reviens tout de suite.

Fox disparut chez lui, revenant une minute plus tard avec un pack de glace et une serviette. Il posa le tout sur la chaise longue, puis se pencha en avant et fit passer l'un de mes bras par-dessus son épaule. Son autre bras s'enroula autour de ma taille et me souleva.

— Ne vous appuyez pas dessus.

— D'accord.

Nous titubâmes ensemble jusqu'à la chaise longue. Fox me guida pour m'asseoir, puis s'accroupit pour examiner mon pied.

— Est-ce que ça fait mal ? demanda-t-il en appuyant sur le dessus.

— Non.

Il fit bouger mes orteils.

— Et ça ?

— Ça ne fait pas mal.

— Est-ce que vous pouvez bouger votre cheville ?

Je grimaçai tandis que je tentais de la bouger d'avant en arrière.

— Oui, mais ça fait mal.

— Avec un peu de chance, elle est juste foulée. Est-ce que vous voulez aller à la permanence des urgences ? Il y en a une en ville. Je crois que ça reste ouvert assez tard.

Je secouai la tête.

— Non, je suis sûre que ça va. Je vais juste éviter de m'appuyer dessus et mettre de la glace pendant un moment.

Il enveloppa le pack de glace dans la serviette et la noua autour de ma cheville, comme s'il faisait ça tous les jours.

— Vous êtes doué pour ça.

Il hocha la tête.

— Une vie entière à jouer au hockey. Des dizaines de coups, de foulures et de fractures au fil des ans.

— Oh, c'est vrai.

— Je vais aller chercher quelque chose dans la maison pour surélever votre jambe.

— D'accord.

Il revint avec un coussin qu'il glissa sous mon pied.

— C'est comment ?

— C'est bien. Merci.

Ayant fini de jouer à l'infirmier, Fox s'agenouilla pour vérifier la zone de ma terrasse à travers laquelle mon pied s'était enfoncé. Il appuya sur les planches de bois tout autour et secoua la tête.

— Ces planches sont toutes pourries. C'est du pin, et même traité, ce n'est pas le meilleur bois pour une utilisation extérieure. Il est trop souple. On devrait utiliser du chêne. De nos jours, la plupart des gens prenne du composite – ça ressemble à du bois, mais sans le risque de pourrissage et de décoloration.

Il ôta la poussière sur ses mains et se leva.

— Tout a besoin d'être remplacé.

Je soupirai.

— Génial.

Il regarda mon verre de limonade posé sur la table.

— Il est alcoolisé avec quoi ?

— De la vodka.

— Vous avez de la limonade sans alcool ?

— Oui. J'en ai fait tout un pichet. Il est au réfrigérateur. J'ai ajouté deux doses de vodka directement dans le verre, alors la limonade n'est que de la limonade. Servez-vous.

Fox prit mon verre presque vide et disparut à nouveau dans la maison. Il revint avec un supplément pour moi et un verre plein pour lui.

— Deux doses me paraissaient beaucoup, alors j'en ai ajouté une dans la vôtre.

Je levai les yeux au ciel.

— Merci papa.

Cela me surprit qu'il s'installe sur la chaise à côté de la mienne. Je ne pensais pas qu'il resterait après être parti aussi brusquement tout à l'heure. Mais nous restâmes côte à côte, regardant le lac en silence.

Après de longues minutes, Fox prit la parole avec douceur.

— Je suis désolé pour ma manière brusque d'être parti ce matin.

— Pas besoin de vous excuser. Vous avez fait tellement pour moi aujourd'hui.

Il hocha la tête. Puis sembla se perdre dans ses pensées. Il sirota la limonade et inclina le verre vers moi.

— Vous en avez bu combien ?

— C'est mon troisième. Mais j'ai une assez haute tolérance à l'alcool. C'est génétique. Ça vient de ma mère. Elle ne boit pas beaucoup, mais quand elle le fait, elle peut avaler trois ou quatre dry martini sans effets secondaires. Mon père, en revanche, était ivre et bafouillait après seulement quelques bières.

— Votre préférence va à la vodka ?

— En fait, oui. Je préfère les Dirty martini. Mais ce soir, j'étais d'humeur pour quelque chose de doux.

Fox but une gorgée.

— Je vous imaginais plutôt du genre à boire du vin.

— Qu'est-ce que vous voulez dire ? C'est quoi exactement le *genre à boire du vin* ?

— Le genre qui porte des jupes à fleurs pour poser du placo.

— C'était l'une des dernières affaires propres qu'il me restait. La machine à laver est cassée, comme à peu près tout le reste ici. J'en ai une nouvelle qui arrive dans quelques jours.

Je soupirai.

— L'agent immobilier a dit que l'endroit avait besoin qu'un coup de jeune. Je m'attendais à de la peinture et une nouvelle moquette. Je ne m'attendais pas à faire de gros travaux. Désolée si je n'ai pas emporté mes bottes renforcées et mes vêtements de travail.

Fox plissa les yeux.

— Vous avez des bottes renforcées et des vêtements de travail chez vous ?

— Non, dis-je avec un grand sourire. Mais j'aurais pu les acheter et les emporter si j'avais su.

Fox gloussa dans sa limonade.

Le soleil avait presque disparu à présent, mais un rayon doré solitaire filtrait à travers les arbres, traçant un chemin sur l'eau calme du lac.

— Ça doit être assez incroyable de vivre ici et de voir ça tous les soirs.

Un long silence s'installa entre nous.

— Ça fait un moment que je n'ai pas apprécié cette vue, déclara-t-il.

— Vraiment ? Comment ça se fait ?

— Juste beaucoup de souvenirs.

Je supposais que Fox voulait parler de souvenirs de sa fiancée. C'était la deuxième fois aujourd'hui que je m'étais insinuée dans son passé.

— Je n'ai pas eu l'occasion de le dire tout à l'heure, mais je suis désolée pour votre fiancée.

Fox croisa mon regard, mais ne dit rien. Je n'arrivais pas à déterminer s'il était contrarié que j'aie abordé le sujet ou s'il n'était simplement pas doué pour en parler. Je ne savais même pas s'il l'avait perdue récemment. Il souleva son verre et avala le reste de la limonade. Je me dis qu'il le faisait pour ficher le camp d'ici. Tandis qu'il déglutissait, je remarquai la façon dont sa gorge fonctionnait. Le mouvement de sa pomme d'Adam fit papillonner mon estomac.

Génial. Cet homme est de toute évidence en train de se débattre avec la perte de sa fiancée, et je suis en train de le mater pendant qu'il le fait.

Quand il eut fini, il leva son verre.

— Je suis toujours assoiffé. Je crois que j'en ai besoin d'un autre. Vous permettez ?

— Oui bien sûr.

Il regarda mon verre toujours plein et le laissa là. Quand il fut à nouveau de retour, il avala une autre longue gorgée.

— Alors, comment connaissez-vous le père d'Evie ? demanda-t-il.

— Evie ?

— Evie Dwyer. Tom est son père. Renee est sa belle-mère et a grandi à Laurel Lake.

Oh ! Evie. La fiancée de Fox.

— C'est en quelque sorte une longue histoire.

Il haussa les épaules.

— Je n'ai à aller nulle part pour l'instant.

Je passai les dix minutes suivantes à raconter à Fox l'histoire que j'avais partagée avec Opal l'autre jour – sur mon amie Chloe et sa famille qui suspendait des cartes de Noël avec des ficelles, et comment les cartes des gens incroyables de Laurel Lake décoraient mes murs une grande partie de l'année.

Fox se contenta de me dévisager.

— Vous me trouvez bizarre, non ?

— Oui.

Je ris.

— Vous êtes censé dire : *Pas du tout. Je trouve que c'est une histoire qui fait chaud au cœur.*

— Je n'aime pas trop les mensonges.

— Rappelez-moi de ne pas vous demander de quoi j'ai l'air si je prends quelques kilos.

Fox regarda rapidement mon corps. Ses yeux s'attardèrent une ou deux secondes sur mon décolleté avant de remonter à nouveau.

— Pas d'inquiétude là-dessus. Vous êtes plutôt pas mal pour moi.

Est-ce que Fox le peau-de-vache me faisait un compliment et, ô surprise, flirtait ?

Peu importe ; je n'eus même pas le temps d'apprécier pleinement le moment qu'il recommença à parler et gâcha tout.

— Alors, qu'est-ce qui vous a fait prendre des vacances sans lacets aux chaussures ?

Je fus perdue jusqu'à ce que je me rappelle m'être plainte de ma mère devant lui, parce qu'elle utilisait le mot *vacances* pour décrire mon séjour en hôpital psychiatrique, où on m'avait pris mes lacets de chaussures dès mon arrivée.

J'aurais probablement dû me sentir insultée qu'il se moque. Mais au lieu de ça, je souris. C'était étrangement rafraîchissant que quelqu'un ne ressente pas le besoin d'aborder le sujet avec légèreté. Les gens ne taquinaient personne pour des choses qui les mettaient mal à l'aise.

— Puisque vous avez demandé aussi gentiment, je luttais contre la dépression et l'anxiété. Ça a démarré avec mon travail. Je suis la scientifique principale de *Kolax & Hahm Pharmaceuticals*. Je développe de nouveaux médicaments pour le traitement du cancer. L'une des molécules que j'ai créées est allée en phase III des essais cliniques, qui est le moment où elle est testée sur un grand nombre de personnes. AMERL7 était censée provoquer une régression de la tumeur chez des patients atteints de cancer cérébral. Elle s'est montrée très prometteuse durant les premières phases. Mais quand nous avons élargi notre panel, nous avons découvert qu'elle interagissait avec le vaccin contre la varicelle. Quatorze enfants sont morts parce qu'ils participaient à mon essai.

Le visage de Fox devint sérieux.

— Merde.

— Oui. Ça m'a touchée très durement, et je ne suis pas arrivée à dépasser ça. J'ai essayé pendant des mois. Quand je me suis fait hospitaliser, je passais vingt-trois heures par jour au lit. La dépression m'épuisait physiquement.

— Je suis désolé.

— Il y avait aussi d'autres facteurs. Comme le fait d'être censée me marier en août.

— Le mois prochain ?

Je hochai la tête.

— Qu'est-ce que qu'il s'est passé ?

— Mon ex-fiancé, Noah, est un résident en chirurgie orthopédique. Il travaille énormément. Je me sentais vraiment perdue après tout ce qu'il s'était passé lors de l'essai clinique et je commençais à avoir des troubles du sommeil. Une nuit, il était censé quitter le travail à minuit, mais il n'était pas encore rentré. Je lui ai envoyé un message, et il a dit qu'il venait tout juste de sortir d'une opération en urgence et qu'il avait dû rester parce que quelqu'un s'était fait porter pâle. J'ai donc décidé de lui faire une surprise et de lui apporter à manger.

— Oh, oh.

— Oui. C'est moi qui ai eu la surprise. Quand je suis arrivée au bureau à l'étage de chirurgie, un autre résident m'a dit que Noah était parti depuis un petit moment. Je me suis dit que quelqu'un avait dû arriver et qu'il ne voulait pas m'écrire aussi tard puisque j'avais autant de mal à dormir. En retournant à ma voiture, j'ai remarqué une Volvo semblable à celle de Noah garée sur le parking de l'hôpital. Quand je me suis rapprochée, je me suis rendu compte qu'il était à l'intérieur. Il était assis sur le siège conducteur avec la tête rejetée en arrière et les yeux fermés. J'ai *cru* qu'il était tellement épuisé qu'il s'était endormi. Ce n'est que lorsque je suis arrivée au niveau de la portière que j'ai vu une tête qui montait et descendait.

— Seigneur. Je suis désolé.

— Le pire, c'est que je suis restée là, figée, et que ce connard a *joui*. Aujourd'hui encore, je m'en veux de ne pas au moins lui avoir gâché ce moment-là.

Fox sourit.

— Apparemment, vous avez eu plusieurs mois difficiles.

— Je n'avais jamais imaginé que je serais quelqu'un qui aurait besoin d'aide.

— Je pense que la plupart des gens en ont besoin à un moment de leur vie et n'ont pas le courage de la demander. Vous êtes forte.

Je souris tristement.

— Merci de dire ça.

— Vous allez mieux maintenant ? Ou est-ce que je devrais ajouter un autre verrou à ma porte parce que vous devenez dangereuse quand vous êtes déséquilibrée ?

Je froissai ma serviette de table et la jetai sur lui.

— Vous êtes un vrai con.

Il sourit.

— Mais sérieusement, vous allez bien ?

— Je crois que oui. Je parle avec une psychologue par Zoom toutes les deux semaines. J'ai vécu un traumatisme qui m'a mise dans un état dépressif, mais je ne suis pas sujette à la dépression clinique à long terme. Je n'avais jamais expérimenté quelque chose de similaire, alors je n'ai pas su comment le gérer.

— Toute plaisanterie mise à part, je suis juste à côté, si vous avez besoin de parler.

— Waouh. Merci. J'avais l'impression que vous ne parliez pas vraiment beaucoup.

— C'est vrai. Je n'écouterai ou ne répondrai peut-être pas. Mais vous pourrez parler.

Je souris.

— Ça ressemble davantage au voisin que j'ai appris à connaître et à détester.

Fox sourit à son tour et baissa les yeux vers mon pied.

— Comment va la cheville ?

— Bien mieux.

— On devrait retirer la glace un petit moment.

Il se pencha et dénoua la serviette. Ses doigts frôlèrent ma jambe et j'eus l'impression que ma peau s'enflammait. Je sursautai, surprise par cette sensation. Fox retira ses mains, les levant en l'air.

— Désolé. Est-ce que je vous ai fait mal ?

— Non. Je suis… juste chatouilleuse. C'est tout.

J'eus l'impression que Fox avait deviné la vérité derrière mon excuse. Mais si c'était le cas, au moins il ne me le dit pas.

— C'est comment maintenant ? demanda-t-il.

Je fis bouger ma cheville dans tous les sens.

— Mieux. Ce n'est vraiment qu'une foulure.

— Vous avez eu de la chance. Vous auriez pu vous la briser vu la façon dont cette planche a cédé.

Fox jeta un coup d'œil circulaire à la terrasse.

— Ça doit faire trente-cinq mètres carrés. Je vous ferai une estimation pour la remplacer quand je passerai à l'entrepôt de bois cette semaine.

— Vous n'avez pas à faire ça.

— Pas de problème. Je dois y passer de toute façon.

— D'accord. Eh bien, merci.

Un moustique atterrit sur mon bras. Je l'écrasai, mais un second s'était déjà posé sur ma jambe.

— Mince !

— L'endroit grouille d'insectes après le coucher du soleil. Ça dure une heure environ et puis ça se calme. Pourquoi ne pas vous aider à retourner à l'intérieur ?

Je me redressai et déplaçai mon pied vers le sol.

— Je peux le faire.

Fox se leva, et la planche sous son pied émit un craquement.

— Merde. Ce truc est dangereux.

Il fit un pas en avant et se pencha. Je crus qu'il allait m'aider à me lever comme il l'avait fait auparavant. Mais au lieu de ça, il me souleva dans ses bras.

Je poussai un petit cri.

— C'est pire ! Maintenant vous imposez au bois nos deux poids en une seule fois. On va vraiment passer au travers.

Il marcha jusqu'à la maison.

— Mieux vaut moi que vous.

— Comment ça ? Pourquoi est-ce mieux que vous soyez blessé plutôt que moi ?

— Parce que je peux vivre avec une cheville cassée. Je ne serais pas capable de le faire en laissant une dame se briser la sienne si je pouvais l'empêcher.

Je n'avais jamais été du genre à jouer la demoiselle en détresse, mais je devais admettre que c'était assez agréable d'être portée par M. Armoire à Glace. Je baissai les yeux tandis qu'il se battait pour ouvrir la porte coulissante.

— C'est plutôt haut ici, plaisantai-je. On a une perspective différente de ce point de vue. Je lève toujours la tête pour voir les gens.

— Si vous le dites...

Fox me posa sur une chaise de la cuisine. Dès que mes fesses touchèrent le bois, mon téléphone se mit à vibrer. Je fronçai les sourcils en voyant le nom s'afficher. *Noah*. Mon regard se posa immédiatement sur le visage de Fox. Malheureusement, je n'étais pas la seule à avoir lu le nom.

— Mon ex. Il est contrarié que je sois ici.

J'appuyai sur *ignorer* et le téléphone se tut.

Les yeux de Fox se plissèrent.

— Mais pourquoi est-ce qu'il se soucie de l'endroit où vous êtes ?

— Il veut que je lui pardonne. Que je lui donne une autre chance.

— C'est ce que vous voulez ?

— Non, absolument pas. Je ne suis pas ravie de la façon dont les choses se sont terminées, mais j'ai eu beaucoup de temps pour réfléchir à la relation que nous avions. Je me suis rendu compte que j'étais en train de m'installer dans une vie que je pensais être censée avoir et pas vraiment celle que je voulais, si ça a du sens.

Fox hocha la tête.

— Ça en a.

Mon téléphone se remit à vibrer. Fox et moi lûmes le nom qui s'affichait en même temps.

— Pourquoi ne lui dites-vous pas simplement d'arrêter d'appeler ?

— Je l'ai fait. Mais il est insistant.

Fox soutint mon regard, mais ne dit rien. Une fois encore, j'appuyai sur *Ignorer*. Mais dix secondes plus tard, ce fichu téléphone se remit à vibrer. Le muscle de la mâchoire de Fox se crispa.

— Vous voulez vraiment que ce type arrête d'appeler ?

— Je ne lui ai pas répondu depuis une semaine maintenant, mais il n'arrête pas de laisser des messages sur ma boîte vocale. Au début, je me sentais coupable, mais maintenant c'est devenu agaçant.

Avant que je me rende compte de ce qu'il faisait, Fox prit le téléphone sur la table et décrocha en mettant le haut-parleur.

— C'est Noah ?

Mes yeux s'écarquillèrent.

— Qui est à l'appareil ? lança mon ex.

— L'homme qui vous dit d'arrêter de harceler Josie. Vous devez arrêter de l'appeler.

— *Vous êtes qui, bon sang ?*

— Est-ce que vous m'écoutez ? Josie ne veut pas vous parler. Vous avez merdé. C'est terminé. C'est aussi simple que ça.

— Passez-moi Josie, bordel !

— Ça n'arrivera pas. Bon, Josie a essayé d'être sympa, parce que c'est une chic fille. Moi, je ne suis pas aussi sympa. Alors je vais vous dire directement ce qui va se passer. Si vous l'appelez encore au téléphone, elle contactera le département de police pour leur dire que vous la harcelez. Si vous continuez après ça, je vous rendrai visite moi-même. Je fais peut-être un mètre quatre-vingt-quinze et je pèse cent vingt-cinq kilos, mais croyez-moi quand je dis que vous ne me verrez pas arriver. Un jour, vous vous rendrez dans le noir jusqu'à votre voiture sur le parking de l'hôpital, et soudain on se rencontrera.

— C'est dingue. Mais vous êtes qui ?

— Plus d'appels, Noah. Vous ne voulez pas me mettre en colère.

Sur ces mots, Fox mit calmement fin à l'appel. Il reposa le téléphone sur la table. Mes yeux étaient toujours écarquillés par la surprise, mais à mesure qu'elle passait, je me mis à sourire.

— C'était carrément génial.

— Ah oui ? Je croyais que vous seriez en colère.

— J'aurais aimé voir sa tête.

Fox sourit et leva son menton en direction de mon pied.

— Je vais y aller. Mais mettez de la glace sur cette cheville une fois par heure jusqu'à ce que vous alliez vous coucher.

— D'accord.

Je me levai, mais il m'en empêcha.

— Je verrouillerai derrière moi.

— La serrure du bas ne fonctionne pas. Juste celle du haut. Alors je verrouillerai derrière vous.

Fox sembla contrarié, mais continua à s'approcher de la porte. Il s'arrêta avant de l'ouvrir et baissa les yeux vers moi.

— Au fait, vous avez raison...

— À propos de quoi ?

Son regard quitta mon visage, glissant vers le bas. Il fit un clin d'œil à mon décolleté.

— La vue est sacrément bonne d'ici.

CHAPITRE 10
Cadeaux et Prémonitions
Josie

— Allô ?

— Josie ? Bonjour !

La voix était familière, mais je n'arrivais pas à la replacer.

— Oui ?

— C'est Opal.

— Oh. Bonjour Opal.

— J'espère que ça ne te dérange pas, mais j'ai fait du gringue à Sam du magasin de bricolage pour qu'il me donne ton numéro de téléphone.

Encore une fois, la différence entre la vie d'une petite ville et celle de New York était flagrante. À commencer par la familiarité décomplexée. Et puis je n'arrivais pas à imaginer que le type du *Home Depot* de la 23ème Rue connaisse même mon nom, encore moins qu'il donne mon numéro de téléphone. Si une telle chose arrivait chez moi, je demanderais probablement une ordonnance restrictive. Pourtant, ici, cela semblait parfaitement normal.

— Pas de problème. Que se passe-t-il Opal ?

— J'espérais que tu serais libre pour déjeuner aujourd'hui. J'ai un petit cadeau pour toi.

— Un cadeau ? Pour moi ?

— Ne t'inquiète pas, ce n'est rien de cher. Mais je suppose que tu n'es pas du genre à juger de la valeur des choses à leur prix. Si j'ai raison, mon cadeau est inestimable.

— Vous m'intriguez, là…

— C'est ce que j'espérais. 13 h te convient ?

— Bien sûr. Pourquoi pas.

— *Woodwards* sur Main Street. C'est le petit café du même côté que le *Comptoir*.

— Je le connais. C'est parfait. À tout à l'heure Opal.

Ma cheville était encore assez douloureuse, alors je partis un peu tôt pour mon rendez-vous afin de m'arrêter à la petite pharmacie de la ville pour prendre de la bande Velpeau. La femme derrière le comptoir me sourit.

— Vous devez être Josie.

J'aurais dû y être habituée à présent, mais cela me surprenait toujours qu'un étranger connaisse mon nom.

— Oui. Comment le savez-vous ?

— Ma tante Frannie a mentionné que vous étiez en ville. De plus, je vous ai reconnue à partir de la photo que vous avez envoyée il y a quelques années. Je suis Lily Dunn. Nous échangeons des cartes plusieurs fois par an.

Je ne me souvenais pas de tous les noms sur ma liste de cartes désormais, mais je me souvenais de Lily. Principalement parce que c'était elle qui m'en avait envoyé une en premier. Elle et moi avions à peu près le même âge. Sa tante lui avait parlé de la carte que j'avais postée et Lily avait trouvé cela amusant. Elle ne recevait pas beaucoup de cartes elle-même, alors elle m'en avait envoyé une et je l'avais ajoutée à ma liste.

— Lily, ça me fait très plaisir de te rencontrer. Ta tante et toi avez été les premières personnes avec qui j'ai échangé des cartes. Ça a beaucoup compté pour moi au fil des ans.

— Moi aussi. J'avais hâte de te raconter une histoire dans ma prochaine carte. Tu es en partie la raison pour laquelle mon petit ami et moi sommes ensemble.

— Moi ? Comment ?

— Mark était un ami de mon frère aîné au lycée. J'étais secrètement amoureuse de lui, mais il avait trois ans de plus que moi et mon frère me voyait comme une petite fille, alors ce n'était jamais censé arriver. Il est parti pour l'université et s'est fiancé, et moi aussi. Au fil des ans, mon frère et lui ont perdu contact, mais j'ai continué à le suivre sur Facebook. L'année dernière, mon fiancé et moi avons rompu, et puis, aux alentours de Thanksgiving, j'ai remarqué que Mark avait passé son statut de *en couple* à *célibataire*. Quelques jours plus tard, ta carte annuelle de Noël est arrivée. Je ne sais pas pourquoi, mais ça m'a fait réfléchir. Ces cartes te rendaient heureuse, alors tu avais pris le taureau par les cornes et tu les avais envoyées, en espérant recevoir ce que tu donnais. Cet après-midi-là, j'ai décidé d'envoyer une carte à Mark. J'ai écrit un petit mot et mentionné que j'étais célibataire et que je me demandais si ça l'intéresserait qu'on se revoie un jour. Il m'a envoyé une carte en retour, et une chose en a mené à une autre... Nous sommes ensemble depuis un peu après le Nouvel An, quand nous nous sommes retrouvés pour dîner.

— J'adore ça ! Tant mieux pour toi, Lily. Je n'ai jamais pensé à mes cartes comme étant une source d'inspiration quelconque, mais je suis heureuse d'avoir pris une petite part à ta décision de saisir ta chance.

Lily et moi restâmes à discuter quinze minutes de plus, et lorsque je partis, j'eus l'impression d'avoir rattrapé le temps perdu avec une vieille amie. Je faillis presque oublier d'acheter les bandes Velpeau pour lesquelles j'étais venue. Son histoire était exactement ce dont j'avais besoin aujourd'hui, surtout après être retournée dehors pour regarder la terrasse sous la lumière du jour et me rendre compte que, non seulement il était pourri, mais que le quai au bord de l'eau l'était aussi.

Opal était déjà assise dans le café quand j'entrai. Elle agita la main avec animation, comme s'il était possible de rater une femme vêtue d'un haut vert fluo. C'était la deuxième fois que nous nous rencontrions et la deuxième tenue vive que je la voyais porter. D'une certaine manière, les couleurs vives allaient bien avec sa personnalité.

Elle se leva à mon approche et me prit dans ses bras dans une étreinte chaleureuse assortie à son sourire.

— La voilà enfin...

— Bonjour. Désolée d'être en retard d'une ou deux minutes. Je me suis arrêtée à la pharmacie et j'ai rencontré quelqu'un avec qui j'échange des cartes. Nous nous sommes mises à discuter et j'ai perdu la notion du temps.

— Lily Dunn ?

— Oui, elle est tellement gentille.

Opal hocha la tête.

— Elle est adorable. C'est la nièce de Frannie. Je suis heureuse qu'elle ait enfin accroché ce Mark Butler. Cette fille était dingue de lui depuis qu'elle était gamine.

Je souris en pensant que Lily avait dit être *secrètement* amoureuse de l'ami de son frère. Apparemment, rien n'était vraiment secret à Laurel Lake.

Je secouai la serviette au-dessus de la table et la déposai sur mes genoux. Opal souleva un petit sac du sol et me le tendit.

— Pour toi.

J'étais curieuse, alors j'enfonçai la main directement dans le sac en papier.

— Oh mon Dieu. Est-ce que c'est ce à quoi je pense ?

L'annuaire était un peu plus épais que l'ancien que j'utilisais, mais il faisait quand même moins de cinquante pages au total. Je le feuilletai, un sourire aux lèvres.

— Il sort tout droit des presses. Personne encore ne l'a. Autrefois, c'était la ville qui le publiait, mais elle a cessé de le faire il y a sept ou huit ans à cause de coupes budgétaires : elle a perdu la fille qui s'occupait de le mettre à jour. À la place, mon amie Margene s'est mis à en faire un, tous les deux ans, pour collecter des fonds. Elle vend un peu d'espace publicitaire à l'intérieur et fait payer l'annuaire dix dollars. La dernière fois, elle a donné plus de deux mille dollars au refuge pour animaux. Je me suis dit que le tien appartenait à ton père, et qu'il devait être dépassé maintenant.

— Il l'est. Il est vieux de plus de vingt ans.

Elle pointa l'annuaire du doigt.

— Celui-ci a les adresses postales, les numéros de téléphone des domiciles et ceux des téléphones portables de presque tous les résidents de Laurel Lake. Je me suis dit que ça éviterait que tes cartes te reviennent et que ça gâche des timbres.

— Merci, Opal. Ça signifie beaucoup pour moi.

— Mon numéro s'y trouve aussi. Si tu as besoin de quelque chose, n'aie pas peur de l'utiliser.

Tandis que je remettais l'annuaire dans le sac, la quatrième de couverture attira mon regard. Il y avait une publicité d'une demi-page pour *Cassidy Construction*, une grande partie étant le visage de Fox.

Opal le remarqua.

— Il ne sera pas content quand il le verra. Ce grincheux refuse d'inclure ses coordonnées dans l'annuaire. Il dit que tous ceux qui doivent connaître son numéro de téléphone l'ont déjà. Il y a quelques mois, je lui ai dit que je voulais passer une annonce bon marché et que l'argent irait à une œuvre de charité. Je n'ai pas précisé où. Il a marmonné un *d'accord*, alors j'ai pris la liberté de mettre son visage sur l'annonce, ainsi que son numéro de téléphone portable. Je me suis dit que ça attirerait davantage l'attention qu'un logo.

— Oh mon Dieu, gloussai-je. J'adorerais être une petite souris pour voir sa tête quand il le remarquera.

— Il me virera. Encore. Puis il se rendra compte qu'il ne connaît aucun des mots de passe des logiciels que nous utilisons, il devra répondre au téléphone et être amical avec les gens. Alors il fera marche arrière.

— Apparemment, vous l'avez déjà cerné.

— Il n'est pas trop difficile à décrypter.

— Peut-être pour vous, mais je le trouve sacrément perturbant.

Opal sourit.

— Il passe beaucoup de temps à mener sa petite guerre intérieure – celle du bien contre le mal. Mais s'il y une chose sur laquelle on peut parier, c'est que Fox Cassidy finira toujours par faire ce qu'il faut. Aujourd'hui, ça le met en colère.

— Aujourd'hui ? Donc il n'a pas toujours été aussi grognon ?

— Non.

— Qu'est-ce qu'il l'a rendu comme ça ?

— Toujours pareil. On essaye de changer des choses qui ne peuvent pas l'être, et à la place, ce sont elles qui finissent par vous changer. Je crois qu'on a tous, dans notre vie, des choses qui nous transforment en quelqu'un de différent. Parfois, c'est pour le meilleur, parfois c'est pour le pire. Mais on évolue et on passe à autre chose du mieux qu'on peut.

Je comprenais très certainement ça. Je n'étais pas la même personne qu'il y a quelques mois. Je hochai la tête.

— C'est très vrai.

— Mais j'ai l'intuition qu'un autre changement arrive pour Fox Cassidy. Un bon, cette fois-ci.

Les yeux d'Opal pétillèrent.

— Et pour toi aussi.

CHAPITRE 11

Il y a longtemps
Fox

Quatre ans et demi plus tôt

— Je suis nerveuse.

Je frottai les épaules d'Evie.

— Bien sûr que tu es nerveuse. Tu ne serais pas l'athlète que tu es si tu considérais le succès comme acquis.

— Et si je ne me qualifie pas ?

— Il n'y a pas de place pour le doute à cet instant. Tu dois laisser tout ça de côté.

Hier soir, après mon match, j'avais pris l'avion pour Atlanta afin d'assister à l'épreuve de sélection d'Evie. Nous étions presque inséparables depuis six mois, depuis le jour où je lui avais botté les fesses et obtenu un rencard. Enfin... aussi inséparables que pouvaient l'être deux athlètes professionnels qui passaient douze heures par jour à s'entraîner. Mon équipe s'était déjà qualifiée, alors Evie subissait une pression supplémentaire. Je devais reprendre l'avion l'après-midi même, mais je sentais qu'elle avait besoin de moi ici, d'autant plus que sa mère était là aussi. Ancienne patineuse de compétition qui n'avait pas eu beaucoup de succès, cette femme était le summum de la mère hélicoptère abusive. C'était aussi une grande alcoolique et une fanatique religieuse – une combinaison qui n'avait rien d'amusant.

Quand on parle du loup.

Paula Dwyer avança vers la zone d'attente où Evie et moi nous trouvions. J'avais espéré qu'elle se réveille tard ce matin, après l'avoir trouvée dans le bar, ronde comme une queue de pelle, quand j'étais arrivé tard hier soir. Malheureusement, non.

— Te voilà. Comment va ta jambe ce matin ? Est-ce que tu as utilisé le pistolet de massage comme ton entraîneur t'a dit de le faire ? Tu sais que je n'ai pas participé à la compétition, il y a quelques années, parce que j'ai ignoré les conseils de mon entraîneur. Tu as vingt-cinq ans, un dinosaure en années de patinage artistique. C'est la fin pour toi. Tu as foiré toutes tes autres chances. C'est maintenant ou jamais, alors tu...

Mais qui disait à son enfant qu'il avait *foiré* juste avant la plus grande compétition de sa vie ? Je levai la main pour l'interrompre.

— Paula.

— Quoi ?

— Elle essaie de rester calme.

Sa mère fronça les sourcils.

— Donc maintenant, tu es l'expert en patinage artistique, c'est ça ? Qu'est-ce que tu y connais en pression ? Tu t'es qualifié avec une équipe.

— Fox a raison, maman, soupira Evie. Je n'ai pas besoin qu'on me rappelle que c'est ma dernière chance.

— J'essayais seulement de t'encourager.

Paula plongea la main dans son sac et en sortit une flasque. Elle retira le bouchon et prit une longue gorgée.

Je m'abstins de tout commentaire et chuchotai à l'oreille d'Evie :

— Pourquoi tu ne mettrais pas tes écouteurs avant d'aller dans la zone ?

Elle hocha la tête. Durant les quinze minutes suivantes, je regardai l'écran géant tandis qu'Evie s'étirait tranquillement et écoutait de la musique. Son entraîneur était déjà à l'intérieur, s'occupant d'une de ses autres patineuses, une femme que j'avais rencontrée plusieurs fois aux entraînements d'Evie. Mon cou n'était qu'un nœud de tension alors que la femme prenait place et commençait son enchaînement. Tout semblait bien se passer, jusqu'à ce que ça ne soit plus le cas.

Elle tomba. Je ne pensais pas qu'Evie faisait attention, mais quand je regardai sur le côté, je vis que ses yeux étaient rivés sur l'écran. Elle déglutit. Quelques minutes plus tard, Brian, son entraîneur, sortit. Il fit taire la déception qui se lisait sur son visage tout en s'avançant vers nous.

— Comment est-ce que tu te sens, Evie ?

Elle retira un écouteur.

— Bien. C'est le moment ?

— Plus que deux. Mais on devrait entrer et être sur le pont.

Evie expira profondément et hocha la tête, le regard tourné vers moi.

Je souris et posai mes mains sur ses épaules.

— Tu maîtrises. Pas d'hésitation. Laisse tout sur la glace. Bille en tête. Tu m'entends ?

Elle acquiesça.

Sa mère s'insinua entre nous.

— Le Seigneur nous a dotées de ces talents. Honorons-le.

Evie baissa la tête pendant que sa mère prononçait une prière. Je croyais en Dieu et avais fait ma part de suppliques avant la compétition, mais respirer des vapeurs d'alcool provenant de la femme qui en récitait les paroles ne me convenait pas.

Les vingt minutes d'attente suivantes furent une véritable torture. Heureusement, je parvins à me débarrasser de Paula et à m'asseoir seul. Quand Evie ouvrit la demi-porte pour patiner sur la glace, je tapai trois fois sur le banc à côté de moi pour porter chance.

La musique démarra et mon cœur se mit à battre la chamade comme si quelqu'un avait mis des palettes sur ma poitrine et déclenché un électrochoc. L'enchaînement d'Evie comportait quelques figures précoces, si bien que je n'eus même pas l'occasion de me calmer. Mes poings se serraient et ma jambe se soulevait du siège chaque fois qu'elle sautait. Jusqu'ici, elle déchirait tout, mais son saut le plus difficile était dans le dernier passage. Je retins mon souffle pendant qu'elle se mettait en position pour la longue traversée de la glace. C'était le moment. C'étaient les éliminatoires et les équipes étaient à égalité, avec un tir au but avant que le buzzer ne retentisse.

Un tir et...

Evie s'envola dans les airs et commença à tourner.

Et tourner.

Et tourner.

Il semblait qu'elle avait réussi, jusqu'à ce qu'elle atterrisse un tout petit peu de travers.

Et qu'elle s'écrase au sol avec un grand *crac*.

◦ ◦ ◦

Deux jours plus tard, j'eus enfin vingt-quatre heures de libre.

Je me garai contre le trottoir devant la maison louée par Paula Dwyer et coupai le moteur. Evie vivait toujours avec sa mère, principalement parce qu'elle était rarement chez elle. Elle s'entraînait depuis l'âge de huit ans. Si elle n'était pas à la patinoire, elle se rendait à l'une des dizaines de compétitions auxquelles elle participait afin de conserver son rang national et de gagner un maigre revenu – un revenu qui subvenait à ses besoins et à ceux de sa mère.

Paula ouvrit la porte et passa ses bras autour de mon cou.

— L'athlète olympique est arrivé !

Je pouvais sentir l'alcool dans son haleine à 10 h du matin. Mais ce n'était pas à moi de faire la leçon à une femme adulte.

— Salut, Paula. Comment ça va ?

— Très bien.

Elle recula en titubant.

— L'éclopée est dans la cuisine.

Éclopée. J'étais certain que ce mot offenserait n'importe qui, en particulier votre fille qui s'était cassé la cheville et avait perdu à jamais sa chance de participer aux Jeux olympiques. La compassion de Paula se vidait en temps réel avec la bouteille. Je passai devant elle sans répondre et me dirigeai vers la cuisine.

Evie était affalée sur la table, portant toujours le sweat-shirt rouge, blanc et bleu que je l'avais aidée à mettre après que son entraîneur l'avait portée hors de la glace deux jours plus tôt. Son pied plâtré était posé sur la chaise à côté d'elle.

Je lui remuai doucement l'épaule.

— Hé, ça va ?

Elle releva la tête, plissa les yeux, puis un sourire tordu se dessina sur ses lèvres.

— Je croyais que tu ne pouvais pas venir avant samedi.

— On est samedi.

— Oh.

Elle fronça les sourcils comme si elle n'était pas sûre que je dise la vérité.

— Qu'est-ce qui est arrivé à vendredi alors ?

Je pris le verre vide à côté d'elle et le reniflai. Il puait comme sa mère.

— Je suppose que tu l'as bu.

Elle haussa les épaules et sa tête retomba sur la table.

— Peu importe.

Je soupirai et regardai la cuisine. L'évier était rempli de vaisselle. Il y avait deux cartons à pizza ouverts sur le comptoir, avec des parts datant de plusieurs jours à l'intérieur. Et la poubelle débordait. Je déplaçai un sac de fast-food froissé posé sur le dessus et regardai plus au fond. En dessous, il y avait une bouteille vide de presque deux litres de vodka et une autre, cassée, de Jack Daniel's. Il y avait aussi des canettes de jus de fruit et de soda qui, d'après ce que je voyais, avaient servi d'allongeurs.

Evie ronflait déjà, alors je la soulevai de la table et la portai jusqu'à sa chambre. L'endroit n'était pas mieux. Des tasses et des assiettes à moitié vides jonchaient le sol, et il y avait du linge partout. La valise qu'elle avait apportée à la compétition n'avait pas encore été ouverte.

Je l'installai dans son lit et sortis la vaisselle sale. Je ne jugeais pas. Dieu sait que j'avais eu ma part de cuites après une défaite difficile. Bon sang, je connaissais des gars dans la Ligue qui le faisaient après *chaque match*. Je détestais surtout qu'elle ait à endormir sa douleur. Même si je ne savais pas trop quoi faire pendant qu'elle dormait. Je rangeai sa chambre, fis un peu de lessive et finis par nettoyer la cuisine. Les placards et le réfrigérateur étaient presque vides, alors, quelques minutes plus tard, j'allai au supermarché. L'air frais ne me ferait pas de mal de toute façon.

À mon retour, sa mère était dans la cuisine, mais Evie était toujours assommée. Paula était assise à la table, buvant, pendant que je rangeais les provisions que j'avais achetées. Quand j'eus terminé, je pris place en face d'elle.

— Elle le prend mal, hein ?

Paula alluma une cigarette et me souffla la fumée au visage.

— Bien sûr qu'elle le prend mal. Elle a détruit son avenir. Qu'est-ce qu'elle va faire maintenant ?

Je secouai la tête.

— Elle a vingt-cinq ans et elle est en bonne santé. Sa cheville va guérir. Elle peut faire beaucoup de choses.

— Comme quoi ? Donner des cours de patinage artistique pour un salaire minimum ?

— Si c'est ce qu'elle veut faire et que ça la rend heureuse.

— Et comment elle est censée nous nourrir en faisant ça ?

Nous. Evie avait été la vache à lait de cette femme pendant assez longtemps.

J'avais envisagé de demander à Evie d'emménager avec moi. On ne se voyait que depuis six mois, mais ce n'était pas facile de trouver du temps à passer ensemble quand elle vivait à Chicago et que j'avais quarante et un matchs en extérieur à chaque saison. De plus, je pensais que ça lui ferait du bien d'être près de son père et de son épouse, plutôt que de Paula.

— Je vais demander à Evie de venir vivre à Laurel Lake avec moi.

— Ça ne lui fera que du mal.

— Comment ça ?

— Quand on vit sa vie sur un manège et qu'il s'arrête brusquement, on trouve un moyen de le faire tourner à nouveau.

— Qu'est-ce que ça veut dire ?

— Tu verras. Ma fille et moi, on est faites du même bois.

CHAPITRE 12

Jaloux ?

Fox

C'était la quatrième fois que j'entrais dans la chambre d'amis du premier étage ce matin. Je doutais y être entré autant de fois durant l'année écoulée. Mais la vue depuis la fenêtre avait récemment changé, et elle était sacrément agréable à regarder. J'avais une vue plongeante sur le jardin d'à côté, où Josie s'étirait actuellement sur un tapis de yoga, les fesses en l'air, dans ce que je pensais être la position du chien tête en bas.

Je buvais mon café tout en regardant, me sentant moi-même un peu comme un chien. Mais je n'arrivais pas à m'en détacher. Cependant, quelques minutes plus tard, le spectacle sembla toucher à sa fin. Josie enroula le tapis et disparut à l'intérieur. J'avais un tas de choses à faire aujourd'hui, et perdre mon temps à regarder Miss Yoga n'en faisait pas partie. Je pris donc une douche rapide, attrapai ma to-do list sur la table de la cuisine et sortis. Mais le pick-up garé au bord du trottoir me stoppa net après quelques pas.

Putain de Porter. Qu'est-ce qu'il foutait là ?

Et pourquoi est-ce que je ressentais soudain le besoin de casser quelque chose ?

J'ajoutai mentalement une autre tâche à ma to-do list : me traîner à la patinoire et frapper quelques palets avec une crosse. C'était ça ou une partie de jambes en l'air, et je n'étais pas vraiment d'humeur pour ce qui précédait et suivait ladite partie de jambes en l'air, à savoir une conversation polie.

Je restai planté sous le porche pendant quelques minutes, luttant pour m'empêcher d'aller à côté. Il y avait un million de raisons de ne pas le faire.

Des trucs à faire.

Je n'étais pas intéressé – en tout cas, ma tête ne l'était pas. Ma queue, elle, avait l'air assez enthousiaste.

Frapper un employé était mal vu. Même s'il n'était pas au travail au moment du coup...

Je regardai fixement mon véhicule, essayant de faire avancer mes pieds vers lui. Mais ces enfoirés refusaient de bouger.

C'est alors que j'entendis un rire, un rire féminin qui flotta dans l'air et fit des choses qui ne m'intéressaient pas du tout à l'intérieur de ma poitrine. C'était comme si quelqu'un avait augmenté la température du sang qui circulait dans mes veines. La chaleur s'infiltra dans le haut de mon corps, me donnant la sensation d'être blotti sous une couverture de flanelle près d'un feu.

Je secouai la tête pour en chasser cette pensée. *Sérieusement. Qu'est-ce qui m'arrive, bordel ?*

Furieux contre moi-même, je me forçai à mettre un pied devant l'autre et parvins à grimper dans mon pick-up et à sortir de l'allée en marche arrière.

Ne regarde pas. Ne regarde pas.

Je passai la marche avant en me faisant un discours d'encouragement bien utile. Mais alors que je roulais devant sa boîte à lettres et m'apprêtais à passer devant la grande baie vitrée, je réalisai que j'avais commis une erreur de débutant. *J'aurais dû partir dans l'autre sens.* Parce qu'il était impossible que je me retienne de regarder.

Le visage souriant de Porter me fit freiner brusquement et me rapprocher du trottoir si vite que j'oubliai complètement la boîte à lettres. Je la heurtai avec grand fracas.

Putain de vie.

Je sortis du véhicule et le contournai. Mon pick-up avait une bonne bosse sur l'aile arrière et la boîte à lettres était par terre. Pire, Josie était en train de sortir avec Porter à sa suite.

— Ça va ? demanda-t-elle, son visage affichant une inquiétude sincère.

— Oui, grommelai-je. Je vais bien.

— Qu'est-ce qui s'est passé ?

— Heu... J'ai oublié quelque chose chez moi. J'ai fait demi-tour et j'ai zappé la boîte à lettres.

Les lèvres roses de Josie se recourbèrent en un sourire jubilatoire.

— Apparemment, je ne suis pas la seule à être capable de ne pas voir une boîte à lettres rouge vif.

Je fronçai les sourcils.

— Vous pourriez au moins faire semblant de ne pas vous réjouir de la situation.

Son sourire s'élargit.

— Qui, moi ? Je ne me réjouis de rien du tout.

Curieusement, j'avais réussi à oublier l'homme qui se tenait derrière elle. Un vœu pieux, je suppose. Mais une fois que je remarquai son sourire en coin, ce fut là que je fixai ma limite. Je pointai sa bouche du doigt.

— De toi, je ne vais pas tolérer ce sourire.

L'enfoiré gloussa.

— Qu'est-ce que tu fiches ici de toute façon ? grognai-je.

— Je suis venu déposer un chevalet pour Josie.

— Il est où ?

Porter pointa son pouce en direction de la maison.

— Dedans.

— Pourquoi est-ce que tu es toujours dans mon quartier, alors ? C'est déjà assez pénible de devoir te voir toute la semaine.

Le sourire de cet abruti se fit plus grand. Est-ce qu'il aimait vraiment mes insultes ? Parce que j'en avais plein à lui balancer s'il voulait...

— Josie m'a invité à rester pour le café.

Je me tournai vers elle.

— Vous feriez mieux de vous méfier. Je l'ai embauché en tant que mains supplémentaires sur un chantier il y a trois ans. Je n'arrive pas à l'empêcher de revenir.

Elle secoua la tête en souriant.

— Voudriez-vous vous joindre à nous pour un café, Fox ?

Bien que je déteste l'idée qu'ils soient seuls tous les deux, je me détestais encore plus pour la façon dont j'agissais ce matin. Je refusai donc à contrecœur.

— J'ai des trucs à faire.

Je me retournai pour remonter dans ma voiture, réalisant que j'avais toujours la boîte à lettres dans la main. La mine renfrognée, je la brandis sans me retourner.

— J'en prendrai une aussi.

Je passai le reste de la matinée à ruminer tout en faisant des courses. Je fis faire la vidange de mon véhicule, me rendis à la pépinière prendre des plants de tomates que je mettrais en terre avec du retard, m'arrêtai à l'épicerie, puis allai au magasin de bricolage pour remplacer ma pomme de douche qui fuyait. Pendant que j'étais là-bas, je commandai une nouvelle boîte à lettres pour Josie et m'arrêtai au rayon des revêtements en bois pour obtenir des prix pour sa terrasse pourrie. Je m'étais absenté plus de trois heures, alors je ne m'attendais pas à voir le pick-up de Porter à mon retour. Malheureusement pour moi, ce ne fut pas la seule chose que je vis.

— Qu'est-ce que tu fous ?

Je coupai à travers ma pelouse et rejoignis un Porter torse nu au bout de l'allée de Josie. Il jeta un tas de bois sur le trottoir et essuya la sueur sur son front.

— Qu'est-ce que j'ai l'air de faire ? Je me débarrasse de cette terrasse pourrie.

— Mais pourquoi ?

Il haussa les épaules.

— J'ai vu la bande Velpeau autour de la cheville de Josie, et elle m'a raconté ce qui s'est passé l'autre soir. Je lui ai proposé de l'aider.

Je n'avais pas le droit de me sentir territorial, mais cela ne m'empêcha pas d'avoir envie de fourrer Porter dans sa voiture et de finir le travail moi-même.

— Ce n'est pas un de tes plans cul, Porter. Tu devrais la laisser tranquille.

— Je croyais qu'elle ne te plaisait pas ?

Je croisai les bras sur le torse.

— C'est vrai. Mais elle a traversé beaucoup d'épreuves. Elle n'a pas besoin d'un Porter Tobey qui la tire, puis se tire, en ce moment.

— Ça n'a rien à voir. Je l'aime bien.

Je serrai la mâchoire si fort que je fus surpris de ne pas me casser une dent.

— Laisse-moi décharger mon pick-up et je te donnerai un coup de main.

Traduction : Plus vite c'est fini, plus vite tu pars.

— C'est bon. J'en suis presque à la moitié.

— J'arrive dans quelques minutes.

Je sortis les sacs du plateau, les jetai dans la maison et enfilai rapidement des vêtements de travail. Contrairement au joli cœur, je n'allais pas être stupide et transporter des planches de bois simplement vêtu d'un short, torse nu et en tongs.

Il semblait que j'étais le seul à m'être changé pour travailler. Josie portait toujours la tenue de yoga moulante qu'elle avait revêtue tôt ce matin. La seule chose qui avait changé, c'était qu'elle avait ajouté une paire de gants de travail. Je fronçai les sourcils, non pas parce que je n'appréciais pas la tenue, mais parce que je n'étais pas le seul à l'apprécier. Josie se pencha pour soulever une planche et les yeux de Porter la suivirent. Je me raclai la gorge pour lui donner la courtoisie de savoir que j'arrivais. Il avait de la chance d'avoir reçu un avertissement et pas mon poing.

Josie se redressa, s'accrochant à la planche, et y mis tout son poids pour essayer de la soulever. Je secouai la tête et me plaçai derrière elle.

— Qu'est-ce que vous croyez qu'il va se passer quand la planche va céder ou se casser en deux alors que vous êtes penchée comme ça ?

— Je crois qu'il y aura un morceau de bois pourri en moins.

Je pointai du doigt les fauteuils Adirondack qui se trouvaient au bord du lac.

— Allez vous asseoir.

— Vous ne pouvez pas me dire ce que je dois faire comme ça.

— Vous vous êtes blessée à la cheville il y a deux jours. Vous ne devriez pas vous appuyer dessus, et encore moins transporter du bois lourd sur le trottoir.

Je levai le menton vers Porter.

— On va finir ça.

— Non, Fox. Ce n'est pas que je n'apprécie pas votre aide, parce que je l'apprécie beaucoup. Pour être honnête, vous me sauvez la vie. Mais je n'aime pas le ton avec lequel vous venez de me parler.

Elle rentra le menton et prit une voix plus grave.

— *Allez vous asseoir !* Je ne suis pas un chien, vous savez.

Je soupirai. C'était reparti pour un tour.

— Comment voulez-vous que je vous le demande, Josie ?

— Je ne sais pas. Mais ne m'ordonnez pas de faire les choses. C'est grossier.

Je pris une profonde inspiration.

— Bien ! Pourquoi n'iriez-vous pas vous asseoir, pendant que nous finissons ça, afin que vous n'aggraviez pas l'état de votre cheville ?

Elle sourit.

— C'était très gentil. Mais je crois que ça va. Je n'ai pas besoin de m'asseoir.

Cette femme me rendait dingue. Du coin de l'œil, je surpris le sourire suffisant de Porter. On aurait dit qu'il était sur le point d'éclater de rire.

— Qu'est-ce que tu trouves amusant ? aboyai-je.

— Rien, patron, gloussa Porter.

Mais il fut assez intelligent pour se remettre au travail, même si, techniquement, il ne travaillait pas à cet instant.

Au cours de la demi-heure suivante, Porter et moi arrachâmes le reste de la terrasse pourrie et l'empilâmes sur le trottoir. Bon, plus précisément, Josie *aussi* sortit quelques planches. Lorsque nous eûmes terminé, nous étions tous en sueur.

Josie ôta ses gants de travail sales et regarda autour d'elle.

— Vous donnez l'impression que tout est si facile.

— Ce n'était rien, dit Porter avec un clin d'œil. Ça me permet de garder la forme.

— Ah oui ? Cette semaine, on a du béton à casser et à transporter. J'allais faire venir un ouvrier pour aider au transport. Mais si tu veux garder la forme...

Josie rit.

— Je peux vous offrir de la limonade, une bière ou autre chose ? Peut-être un déjeuner ?

Porter regarda sa montre.

— J'adorerais rester et traîner un peu, mais je dois filer. Je peux remettre ça à plus tard ?

Elle sourit.

— Bien sûr. Merci encore pour tout.

— Je t'enverrai un message. Peut-être que je peux t'emmener dehors boire cette bière un soir ?

Les yeux de Josie se tournèrent brièvement vers moi avant d'afficher un sourire forcé.

— Heu... bien sûr.

Porter eut un sourire radieux. Pendant ce temps-là, je me demandais ce qui serait le plus douloureux : des doigts cassés ou des dents en moins. Cependant, il ne s'en rendit pas compte. Il me tapota l'épaule.

— Je te vois demain matin, patron.

Bon débarras. Je parvins à hocher la tête.

Une fois la merveille torse nu partie, Josie se tourna vers moi.

— Et vous ? Vous voulez une bière ou quelque chose à manger ?

Je haussai les épaules.

— Je prendrai les deux.

Elle sourit.

— D'accord. Je vais faire un brin de toilette et me changer. Puis je nous préparerai des sandwichs et des boissons. Vous voulez entrer en attendant ?

— Je crois que je vais aller me laver moi aussi.

— D'accord. Dans quinze minutes ? J'apporterai les sandwiches sur votre terrasse, puisque vous en avez une.

— Ça me paraît bien.

Je pris une douche rapide et enfilai un short et un tee-shirt. Il faisait déjà très chaud dehors, et l'humidité donnait l'impression que l'air était de la mélasse dans les poumons. D'habitude, le lac apportait une brise, mais pas aujourd'hui.

Dehors, Josie arrivait de chez elle par la porte de derrière comme si elle flottait, vêtue d'une tenue rose pastel. Fraîchement douchée, ses cheveux humides tirés en arrière en queue de cheval, elle portait dans une main deux Corona avec des quartiers de citron vert enfoncés dans le goulot et, dans l'autre, une assiette de sandwichs. L'odeur de la vanille flottait sur la terrasse à quelques mètres devant elle et, une fois de plus, mes yeux dérivèrent jusqu'à sa clavicule.

La vue était sacrément incroyable, et je ne tentai de dissimuler mon inspection.

Elle monta sur la terrasse en souriant.

— Quelqu'un a l'air d'avoir faim.

Tu n'as pas idée. Je pris l'assiette et la bière en la remerciant et, alors que Josie s'installait de l'autre côté de la table, je réalisai que c'était la première fois depuis longtemps que je recevais une femme ici, dehors. Celles que je ramenais chez moi passaient la majeure partie du temps dans ma chambre. Et n'aimant pas trop remettre le couvert le lendemain matin, je ne les laissais pas non plus passer la nuit chez moi. Mais je ne pouvais pas dire que je n'aimais pas avoir quelque chose de joli à regarder pendant que je mangeais. Pour être honnête, sa compagnie n'était pas mauvaise non plus. Mais s'impliquer avec le type de femme qu'était Josie ne se faisait pas sans attaches, et c'était ça dont je n'étais pas fan.

— Devinez quoi ? lança-t-elle en portant la bière à ses lèvres.

— Quoi ?

— Noah n'a pas appelé depuis deux jours – pas depuis que vous avez menacé de jaillir d'un buisson et de l'écraser comme un insecte au moment où il s'y attendrait le moins.

— C'est bien.

— Je pensais à vous quand j'étais sous la douche.

J'arquai un sourcil.

— Ah oui ?

Elle gloussa.

— Pas comme ça, vilain garçon.

Dommage. Parce que je pense très souvent à toi de cette façon-là pendant mes douches dernièrement.

— À quoi pensiez-vous, alors ?

— Vous êtes une sorte d'énigme. La plupart des hommes sont comme Porter. Ils sont serviables avec les femmes parce qu'ils veulent quelque chose en retour. Mais pas vous. Vous êtes plutôt comme Superman. Vous débarquez quand j'ai besoin d'aide, puis disparaissez pendant des jours, redevenant un Clark Kent ronchon.

— Croyez-moi, je ne suis pas un héros. Mais vous devriez vous méfier des types qui sont serviables uniquement parce qu'ils veulent quelque chose en retour.

Elle mordit dans son sandwich.

— Vous parlez des types comme Porter ? Je ne sais pas. Je pense que si j'excluais les hommes qui *veulent* quelque chose, il en resterait très peu. Porter semble assez inoffensif, même s'il n'est pas vraiment mon genre.

Je n'aimais pas me sentir soulagé d'apprendre que Porter ne l'intéressait pas. Néanmoins, je ne pus m'empêcher de fouiner.

— C'est quoi, votre genre ?

Elle haussa les épaules.

— Je ne suis plus sûre de le savoir. Je pense être plus douée pour savoir ce qui ne l'est pas. Porter est assez gentil, mais il a l'air d'être un coureur.

Le coin de ma lèvre se courba.

— Bien vu.

— Et vous ? Vous avez un genre ?

— Oui. Simple.

Elle rit.

— Qu'est-ce que ça veut dire, simple ? Simple d'esprit ? Quelqu'un de naïf ?

— Non, pas simple d'esprit. Juste simple. Le contraire de compliqué.

— Donc, une relation de type sans attaches ? C'est votre genre ?

— Je ne suis pas contre les attaches. Je n'aime simplement pas celles qui finissent avec des nœuds. À l'esprit, je veux dire. Pas au sens propre. Ceux-là ne me dérangeraient pas.

Josie sourit.

— Merci pour la précision.

— De rien.

Elle regarda le lac. J'observai son visage. Elle appréciait la vue, mais semblait penser à autre chose, quelque chose de moins agréable.

— Qu'est-ce que vous voulez savoir ? demandai-je.

Ses sourcils se froncèrent.

— Comment avez-vous su que j'allais vous demander quelque chose ?

— Vous n'êtes pas vraiment difficile à lire.

— Oh, vraiment ?

J'inclinai le goulot de ma bière vers elle.

— Vraiment.

— À quoi est-ce que je pense maintenant ? interrogea-t-elle en fermant les yeux.

— Je n'ai pas dit que je lisais dans les pensées. J'ai dit que je pouvais voir sur votre visage quand vous réfléchissiez à quelque chose.

— C'est *vraiment* ce que je fais. C'est parfois écrasant. En fait, ma thérapeute m'a donné des combines pour essayer d'arrêter de le faire.

— À quoi réfléchissiez-vous, là ?

Elle désigna ma chaise.

— À pourquoi vous êtes assis *là*.

— Premièrement : c'est ma maison. Deuxièmement ; je pense que la plupart des gens s'assoient quand ils mangent.

— Oui, mais pourquoi avoir choisi ce siège en particulier ? Vous étiez là avant moi, alors vous auriez pu vous asseoir sur cette chaise-ci ou sur celle-là. Cette chaise-ci a une belle vue sur l'eau. Pourtant, vous ne vous y êtes pas assis. Je me demandais si c'est parce que c'est votre place habituelle ou si vous avez été prévenant et m'avez laissé le siège offrant la meilleure vue.

Je la regardai fixement. Elle était sacrément belle, surtout encadrée par le lac. Mais le mot *compliqué* ne suffisait pas à décrire Josie Preston. Cette femme avait analysé la raison pour laquelle j'avais choisi une foutue chaise.

— Alors... reprit-elle. C'est quoi ? C'est votre chaise habituelle ou vous me l'avez laissée pour que j'aie une plus belle vue ?

Il y avait une troisième possibilité qu'elle n'avait pas envisagée – à savoir que l'endroit où je m'asseyais n'avait pas d'importance parce que la vue serait sacrément agréable avec elle en face de moi. Mais je ne partagerais pas cette information.

Je secouai la tête.

— Arrêtez de réfléchir et finissez votre sandwich.

Nous finîmes de manger dans un silence bienheureux, Josie profitant de sa vue et moi jetant des coups d'œil à la mienne. Sans surprise, ce ne fut pas moi qui repris la parole en premier.

— Vous vous baignez parfois dans le lac ?

Et la paix que j'avais ressentie s'évanouit.

— Non.

— L'eau est contaminée ?

— L'eau est bonne.

— Vous ne savez pas nager ?

— Je sais nager, Josie.

— Seigneur, râla-t-elle, son front et son nez se plissant en même temps. Inutile d'être aussi grognon. Ce n'était qu'une question.

— Et je vous ai donné une réponse. Le problème avec vous, c'est que ça ne suffit jamais.

— Bon sang. Je n'avais pas réalisé qu'il y avait un problème avec moi. Merci de me le faire savoir.

Elle se leva et plia son assiette en papier désormais vide.

— Je saisis l'allusion. Merci encore pour votre aide d'aujourd'hui. Et je suis désolée d'être trop bavarde à votre goût.

Elle s'éloigna de quelques pas et pivota sur elle-même.

— Notre amitié peut se limiter à ce que vous traîniez mes poubelles jusqu'au trottoir quand j'oublie. Merci de l'avoir fait hier encore. Oh, et de m'avoir regardée par la fenêtre pendant que je faisais du yoga, je suppose. Vous avez l'air d'apprécier ça plus que de me parler.

CHAPITRE 13

Petite ville – Grandes fêtes
Josie

Est-ce que je me suis trompée de jardin ?

Il y avait des ballons, de la musique, une demi-douzaine de glacières Yeti et un groupe d'hommes rassemblés près d'un gril fumant. Ce devait être une fête d'anniversaire. Ou peut-être une remise de diplôme. Quand je m'étais garée, je n'avais pas pu trouver de numéro sur la maison, mais sur la gauche il y avait eu un six cent douze et sur la droite un six cent seize, alors il m'avait semblé logique que celle-ci soit la six cent quatorze.

Je me retournai pour m'éclipser avant que quelqu'un ne se rende compte que je venais de m'incruster dans leur fête, quand j'entendis mon nom être crié de manière familière.

— Josie ! Te voilà !

Bernadette Macon se mit sur la pointe des pieds, agitant son bras depuis l'autre côté du jardin.

Oh, Seigneur. Je suis au bon endroit. Mais ce n'était certainement pas une *petite réunion...*

J'hésitai avant d'avancer pour la rejoindre au milieu du jardin. Bernadette me serra dans ses bras comme si nous étions de vieilles amies perdues de vue, plutôt que des personnes qui s'étaient rencontrées au café la semaine précédente.

Je souris.

— J'ai cru que je m'étais trompée de maison. Je n'avais pas réalisé que vous organisiez une fête aujourd'hui. Je pensais qu'il n'y aurait que nous et Tommy Miller, et peut-être quelques autres amis.

Elle indiqua le jardin bondé et rit.

— Ce *sont* quelques autres amis.

Il devait y avoir une cinquantaine de personnes.

— Je ne suis même pas sûre de connaître autant de monde, répliquai-je.

Bernadette passa son bras sous le mien.

— Eh bien, c'est chose faite maintenant. Tous ces gens sont là pour te rencontrer. Tu as échangé des cartes avec beaucoup d'entre eux. Quand le bruit s'est répandu que tu étais l'invitée d'honneur aujourd'hui, mon téléphone n'a pas arrêté de sonner. C'était amusant d'être à nouveau populaire.

Quand je regardai autour de moi, tous les regards étaient braqués sur moi. C'était un peu écrasant.

— Qu'est-ce que tu as là ?

Elle pointa du doigt ce que j'avais dans les mains.

— Est-ce que ça doit aller dans le réfrigérateur ? Si c'est le cas, il faudra peut-être se contenter de le poser sur la glace d'une des glacières à bière. Mon réfrigérateur est rempli de huit énormes barquettes de salade de macaronis à l'hawaïenne. C'est le plat préféré de Troy Zimmerman. Sa femme est décédée il y a six mois – Dieu ait son âme – et les dames sont toutes en chasse maintenant. Je ne sais pas pourquoi elles se sont donné cette peine, il n'aura d'yeux que pour Georgina Mumford. Elle a un gros dandinement.

— Un dandinement ?

Bernadette fit un geste vers son cou.

— Une peau flasque. Troy a toujours eu un faible pour les femmes dotées d'un dandinement. La sienne ressemblait à une dinde de ce côté-là.

Je ne savais pas trop quoi répondre à ça, alors je brandis les boîtes.

— Euh. Non. Rien n'a besoin d'être réfrigéré. J'ai fait des cupcakes et des cookies arc-en-ciel.

— Bien. Viens, on va les mettre à l'intérieur et te donner du vin pour t'aider à apaiser tes nerfs. Tu ressembles à mes élèves quand je leur fais passer une interrogation surprise.

Des femmes préparaient des plats sur l'îlot de la cuisine. Tout comme les personnes dans le jardin, elles cessèrent ce qu'elles faisaient quand j'entrai.

— Ne faites pas fuir cette pauvre petite, les gronda Bernadette en leur faisant signe de s'éloigner. Elle n'est pas un chimpanzé dans un zoo.

Les dames ignorèrent rapidement Bernadette et s'approchèrent les unes après les autres pour se présenter.

— Je suis ravie de te rencontrer, dit la plus jeune des trois femmes. Je suis Lauren Arnold. Nous échangeons des cartes depuis longtemps. La mienne est celle avec quatre chiens sur le devant.

Je la pointai du doigt.

— Vous habillez toujours les chiens avec des costumes de comptines, mais vous y ajoutez un thème de Noël, n'est-ce pas ?

La femme sourit fièrement.

— C'est moi. Je suis couturière. Je fais des costumes sur mesure pour les enfants au moment d'Halloween.

Bon, pour les animaux de compagnie aussi maintenant. Les gens ont aimé ma carte de Noël et ont commencé à me demander si je pouvais faire quelque chose pour leurs animaux. Aujourd'hui, mon commerce se partage presque moitié-moitié entre les costumes pour humains et ceux pour animaux.

— J'ai adoré la scène du goûter du Chapelier fou que vous avez faite l'année dernière.

Après Lauren, je rencontrai Wanda et Rena et, enfin, une femme nommée Hope. Elle était petite, avait des cheveux blancs naturels qui lui allaient bien et des yeux verts magnifiques. Ceux-ci me semblèrent familiers, alors je me dis que nous avions peut-être échangé des cartes et que la sienne avait une photo.

— C'est un plaisir de te rencontrer, Josie.

Elle me tapota la main et s'y accrocha.

— Ton père était un ami très cher. J'ai été très triste d'apprendre son décès il y a quelques années.

— Merci.

Bernadette Macon me tendit un verre de vin et se mêla à la conversation.

— Hope est polie parce que, contrairement à moi, c'est une vraie dame. Elle et ton père étaient plus que des amis. Ils se roulaient des pelles dans la cage d'escalier du lycée dès qu'ils en avaient l'occasion.

Hope rougit.

— Bernadette, tais-toi maintenant. Josie ne veut pas entendre parler de ça. Nous n'étions que des gamins. Son père était un homme heureux en ménage.

— En fait, j'adorerais entendre parler de mon père quand il était plus jeune. Il est mort quand j'avais treize ans, alors je n'ai jamais eu l'occasion de lui poser des questions sur son adolescence, si ce n'est pour savoir à quel point il aimait vivre ici à Laurel Lake.

— Ces deux-là ont été inséparables dès la cinquième, déclara Bernadette. Alors tout ce que tu veux savoir sur ton papa, elle le sait. Sinon, demande à son meilleur ami, Tommy Miller. Il sera là un peu plus tard.

— Vraiment ? Mon père et vous avez été en couple pendant si longtemps ?

Hope sourit et acquiesça.

— Et rétrospectivement, je n'ai que de bons souvenirs du temps passé avec Henry. Il avait une grande personnalité, mais c'était aussi un gentleman, même quand il était jeune.

Ses yeux se perdirent dans le vide pendant quelques secondes et son sourire s'élargit.

— Il racontait aussi les pires blagues du monde.

Je ris.

— Absolument rien n'a changé alors.

Bernadette raccompagna les autres dames à la porte.

— On va vous laisser seules pour rattraper le temps perdu. Viens me voir quand tu seras prête pour d'autres présentations, Josie.

— D'accord, merci.

Seules, Hope et moi nous assîmes à la table de la cuisine. Je ne pus m'empêcher de remarquer les différences entre elle et le Dr Melanie Preston. Maman était grande, avec des cheveux et des yeux foncés. Elle avait un visage sévère, un sourire professionnel et ne serait jamais surprise en public sans rouge à lèvres. Hope était petite et avait une attitude accueillante. Elle portait ses cheveux naturellement blancs en queue de cheval et son joli visage ne portait aucun maquillage.

— Est-ce que mon père et vous vous êtes rencontrés à l'école ?

Elle hocha la tête.

— Oui. Il était dans la fanfare et j'étais porte-drapeau, et nous avions aussi des cours d'algèbre ensemble. Nous étions amis, mais nous étions tous les deux assez timides. Les maths étaient très faciles pour moi, mais l'algèbre était un cours avancé, et certains élèves avaient du mal. J'avais commencé à aider quelques filles. Ton père est venu me voir un jour et m'a dit qu'il avait échoué au dernier examen et qu'il avait besoin d'aide. Il m'a demandé si je voulais bien lui donner des cours particuliers. Nous avons passé beaucoup de temps ensemble à la bibliothèque et il a fini par avouer qu'il n'avait jamais échoué à un examen et qu'il n'avait pas besoin d'aide. Il voulait passer du temps avec moi.

— C'est très drôle ! Vous savez qu'il a fini par devenir professeur de mathématiques, n'est-ce pas ?

Elle sourit.

— Je l'ai entendu dire. Ça m'a beaucoup amusée.

— Donc vous étiez en couple depuis la cinquième ?

— La quatrième, en fait. Le jour de la Saint-Valentin, pour être exacte.

Hope secoua la tête.

— Ton père est venu à l'école vêtu d'un costume et m'a apporté des fleurs, puis il m'a demandé si je voulais bien être sa petite amie. Les autres garçons l'ont vivement critiqué pour avoir porté ce costume, mais Henry s'en fichait.

— C'est tellement gentil.

— Ton père était un homme très gentil. Je suis sûre que ta mère est aussi quelqu'un de spécial.

Je m'efforçai de sourire.

— Oh, ma mère est quelqu'un de bien.

Hope et moi passâmes les vingt minutes suivantes à discuter. Elle me raconta d'autres histoires sur mon père. Il était évident qu'elle et ma mère avaient plus que des différences physiques. Les deux femmes ne pouvaient pas être plus à l'opposé l'une à l'autre. Hope semblait être le genre de femme qui aurait parfaitement convenu à mon père. Pourtant, même si j'avais eu l'impression que la relation entre mes parents consistait à faire rentrer un rond dans un carré, je ne pouvais pas nier que mon père était amoureux fou de ma mère. Je supposais que les opposés s'attiraient parfois. Ce qui me fit penser à mon voisin grognon. Nous ne nous étions pas parlé depuis hier, quand il m'avait aidée à arracher la terrasse et que nous avions partagé un déjeuner agréable... avant qu'il ne me fasse taire parce que je parlais trop. Cet homme était aussi déroutant qu'il était beau.

— Puis-je vous poser une question personnelle, Hope ?

— Bien sûr.

— Pourquoi avez-vous rompu, mon père et vous ?

— Il est entré à Yale, et je suis restée ici pour mes études universitaires. J'ai pensé que c'était mieux qu'Henry ait des expériences, donc j'ai rompu. Tu sais... si tu aimes quelqu'un, libère-le et tout le reste.

Elle sourit.

— Il s'est avéré que c'était pour le mieux. Il a trouvé l'amour de sa vie à l'université. Quelques années plus tard, j'ai rencontré le mien. Mon Joseph est décédé il y a deux ans.

— Toutes mes condoléances.

— Merci. Je ne m'en remettrai jamais, mais je m'efforce de m'occuper. Aujourd'hui je donne des cours de tricot et je fais du bénévolat. Je suis sûre que ta mère a dû s'adapter après le décès de ton père. Ce n'est pas une tâche facile.

J'acquiesçai, gardant pour moi que ma mère ne tricotait pas *du tout*, ni ne faisait de bénévolat. Ma mère en deuil n'avait même pas pris un jour de congé pour la veillée funèbre de mon père. Elle avait pratiqué deux interventions chirurgicales avant que les heures de visite de l'après-midi ne commencent.

— Combien de temps restes-tu en ville ? demanda Hope.

— Je ne sais pas trop. Probablement encore un mois. Mon père a hérité d'une maison à Laurel Lake il y a de nombreuses années. C'était celle de ma tante. Quand il est mort, j'en ai hérité. Elle a été louée pendant longtemps, mais la locataire a déménagé récemment. Je suis venue pour donner un petit coup de neuf à la maison, mais elle est en plus mauvais état que je ne le pensais. Ça m'occupe. Mais il faudra que je reprenne le travail un jour ou l'autre.

— La maison est-elle celle de ta tante Tessa ? Je crois que c'était l'unique sœur de ton père, non ? Sur Rosewood ?

J'acquiesçai.

— Oui, c'est ça.

Hope sourit.

— Un de mes fils vit dans ce quartier. Tu devrais le contacter si tu as besoin de quelque chose. Il est adorable. Et il travaille dans le bâtiment, alors il a tous les outils nécessaires.

Opal entra dans la cuisine, arrivant du jardin.

— En fait, c'est le patron d'Opal maintenant, déclara-t-elle avec un sourire.

— Vous êtes...

Je clignai des yeux plusieurs fois.

— Vous êtes la mère de Fox ?

— Oui. Vous vous êtes déjà rencontrés ?

— Nous, heu...

Je n'allais pas dire à cette gentille dame que son fils alternait entre être un connard et prendre en charge les travaux de ma maison. Je préférai sourire.

— En fait, il habite juste à côté.

— C'est quand même incroyable, non ? Je savais que Tessa avait vécu dans le quartier, mais je ne me souvenais pas de quelle maison il s'agissait. Eh bien, j'espère qu'il se montre bon voisin.

Si se montrer bon voisin signifie me regarder faire du yoga depuis le premier étage... bien sûr. Je m'en tins cependant au positif.

— Il m'a déjà beaucoup aidée.

Elle rayonna de cette fierté toute maternelle.

— Merveilleux. Mon fils peut passer pour un ours mal léché au début, mais il a bon cœur. Il prend le temps de déjeuner avec moi tous les jeudis depuis la mort de son père, et il me laisse venir décorer sa maison deux fois par an – accrocher de nouveaux rideaux et d'autres choses – même si je sais qu'il se fiche complètement de tout ça.

Je souris.

— Vous avez dit *un de mes fils*. Est-ce que vos autres enfants vivent aussi en ville ?

Hope secoua la tête.

— Il n'y a plus que Fox maintenant. Mon autre fils, Ryder, est décédé il y a des années. Je ne pense pas me rappeler, un jour, de dire *mon fils* plutôt que *mes fils*.

— Bien sûr que non. Je vous présente toutes mes condoléances.

— Merci.

Opal interrompit notre conversation.

— Est-ce que je peux voler notre invitée d'honneur un petit moment ? Je veux la présenter à tout le monde.

— Bien sûr, dit Hope. J'ai été ravie de te rencontrer, Josie. Tu es aussi charmante que l'était ton père.

— Merci.

Les heures qui suivirent furent un véritable tourbillon. Opal me présenta à des dizaines de personnes, et la plupart d'entre elles avaient une histoire à raconter sur mon père. J'en appris plus sur son enfance en un après-midi qu'en toute une vie. Henry Preston aimait pêcher, jouer de la batterie, et lui et son ami Tommy Miller avaient apparemment formé un sacré duo de farceurs. Il aimait peindre, comme moi – ce que je n'avais jamais su sur lui. Et il avait été bénévole pour le refuge pour animaux, où il promenait les chiens et les nettoyait. Ginny quelque chose me dit qu'il l'avait aidée à survivre au cours de mathématiques à l'école primaire. Elle aimait chanter et détestait les maths, alors papa avait inventé des chansons amusantes pour l'aider à se souvenir des formules. Elle avait fini par devenir le professeur de musique local et enseignait les chansons de mon père à ses élèves pour s'amuser.

C'était une journée formidable, mais au moment de partir, je me sentis un peu saturée – comme si j'avais besoin de m'asseoir dans une pièce sombre et calme, ou de faire quelque chose de machinal et répétitif, comme du vélo d'appartement. Mon cerveau avait besoin de digérer toutes les informations qu'il avait absorbées.

Je m'engageai dans mon allée et regardai la maison de mon voisin. Fox était dehors, poussant une brouette sur la pelouse, torse nu. Je me léchai les lèvres. Un peu de sexe fonctionnerait vraiment bien pour me vider la tête. Dommage que ce corps-là soit attaché à un tel connard.

J'avais touché ce torse du doigt, et il avait été impossible de ne pas remarquer combien les coutures de ses tee-shirts s'étiraient à l'extrême autour de biceps imposants, mais voir toute cette chair mise à nu d'un seul coup, c'était autre chose. Cet homme était sérieusement baraqué. Des pectoraux ciselés, des lignes profondément gravées dessinant les pics et les vallées des abdominaux, des muscles épais et saillants sur les bras et les jambes. Il n'y avait pas une once de douceur sur lui. Il ne s'épilait pas comme Noah, mais les poils de son torse étaient proprement taillés, et ça lui allait bien. Être rasé de près aurait semblé bizarre sur un homme comme Fox, un homme qui était si... primitif.

Je restai assise dans ma voiture, appréciant de loin le spectacle gratuit. Fox allait et venait, pelletant du paillis rassemblé en tas sur l'allée pour le mettre dans la brouette, puis le faisant rouler jusqu'aux parterres de fleurs pour l'étaler. Adieu le vélo d'appartement et la pièce calme et sombre. Ça, ça permettait à mon cerveau de se mettre en veilleuse. J'ignorai combien de temps j'étais restée assise à regarder, mais quand je sortis de la voiture, il ne restait plus beaucoup de paillis dans le gros tas.

Au lieu d'entrer directement dans la maison, j'envisageai de partager ce que j'avais appris sur la petite amie de mon père au lycée. De plus, une vue rapprochée ne pouvait pas faire de mal...

— Hé, interpellai-je en souriant. Devinez qui j'ai rencontré aujourd'hui ?

Fox jeta un coup d'œil dans ma direction et continua à pousser la brouette.

— Un entrepreneur qui va s'occuper de rénover la maison de merde que vous possédez, j'espère.

— Ce n'est pas une maison de merde. Elle a juste besoin qu'on s'occupe d'elle.

— Ouais, se moqua-t-il. Avec un camion plein d'argent.

Je fronçai les sourcils.

— Maintenant, je n'ai même plus envie de vous raconter ma nouvelle amusante.

— Oh non, dit-il mollement.

— Connard.

Fox retira un de ses gants de travail et essuya la sueur de son front avec le dos de sa main nue. Ses yeux se posèrent sur mon buste, comme s'il remarquait que j'en avais un pour la première fois. Il déglutit avant de parler.

— C'est quoi, votre nouvelle ?

— J'ai rencontré la petite amie de lycée de mon père aujourd'hui.

Il haussa les épaules.

— D'accord, je vais mordre à l'hameçon. Comment ça s'est passé ?

— Ça s'est bien passé. Elle était vraiment adorable et n'avait que des choses gentilles à dire sur lui. En fait, toute la journée a été géniale. Mais ce n'est pas la partie la plus drôle.

— On dirait que vous allez éclater si vous ne le dîtes pas, Josie.

Je souris.

— La petite amie de mon père s'appelait Hope.

Les sourcils de Fox se froncèrent.

— Hope comment ?

— Hope Cassidy !

J'applaudis avec excitation.

— C'est fou, non ? Votre mère et mon père ont été en couple, longtemps apparemment... pendant tout le lycée.

— Elle n'en a jamais parlé.

— Vous avez déjà eu une conversation sur les personnes qu'elle a fréquentées avant votre père ? Je n'en ai jamais parlé à mon père, ni à ma mère d'ailleurs.

— Je suppose que non.

— Quoi qu'il en soit... j'ai réussi à ne pas rire quand elle vous a qualifié d'*adorable*. De rien.

Il plissa les yeux.

— Vous avez d'autres nouvelles amusantes à partager, ou je peux me remettre au travail ?

Fox étant Fox, il n'attendit pas que je réponde. Il se contenta de saisir les poignées de la brouette et se remit à marcher. Je le suivis.

— Vous ne trouvez même pas amusant que nos parents soient sortis ensemble ?

— Non. Parce que maintenant, je vais entendre parler de vous quand j'irai voir ma mère. Vous êtes déjà le sujet de conversation au travail à cause d'Opal.

Fox déposa la brouette sur l'allée et prit un balai pour rassembler les restes de paillis. Il donna un coup de pelle dans le tas et déversa les derniers copeaux dans la plate-bande voisine. Je pensais qu'il avait terminé, mais je remarquai des caisses de plantes alignées sous le porche.

— Vous faites un potager ?

— J'en ai déjà un, déclara-t-il en pointant du doigt la direction opposée à ma maison. Il est sur le côté. L'exposition au soleil y est meilleure.

— J'ai toujours voulu avoir un jardin. Nous n'en avions pas là où j'ai grandi. Je pensais faire pousser des plantes aux fenêtres dans mon appartement, mais il n'y a pas beaucoup de place.

Fox secoua la tête.

— Je ne sais pas comment on peut vivre dans un endroit où il n'y a ni jardin ni herbe.

— C'est drôle. Je ne pense pas avoir remarqué que ça manquait dans ma vie ces dernières années.

— Dommage.

Je regardai autour de moi et soupirai.

— Oui.

Fox récupéra deux plants de tomates sous le porche.

— Vous voulez de l'aide pour les planter ? demandai-je.

— C'est votre façon de dire que vous voulez aider, mais qu'on va faire comme si c'était moi qui avais besoin d'aide plutôt que vous qui voulez en donner ?

Je souris.

— À peu près.

Après une pause, il leva le menton vers le garage.

— Il y a une paire de gants supplémentaire dans le tiroir du haut de l'armoire à droite.

— D'accord ! Mais je crois que je vais d'abord me changer.

— Comme vous voulez, lança-t-il en haussant les épaules.

Il n'était visiblement pas aussi excité que moi.

Je revins quelques minutes plus tard, vêtue d'un short court et d'un débardeur. Cette fois-ci, Fox ne mit pas longtemps à remarquer que j'avais un buste. Jusque-là, chaque fois que je l'avais surpris en train de me regarder, j'avais laissé couler, ne lui faisant aucune remarque. Bon, sauf quand j'avais mentionné le fait qu'il m'observait depuis la fenêtre. Mais aujourd'hui, je me sentais audacieuse. Quand ses yeux remontèrent jusqu'aux miens, j'arquai un sourcil.

Il ignora le défi et se dirigea vers le côté de la maison.

— Les plantes doivent être enfoncées de quinze centimètres et espacées de cinquante.

Il montra quelques outils de jardinage.

— La petite pelle est là.

Durant l'heure suivante, Fox et moi plantâmes plus de trois douzaines de plants de tomates. Nous ne parlâmes pas beaucoup, ce qui me convenait parfaitement. Lorsque nous eûmes terminé, je ne me sentais plus accablée par la journée. Bizarrement, je me sentais en paix.

Je repoussai une mèche de cheveux derrière mon oreille.

— J'ai vraiment aimé faire ça. Qui aurait cru que creuser la terre pouvait être aussi relaxant mentalement ?

— Travailler en extérieur est bon pour le corps et l'esprit.

Je frottai la terre sur mes mains et mes genoux.

— Merci de m'avoir laissée aider. Surtout que je sais que vous auriez préféré le faire vous-même.

Fox acquiesça.

Je levai les yeux au ciel.

— Vous pourriez au moins *feindre* que j'ai tort et que vous avez apprécié ma compagnie.

Ses lèvres tressautèrent.

— Merci de m'avoir aidé à planter, doc.

Je fis une fausse révérence.

— Il n'y a pas de quoi.

Même si je ne voulais pas encore rentrer chez moi, je sentais qu'il était temps.

— Bon, je crois que je devrais y aller...

Fox acquiesça de nouveau.

J'hésitai encore quelques secondes, pensant qu'il allait peut-être me dire que je ne devrais pas m'enfuir si tôt. Mais bien sûr, c'était Fox.

— D'accord, alors, dis-je. Passez une bonne nuit, je suppose.

Alors que j'avais fait quelques pas, il soupira.

— Vous voulez une bière ?

Je me retournai avec un sourire.

— Vous voulez vraiment que je me joigne à vous, ou vous êtes gentil parce que je vous ai critiqué sur le fait que vous ne vouliez pas que je plante avec vous ?

Il ferma les yeux et secoua la tête.

— Tu veux une bière ou pas ?

Oh, c'était nouveau ça !

Je haussai les épaules. *Eh mince.*

— Bien sûr.

CHAPITRE 14
Tout est vraiment parfait
Josie

— Ta mère est si petite, dis-je. Et tu dois probablement être obligé de te baisser et te tourner de côté pour entrer dans certaines pièces. Tu étais un gros bébé ?

— Trois kilos huit cent cinquante. Mon frère pesait quatre kilos cinq.

— Waouh. Quatre kilos cinq. Il est plus grand que toi maintenant ?

— Il est décédé il y a des années.

Je fermai les yeux.

— Je suis désolée. Ta mère a mentionné avoir perdu un fils. Je n'ai pas réfléchi.

— Ce n'est pas grave. C'était il y a longtemps.

— Je dis exactement la même chose quand les gens présentent leurs condoléances pour le décès de mon père – que c'était il y a longtemps. Je suppose que je veux qu'ils se sentent plus à l'aise à l'idée de parler de lui.

Fox me regarda dans les yeux.

— Ça permet aussi d'étouffer la conversation dans l'œuf.

Je souris.

— Compris. On passe à autre chose...

Je bus une gorgée de ma bière.

— Ta mère t'a qualifié d'adorable plus d'une fois. Ne le prends pas mal, mais ce n'est pas un mot que j'aurais utilisé pour te décrire.

— Les mères ont des préjugés.

— Peut-être. Mais je ne pense pas que ce soit ça. Je pense que, tout au fond, il y a un garçon adorable. C'est juste que tu ne veux pas que les gens le rencontrent, pour je ne sais quelle raison.

— Ou alors tu t'inventes un autre conte de fées, comme celui auquel tu t'accroches depuis des années sur le fait que cette ville est un endroit mythique où tout le monde se balade en souriant.

— Aujourd'hui, je suis allée à une fête organisée en mon honneur dans la maison d'une femme qui était une parfaite inconnue il y a une semaine. Tout le monde souriait et s'amusait. Je pense que c'est toi qui t'inventes des choses. Pourquoi ne veux-tu pas que cet endroit soit aussi génial qu'il l'est ?

Fox porta sa bière à ses lèvres.

— De grandes attentes mènent généralement à de la déception.

— Bon sang. Quel positivisme ! Tu pourrais peut-être faire imprimer ce slogan sur les badges que les enfants de maternelle portent le jour de la rentrée. Ça mettrait fin à tout optimisme dès le départ.

Sa lèvre tressaillit.

— Joli !

— C'est tout moi !

Il gloussa doucement.

— Alors, quels personnages intéressants as-tu rencontrés chez Bernadette Macon aujourd'hui ?

— Ce serait plus rapide de demander quelles personnes ennuyeuses j'ai rencontrées. Cette ville a tout un ballet de personnages. Mais voyons voir... J'ai rencontré Tommy Miller. C'était le meilleur ami de mon père ici. Tu le connais ?

— Des cheveux roux flamboyants et un rire qui semble sortir d'un mégaphone ? Il est difficile à rater.

— Oui. Ensuite, il y a eu Ronnie Tremmel. Mon père et lui étaient dans la fanfare ensemble.

— Le sur-descripteur. Il possède le magasin de peinture en ville. Je déteste y aller. Je lui demande des échantillons de peinture verte et il passe dix minutes à me parler de la couleur de la mousse.

J'éclatai de rire.

— Oh mon Dieu. C'est vrai qu'il fait ça. Il a passé quinze minutes à décrire l'uniforme de la fanfare de l'époque – les couleurs, le revers, même les chaussures. Et puis il m'a parlé d'un plat qu'il cuisine, et il a littéralement décrit les bulles dans la cocotte. Et Georgina Mumford ?

— Le dandinement. Elle va finir par devenir Georgina Zimmerman.

Je ne pus m'empêcher de rire.

— Mon Dieu, c'est vraiment une petite ville.

— Et ta mère ? Tu as rencontré certaines de ses amies ? Je secouai la tête.

— Non. Tommy Miller, le meilleur ami de mon père, l'a rencontrée une fois lorsqu'elle est venue avec mon père pendant des vacances universitaires. Deux ou trois autres personnes ont dit qu'elles connaissaient son jeune frère. Mais je n'ai pas eu l'impression qu'il était très populaire. Leurs visages ont changé quand j'ai prononcé son nom.

— Comment s'appelle ton oncle ?

— Ray. Ray Langone.

Le visage de Fox fit la même chose que tous les autres. C'était presque une grimace, mais les gens d'ici étaient trop polis et la dissimulaient. J'indiquai sa mâchoire.

— Ça ! C'est ça qu'ils ont fait.

— Désolé.

— Ma mère n'a jamais parlé de sa famille, mais mon père a laissé entendre une fois que Ray était accro au jeu. Apparemment, il appelait occasionnellement pour leur demander de l'argent.

Fox hocha la tête.

— C'est un véritable joueur. Un buveur et un escroc aussi. Il a fait de la prison pour avoir pris de l'argent à des gens sous forme d'acomptes pour des polices d'assurance auto.

— Il n'a pas remis les fonds à l'assureur ?

— Il n'était même pas agent d'assurance. Il a juste fait du porte-à-porte et a arnaqué des personnes âgées de plusieurs villes.

— Oh.

— De ce que j'en sais, il n'a pas eu d'ennuis depuis qu'il est sorti. Il vit dans le nord de la ville.

— Attends... Ray Langone est vivant ?

Le front de Fox se plissa.

— Il l'était quand je l'ai vu il y a une semaine. Il s'est passé quelque chose ?

— Eh bien, ma mère m'a dit qu'il était mort. Il y a quelques années, j'ai envisagé de venir visiter Laurel Lake. J'ai demandé à ma mère qui vivait encore ici de son côté, et elle a dit *personne*, que son frère était mort d'alcoolisme.

— Je l'ai vu sortir du *Crow's Nest* en titubant le week-end dernier.

Je soupirai et secouai la tête.

— Malheureusement, ça ne me choque même pas que ma mère dise quelque chose comme ça alors que ce n'est pas vrai.

— Combien de temps ta mère a-t-elle vécu ici ?

— Jamais. Sa famille a quitté Charlotte pendant sa deuxième année d'université. Ray a dix ans de moins qu'elle. Ils ont la même mère, mais des pères différents. Ma mère vivait déjà dans le Connecticut, à Yale, lorsque sa mère et son frère sont venus vivre à Laurel Lake. En fait, mes parents se sont rencontrés dans un avion qui les ramenait ici pour les vacances de Noël. Ils se sont rendu compte qu'ils fréquentaient la même université et qu'ils rentraient tous les deux dans la même petite ville. Le plus drôle, c'est que c'est la dernière fois que ma mère est venue à Laurel Lake. Elle n'aimait pas cet endroit. Elle ne s'entendait pas avec sa mère et détestait le fait qu'ils aient à nouveau déménagé. Apparemment, ils avaient des difficultés financières et se faisaient souvent expulser. Ils ont vécu dans une dizaine d'endroits au fil des ans. C'est pour ça que nous ne sommes jamais venus en visite avant la mort de mon père, bien qu'il ait toujours voulu le faire. Un imprévu arrivait toujours pour ma mère.

Fox but une gorgée de sa bière, me regardant par-dessus la bouteille.

— Bref, soupirai-je. C'était une belle fête aujourd'hui. Bernadette a été une hôtesse très généreuse, et ta mère était vraiment géniale. Vous avez les mêmes yeux.

Un battement d'ailes nous fit tourner la tête vers le lac. Un canard blanc reposait au bord de l'eau, battant des ailes. Il se leva et essaya de marcher, mais il boitait et penchait d'un côté.

— Il est blessé ?

— Je ne sais pas.

Fox posa sa bière et se dirigea vers l'eau. Je le suivis. De près, je crus d'abord que le pauvre petit n'avait qu'une seule patte, puis je vis la seconde. Elle était repliée en l'air comme le font les flamants roses, sauf qu'on aurait dit qu'il luttait pour la poser.

— Je crois que sa jambe est cassée, déclarai-je.

— Non. Elle est emmêlée dans un foutu fil de pêche.

Fox souleva le canard. Ce dernier paniqua et battit des ailes. Son bec orange s'ouvrit et serra la main de Fox.

— Bon sang ! J'essaie de t'aider, petit con. Lâche-moi.

Je m'approchai et caressai le dos du canard terrifié. Il libéra la main de Fox, laissant une marque derrière lui, mais la peau n'était pas abîmée.

— Chut... dis-je à voix basse. Doucement. Tout va bien se passer.

Fox secoua la main et fit un signe de tête en direction de la maison.

— J'ai besoin d'un sécateur pour couper la ligne. J'en ai un dans le garage.

Nous contournâmes la maison pour rejoindre le garage, et il posa le canard sur un établi tout en fouillant dans plusieurs tiroirs. Ayant trouvé ce qu'il cherchait, il coupa le fil de pêche transparent.

— C'est un lac de pêche avec remise à l'eau, m'apprit-il. Ces fichus gamins coupent la ligne et rejettent le poisson avec l'hameçon encore dans la bouche, parce que c'est plus facile que d'enlever l'ardillon. Soit le poisson meurt, soit il parvient à se débarrasser de l'hameçon, mais la ligne attrape alors les canards quand ils nagent à proximité.

— Ooooh ! Pauvre petit gars.

Je caressai les plumes de l'animal, qui appuya sa tête sur mon épaule et me regarda.

— Évidemment, commenta Fox. C'est moi qui te ramasse et te détache, mais tu me mords et tu flirtes avec elle.

Cela prit environ dix minutes, mais Fox parvint à enlever tout le fil de pêche emmêlé autour du canard. Le fil lui avait scié la patte et avait laissé une grosse entaille. Fox posa l'oiseau sur le sol du garage pour voir s'il pouvait marcher. Le canard fit quelques pas en boitant vers la porte ouverte, puis revint et se blottit contre ma jambe.

— Oh mon Dieu ! Elle est adorable. On ne peut pas la laisser retourner dans le lac blessée.

— Il ira bien.

— Comment le sais-tu ?

Je caressai le dessus de la tête du canard.

— Daisy pourrait avoir une infection ou sa patte pourrait ne pas être assez forte pour nager.

Le front de Fox se plissa.

— Qui ?

— Daisy Duck.

— Comment sais-tu que c'est une fille ?

— Je le devine. Elle est tellement adorable.

— *Il* est plutôt gros aussi et a une plume courbée au bout de sa queue, alors je déteste te dire ça, mais ton Daisy Duck est plus probablement un Donald Duck.

— Tu es en train d'inventer.

Fox haussa les épaules.

— Crois ce que tu veux. Mais il va retourner dans l'eau.

Fox voulut l'attraper, mais Daisy blottit son bec dans mon décolleté. Il retira ses mains et grommela.

— C'est définitivement un mâle.

— Ramenons-la dans le jardin et voyons ce qu'elle fait. Peut-être que le garage lui fait peur puisqu'elle a l'habitude d'être dehors.

— Bien.

Je portai Daisy jusqu'au jardin de derrière et l'installai à côté de la terrasse. Elle sembla contente jusqu'à ce que je m'assoie sur la chaise Adirondack. Elle boita alors jusqu'à moi et s'installa entre mes pieds.

— Tu vois ? Elle n'est pas encore prête à retourner dans l'eau.

— Qu'est-ce que tu vas en faire ? La border dans ton lit à côté de toi ? Ces machins transportent toutes sortes de bactéries et de merde partout.

Il n'avait pas tort. Mais je ne pouvais pas laisser cette jolie petite cane retourner dans la nature si elle n'était pas prête.

— Elle peut rester dans mon garage.

Fox secoua la tête.

— Les canards n'ont rien à faire à l'intérieur.

Je pris ma petite compagne et la posai sur mes genoux. Elle semblait parfaitement satisfaite.

— Je ne savais pas que les canards étaient si amicaux.

— D'habitude, ils ne le sont pas.

J'effleurai délicatement de mes ongles la tête de Daisy.

— Je suppose qu'on a eu de la chance alors.

Fox resta silencieux pendant quelques secondes.

— Je pense que c'est lui qui a eu de la chance.

— C'était... un compliment ? Parce que je ne me suis toujours pas remise du choc du dernier que tu m'as fait.

Il plissa les yeux.

— C'était quand ?

— Tu m'as dit que j'étais *plutôt pas mal*. Visiblement, la flatterie n'est pas ton point fort.

Fox porta sa bière à ses lèvres, mais son regard dévia vers le bas et se fixa sur mon décolleté alors qu'il buvait. Après avoir vidé la bouteille, il se leva.

— Tu en veux une autre ?

— Bien sûr. Pourquoi pas ?

Il revint avec deux Heineken glacées et m'en passa une.

— Où as-tu dit que mon oncle habitait déjà ?

— Au nord. Une résidence sur Barnyard Avenue... du moins à ma connaissance.

— Peut-être que je prendrai contact avec lui. Je ne sais pas grand-chose de la famille de ma mère ou de l'histoire de sa famille.

— Si tu veux. Mais parfois, il vaut mieux laisser le passé là où il est.

Je ne savais pas pourquoi, mais j'avais l'impression qu'il ne me donnait pas simplement un conseil et disait ça par expérience personnelle. Quelques minutes plus tard, les arroseurs automatiques de la pelouse de Fox se mirent en route. Chaque fois qu'un jet atteignait le buisson derrière moi, la pauvre Daisy sursautait.

— Je suppose que je devrais mettre le bébé au lit, déclarai-je. Qu'est-ce que je devrais mettre en place pour qu'elle dorme, à ton avis ?

— Pourquoi pas de l'herbe ou un lac ?

— Ha ha. Tu sais ce que je voulais dire.

— Je ne sais pas. Du foin ?

— Je n'en ai pas. Et toi ?

— Non.

— Il y a un tas de vieux draps dans le garage. J'allais les jeter, mais je les ai oubliés quand la benne était là.

— Ça va marcher. À moins, bien sûr, que ce ne soit du duvet. Ça pourrait être une de ses amies.

Je gloussai et me levai.

— Merci encore de m'avoir laissée planter tes tomates avec toi. Et pour la bière.

Fox se leva. Ce n'était pas la première fois qu'il faisait ça – se lever quand je le faisais. Il avait des manières à l'ancienne, ce que j'aimais bien.

— Bonne chance avec Donald.

— C'est Daisy.

— Non, ce n'est pas Daisy.

J'avais parcouru la moitié de la pelouse jusqu'à ma maison quand Fox cria :

— Hé, doc ?

Je me retournai.

— Oui ?

— Tu es plus que *plutôt pas mal*.

Mon cœur s'emballa comme celui d'une écolière.

— Merci.

— Bonne nuit.

— Fais de beaux rêves, Fox.

CHAPITRE 15
Quand c'est mouillé, ça glisse
Fox

— Est-ce que tu as vu ta voisine dernièrement ? demanda Porter.

J'étais appuyé contre le pilier, tripotant mon téléphone en attendant l'arrivée de l'inspecteur du bâtiment. Mon employé était censé être à l'intérieur en train de poser du carrelage dans la dernière des salles de bains de l'immeuble. Je ne savais pas trop ce qui m'agaçait le plus, le fait qu'il se relâche au travail ou qu'il se renseigne sur Josie.

Je ne levai pas les yeux de mon téléphone portable.

— Je crois que Mme Hanson rend visite à sa fille pendant quelques semaines en été.

— Je parlais de ta voisine de l'autre côté.

Bien sûr que je le savais. Et j'avais aussi vu Josie il y a deux jours, quand elle avait passé l'après-midi à tester mon sang-froid – à quatre pattes dans son petit short en jean, m'aidant à planter mes tomates. Pourtant, je haussai les épaules.

— J'suis pas son gardien.

Porter souleva sa casquette de base-ball et la fit pivoter vers l'arrière.

— Je l'ai appelée pour lui demander si elle voulait dîner ce vendredi soir. Elle m'a dit qu'elle me recontacterait. Je lui ai écrit hier pour prendre des nouvelles, mais je n'ai pas eu de réponse.

— Peut-être que tu devrais saisir l'allusion.

Le front de Porter se plissa.

— Tu crois qu'elle n'est pas intéressée ?

Le gamin se faisait rejeter si rarement qu'il ne savait même pas à quoi ça ressemblait.

— Tu l'as appelée. Elle t'a envoyé balader. Tu lui as écrit parce que tu n'as pas saisi l'allusion la première fois, et encore une fois, elle t'ignore. Qu'est-ce qui te fait penser qu'elle est intéressée ?

— Je me suis dit qu'elle était juste occupée ou un truc comme ça.

— Si une femme est intéressée, elle n'est jamais trop occupée pour répondre.

— Ouille.

Je retournai à mon téléphone.

— C'est comme ça.

— Peut-être que je devrais envoyer des fleurs.

Je secouai la tête.

— Bon sang, il n'a toujours pas compris, marmonnai-je.

— J'ai cru sentir quelque chose entre nous quand on s'est parlé, songea Porter à voix haute. Tu sais, comme une étincelle.

Cette conversation me mettait sur les nerfs. Je levai le menton vers l'entrée du bâtiment.

— Tu n'as pas du carrelage à faire ?

— J'ai terminé tout ce que je pouvais. Ils n'ont pas livré assez de pièces de bordure, alors je vais devoir aller en chercher à Ludsville.

— Ludsville ? On n'a pas acheté tout le carrelage chez Abbotts en ville ?

— Si, mais j'ai appelé et Abbotts n'a pas les carreaux de bordure en stock. Il leur faudrait les commander, et ça prendrait une semaine à dix jours. L'*Empire du Carrelage* les a tout de suite. Il me faudra environ une heure pour faire l'aller-retour, mais je pourrai quand même terminer la salle de bains aujourd'hui.

Je me grattai le menton.

— Tu sais quoi ? Je ferai le trajet jusqu'à Ludsville une fois qu'Ernie, du département du bâtiment, sera venu faire son inspection. Pourquoi ne pas commencer à installer les couvercles des plinthes chauffantes ? Ils ont été livrés ce matin.

Porter haussa les épaules.

— Bien sûr. Tout ce que tu veux, patron.

Il fouilla dans la poche de son pantalon et en sortit un carreau.

— C'est la bordure, pour t'assurer qu'elle correspond bien.

— Merci.

Quatre-vingt-dix minutes plus tard, je me garai sur le parking de L'*Empire du Carrelage*. Le magasin était sombre. L'enseigne sur la façade indiquait qu'ils ouvraient à 10 h, alors je vérifiai l'heure sur mon téléphone. 9 h 45. Mon portable avait également reçu une notification de la part de mon entreprise de sécurité. Quatre-vingt-dix pour cent du temps, c'était la livraison d'un colis ou un animal qui déclenchait l'alarme, mais j'avais du temps à tuer, alors j'allumai mon téléphone et me connectai pour regarder la vidéo.

Ce ne fut pas différent des autres fois, sauf que l'animal que le détecteur de mouvement avait repéré avait une camarade de jeu aujourd'hui – et cette camarade de jeu ressemblait à une fichue Playmate du mois. Josie portait un bikini blanc et courait dans mon jardin à la poursuite d'un canard boiteux. Je soulevai le téléphone jusqu'à mon nez pour mieux voir. Mais qu'est-ce qu'il y avait sur la tête du canard ? Je pinçai l'écran pour zoomer. La vidéo se floutait au fur et à mesure qu'elle se rapprochait, mais je pus quand même distinguer un nœud à pois bleu et blanc accroché aux plumes sur le dessus de la tête du canard.

Je secouai la tête. Ils avaient laissé cette femme quitter ses *vacances* trop tôt. Josie poursuivit l'oiseau dans mon jardin pendant une bonne minute, courant sur ma terrasse, traversant la pelouse et finissant par patauger dans le lac avant d'y plonger la tête la première. Malheureusement, c'était la fin de la vidéo du spectacle de bikini. Cependant... mon système de sécurité disposait d'une fonction « live ». Et j'avais la possibilité de contrôler la caméra à distance. Lorsque je cliquai sur le bouton « live », mon jardin était encore vide, alors je fis pivoter la caméra vers la droite.

Chaque fois que je pensais que cette femme ne pouvait rien faire de plus ridicule, elle me surprenait. Elle avait installé une piscine en plastique bleu pour bébés au milieu de son jardin, et un canard portant un ruban sur la tête y nageait en rond pendant que Josie faisait le dos crawlé dans le lac derrière lui. Au bout de quelques minutes, elle sortit de l'eau et posa ses fesses dans la piscine en face du canard, souriant. Elle l'éclaboussa. Celui-ci se redressa, agita ses ailes et l'éclaboussa à son tour. Josie éclata de rire, rejetant la tête en arrière.

Aussi idiot que cela puisse être, je ne pouvais pas m'empêcher de regarder mon téléphone. Dix minutes s'écoulèrent alors que je restais assis dans le parking de l'*Empire du Carrelage*. Cette fichue femme avait pris le contrôle de toute ma matinée. Bon sang, et ce n'était pas qu'aujourd'hui. Elle avait aussi été la vedette de mon rêve la nuit dernière. Finalement, un appel sur mon portable interrompit mon espionnage. C'était un client, alors je fermai l'application de sécurité à contrecœur et repris mon travail, non sans avoir pris une photo rapide.

Une fois l'appel terminé, j'eus très envie d'ouvrir à nouveau l'application de sécurité, ou au moins de ressortir la photo que j'avais sauvegardée, mais j'avais des choses à faire. Je me penchai donc sur le siège passager, ouvris la boîte à gants et jetai mon téléphone portable à l'intérieur. Hors de vue. Loin des yeux, loin du cœur.

Oui, c'est ça !

Je réussis toutefois à me tenir suffisamment occupé pour ne vérifier la caméra de sécurité que deux fois de plus pour le reste de la journée. Malheureusement – ou peut-être heureusement pour ma productivité – le jardin était vide, le sien comme le mien. Josie était probablement à l'intérieur en train de regarder une vidéo YouTube sur la maîtrise des appeaux à canard ou quelque chose comme ça.

Sur le chemin du retour, je m'arrêtai au *Laurel Lake Inn* pour mon habituel filet de porc au pesto roulé au bacon du mardi soir, et le temps que je me gare dans mon allée, le soleil commençait déjà à se coucher.

C'était une belle soirée, alors après avoir déposé mon ordinateur portable dans la maison et m'être changé, je sortis pour manger mon repas sur la terrasse. La piscine en plastique n'était plus dans le jardin de la voisine, ce qui était décevant, mais certainement mieux pour moi à long terme. J'ouvris la boîte contenant mon plat et commençai à couper la viande, quand j'entendis des cris venant d'à côté.

— *Non, non, non ! Bon sang !* cria Josie.

Une porte métallique branlante s'ouvrit en grinçant et se referma brusquement, et le canard sortit en boitant jusqu'à l'endroit où s'était trouvée la terrasse pourrie de Josie. Elle le suivit trente secondes plus tard.

— Je n'arrive pas à croire que tu aies fait ça.

Elle agita son doigt.

— C'était comme... ton cousin.

Le canard cancana et se blottit contre sa jambe. Si j'avais été crédule, j'aurais pu croire qu'il s'excusait.

Josie se pencha et lui gratta la tête.

— Ooooh ! C'est bon. Je suis désolée de t'avoir crié dessus.

Je secouai la tête et recommençai à couper ma viande, mais avant que je puisse mettre la première bouchée dans ma bouche, le canard se mit à courir vers ma terrasse.

Josie le poursuivit, s'arrêtant net quand elle me vit assis là. Elle prit le canard dans ses bras.

— Oh. Désolée, je ne t'avais pas vu.

Je fis un geste circulaire avec ma fourchette.

— Je ne voulais pas interrompre ta conversation avec ton ami.

Elle fronça les sourcils.

— Daisy a volé mon dîner sur la table, déclara-t-elle en fronçant le nez. C'était du poulet.

Je m'esclaffai.

— Peut-être qu'il est contrarié par le fait que tu manges des oiseaux.

Elle se hissa sur la pointe des pieds pour jeter un coup d'œil à mon plateau de plats à emporter.

— C'est le rôti de porc du *Laurel Lake Inn* ?

— Oui.

Josie passa sa langue sur sa lèvre inférieure.

— Je l'ai goûté la semaine dernière. C'est délicieux.

J'avais sauté le déjeuner aujourd'hui et j'aurais probablement pu manger deux portions de ce repas, mais la compagnie ne me dérangeait pas.

— Tu en veux ?

Elle me fit signe que non.

— Non, c'est ton dîner. Profites-en.

— Il y en a assez pour deux.

Elle mordilla sa lèvre inférieure pulpeuse.

— Tu es sûr ?

Je me levai.

— Je vais chercher une assiette.

— En fait...

Elle pointa son pouce par-dessus son épaule.

— La cuisinière est encore allumée, et je me suis déjà servi un deuxième verre de vin. Tu veux manger à côté ? Je vais coucher Daisy dans le garage pour qu'elle ne puisse pas frapper une deuxième fois.

Je haussai les épaules.

— Peu importe.

Elle leva les yeux au ciel.

— N'aie pas l'air si enthousiaste que ça.

Je soulevai ma nourriture et secouai la tête.

— Allons-y... avant que je ne change d'avis et que la seule chose que tu aies à manger pour le dîner soit ce canard.

L'intérieur de la maison de Josie avait l'air bien mieux que la dernière fois que j'y étais venu. Les placards de la cuisine avaient tous été débarrassés de leur affreuse peinture verte et les portes avaient été redressées. Elle avait installé de nouvelles ferrures et les appareils électroménagers en acier inoxydable livrés la semaine dernière donnaient à la pièce un air de renouveau. Mais ce fut l'autre côté de la cuisine qui attira mon attention. Des rangées et des rangées de cartes de Noël étaient suspendues au mur par des ficelles.

Josie entra après avoir couché Daisy et me remarqua en train d'observer.

— Elles me font du bien.

— Je ne jugeais pas. Je ne faisais que regarder autour de moi. L'endroit est vraiment en train de s'améliorer.

Elle s'approcha de la cuisinière et tourna le bouton.

— Tu ne jugeais pas ? De qui te moques-tu, Fox Cassidy ? Tu me trouves bizarre. Je le vois sur ton visage.

— Pourquoi je te trouverais bizarre ? Parce que tu accroches des cartes de Noël en juillet et que tu nages dans une pataugeoire avec un canard mâle que tu as appelé Daisy ?

Elle plissa les yeux.

— Comment sais-tu que j'ai acheté une piscine à Daisy ?

Oh oh. Je n'avais pas d'autre choix que de dire la vérité.

— Je reçois des notifications de mon système de sécurité sur mon téléphone. Tu as couru dans mon jardin aujourd'hui, et il m'a envoyé une alerte.

Elle pencha la tête sur le côté.

— Et ça te montre aussi *tout* mon jardin ?

Crache au moins partiellement le morceau.

— Presque tout. Oui.

Ayant besoin de changer de sujet, je pointai un placard du doigt.

— Il y a des assiettes dedans ? La nourriture refroidit.

Elle se doutait peut-être que je racontais des conneries, mais au moins elle laissa tomber. Elle sortit une assiette et des couverts, puis prit une bouteille de vin sur le comptoir.

— Tu aimes le pinot noir ?

— Je vais en prendre juste un peu.

Je répartis le plat à emporter dans deux assiettes, et Josie et moi nous assîmes face à face.

— Si tu es prête à peindre le salon...

J'indiquai cette direction-là.

— ... je peux mettre une deuxième couche d'enduit et poncer.

— Merci. Mais tu en as fait assez. Je vais trouver quelqu'un pour le faire. J'allais essayer moi-même, mais même YouTube a dit que ce n'était pas facile.

— Ça l'est une fois que tu l'as fait plusieurs fois. La deuxième couche est plus facile que la première. Ça ne me prendra pas longtemps.

— Tout de même.

Elle secoua la tête.

— Ce n'est pas la peine. En plus, Porter a proposé de le faire, alors si je ne trouve personne, je peux toujours l'appeler.

Je baissai ma fourchette.

— Porter veut entrer dans ta culotte.

Son nez se plissa.

— Il m'a effectivement invitée à dîner.

— Crois-moi. C'est un vrai chien errant. Tu le laisses traîner avec toi une fois et il revient toujours.

Il ne m'échappa pas que, moi aussi, j'étais à nouveau ici. Jour différent. Scénario différent. Mais... Ma situation n'était pas la même. Je vivais juste à côté. Je n'essayais pas d'entrer dans sa culotte. Je faisais juste preuve de bon voisinage. Non ? *La photo sur mon fichu téléphone pourrait dire autre chose.*

— J'ai croisé quelqu'un que tu connais, aujourd'hui, dit Josie en avalant un peu de son dîner.

— Il va falloir être un peu plus précise. C'est une petite ville. Je connais beaucoup de monde.

— Elle s'appelle Quinn. Elle possède le magasin de jouets de la ville. C'est là que j'ai eu la piscine pour enfants.

Merde. Il y a une éternité, je m'étais fixé comme règle de ne pas fréquenter des femmes qui vivaient à Laurel Lake. Malheureusement, j'avais fixé cette règle *après* avoir passé du temps avec Quinn.

— Ah oui ?

L'étincelle dans le regard de Josie m'indiqua que Quinn avait partagé plus que des conseils sur les jouets préférés des canards.

— Elle a dit que vous étiez en couple au lycée.

— Je ne dirais pas exactement ça.

— Non ? Tu dirais quoi ?

— Qu'on est sortis ensemble à quelques reprises.

— Comment se fait-il que vous ayez rompu ?

Je haussai les épaules.

— Ça s'est fait, c'est tout.

Son sourire ressemblait à celui d'un chat qui avait mangé un canari. Je posai ma fourchette.

— Qu'est-ce qu'elle t'a dit ?

— Rien.

— Tu mens très mal, Josie.

Elle rit.

— D'accord, d'accord. Elle a dit que vous vous étiez séparés parce que tu ne pouvais plus regarder sa mère en face.

Je fermai les yeux. Mais pourquoi est-ce que je vivais encore dans cette ville ? Ce truc s'était produit il y a *seize ans*. Nous étions des gamins au lycée, pour l'amour de Dieu. Je supposai que Quinn n'avait plus d'habitants à qui raconter cette histoire stupide, alors elle avait dû commencer à la raconter aux visiteurs.

— Tu as vraiment fait un coucou de la main à sa mère en plein milieu d'une fellation ?

— J'avais *dix-sept ans*. Sa mère est rentrée tôt du travail. J'étais assis sur le lit et Quinn était à genoux par terre. Sa mère est entrée dans la chambre sans prévenir. Je suppose qu'elle n'a pas remarqué ce qui se passait au début parce qu'elle m'a souri et m'a dit bonjour de la main. Quinn ne savait toujours pas ce qui se passait, alors elle a continué. J'ai paniqué et ne savais pas quoi faire, alors je lui ai rendu son bonjour.

Je secouai la tête.

— La tête de sa mère quand elle a réalisé une seconde plus tard ce qui se passait... Elle était horrifiée. Je n'ai plus jamais pu la regarder.

Josie rit si fort qu'elle se tint les côtes.

— D'accord, d'accord, dis-je. Ce n'est pas si drôle que ça. Et maintenant, tu me dois une histoire embarrassante de sexe au lycée. Je t'écoute.

— Je ne peux pas. Je n'ai rien fait à l'époque du lycée.

— Tu te fous de moi ?

— Non. J'étais en dernière année d'université la première fois.

— Comment ça se fait ?

— Je ne sais pas. Je suppose que je n'ai pas rencontré la bonne personne avant ce moment-là.

— Quand est-ce que tu as commencé à sortir avec le crétin ?

— Noah ?

Je hochai la tête.

Josie se mordit la lèvre inférieure, soudainement timide.

— En dernière année d'université. Mais Noah n'était pas mon premier. Bien qu'il ait été mon deuxième.

Bon sang. Je n'avais aucune idée de comment nous étions passés de *un canard a mangé mon dîner* à une discussion sur les pipes et le manque de partenaires sexuels de Josie. Mais c'était nettement plus intéressant.

— Donc seulement deux hommes... *en tout* ?

Elle avala le reste de son vin et se leva.

— Je crois que j'ai besoin de plus d'alcool pour cette conversation. Tu veux un autre verre ?

Je posai ma main sur le bord du verre. Alors qu'elle avait peut-être besoin d'un peu de liquide pour se donner du courage, je préférais être sobre pour cette conversation. Je voulais m'en souvenir en entier.

— Ça va.

Josie remplit son verre d'une main lourde et se rassit en soupirant.

— Oui, seulement deux hommes. Je voulais que ma première fois soit avec un petit ami, pour que ça signifie quelque chose. Mais après la mort de mon père, je n'ai laissé personne être proche de moi. À vingt et un ans, et en dernière année d'université, j'ai juste voulu en finir. Alors j'ai couché avec un type avec qui j'étais sortie quelques fois. Le plus drôle, c'est que j'avais peur de me rapprocher de quelqu'un et de le perdre, et pourtant, j'ai largué ce type moins d'une semaine après être passée à l'acte. J'ai rencontré Noah quelques mois plus tard, et, eh bien, tu sais comment ça s'est terminé.

Elle avala son vin à grandes gorgées.

— Je suppose que c'est ça, mon histoire embarrassante.

— Il n'y a rien d'embarrassant à ne pas être une fille facile.

Elle haussa les épaules.

— Je me demande parfois si je n'ai pas manqué quelque chose. Mais bon, je suis une penseuse chronique, alors je me pose beaucoup de questions inutiles.

— Tu n'avais pas l'air de trop réfléchir quand tu étais assise dans cette piscine pour enfants aujourd'hui.

— En effet.

Elle sourit.

— C'est facile de se détendre ici. Je me sens tellement différente de ce que suis à New York.

— Cette ville-là est remplie de bien trop de monde. Je ne sais pas comment tu fais pour vivre comme ça.

— C'est drôle. Il y a des millions de personnes entassées sur une bande de terre de cinquante-sept kilomètres carrées. Pourtant, je me sentais seule dans une pièce bondée de Manhattan. Ici, je ne me sens pas seule.

— On dirait que Laurel Lake te fait du bien.

— Je pense que oui.

Nous terminâmes notre dîner partagé et Josie but un autre verre de vin. Ses joues étaient roses et elle gloussait plus que d'habitude, si bien que je pensais qu'elle était peut-être pompette. Je débarrassai la table et rinçai la vaisselle, et elle se tint à mes côtés pour la mettre dans le lave-vaisselle. Quand nous eûmes fini, elle me regarda comme si elle voulait dire quelque chose.

— Quoi ? demandai-je.

— Rien.

— On dirait que quelque chose te préoccupe...

Elle se repoussa du comptoir et se plaça en face de moi.

— À quoi pensais-tu quand tu me regardais aujourd'hui ?

— Je ne te regardais pas. Je te l'ai dit, je t'ai vue dans le jardin à cause d'une notification de mon alarme.

Elle se pencha vers moi.

— Menteur.

La meilleure défense était toujours une bonne attaque.

— Je pense que tu as trop bu.

— Je sais que tu m'as regardée.

— Vous êtes peut-être un peu imbue de vous-même, doc.

Josie se hissa sur la pointe des pieds et colla presque son visage au mien. Je pouvais sentir le vin dans son haleine. Ses yeux étaient plus bleus de près, et des touches d'or soulignaient ses iris. Mon regard resta fixe jusqu'à ce que ses lèvres recommencent à bouger.

— La caméra a bougé et a attiré mon attention. Il y avait une *lumière bleue*, Fox.

— Et alors ?

— Ma mère a le même système de sécurité. Quand quelqu'un active la caméra en direct, une petite lumière bleue s'allume en haut.

Oh putain.

— J'ai appuyé sur le bouton par accident, alors j'ai regardé pendant une minute. Je me suis dit que j'allais voir ce que tu faisais, à courir après ce canard.

L'or de ses yeux brilla.

— La lumière bleue est restée allumée pendant au moins *dix minutes*.

Je la regardai de haut, décidant comment j'allais la jouer. Je pouvais nier, prétendre que je n'avais aucune idée de ce dont elle parlait, ou je pouvais assumer – prendre sur moi et admettre que j'étais un chien. Mes yeux firent des allers-retours sur les siens, et je me baissai autant qu'elle s'était étirée. Nos nez se touchaient presque.

— D'accord. Je t'ai regardée.

— Et tu m'as aussi regardée faire du yoga depuis la fenêtre.

— Tu ne te cachais pas vraiment.

Josie tendit la main derrière moi vers le comptoir et attrapa son vin. Après l'avoir avalé en six secondes, elle se pencha davantage vers moi, et ses seins appuyèrent contre mon torse.

— Qu'est-ce que tu faisais pendant que tu me regardais aujourd'hui ?

Mes narines se dilatèrent. Elle voulait que je lui dise que je me branlais. Et à cet instant, je l'aurais dit, si ça avait été vrai. Je me serais décrit, empoignant mon sexe pendant que je la regardais dans ce petit bikini blanc. Mais j'avais été dans mon pick-up, sur un parking très fréquenté sur une route principale.

Je fis glisser le verre de vin vide de sa main et le déposai sur le comptoir.

— Rien. Parce que c'est une petite ville très bavarde, et je sais très bien qu'il ne faut pas se faire prendre. Ça ne veut pas dire que je n'en avais pas envie.

J'approchai ma bouche pour chuchoter à son oreille.

— Mais je vais te dire un truc. Je vais rentrer chez moi maintenant, parce que je suis un gentleman et que tu as bu quelques verres de vin. Et si, demain, tu veux toujours savoir ce que je faisais pendant que je te regardais, tu n'auras qu'à m'appeler. Parce que tu peux être sûre que je vais regarder le replay dès que je serai seul.

Je reculai pour regarder le visage de Josie. Son arrogance avait disparu, et elle avait l'air un peu choquée. Je fis un clin d'œil.

— Fais de beaux rêves, chérie. Je sais que j'en ferai.

CHAPITRE 16

Meilleurs amis

Josie

— Argh.

Je levai la main pour bloquer la lumière du soleil qui entrait par la fenêtre de la cuisine et avançai à pas feutrés vers la cafetière pour la mettre en marche.

— Je ne boirai plus jamais.

Combien de verres avais-je bu ?

Voyons voir… Il y en avait eu un pendant que je préparais le dîner.

Un deuxième pendant que je dînais avec Fox.

Un troisième…

Merde. Mon cerveau fit marche arrière jusqu'à Fox. Je fermai les yeux tandis que les souvenirs de la veille m'envahissaient. Pourquoi, mais pourquoi, avais-je bu ce troisième verre de vin ? Ce qui était sorti de ma bouche était exactement la raison pour laquelle je m'arrêtais toujours à deux.

Non seulement j'avais critiqué Fox pour m'avoir regardée par la caméra de sécurité, mais j'avais exigé de savoir *ce qu'il avait fait* pendant qu'il regardait. Les yeux fermés, je me massai les tempes. Je savais à présent ce que Fox ressentait à propos de la mère de Quinn, sa petite amie du lycée. J'étais mortifiée. Faire mes valises et quitter Laurel Lake aujourd'hui pourrait être ma seule option viable.

La Keurig fit un bruit de gargouillement, indiquant qu'elle avait fini de travailler. J'avalai le café dans mon mug comme une droguée se shootant à l'héroïne. Une fois ma dose avalée, je m'approchai du robinet de la cuisine et m'aspergeai le visage d'eau. Puis je préparai un deuxième mug. Pendant que j'attendais avec impatience que le goutte-à-goutte se mette en route, je regardai dehors par la fenêtre – ou plus exactement, je regardai à droite, vers la maison de Fox. Je m'étais réveillée assez tard, alors je fus surprise de voir que son pick-up était encore dans l'allée. En me penchant pour mieux voir, je remarquai que le capot était levé. Et Fox était dehors.

Il contourna le véhicule depuis le côté conducteur et regarda le moteur tout en se passant une main dans les cheveux. La situation ne semblait pas très prometteuse. La dernière chose que je voulais était le voir après la nuit dernière – ou sortir sous un soleil pénible, en l'occurrence –, mais Fox m'avait tellement aidée que je n'avais pas d'autre choix que d'y aller pour voir si je pouvais lui rendre la pareille. J'enfilai donc un short et un tee-shirt et traversai la pelouse, mon mug à la main.

— Hé, tout va bien ?

Fox secoua la tête.

— Le pick-up ne démarre pas. Je crois que c'est l'alternateur.

Ses yeux se posèrent sur ma poitrine. Je ne m'étais pas donné la peine de mettre de soutien-gorge et mes tétons se réjouissaient de leur liberté.

Fox détourna son regard vers le moteur et se racla la gorge.

— J'ai essayé de le faire démarrer avec des câbles. Il n'a pas tourné du tout.

— Tu as besoin d'aller au travail ? Tu peux prendre ma voiture. Ou je peux te déposer, si tu veux.

— J'ai envoyé un message à Porter pour le prévenir que j'allais être en retard. Il a dit qu'il viendrait me chercher si j'en avais besoin, mais j'ai une réunion au service du bâtiment dans vingt minutes, et c'est le temps qu'il lui faudrait pour revenir du chantier.

— Alors prends ma voiture. Ou je t'y conduis.

— Tu es sûre que ça ne te dérange pas ? Je peux demander à Porter de venir me chercher au service du bâtiment. Mais je veux bien que tu m'y emmènes. Les taxis ne sont pas très rapides par ici.

— Donne-moi juste deux minutes pour prendre mes clés et mettre des chaussures.

Il abaissa le capot.

— Merci.

Pendant que nous traversions la ville, Fox m'indiqua où tourner, mais il ne dit pas grand-chose d'autre. Une fois sur l'autoroute, il n'y eut plus que des temps morts. J'eus envie d'allumer la radio pour combler le vide. Mais au lieu de ça, je décidai d'enfilai ma culotte de grande fille et d'assumer ma grande gueule d'hier soir.

— Donc... dis-je. À propos d'hier soir.

Les yeux de Fox se tournèrent vers moi.

— Je suis silencieux parce que je pense à tout ce que j'ai à faire aujourd'hui. N'y attribue rien de particulier. Hier soir, c'était hier soir. Aujourd'hui, c'est aujourd'hui.

Je soupirai.

— Allô ? Penseuse compulsive ici présente, tu te souviens ? Je ne peux pas m'arrêter.

— Tu es censée y travailler. Pourquoi ne pas commencer maintenant ?

— Eh bien, ma thérapeute m'a dit que l'une des choses à faire, c'est faire confiance à mon instinct. C'est donc ce que je fais. Mon instinct me dit qu'il faut mettre les choses au clair. Je ne veux pas que ce soit bizarre entre nous. Tu es un peu mon meilleur ami en ville.

Les sourcils de Fox se haussèrent.

— *Je* suis ton meilleur ami ?

— Je déduis de cette réponse que je ne suis pas la tienne ?

Il s'esclaffa.

— Tout va bien entre nous, Josie. Je te le promets.

— Je vais quand même m'excuser. Si les rôles étaient inversés et que c'était toi qui avais un peu trop bu et m'avais poussée à parler de choses sexuelles, personne ne trouverait ça acceptable. Donc, il n'est pas acceptable que j'aie fait des remarques déplacées.

— D'accord. Excuses acceptées.

— Merci. Je te ferais bien le cheesecake de mon père, mais j'ai oublié mon livre de recettes chez moi.

— Un cheesecake ?

— Mon père faisait le sien du début à la fin. Pour lui, un cheesecake frais était la réponse à tous les problèmes – si quelqu'un se mettait en colère contre lui, il en préparait un et le lui apportait en s'excusant.

Fox sourit et indiqua du doigt la direction à suivre.

— Tourne à droite à la prochaine intersection.

Les quelques minutes de conduite restantes ne furent qu'une succession de virages, puis nous arrivâmes au service du bâtiment. Je me garai devant le trottoir et coupai le moteur.

— Je suis dans le coin toute la journée, dis-je. Si tu as besoin d'un chauffeur, appelle-moi.

— Merci.

Fox ouvrit la portière. Il posa un pied sur le béton, mais s'arrêta et se retourna.

— Juste pour clarifier les choses, tes remarques d'hier soir n'étaient pas déplacées. Et ma proposition de te dire ce que j'ai fait en rentrant chez moi pendant que je regardais la vidéo de sécurité tient toujours. La balle est dans ton camp, ma belle. Passe une bonne journée.

* * *

— Allô ? répondis-je au téléphone plus tard dans la soirée.

— Bonjour, mon poussin. C'est Opal.

— Oh, bonjour, Opal. Comment allez-vous ?

— Je vais bien. Tu es occupée ce soir ?

Je regardai mes huit ongles de pied vernis.

— Non, pas vraiment.

— Est-ce que je peux te demander un service alors ?

— Bien sûr. Qu'est-ce qu'il y a ?

— Je suis censée aller récupérer Fox ce soir, mais je suis obligée de faire du baby-sitting plus tard que prévu. Ma fille est infirmière et je garde ses enfants le mercredi soir. D'habitude, elle rentre à 20 h, mais quelqu'un s'est fait porter pâle et elle ne peut pas partir tant qu'ils n'ont pas trouvé de remplaçante. J'ai essayé d'appeler Porter, mais il ne répond pas, et Fox m'a dit que tu l'avais déposé ce matin.

Même si Fox m'avait obsédée toute la journée après ce qu'il avait dit en sortant de la voiture, il était la dernière personne que j'avais envie de voir. Pourtant, je ne pouvais pas dire non à Opal, pas plus que je n'avais pu ignorer le besoin d'aide de Fox ce matin. Ils avaient tous les deux été si généreux.

— Bien sûr. Pas de problème. Maintenant ?

— Pas avant 22 h. J'espère que ce n'est pas trop tard ?

— Non, ça va. Je n'avais pas réalisé qu'il travaillait si tard.

— Oh, il n'est pas au travail. Il est à la patinoire. Il entraîne une équipe le mercredi soir. C'est à vingt minutes en voiture environ – j'espère que ça ira. On avait une patinoire à Laurel Lake, mais le propriétaire de l'immeuble a vendu la propriété à un promoteur l'année dernière. Son cabinet se trouve à Hollow Hills.

— D'accord, pas de problème. Vous avez l'adresse ? Si ce n'est pas le cas, je peux la chercher.

— Je te l'enverrai par téléphone après avoir raccroché.

— Super, merci.

— Tu me sauves la vie, Josie. Je te revaudrai ça.

— Vous ne me devez rien du tout. Passez une bonne soirée, Opal.

Après avoir raccroché, je finis de vernir mes deux derniers orteils. Tout en remettant le bouchon sur la bouteille, j'eus une conversation à cœur ouvert avec Daisy, qui était confortablement assise à côté de moi dans un panier pour chien rose que j'avais acheté pour elle cet après-midi.

— Tu vis ici depuis plus longtemps que moi. Que penses-tu de notre voisin grognon, M. Armoire à Glace ?

La cane pencha la tête sur le côté. On aurait dit qu'elle voulait en savoir plus.

— Je sais. Je sais. Il est grincheux et brusque – pour ne pas dire arrogant, cynique, impossible à lire et critique. De plus, il a peut-être autant de bagages que moi. La seule fois où sa fiancée a été évoquée, il était évident qu'il avait beaucoup de choses à déballer.

Je soupirai et caressai la tête de Daisy.

— Pourtant, il y a aussi quelque chose d'autre... quelque chose d'enfoui sous la surface qu'il essaie de cacher, mais qui s'échappe de temps en temps. Les gens ne peuvent jamais cacher longtemps qui ils sont vraiment, pas quand ça fait partie du cœur même de leur être. Fox est protecteur et prévenant, honnête et moral, avec un réel souci du bien-être des autres.

Daisy se leva et battit des ailes.

J'acquiesçai.

— Oh oui, il y a ça aussi. Il est plutôt sexy.

Je n'avais jamais été particulièrement attirée par les hommes extra-larges et costauds. La plupart de ceux avec qui j'étais sortie – non pas qu'il y en ait eu tant que ça – se ressemblaient tous : un mètre soixante-quinze, peut-être un mètre quatre-vingts, soigné, mince. Fox était un chêne géant, avec des porteurs de fardeaux dignes d'Atlas en guise d'épaules, et plus de testostérone dans son auriculaire que n'importe quel homme en costume vivant à Manhattan. Bon sang, ce type quittait sa maison rasé de près le matin et arborait une barbe courte à midi.

Apparemment, Daisy avait décidé qu'elle en avait fini avec notre conversation. Elle sauta de son panier, se dirigea vers la cuisine en vacillant et donna un coup de bec à la porte d'entrée. Je secouai la tête et lui ouvris. Elle se dirigea vers le garage en se dandinant.

— J'ennuie même un canard avec mes analyses excessives.

Une fois Daisy bien installée pour la nuit, je me dis que je n'allais pas me coiffer ou faire quoi que ce soit de spécial avant d'aller chercher Fox. Pourtant, je me retrouvai quand même avec un tube de mascara devant le miroir. Opal avait dit que la patinoire se trouvait à vingt minutes de route, mais je partis presque quarante minutes plus tôt, juste au cas où il y aurait des embouteillages. Cependant, la route était assez dégagée et je finis par entrer sur le parking à 21 h 40. Je me garai juste devant le bâtiment pour avoir une vue directe sur la porte d'entrée et allumai la radio, ayant l'intention de rester là et d'attendre. Mais dix minutes plus tard, toute l'eau que j'avais consommée aujourd'hui pour me réhydrater et me débarrasser de ma gueule de bois pressa soudain sur ma vessie.

Il restait encore un peu de temps avant que Fox ne termine et le trajet du retour durerait encore vingt minutes. Je devais donc trouver des toilettes. Il devait y en avoir dans la patinoire, alors j'entrai et me mis à chercher les toilettes pour dames. En ressortant, j'aperçus des gens qui patinaient sur la glace. Il fut facile de trouver Fox, car il était beaucoup plus épais que les autres. Il glissait sur la glace comme si tenir en équilibre sur une fine lame de métal était aussi facile que marcher. Quand il arriva au bord de la patinoire, il fit un virage serré et enfonça ses patins pour s'arrêter. Une épaisse gerbe de glace s'envola et frappa la barrière en plastique.

Je ne connaissais pas grand-chose au hockey, mais je devins brusquement une immense fan. Je m'approchai de la glace pour mieux voir. Si je pensais que regarder Fox patiner me faisait quelque chose, ce ne fut rien comparé à ce qui se passa lorsque je jetai un coup d'œil à l'équipe qu'il entraînait. J'avais complètement oublié qu'Opal m'avait dit qu'il entraînait une équipe de joueurs ayant des besoins particuliers, jusqu'à ce que je voie les visages de deux hommes vêtus d'un équipement de hockey qui discutaient le long de la ligne de touche – tous deux étaient atteints de trisomie 21. Mon cœur se serra. J'étais partagée entre l'envie de serrer l'entraîneur dans mes bras et celle de lui sauter dessus pour lui dire à quel point il était sexy sur le terrain.

Tout le monde dans la patinoire continuait à vaquer à ses occupations, comme si Fox Cassidy ne venait pas d'entrer dans une cabine téléphonique pour en ressortir en super-héros. Mais je n'arrivais pas à détacher mon regard de cet homme. Je regardais avec fascination Fox se tenir devant le filet, puis, l'un après l'autre, les membres de son équipe patiner vers le centre de la glace et tirer au but. Il cria à un joueur d'éloigner ses mains de son corps – quelque chose en rapport avec le fait de donner plus de force à sa main inférieure. Il indiqua à un autre d'enfoncer sa lame dans la glace. Je n'avais aucune idée de ce que cela signifiait, mais Fox devenait de plus en plus sexy. À un moment donné, il regarda du côté droit de la patinoire, là où je me trouvais. Sa tête avait presque repris son orientation initiale lorsqu'il regarda à nouveau dans ma direction. Il dit quelque chose que je n'entendis pas au joueur qui attendait pour tirer le palet, puis il patina jusqu'à la porte la plus proche de moi.

— Qu'est-ce que tu fais là ?

— Opal a appelé et m'a demandé si je pouvais venir te chercher. Sa fille a dû travailler tard à l'hôpital.

— Merde. D'accord.

Il hocha la tête.

— Je vais conclure.

Je secouai la tête.

— Non, c'est bon. Je ne suis pas pressée. Prends ton temps. Je suis entrée parce que j'avais besoin d'aller aux toilettes.

— Tu es sûre ?

De près, ses yeux verts contrastaient avec ses joues rouges.

— Oui. C'est assez sympa à regarder.

Je crus déceler un sourire en coin, mais, à travers le casque, je ne pouvais pas en être sûre. Et, bien sûr, Fox étant Fox, il partit sans un mot de plus. Cette fois-ci, je ne fus pas gênée par ce départ brutal, car la vue de derrière était tout aussi belle que celle de devant.

Je pris place sur un banc voisin et regardai mon voisin grognon faire son travail. Il avait l'air d'être un bon instructeur ; en tout cas, les joueurs hochaient souvent la tête quand il parlait. Et j'appréciais particulièrement le fait qu'il ne semblait pas traiter les membres de l'équipe différemment des autres. Il les fustigeait quand ils faisaient quelque chose qu'il n'aimait pas et plaisantait à la manière typique des hommes. À la fin de l'entraînement, Fox ôta son casque et ses gants, et l'un après l'autre, les joueurs lui tapèrent dans la main en sortant de la glace.

— Je dois juste prendre mon sac, me cria-t-il.

— Prends ton temps.

Avec la patinoire désormais vide et aucun Fox pour me réchauffer le sang, je me rendis compte à quel point il faisait froid. Je portais un short et un tee-shirt, et l'air était suffisamment froid pour empêcher la glace de fondre. Je me frottais les bras quand Fox revint.

— L'un des parents veut me parler, dit-il. Désolé. Je n'en ai plus que pour quelques minutes.

— Pas de problème.

Il sortit une veste de son sac et me la passa autour des épaules.

— Je reviens.

— D'accord.

La veste de Fox était lourde – le genre de poids dont on avait probablement besoin quand on passait des heures sur la glace. Mais ce ne fut pas ça qui me réchauffa. Ce fut l'odeur. Je ne pus me retenir. Je soulevai une épaule pour approcher le tissu de mon nez et le renifler.

Mmmm...

Musquée, avec un soupçon de cuir. Virile, comme tout ce qui concernait son propriétaire. Cela me fit même me demander si l'odeur était celle d'une eau de Cologne. Je souris. Je ne serais pas surprise que les phéromones de Fox sentent à elles seules aussi bon.

Bien sûr, ce fut à ce moment-là que Fox revint. Ses yeux se rétrécirent.

— Qu'est-ce qui te fait sourire ?

— Rien, dis-je en sautant du banc pour me lever. Tu es prêt ?

— Oui.

Pendant le trajet jusqu'ici, j'avais eu peur que le retour soit encore plus gênant que le trajet en voiture avec Fox ce matin. Mais mon expérience dans la patinoire avait changé la donne. J'avais à peine bouclé ma ceinture et démarré la voiture que mes questions fusèrent.

— Depuis combien de temps entraînes-tu l'équipe ?

— Environ trois ans, je crois.

— Tu patines vraiment bien.

Mes yeux étaient rivés sur la route alors que je quittais le parking, mais j'entendis le sourire en coin dans la voix de Fox.

— C'est une condition sine qua non pour jouer au hockey professionnel.

— Tu as le droit de patiner avec ton genou abîmé ? Tu as dit que tu l'avais explosé et que ça avait mis fin à ta carrière.

— Il tient assez bien pour patiner pour l'entraînement. Mais je ne peux pas jouer au niveau d'intensité requis par la Ligue.

Je hochai la tête.

— Ça a dû être difficile de voir ta carrière s'arrêter si tôt.

Fox resta silencieux pendant une minute.

— Ça a été une période difficile, oui.

— Mais apparemment, les choses ont bien tourné. Opal m'a dit que tu faisais plusieurs missions à la fois ces derniers temps.

— J'ai eu de la chance. Certains gars ne connaissent rien d'autre que le hockey.

Je pris une grande inspiration et hochai la tête.

— Je comprends ça. J'ai moi-même beaucoup réfléchi à la possibilité de changer de carrière. Mais je n'ai aucune idée de ce que je pourrais faire. Tout ce que j'ai toujours voulu faire, c'est travailler dans la recherche.

— Pourquoi changerais-tu de carrière ? Est-ce que tu n'as pas passé la majeure partie de ta vie à étudier pour arriver là où tu as atterri ?

— Si. Mais...

Fox tourna la tête vers moi.

— Parfois, on ne se remet pas de ce qui est arrivé, Josie. À la place, il faut trouver le moyen de le contourner. Sinon, on reste coincé au même endroit pour toujours.

Je soupirai.

— Oui.

— Est-ce que c'est ce que tu fais vraiment ici ? Te cacher de ce qui s'est passé ?

Je secouai la tête et haussai les épaules.

— Je ne sais pas. Peut-être...

Fox regarda par la fenêtre.

— On ne peut pas fuir longtemps. Ce qui te ronge finit par te rattraper.

Je m'efforçai de sourire.

— Oui. En plus, je ne peux pas fuir en courant pour sauver ma vie. En primaire, pendant les cours de sport, on faisait des courses de relais. J'étais toujours choisie en dernier.

Fox gloussa. Il resta silencieux pendant un moment, mais cette fois-ci, cela ne sembla ni bizarre ni gêné.

— Merci encore d'être venue me chercher, finit-il par dire.

— Quand tu veux.

— Ce sera probablement la dernière fois. Quand je suis parti, deux des gars m'ont demandé si tu étais célibataire.

— Les joueurs ?

Il acquiesça en riant.

— Ce sont certainement les plus arrogants et les plus confiants que j'aie jamais entraînés.

Je souris.

— Leur entraîneur doit déteindre sur eux.

De retour sur Rosewood Lane, je m'engageai dans mon allée. L'absence de gêne que j'avais appréciée sur le chemin du retour disparut dès que je coupai le moteur. Aucun de nous ne sortit tout de suite. Nous restâmes assis dans l'obscurité, moi regardant droit devant moi et Fox regardant je ne saurais dire quoi, parce que je n'osais pas jeter de coup d'œil vers lui.

Quand je ne supportai plus le silence et crus que j'allais éclater, je me tournai et dis *Fox*, au moment même où il se tournait pour dire *Josie*.

Il leva le menton.

— Toi d'abord.

Je secouai la tête.

— Non, toi. Je n'avais rien d'important à dire.

Fox acquiesça, mais il prit le temps de regarder par la vitre avant de reprendre la parole.

— La dernière femme avec qui je suis sorti, je l'ai emmenée dîner deux fois. J'ai dormi chez elle la deuxième fois, et j'ai dû l'emmener prendre un café au Starbucks le lendemain matin parce que je ne me souvenais plus de son nom.

Je me grattai la tête.

— Et tu me dis ça parce que...

— Une autre fois, j'étais en avance pour un rencard dans un bar. J'ai vu un ancien coéquipier et on a discuté. Il m'a demandé si je voulais aller manger un morceau au restaurant d'à côté. J'ai dit *bien sûr*. Ce n'est qu'en passant devant la femme que je devais rejoindre que je me suis souvenu que j'étais là pour elle.

— Tu essaies de me dire que tu as une mauvaise mémoire ?

— Non, Josie. J'essaie de te dire que je suis un petit ami de merde. Mon rencard idéal, c'est de baiser d'abord, de manger des pâtes, puis de rentrer chez moi et dormir dans mon propre lit. Je suis égoïste et j'aime ma vie comme je l'aime. Simple. Tu es *tout* sauf simple.

Je ne savais toujours pas où la conversation allait mener.

— D'accord...

— Et puis, tu vis à Manhattan. Un lieu qui est un peu l'enfer pour moi. Je n'aime pas les gens. J'aime la vie tranquille.

Je secouai la tête.

— Fox, pourquoi est-ce que tu me dis tout ça ?

— Parce que je veux que tu saches dans quoi tu t'engages.

— Je suis perdue...

Il nous montra tous les deux du doigt.

— Toi et moi. Il y a quelque chose entre nous.

Mes yeux s'écarquillèrent. Il n'avait pas tort. Quelque chose couvait depuis le début. Je pensais juste être la seule à le ressentir.

— Tu as... des sentiments pour moi ?

Fox sourit.

— Si avoir des sentiments signifie que j'ai envie de te peloter, alors oui.

— Oh mon Dieu.

Je ris.

— Tu viens de me dire que tu pourrais oublier mon nom une fois que j'aurais couché avec toi, tu as admis que tu étais égoïste, que tu ne resterais probablement pas pour des câlins après le sexe, tu m'as traitée de compliquée, et tu m'as dit vouloir me peloter. Est-ce que c'est ta façon de m'inviter à sortir avec toi ?

— Est-ce que tu coucherais avec moi sans aller dîner d'abord ?

Je secouai la tête.

— Probablement pas.

— Alors je suppose que je te demande de sortir avec moi.

— C'est l'approche que tu utilises avec toutes les femmes que tu fréquentes ? Parce que si c'est le cas, je me demande bien pourquoi quelqu'un sortirait avec toi.

— Tu as déjà eu un crétin qui t'a laissé tomber. Je ne vais pas faire de promesses que je ne peux pas tenir, Josie.

Aussi fou que cela puisse paraître, il y avait quelque chose d'attachant dans son inquiétude. Je hochai la tête.

— Merci pour ton honnêteté.

Il scruta mon visage en silence pendant quelques secondes.

— Vendredi soir, alors ?

L'anxiété au creux de mon ventre se transforma en palpitations.

— Et si je te préparais à dîner ? Tu as dit que tu n'aimais pas cuisiner, et tout ce que je te vois manger, ce sont des plats à emporter. Tu n'as probablement pas mangé de repas fait maison depuis longtemps

Fox secoua la tête.

— Ce n'est pas une bonne idée.

— Pourquoi ? Je suis bonne cuisinière.

— Ça n'a rien à voir avec ta cuisine. Je ne pense plus qu'on puisse me faire confiance pour rester avec toi tout seul. Sauf si tu es d'accord pour manger des spaghettis nue au lit après.

Des spaghettis nue, ça a l'air plutôt génial, là.

Fox gémit.

— Arrête de faire ça.

— Faire quoi ?

— Penser que tu peux gérer les choses faites à ma façon. Quand ce sera fini, tu te rendras folle à force de te demander si c'était une erreur. Alors faisons-le à ta façon. En plus, tu mérites mieux.

Mon cœur se mit à fondre un peu plus. Je souris.

— D'accord.

— Sois prête à 19 h vendredi.

— D'accord.

Fox tendit la main. Pendant une seconde, je crus que nous allions nous serrer la main pour sceller le marché. Mais quand je mis ma main dans la sienne, il m'attira vers lui.

— Maintenant, viens ici et embrasse-moi.

Le son bourru de sa voix fit descendre les papillons bien plus bas qu'ils ne l'étaient auparavant. Une fois que je fus assez près, Fox me saisit le coude et l'utilisa pour me soulever et me faire passer par-dessus la console centrale. Il m'installa sur ses genoux, à califourchon, et serra ma nuque pour que mes lèvres rencontrent les siennes.

Je fus momentanément déconcertée par la douceur de ses lèvres. Elles contrastaient avec la rudesse de sa poigne et la dureté de son torse. C'était une combinaison qui mettait mon corps en feu. La langue de Fox se glissa à l'intérieur, et il se servit de sa main sur ma nuque pour incliner ma tête et approfondir la connexion.

Oh, mon Dieu.

Je pouvais me perdre dans le baiser de cet homme. Il avait juste ce qu'il fallait d'agressivité, tout comme Fox lui-même. Sa grande main passa dans mon dos et m'attira contre lui. Lorsqu'il gémit dans nos bouches jointes, je sentis le geignement se propager de la pointe de mes orteils jusqu'au sommet de ma tête. Je fus rapidement à bout de souffle, mais je m'en moquais. Il était hors de question que je m'arrête pour respirer. Je préférais mourir par manque d'oxygène.

La main de Fox sur ma nuque s'emmêla dans mes cheveux, se refermant en un poing serré. Il tira ma tête vers l'arrière, découvrant mon cou, puis descendit pour sucer la ligne de mon pouls.

Mes yeux roulèrent dans leurs orbites quand je sentis une érection d'acier se tendre à travers son jean. Tout ce qui se trouvait entre mes jambes se mit à gonfler et je ne pus m'empêcher de bouger d'avant en arrière.

— Putain, Josie, marmonna Fox. Tu ferais mieux de ralentir ou tu vas manger des spaghettis dans dix minutes.

Je souris. Je me sentais euphorique – suffisamment pour que mon cerveau s'éteigne et oublie d'analyser les millions de raisons pour lesquelles tout ça se terminerait probablement en désastre. Après quelques minutes supplémentaires de pelotage et de frottement, ce fut Fox qui s'écarta. Il éloigna doucement mon corps du sien.

— Il faut que je m'arrête. Sinon, je vais me transformer en garçon de seize ans et me mettre dans l'embarras.

Je fis la moue, et Fox se pencha pour prendre ma lèvre inférieure saillante entre ses dents et la tirer fermement.

— Vendredi, murmura-t-il.

— Tu es nul, soupirai-je.

Il gloussa et me prit la joue.

— Je vais te regarder rentrer d'ici. J'ai besoin d'une minute.

CHAPITRE 17
Être le sujet de tous les ragots
Fox

— Bonjour.

Les yeux d'Opal s'illuminèrent autant que son sourire.

— Oh merde, grommelai-je.

— Tu viens à peine d'arriver, dit-elle. Pourquoi est-ce que tu jures déjà ?

— Il n'y a que deux raisons pour que tu souries comme ça. Soit tu t'apprêtes à me rebattre les oreilles avec des ragots qui ne m'intéressent pas du tout, soit tu... as un rencard. Ce dernier cas signifie que tu es sur le point d'appeler une de tes copines pour lui raconter tous les détails. La seule chose que je déteste plus que de t'entendre parler des gens de cette ville dont je me fiche éperdument, c'est d'entendre parler de ta vie sexuelle.

Opal sortit de derrière son bureau. Pendant que je fouillais dans le classeur pour trouver des plans dont j'avais besoin, elle posa ses fesses sur le coin de mon bureau. Je me retournai en prenant une grande inspiration.

— Tu es virée si tu parles des affaires des autres ou de ta vie sexuelle.

Je la regardai droit dans les yeux.

— C'est compris ?

Elle sourit comme un fichu chat du Cheshire.

— Pas de problème, patron.

Je laissai tomber la pile de plans pliés sur mon bureau et la chassai d'un mouvement de main.

— Va te garer ailleurs. J'ai besoin d'espace pour étaler les spécifications.

Opal se leva, mais ne retourna pas dans sa zone de travail. Je fis comme si elle n'était pas plantée là à me fixer et commençai à déplier les plans, espérant qu'elle comprendrait l'allusion. Mais on parlait bien d'Opal, et je n'eus pas cette chance. Elle tint son clapet fermé trente secondes environ.

— Donc...

Elle frappa dans ses mains, excitée.

— Tu as un rendez-vous amoureux avec Josie !

Je levai les yeux au plafond et respirai profondément.

— Je croyais que tu venais d'accepter de ne pas parler des affaires des autres.

— C'est vrai, répliqua-t-elle avec un sourire. Mais ce ne sont pas les affaires des *autres*. Ce sont les *tiennes*. Donc ce n'est pas inclus dans ce que j'ai accepté.

Bon sang de bonsoir. Comment l'avait-elle su d'ailleurs ? Josie et moi n'étions sortis de la voiture hier soir qu'à presque 22 h 30, et il était à peine 8 h du matin. En l'espace de neuf heures et demie, Opal avait déjà appris la nouvelle. Je m'apprêtais à lui dire de se mêler de ses affaires quand la porte du bureau s'ouvrit et que Porter entra. Il me vit et afficha le même sourire de faux-cul que le crieur public.

Je levai les mains en l'air.

— Sérieusement ? Tous les deux ?

— Si je dois perdre, je veux au moins que ce soit contre un adversaire redoutable, lança Porter.

Je secouai la tête.

— Mais comment est-ce que vous l'avez découvert ?

— J'ai croisé Josie au *Comptoir* ce matin, répondit Porter. Elle allait au magasin de bricolage. Je me suis dit que j'allais tenter ma chance, puisque l'occasion se présentait.

Je serrai les dents.

Porter remarqua l'expression de mon visage et gloussa.

— Ne t'inquiète pas. Elle m'a rejeté. Je l'ai invitée à dîner vendredi soir et elle a dit qu'elle avait déjà des projets. Je lui ai demandé qui était l'heureux élu, et elle a craché le morceau à contrecœur.

Il s'approcha de moi et posa sa main sur mon épaule.

— Veinard.

Je pointai un doigt vers lui en signe d'avertissement.

— *Fais gaffe.*

Porter leva les deux mains, me montrant ses paumes.

— Je ne voulais pas te manquer de respect.

Je me remis à regarder les plans et fis un geste vers la porte.

— Remettons-nous tous au travail.

Ils reculèrent tous les deux, mais non sans avoir d'abord échangé un autre sourire idiot. Porter partit poser un parquet, et Opal devait s'occuper de la paie de la semaine. Quant à moi, je calculai ce que cela coûterait de faire quelques changements de dernière minute sur un prochain travail. À midi, je me rendis au petit *diner* situé en périphérie de la ville pour mon déjeuner habituel du jeudi. Je fus coincé par un accident sur une route à une voie, si bien que ma mère était déjà assise à notre place habituelle à mon arrivée.

Je me penchai et l'embrassai sur la joue avant de me glisser sur le siège en face d'elle.

— Salut, m'man. Désolé d'être en retard.

— Pas de problème. Je discutais avec Tricia Scalia.

Elle se pencha pour chuchoter :

— Elle divorce.

Même ma mère ne pouvait pas s'en empêcher de temps en temps. Je soulevai le menu.

— Wayne est un con de toute façon.

Ma mère fronça les sourcils.

— Tu es obligé d'utiliser ce mot ?

— Pardon.

Elle baissa les yeux sur le menu.

— Alors, quoi de *neuf* ?

Je plissai les yeux.

— Pourquoi tu dis ça comme ça ?

Maman leva son menu pour couvrir sa bouche. Mais les plis autour de ses yeux trahirent le sourire qu'elle essayait de cacher.

— Comme ça comment ?

Mes épaules s'affaissèrent.

— Tu te fiches de moi. Laisse-moi deviner, tu as parlé à Opal aujourd'hui.

Elle serra le menu contre sa poitrine.

— Je n'allais pas en parler, parce que je sais à quel point tu détestes que les gens fouillent dans tes affaires. Mais puisque tu le mentionnes...

— Oh, oh.

Je secouai la tête.

Maman tendit la main et me toucha le bras.

— Oh, Fox. Je suis heureuse pour toi. Je suis contente que tu te remettes à sortir et à fréquenter quelqu'un. Josie est une fille adorable.

— J'ai fréquenté des femmes.

— Je ne parle pas de danser sur un matelas. Je veux dire *sortir avec quelqu'un*. Apprendre à connaître une femme. Mais surtout, la laisser *te* connaître.

— Je crois que tu t'emballes un peu...

— Je ne pense pas. C'est un grand pas après tout ce que tu as vécu.

— Ce n'est vraiment pas grand-chose.

Elle se pinça les lèvres.

— Est-ce qu'elle... sait ?

Ce fut à mon tour de froncer les sourcils.

— On ne va pas avoir cette discussion.

— Oh, Fox.

Maman se mordilla la lèvre.

— C'est quelque chose qu'une femme qui compte pour toi doit savoir.

— Comme je l'ai dit... déclarai-je en enfouissant mon visage derrière le menu. Cette discussion n'aura pas lieu.

— Bon, d'accord. Mais me diras-tu au moins où tu l'emmènes ?

Je soupirai.

— Je ne sais pas, m'man. J'ai pensé au *Laurel Lake Inn*.

Le regard de ma mère m'indiqua que je n'avais pas donné la bonne réponse.

— Qu'est-ce qui ne va pas avec cet endroit ? demandai-je. La nourriture est bonne.

— L'endroit n'a rien de mal... pour y emmener ta mère.

— Laisse-moi comprendre. C'est assez bien pour toi, mais pas pour un rencard ?

— Eh bien, oui. Il n'a rien de romantique, Fox.

Je levai les yeux au ciel. Je faillis dire que le romantisme n'était pas au programme, mais que découvrir ce qui se cachait sous le pantalon de yoga noir moulant que Josie portait tout le temps l'était. Mais je m'abstins et cédai à ma mère, parce que je savais qu'elle ne pensait pas à mal.

— Où suggères-tu que je l'emmène ?

— Le *Pavillon* serait bien.

Mes sourcils remontèrent jusqu'à mon front.

— Sérieusement ? Le restaurant français ? C'est à plus d'une demi-heure d'ici. Et il faut porter un costume dans ce restaurant.

— Tu ne crois pas que Josie sera bien habillée ? Elle vient de Manhattan, mon chéri.

J'espérais un peu qu'elle porte le pantalon de yoga. Cependant… j'étais déjà sorti à New York à l'époque où je jouais au hockey. Les femmes dans les clubs étaient *toujours* bien habillées – des trucs moulants sans dos et tout. C'était le jour et la nuit avec les tenues des femmes qui allaient au *Laurel Lake Inn*, le plus beau restaurant de cette petite ville.

— Je vais peut-être voir si je peux obtenir une table au steakhouse de Chatrun.

Maman sourit.

— C'est un peu mieux.

Je hochai la tête. Heureusement, Tricia vint prendre notre commande, mettant fin à la conversation. Elle sortit son petit bloc-notes et fit glisser le crayon de derrière son oreille.

— Salut, Fox. Tu veux ton plat habituel ?

— Oui. Merci, Trish.

Elle se tourna vers maman.

— Nous avons la salade grecque que tu aimes comme plat du jour.

— Ooh. Ça m'a l'air bien.

Elle lui rendit son menu.

— Merci, Trish.

Maman et moi discutâmes un moment. Elle me parla de son cours de tricot et je me plaignis des retards de livraison qui me donnaient mal à la tête sur l'un des chantiers que j'essayais de terminer.

— J'ai un service à te demander, mon chéri.

Ma mère ne demandait jamais rien.

— De quoi as-tu besoin ?

— Eh bien, c'est pour mon amie Greta. Tu te souviens d'elle, n'est-ce pas ?

Je hochai la tête.

— Des cheveux bleus en forme de casque ?

Maman sourit.

— Ses cheveux sont argentés, pas bleus. Mais oui, c'est Greta, et elle va bientôt perdre ses cheveux.

— Cancer ?

— J'en ai bien peur. Elle a commencé un traitement il y a quelques semaines. Elle le garde secret.

— En quoi puis-je aider ?

— Son premier traitement l'a affaiblie. Elle s'est levée trop vite, est tombée et s'est cassé la cheville en deux endroits.

— Bon sang. Ça craint.

— Oui. Je suis allée lui rendre visite hier. Elle vit dans cette grande résidence du côté nord, celle sur Barnyard Avenue. Elle est au rez-de-chaussée, mais son logement est quand même en haut de six marches. Elle a du mal à monter et à descendre à cause de son plâtre. Elle a demandé au gestionnaire de l'immeuble d'installer une petite rampe, mais on lui a répondu que cela prendrait des mois. D'ici là, elle n'aura plus de plâtre.

— C'est probablement pour ça qu'ils ont dit ça. Ils sont obligés de l'aider en vertu des lois sur le handicap, mais ils peuvent prendre tout leur temps pour le faire. Tu veux que je lui fasse une rampe ?

— Si tu as le temps. Ça l'aiderait vraiment. Je paierai le matériel.

— Pas de problème. Je m'en occupe. Je le ferai ce week-end.

— Merci, mon chéri.

Parler des appartements de Barnyard Avenue me rappela quelque chose.

— Tu connais Ray Langone ? Il vit dans la même résidence que Greta.

Maman fronça les sourcils.

— Oui. Il est un peu fuyant, non ?

Je souris. Ma mère était trop gentille pour utiliser le mot *louche*.

— Oui, il est fuyant. C'est aussi l'oncle de Josie.

— Oh, mon Dieu. C'est vrai. Elle a dit que le nom de jeune fille de sa mère était Langone. Je n'ai pas pensé à Ray. Josie est-elle proche de lui ?

— Elle pensait qu'il était mort jusqu'à ce que je lui dise que ce n'était pas le cas. C'est ce que sa mère lui a dit. Elle a l'air d'être une crème, dis-je en secouant la tête. Tu sais si Ray vit toujours là-bas ?

— Oui. Je l'ai vu hier, justement, en allant rendre visite à Greta. Pourquoi ?

— Aucune raison. Je veux juste garder un œil sur lui.

Maman sourit.

— Tu veilles déjà sur Josie ! Je pourrais avoir des petits-enfants après tout !

— Bon sang, maman. Tu ne crois pas que tu vas un peu vite en besogne ?

— Peut-être. Mais quelque chose me dit qu'elle pourrait être la bonne.

CHAPITRE 18

Tenue de pingouin
Fox

— C'est ridicule, grommelai-je en remontant le nœud de ma cravate devant le miroir.

La dernière fois que j'avais enfilé un costume, c'était il y a un an, pour un enterrement. Ce n'était vraiment pas mon truc. À l'époque où je jouais, l'équipe s'habillait pour les déplacements, et beaucoup de gars aimaient ça – porter des vêtements de marque voyants que les stylistes leur envoyaient, se pavaner devant la caméra en rejoignant le bus. Mais même à l'époque, je n'aimais pas ça. Mes coéquipiers me cassaient les pieds parce que je portais les deux mêmes costumes chaque semaine, un bleu marine et un gris. À cet instant, je portais le bleu marine et me demandais si ma mère n'avait pas tort et si le *Pavillon* n'était pas trop chic pour un premier rendez-vous. Mais le steakhouse, ainsi que deux autres endroits que j'avais contactés et qui étaient plus jolis que le *Laurel Lake Inn*, sans pour autant nécessiter une tenue de pingouin, étaient complets.

J'avais aussi lavé le pick-up et passé l'aspirateur à l'intérieur, et je m'étais même arrêté pour acheter des fleurs en rentrant du travail. Je commençais à me rappeler pourquoi je n'avais pas eu de rendez-vous ces dernières années – c'était beaucoup de travail. C'était sans aucun doute plus difficile que d'aller au bar de la ville voisine avec un préservatif dans le portefeuille et parler à la première jolie femme que je rencontrais.

À 19 h, je laissai mon pick-up dans l'allée et traversai la pelouse. J'aurais pu conduire et me garer dans l'allée de Josie, mais cette ville faisait déjà circuler assez de ragots, alors je me dis qu'il valait mieux être discret.

Arrivé à la porte, j'essuyai mes paumes sur mon pantalon – apparemment, il faisait plus chaud que je ne l'avais réalisé – et frappai. Josie répondit avec un sourire. Mais quand elle me vit, son sourire s'évanouit.

— Oh mon Dieu.

Elle baissa les yeux et posa la main sur sa poitrine.

— Je ne suis pas assez habillée.

J'allais *tuer* ma mère.

Vêtue d'un jean et d'un haut blanc affriolant à volants, Josie était magnifique. Elle sentait aussi très bon. Mais je me sentis idiot.

Je secouai la tête et me mis à retourner chez moi d'un pas lourd.

— Désolé. Je vais me changer.

— Quoi ? Non !

Elle m'attrapa le bras.

— C'est ma faute. Je n'ai pas réalisé que nous allions dans un endroit chic. Je vais me changer.

— C'est bon. C'était stupide...

Je me dégageai de la prise de Josie et continuai à retourner vers la maison.

— Fox, attends...

Je ne m'arrêtai pas. Du moins jusqu'à ce que sa voix se transforme en hurlement.

— *Fox !*

Je me figeai, mais ne me retournai pas.

— Je monte me changer tout de suite. Si tu vas chez toi et que tu reviens avec un jean ou autre, tu vas me faire paraître trop habillée. Peux-tu entrer, s'il te plaît, et ne pas en faire toute une histoire ?

Je me sentais vraiment bête, mais j'inspirai profondément et pris sur moi.

Quand je regagnai sa porte, Josie sourit.

— Waouh. Qui l'aurait cru ? Il a écouté...

— Va te changer.

Elle regarda les fleurs que j'avais oublié avoir dans les mains.

— Elles sont pour moi ?

— Oui, répondis-je en les lui tendant. Tiens.

Elle gloussa.

— Entre. Je doute que Mme Wollman ait laissé un vase, mais tu peux chercher quelque chose pour les y mettre pendant que je m'habille.

— D'accord.

Josie disparut à l'étage alors que je restais au milieu de la cuisine, me demandant ce que je fichais là. Pendant ce temps, ce foutu canard traversa le salon en se dandinant, me prenant au dépourvu.

— Bon sang, marmonnai-je. Tu es encore là.

Il me répondit en cancanant et continua à avancer, s'installant dans... un panier pour chien ? Il y avait une télévision d'apparence, disons, *vintage* posée sur le sol, diffusant des dessins animés. Le canard s'était placé en face dans un lit orthopédique rose. Je secouai la tête et jetai un coup d'œil à la cuisine. Trois rangées de cartes de Noël festives étaient accrochées le long du mur. En dessous, six carrés d'échantillons de peinture différents avaient été scotchés.

Entre le fait de porter ce costume pour un rendez-vous galant et cet endroit qui commençait à sembler normal, Josie n'était pas la seule à avoir besoin d'une aide psychologique. Mais j'étais là, et j'avais encore ces stupides fleurs en mains, alors autant faire ce qu'elle m'avait demandé et voir si je pouvais trouver quelque chose pour les mettre dedans.

Une fouille des placards s'avéra vaine, mais je trouvai un arrosoir en plastique vert dans le garage et le remplis d'eau.

Josie redescendis alors que je fourrais peu délicatement les tiges à l'intérieur de l'arrosoir. Je saisis le col de ma chemise, qui me semblait soudain trop serré au niveau du cou.

Elle se mordit la lèvre.

— C'est la seule chose habillée que j'ai apportée. Je ne sais même pas pourquoi je l'ai prise. Et avec des talons, c'est un peu court.

J'allais devoir rester derrière d'elle, tout près, surtout si elle faisait tomber quelque chose. Et il ne serait pas facile de contrôler l'envie de cogner tous les types qui tourneraient la tête vers elle, mais passer les prochaines heures avec elle dans *cette* tenue en valait vraiment la peine. Cette femme avait assez de jambes pour faire un mètre quatre-vingts, surtout avec ces talons aiguilles.

J'allais peut-être remercier ma mère au lieu de la tuer, après tout... Je déglutis.

— Tu es magnifique.

— Merci.

Josie lissa l'ourlet de sa robe étincelante avec un sourire timide.

— Tu es très beau toi aussi. Je suis désolée de ne pas avoir été assez habillée. Il n'y a pas beaucoup d'endroits chics en ville, alors je me suis dit...

— C'est ma faute.

Elle regarda les fleurs.

— Elles sont très jolies. Merci.

Je hochai la tête.

Josie sourit.

— Je dois admettre que je me suis trompée sur ton compte. Je n'aurais jamais imaginé que tu te présenterais à notre rendez-vous en costume avec des fleurs.

— Comment pensais-tu que je me présenterais ?

— En jean, peut-être une chemise habillée. Pour être honnête, je m'attendais plutôt à ce que nous allions au *diner* et que tu me malmènes dans la voiture une fois sur place.

Mon visage se décomposa.

— Attends. Une minute... c'est une option ?

Josie rit. Elle m'attrapa le bras et me tira vers la porte.

— Viens. Je ne sais pas où on va, mais tu es trop beau pour être en retard.

De l'autre côté de la rue, Yvonne Craddox traînait ses poubelles sur le trottoir. Elle s'arrêta quand elle nous vit, Josie et moi, descendant l'allée. Je l'ignorai et gardai la tête baissée, essayant de minimiser les dégâts, mais elle était encore bouche bée au moment où j'ouvris la portière du passager pour Josie et que je jetai un coup d'œil en arrière. Les lignes téléphoniques de cette ville allaient sans aucun doute prendre feu dans trente secondes.

— Alors, où va-t-on qui soit aussi chic ? demanda Josie alors que je quittais l'allée.

— Un restaurant français à deux villes d'ici.

Elle hocha la tête.

— Est-ce que tous tes premiers rendez-vous sont aussi formels ?

Je lui jetai un coup d'œil.

— On n'est pas obligés d'y aller, si tu ne veux pas.

— Oh non. Je suis emballée. Je n'ai pas eu de raison de bien m'habiller depuis longtemps.

Elle haussa les épaules.

— J'étais juste curieuse, je suppose ?

Elle attendit une réponse à sa question. Mais il n'était pas facile d'y répondre.

Je gardai les yeux sur la route.

— Ça fait un bail que je n'ai pas eu de rencard, alors je ne me souviens pas vraiment où je suis allé la dernière fois, déclarai-je.

Du coin de l'œil, je vis les sourcils de Josie se froncer.

— Ça fait combien de temps ?

— Je ne sais pas. Trois ans ?

Ses yeux s'écarquillèrent.

— Tu n'as couché avec personne depuis trois ans ?

— Je n'ai pas dit ça. J'ai dit que je n'ai fréquenté personne depuis tout ce temps.

— Oh.

Elle resta silencieuse pendant un moment.

— Qu'est-ce qui se passe dans ta tête un peu dingue ? demandai-je.

— Tu sais, ce n'est pas poli de dire que ma tête est dingue. La plupart des gens se sentent offensés quand on se moque des problèmes de santé mentale.

Je la regardai.

— Tu l'es ?

— Non, mais ce n'est pas le problème.

— Alors je ne suis pas sûr de savoir où est le problème. Parce que je ne parle pas à la plupart des gens. Je te parle à toi.

— Alors... quoi ? Tu te contentes de rameuter des femmes et de coucher avec elles, alors ?

Je sentis mes sourcils se froncer, perdu par le changement soudain de sujet. Apparemment, on était revenus sur mon passé amoureux.

— En général, je n'en *rameute* qu'une seule.

Josie se déplaça sur son siège pour me faire face.

— Alors, ce n'est qu'un coup d'un soir ?

— On parle de quoi, là ? demandai-je. De mon passé amoureux ou de nous ?

— Eh bien, les deux, je suppose. Est-ce que les femmes que tu as fréquentées étaient des coups d'un soir ?

C'était une conversation risquée. D'après mon expérience, quand une femme évoquait les femmes avec qui vous aviez couché, ça ne se terminait généralement pas bien.

— C'est important si c'était une fois ou quatre fois ? demandai-je.

— Oui.

— Pourquoi ?

— Parce que j'aimerais savoir à quoi m'attendre. Tu es mon voisin. Je ne veux pas que les choses deviennent gênantes entre nous.

— Elles ne le seront pas.

— Comment le sais-tu ? Ça n'a jamais été gênant de croiser une femme avec qui tu as couché une seule fois ?

— Si.

— D'accord, donc c'est ce que j'essaie d'éviter. Si on fixe nos attentes maintenant, il y aura moins de déception.

— Ce n'est pas pareil, Josie.

— Pourquoi ?

Nous arrivâmes à un feu rouge, alors je tournai la tête pour la regarder.

— Parce que je ne veux pas seulement te baiser une fois.

— Qu'est-ce que tu en sais ? On ne l'a même pas encore fait.

Mes yeux se posèrent sur son corps, sur sa petite robe moulante et ses jambes galbées.

— Fais-moi confiance. Je le sais.

— Comment ?

— Parce que je ne suis pas venu te chercher pour que tu m'aides à me sortir quelque chose de la tête. Au contraire. J'ai essayé de t'éviter, de garder le plus de distance possible.

— Pourquoi avoir fait ça ?

Mes yeux s'ancrèrent aux siens et je tapotai ma poitrine.

— Parce que je te sentais ici, pas en bas.

Josie cligna des yeux plusieurs fois. Quand elle comprit ce que je venais de dire, un sourire idiot se dessina sur son visage.

— Qu'est-ce qui te fait sourire ?

— Tu m'aimes bien.

Je levai les yeux au ciel.

— Oh, Seigneur. Que ça ne te monte surtout pas à la tête !

— Et moi qui pensais que tu voulais juste coucher avec moi.

— Si on doit fixer des attentes, mettons les choses au clair, doc. Je vais te baiser. Et j'espère que ça arrivera ce soir, peut-être en récompense d'avoir porté ce stupide costume. Tout ce que je dis, c'est que ça se produira plus d'une fois.

— Plus d'une fois ce soir ou plus d'une fois au total ?

Ma lèvre tressaillit.

— Les deux.

Elle sourit.

— D'accord.

— Alors, tout est bon ? Plus de questions idiotes sur des trucs idiots de mon passé ?

— En fait, j'en ai encore une.

Je levai le menton vers le feu de signalisation.

— C'est vert depuis longtemps. Alors fais vite.

— Tu as des préservatifs ? Parce que je n'en ai pas.

— J'en ai acheté toute une boîte à la pharmacie à côté du fleuriste aujourd'hui.

Les yeux de Josie s'écarquillèrent.

— Toute une boîte ? Combien de fois en une nuit peux-tu...

Je me penchai pour que nous soyons nez à nez.

— Jusqu'à ce que tu ne marches plus droit, bébé. Jusqu'à ce que tu ne marches plus droit.

• • •

L'idée de mettre un costume et de conduire jusqu'à un restaurant prétentieux situé deux villes plus loin avait été contrebalancée par le fait que, premièrement, il était plus que probable que Josie porterait une robe. Je ne m'attendais pas à ce qu'elle soit aussi courte que celle qu'elle avait mise, donc elle gagnait des points... Et que, deuxièmement, il était peu probable que je croise l'un des moulins à paroles de Laurel Lake si loin de la ville. Apparemment, je ne faisais que du cinquante-cinquante.

La taille des yeux d'Opal dépassa celle de nos assiettes lorsqu'elle nous aperçut, Josie et moi, à notre table.

— Putain, grommelai-je en posant ma fourchette.

— Quoi ? Ton steak n'est pas bien cuit ?

Je secouai la tête.

— J'aurais préféré. Ma vie est sur le point de devenir un enfer au travail.

— De quoi tu parles ?

Je n'eus pas à répondre. Opal s'empressa de le faire à ma place, ses yeux pétillants.

— Je me disais bien c'était vous deux. Eh ben ! Regarde-toi, patron. Tout habillé et en cravate.

— Va-t'en, Opal.

— Fox ! s'écria Josie, les yeux plissés. Sois gentil...

Opal balaya son commentaire d'un revers de la main.

— Oh, ma chérie, *c'est* la version gentille de Fox. Tu n'as pas remarqué qu'il n'a pas dit de gros mots ? Il doit être de bonne humeur.

Josie rit.

— Ça fait plaisir de vous voir, Opal. *N'est-ce pas*, Fox ?

Je boudai.

— Non.

— *Fox...*

— Peu importe. Ouais, super.

Je me déconnectai pendant que les deux femmes parlaient de choses et d'autres – de robes et du restaurant, me sembla-t-il. Mais mon attention revint quand j'entendis le nom *Frannie*.

— Tu es ici avec Frannie Newton ? demandai-je.

Opal hocha la tête.

— C'est son anniversaire. Chaque année, on s'offre notre repas préféré. Frannie aime les escargots qu'on sert ici. Moi, je n'ai jamais compris ça.

Génial, vraiment génial. Frannie Newton était une commère pire qu'Opal. Elle travaillait au bureau de poste, retenant les gens captifs pendant qu'elle leur vendait des timbres et répandait les ragots. Son réseau de distribution était équivalent à celui du courrier journalier. Je n'avais aucun doute que demain, à 10 h du matin, les seules personnes qui ne sauraient pas ce que j'avais fait ce soir seraient celles parties en vacances. Et elle les mettrait au courant quand elles viendraient chercher leur courrier.

— C'est la première fois que vous venez tous les deux ? demanda Opal.

Je dis *non* en même temps que Josie disait *oui*.

Opal nous regarda à tour de rôle, amusée.

Josie mit sa main sur sa poitrine.

— C'est la première fois que *je* viens.

— Prends la crème brûlée pour le dessert. C'est jouissif.

Alors que je vomissais un peu dans ma bouche en entendant Opal prononcer un mot proche de *jouissance*, Josie n'eut pas l'air effrayée du tout.

Elle sourit.

— Merci. Je le ferai peut-être, si je ne suis pas trop rassasiée.

Opal se pencha et baissa la voix.

— Est-ce que tu es au courant que Sam, du magasin de bricolage, a mis sa maison en vente ?

— J'espère que tout va bien, dit Josie. Sam est tellement adorable.

— Il fréquente Rena Arlo. Elle lui a demandé d'emménager avec elle. Avec l'argent que Sam recevra de la vente, ils envisagent d'acheter un appartement en Floride pour aller y vivre en hiver.

— Tant mieux pour eux. Je n'ai pas rencontré Rena, mais Sam a l'air vraiment gentil.

— Il organise un vide-grenier le week-end prochain. Son épouse, Dieu ait son âme, collectionnait les figurines Hummel que ma sœur, qui vit en Géorgie, collectionne aussi. Je vais donc y aller plus tôt pour lui en récupérer quelques-unes. Je peux passer te prendre en chemin. Je suis sûre que Rena sera à la vente avec lui.

— Ça m'a l'air super. J'adore les vide-greniers.

— Tu peux venir aussi, Fox, dit Opal.

— Non, merci. Je n'aime pas trop fouiller dans les trucs usagés dont les gens ne veulent plus. J'en ai assez dont je peux me débarrasser.

— Tu devrais organiser un vide-grenier, alors. Je peux venir t'aider à fixer les prix...

Rien ne m'emballait moins que d'ouvrir ma porte à toute la ville. Je levai la main.

— Ça va, merci.

Opal m'ignora comme si je n'étais pas là, continuant à jacasser avec Josie.

— J'ai entendu dire que tu avais croisé ton oncle Ray ?

Josie plissa les yeux, puis un éclair de compréhension traversa son visage et elle hocha la tête.

— J'étais chez Lowell, plus tôt dans la journée. Sam me l'a montré du doigt et nous a présentés. Je m'attendais à ce que mon oncle soit différent de ce qu'il était. En fait, il était très doux et gentil.

Opal et moi échangeâmes un regard. Ce fut à ce moment-là que notre serveur arriva avec le deuxième verre de vin que Josie avait commandé. La plupart des gens auraient pris cette interruption comme le moment idéal pour dire au revoir, mais pas Opal. Elle resta là, continuant à bavasser pendant que mon repas refroidissait. J'attendis quelques minutes de plus, mais elle ne s'arrêta toujours pas. Frustré, je repris ma fourchette et l'agitai devant les deux femmes.

— Vous pensez pouvoir terminer cette conversation pendant que vous achèterez des chaussettes usagées la semaine prochaine ? Notre repas est en train de refroidir.

Josie fronça les sourcils.

— Inutile d'être impoli.

Opal sourit et ignora ma remarque.

— Bah, il ne me dérange pas. Mais je devrais retourner auprès de Frannie de toute façon. Bonne soirée à vous deux.

— Vous aussi, Opal, dit Josie.

Je grognai et enfournai un morceau de steak dans ma bouche.

Mais Josie ne reprit pas son repas. Elle se redressa sur sa chaise et croisa les bras sur sa poitrine.

— Pourquoi es-tu comme ça ?

— Comme quoi ?

— Grossier. Tu te comportes comme si tout le monde t'ennuyait.

— Pas *comme si*.

— Opal est juste amicale.

— Elle était là à répandre des ragots. Et c'est ce qu'elle fera sur nous dans trente secondes, quand elle retournera à sa table.

Josie haussa les épaules.

— Et alors ? Qu'est-ce qu'elle pourrait bien dire ? Qu'on a dîné ensemble ?

— J'aime que mes affaires restent mes affaires.

Josie secoua la tête.

— Sous cet extérieur ronchon, il y a un type qui sort mes poubelles et met un costume pour un rendez-vous galant. Si tu le laissais sortir plus souvent, tu serais peut-être plus heureux.

— Qui dit que je ne suis pas heureux ?

Elle fouilla mon visage comme si elle cherchait quelque chose.

— Est-ce que tu as toujours été comme ça ?

— Affamé, avec une aversion pour la nourriture froide ? Oui.

— Tu sais ce que je veux dire. Est-ce que tu as toujours été ronchon ? Ou est-ce que ça a changé après...

Mes yeux se rétrécirent.

— Après quoi ?

— Après avoir perdu ta fiancée.

— Elle n'est pas perdue. Elle est morte. Et c'est ce que j'ai toujours été.

Les pieds de ma chaise grincèrent bruyamment sur le carrelage alors que je la repoussais. Me levant, je jetai ma serviette sur la table.

— Excuse-moi. Je dois aller aux toilettes.

Une fois là-bas, je me passai de l'eau sur le visage. C'était peut-être une idée stupide après tout. Josie n'était pas une femme qui prendrait ce que je pouvais lui donner et en serait heureuse. Le restaurant chic et les fleurs n'étaient qu'un début. Bientôt, elle s'attendrait à ce que je lui déballe mon cœur. Et que j'aille avec elle dans des vide-greniers débiles. Elle aimait probablement aussi passer des heures à discuter après le sexe, au lieu de se retourner et de passer une bonne nuit de sommeil. Je me regardai dans le miroir et secouai la tête. Mais à quoi je pensais ?

De retour à la table, nos assiettes avaient disparu. Josie fit un geste vers les emplacements vides.

— Je leur ai demandé de réchauffer nos plats.

Je m'assis en face d'elle.

— Écoute, Josie, ce n'était peut-être pas une bonne idée.

— Quoi ? Le rendez-vous ?

J'acquiesçai.

— Pourquoi ?

— Parce que ça va créer une attente que je ne pourrai pas satisfaire.

— De quoi est-ce que tu parles ? Quelle attente crois-tu que je vais avoir après un seul rendez-vous ?

Je haussai les épaules.

— Ce n'est pas une bonne idée, c'est tout.

— Parce que j'ai parlé de ta fiancée ?

Ma mâchoire se serra.

— Tu veux plus que ce que je peux te donner.

— Sérieusement ? Je pensais manger et me faire malmener, et j'étais d'accord avec ça.

— Peut-être aujourd'hui, mais...

Je secouai la tête.

— Plus tard, tu vas...

Josie leva la main.

— Je vais t'arrêter tout de suite, même si interrompre quelqu'un pendant qu'il parle est grossier. Tu ne peux pas avoir la moindre idée de ce que je voudrai plus tard. Tu sais pourquoi ?

— Pourquoi ?

— Parce que *je* ne sais même pas ce que je veux. Il y a quelques mois, je pensais vouloir devenir Mme Noah Townsend et guérir le cancer avec des médicaments miracles. Aujourd'hui, je suis heureuse de planter des tomates avec mon voisin grognon alors que je vis dans une ville dont la population est inférieure au nombre de personnes habitant dans mon immeuble de New York. J'envisage de m'inscrire à un cours de *tricot*, pour l'amour de Dieu ! La seule chose dont je suis sûre concernant mon avenir, c'est que je vais prendre des décisions basées sur ce qui me rend heureuse plutôt que sur ce qu'il convient de faire et ce que les autres attendent de moi.

Je fronçai les sourcils.

— Désolé.

Le serveur revint avec nos assiettes, mais Josie secoua la tête.

— Je m'excuse, mais vous pouvez l'emballer pour qu'on puisse l'emporter ? Il y a eu un imprévu.

— Bien sûr. Donnez-moi juste une minute.

Je me sentis mal de gâcher la soirée.

— On n'est pas obligés de partir.

Josie saisit sa serviette sur ses genoux et la posa sur la table.

— Si. Parce que tu es malheureux avec cette cravate, et honnêtement, ce n'est pas ce que je veux non plus.

J'imaginais qu'elle parlait du fait de sortir avec un connard grincheux comme moi. Ce n'était pas comme si je pouvais argumenter qu'elle avait tort. Je hochai donc la tête.

— D'accord.

Elle se pencha vers moi et parla plus bas.

— Allons simplement manger nos plats sous le porche, buvons une bière et allons nous envoyer en l'air.

J'en perdis mon souffle.

— Tu veux qu'on couche ensemble ?

Elle sourit.

— Tu vois ? Tu n'as vraiment aucune idée de ce que je veux.

CHAPITRE 19
Affamée
Josie

— Je vais me changer.

D'une main, Fox montra la porte d'à côté et, de l'autre, posa le sac de plats emportés sur le plan de travail de la cuisine.

— Tu veux que je les réchauffe ?

Le trajet du retour avait été calme. J'étais presque sûre que mon cavalier était encore choqué que j'aie déclaré vouloir coucher avec lui. Honnêtement, je ne m'attendais pas non plus à le dire. Mais maintenant que c'était sorti, je me sentais libérée. Pourquoi ne pas dire ce que je voulais ? Ce grand grincheux m'avait attirée dès la première seconde où j'avais posé les yeux sur lui. Et il y avait une alchimie indéniable entre nous. Je la sentais pulser dans mes veines dès qu'il était près de moi. Sans compter que je l'avais surpris à me regarder par la fenêtre et à me reluquer à plusieurs reprises quand il pensait que je ne faisais pas attention. Donc, je savais que je n'étais pas la seule à avoir des désirs.

— Je n'ai plus vraiment faim, dis-je avant de me mordre la lèvre. De nourriture en tout cas.

Les yeux de Fox s'assombrirent.

— Non ? Dis-moi de quoi tu as faim.

— Je crois que tu le sais.

Il s'avança vers moi. C'était moi qui avais tenté le diable, mais son air déterminé me fit reculer d'un pas. Quand je heurtai le réfrigérateur, Fox réduisit la distance entre nous.

— Je veux que tu me le dises quand même.

— Toi. Je te veux, toi.

Il glissa ses doigts dans mes cheveux et enroula une mèche dans son poing au niveau de ma nuque.

— Plus précisément.

— Du sexe, soufflai-je. Je veux du sexe avec toi. Je veux que tu me fasses oublier mon nom.

Il baissa la tête et suça ma clavicule avant de remonter jusqu'à mon oreille.

— Dur ou doux, bébé ?

Nous nous étions à peine touchés, et pourtant, mon corps était en feu et j'avais du mal à parler. J'avais l'impression que l'air était chassé de mes poumons, car ma voix sortit tout essoufflée.

— Dur.

Fox tira ma tête en arrière. Ses yeux verts étaient si sombres qu'ils semblaient gris.

— Que dirais-tu de dur et rapide d'abord ? Puis doux et lent la deuxième fois.

Ohhh. C'était encore mieux. Je déglutis.

— Tout ce qui te met d'humeur.

Il utilisa la main sur ma nuque pour me tirer jusqu'à lui, et sa bouche se referma sur la mienne. Tout comme lors de notre premier baiser dans la voiture, il gémit contre nos lèvres jointes, et je sentis une décharge électrique me traverser le corps. Je n'oubliai pas seulement mon nom ; ce baiser effaça toutes mes pensées, toutes mes inquiétudes – tout ce qui n'était pas lui.

Fox fit glisser l'autre main vers mes fesses et l'insinua sous ma robe, empoignant l'un des globes. Il me souleva jusqu'à ce que nos hanches soient au même niveau, et mes jambes s'enroulèrent autour de sa taille. Dans cette position grande ouverte, son épaisse érection poussa contre mon point le plus sensible, et un miaulement s'échappa de mes lèvres tandis que mes yeux se révulsaient.

— Montons à l'étage.

Fox me garda enroulée autour de lui tandis qu'il traversait le salon et montait les marches deux à deux. Il s'assit sur le bord du lit et me mit debout.

— Tu n'as pas idée depuis combien de temps je meurs d'envie de savoir si l'absence de marque de culotte sous ton petit pantalon de yoga serré viens du fait que tu n'en portes pas ou que tu portes un string.

Je souris.

— Qu'est-ce que tu préférerais ?

— Là, tout de suite, que tu ne portes rien. Parce que ça fera gagner du temps. Mais je serai heureux d'arracher tout ce qui se trouvera sur mon chemin.

J'attrapai la cravate de Fox et tirai sur le nœud. Il m'arrêta, sa main couvrant la mienne.

— Recule et enlève ta robe. Je vais m'occuper de ça.

J'avais fait preuve d'audace depuis le restaurant, mais alors que je reculais de deux pas, je me sentis soudain timide. Fox s'affaira sur sa cravate, mais ses yeux ne me quittèrent pas.

— Il faut que tu l'enlèves. C'est une trop belle robe pour qu'elle finisse en lambeaux si c'est moi qui le fais.

Je pris une profonde inspiration avant de faire glisser les fines bretelles sur mes épaules. Ma robe atterrit en un tas argenté autour de mes chevilles, me laissant debout avec un unique string en dentelle puisque je n'avais pas mis de soutien-gorge. Fox arriva au troisième bouton de sa chemise avant de se figer.

— Bon sang ! Tu es encore plus sexy que je ne l'imaginais les yeux fermés –à chaque fois que j'ai pris une douche.

Je penchai la tête sur le côté, me sentant moins timide après ses compliments.

— Es-tu en train de dire que tu te donnais du plaisir en pensant à moi sous la douche, Fox Cassidy ?

— Tous les jours. Et je m'en suis détesté.

Il passa son bras autour de ma taille et m'attira contre lui. Comme il était assis et moi debout, mes seins étaient parfaitement alignés avec son visage. Fox ne perdit pas de temps pour profiter de cette position. Il prit mes deux poignets dans l'une de ses mains et les tint captifs derrière mon dos, puis aspira un mamelon dans sa bouche.

— Et maintenant, je ressens l'envie de te faire payer pour ce que tu m'as fait, dit-il.

Ses dents se refermèrent sur mon téton gonflé. Avant que la douleur ne se fasse pleinement sentir, il l'apaisa avec sa langue et glissa sa main entre mes jambes.

— Ouvre plus grand, murmura-t-il contre ma peau.

Je me sentais vulnérable, presque nue, les bras maintenus dans le dos. Pourtant, je haletais et je fis sans complexe ce qu'il me demandait. Fox poussa mon string sur le côté, m'écarta de ses doigts et en glissa un dans ma chaleur. Ses va-et-vient étaient si bons que je fermai les yeux et m'abandonnai à cet instant. Quand ma tête tomba en arrière, il se retira complètement, puis enfonça deux doigts.

À cet instant, il n'était pas différent de l'homme que j'avais appris à connaître en dehors de la chambre à coucher. Il prenait les choses en main sans honte, savait exactement ce qu'il faisait et était attentif. Rapidement, mes genoux commencèrent à fléchir, et il me souleva pour me jeter à plat dos sur le lit. Noah avait été en forme, mais une Armoire à Glace qui me balançait comme si je ne pesais rien était une toute autre expérience.

Fox se leva pour finir de déboutonner sa chemise. Il ne lui en restait plus que quelques-uns lorsqu'il perdit patience et l'ouvrit d'un coup sec. Les boutons rebondirent dans la pièce dans différentes directions.

Je ris et me redressai sur les coudes.

— Je t'aurais aidé.

— Pas le temps.

Il glissa ses doigts sous le tissu de mon string et tira fort. Mon sous-vêtement en dentelle hors de prix craqua dans sa main.

— Oh, mon Dieu. Tu es fou.

Fox était déjà en train de déboucler sa ceinture.

— À quatre pattes, chérie.

Mes yeux s'écarquillèrent.

— Tu veux dire sur les mains et les genoux ?

Il enleva son pantalon.

— Tu connais une autre façon de te mettre à quatre pattes ?

— Tu ne vas même pas faire semblant d'être romantique ? Tu sais, me regarder dans les yeux pendant que tu me fais l'amour au moins ?

Il crocheta ses pouces dans la ceinture de son boxer noir.

— Difficile de voir tes yeux quand tu es cul en l'air, bébé.

— Mais...

Je me figeai quand son boxer descendit.

Oh.

Mon.

Dieu.

Fox leva les yeux, probablement pour voir pourquoi je n'avais pas fini ma phrase, et se rendit compte que j'étais bouche bée.

Cet homme était énorme. C'était une Armoire à Glace *de partout*. Son sexe était au garde-à-vous, plaqué contre son ventre, atteignant presque son nombril.

Je le pointai du doigt.

— Putain de merde.

Fox afficha un sourire arrogant.

Je me redressai pour voir de plus près. Me mordillant l'ongle pendant que j'observais, je me rendis compte que c'était le plus gros que j'aie jamais vu.

— Je peux toucher ?

— C'est un peu le but, dit Fox en s'avançant.

Il n'était pas seulement long et épais, il était aussi étrangement beau – lisse et d'une chaude couleur marron clair – ni rouge, ni violet, ni trop veiné. Même la couronne était symétrique et charmante. Je passai la pulpe de mon index sur toute la longueur, et le souffle de Fox se fit sifflant.

— Il est si gros et... joli.

— *Joli* n'est pas un mot qu'un mec veut entendre pour décrire sa queue, bébé.

— Qu'est-ce que tu aimerais entendre ?

Il sourit.

— Le son de ma queue dans ta bouche quand tu déglutis. Ou qu'elle t'étouffe un peu.

Je dissimulai mon sourire derrière ma main.

— Je crois qu'on devra y aller progressivement. Elle est assez intimidante.

Je passai trente secondes de plus à faire tourner mon doigt autour du gland luisant. Quand une grosse goutte de liquide séminal coula sur le côté, Fox grogna.

— Bon. La démonstration est terminée. Donne-moi à nouveau ta bouche ou quelque chose d'autre va y entrer.

Le moment de jeu se transforma rapidement en moment torride. Nos mains explorèrent pendant que nos langues s'emmêlèrent dans un baiser frénétique. Je n'arrivais pas à décider quelle partie de lui était plus agréable sous mes doigts – les crêtes dures de ses abdominaux ciselés, ses biceps sculptés ou la longue hampe ferme que ma main avait du mal à envelopper. Quand je la serrai, Fox gémit et m'attrapa par la taille. Il me retourna d'un seul coup, puis me souleva à quatre pattes. Je ne voulais pas me demander pourquoi il était si doué pour ça.

Quelques secondes plus tard, j'entendis le froissement distinct de l'emballage d'un préservatif. Je tendis le cou pour regarder par-dessus mon épaule et fut stupéfaite de ce que je vis. Fox était une vision de splendeur. À genoux, ses muscles étaient tendus tandis que sa poitrine se soulevait et s'abaissait. Il déroula le préservatif sur sa longueur et empoigna son sexe à la base avant de s'aligner sur mon entrée.

Nos yeux se verrouillèrent tandis qu'il s'enfonçait à l'intérieur. Il fit quelques petits va-et-vient pendant que je regardais, mais lorsqu'il plongea profondément, je perdis la force de garder la tête dressée. Fox s'enfouit jusqu'à la garde, son bassin contre mes fesses, puis il s'immobilisa. L'un de nous deux tremblait, mais je n'arrivais pas à savoir qui.

— Détends-toi un peu. Tu me serres tellement fort que je ne pourrai pas tenir.

Je fermai les yeux et m'efforçai de relâcher mes muscles, mais le problème venait plus de sa taille que de ma crispation.

— J'essaie.

— Tu es prête ?

— Pour quoi ?

— Pour commencer.

Mes yeux s'écarquillèrent et je tendis à nouveau le cou pour le regarder.

— *On n'a pas encore commencé ?*

Fox sourit.

— Tu ferais mieux de t'accrocher à la tête de lit.

Il avait beau sourire, il ne plaisantait pas. Fox se mit à bouger, et je tendis les mains pour m'accrocher. Ses poussées étaient rapides et profondes. Ma peau était en feu et humide de sueur dégoulinant dans mon dos. Mon orgasme couvait comme un ouragan en approche, tourbillonnant et menaçant de tout démolir sur son passage. Le bruit de nos corps mouillés – son bassin contre mes fesses – se heurtant l'un contre l'autre m'avait plongée dans une brume préorgasmique. C'était la chose la plus érotique que j'aie jamais entendue.

Fox poussa un juron tandis que ses à-coups s'intensifiaient. Je voulais qu'il lutte, qu'il se sente autant à la limite que moi. Je reculai donc, répondant une par une à ses poussées féroces.

— Putain, Josie !

Il avait l'air d'être sur le point de craquer, et le faire jouir avant moi devint mon défi personnel. Je pensais pouvoir gagner – du moins jusqu'à ce qu'il passe son bras autour de mon bassin et appuie sur mon clitoris. Sans crier gare, mon corps tout entier explosa en une symphonie de feux d'artifice – pulsant et tremblant. Je ne sais pas combien de temps cela dura, mais ce fut suffisant pour m'anéantir. Derrière moi, Fox poussa un rugissement puis s'immobilisa.

Je suppose que je n'ai pas gagné ce défi.

Je m'effondrai sur le lit sous le poids de mon propre corps. Fox prit soin de ne pas me suivre et m'écraser. À la place, il fit glisser sa bouche le long de mon dos et de mon épaule, trouvant son chemin jusqu'à mon cou. C'était apaisant, en contraste direct avec ce qu'il venait de se passer.

Il roula sur le lit à côté de moi et embrassa mon front.

— Ça va ?

— Est-ce que mes jambes sont toujours attachées, parce que je ne les sens pas encore.

Il sourit et retira une mèche de cheveux de mon visage.

— Je prends ça pour un oui.

Je bâillai.

— J'ai tellement sommeil.

Son pouce caressa ma joue.

— Repose-toi. Je veux que tu sois avec moi pour le moment lent et doux, pas que tu dérives ailleurs.

— Je vais juste fermer les yeux quelques minutes.

Il sourit.

— Bien sûr.

CHAPITRE 20

La vie est un pari

Fox

— Débarrasse-toi de ce sourire.

Quand j'entrai dans le bureau lundi matin, je n'eus pas besoin de regarder Opal pour savoir qu'elle arborait un sourire faux-cul. Bon sang, elle était probablement arrivée à l'aube pour préparer les questions de l'interrogatoire qu'elle concoctait depuis qu'elle nous avait vus, Josie et moi, vendredi soir.

— Ce n'est pas un crime de sourire, dit-elle.

— Ça l'est dans les locaux de mon entreprise. Si tu n'aimes pas ça, ne laisse pas la porte te frapper les fesses en sortant.

Sans se décourager, Opal traversa la pièce et s'installa sur le coin de mon bureau.

— Alors...

Elle était incapable de se retenir. Un sourire étirait ses lèvres d'une oreille à l'autre.

— Comment s'est passé ton week-end ?

Je n'allais pas révéler que j'avais passé trois nuits d'affilée dans le lit de Josie. Je ne serais même pas sorti prendre l'air ce matin si nous n'avions pas un délai à tenir pour ce travail.

— Bien. À quelle heure arrive l'inspecteur en électricité ? Et la société d'alarme aussi.

— 9 et 10 h.

Elle vérifia le vernis de ses griffes trop longues.

— Tu as fait quelque chose de spécial ?

Je m'assis à mon bureau et ouvris le tiroir du haut sans lever les yeux.

— Il va falloir que tu ailles chercher tes ragots ailleurs. J'ai des trucs à faire, et mes affaires sont mes affaires.

— Le fils de Maryanne Foley a vingt ans maintenant, tu sais. Il est à l'université, mais il fait des livraisons le week-end.

— Et j'ai besoin de savoir ça pourquoi ?

Elle sourit. Apparemment, je venais de mordre à l'hameçon.

— Si tu veux vraiment que les gens ne sachent rien de tes affaires, tu devrais essayer de changer tes commandes de restaurant de temps en temps.

— Mais de quoi est-ce que tu parles ?

— La moitié de Laurel Lake sait que tu vas au *Laurel Lake Inn* pour le porc et la purée de pommes de terre. Alors quand non pas un, mais *deux* repas sont livrés chez Josie, et que l'un d'eux est ton plat fétiche, ça se sait.

— Tu es en train de me dire que le fils de Maryanne livre pour Uber Eats, qu'il est rentré chez lui et a répété la commande de Josie à sa mère, qui a pris le téléphone et t'a appelée ?

— Il a dit à sa mère que la femme qui lui avait ouvert la porte chez la vieille Wollman était sexy. J'ai vu Maryanne à l'église hier et elle m'a demandé si Mme Wollman était morte. On a commencé à discuter.

Je secouai la tête.

— Il faut que je me tire de cette ville.

— Où irais-tu ? demanda Opal avec un grand sourire. À Manhattan ?

Je pointai mon doigt en direction de son bureau, de l'autre côté de la pièce.

— Va-t'en.

Elle n'avait même pas regagné sa zone que Porter entrait. Son sourire était lui aussi trop grand, trop large.

— Bonjour, patron.

Il enfonça ses mains dans les poches de son pantalon et se balança d'avant en arrière.

— J'ai entendu dire que tu avais passé un week-end *fracassant*.

Je pointai la porte du doigt.

— Dehors ! Fous le camp de mon bureau avant que je t'en expulse physiquement.

— Oh là là, quelqu'un est grognon. Après un week-end comme le tien, je suis généralement de bonne humeur. Pas toi, Opal ?

Elle ricana.

— Je ne m'en souviens plus.

— Alors, vous êtes en couple maintenant ? demanda Porter.

Il leva les mains en signe de reddition.

— Je ne demande pas ça parce que j'espère passer à l'action avec Josie. Mais si vous êtes en couple, je me suis dit qu'il fallait que tu saches que la cave viticole de Woodbridge organise un festival le week-end prochain. J'y ai emmené Meryl, l'infirmière que je fréquentais, l'année dernière. Il y avait de la musique, des dégustations de vin, toutes sortes de jeux et de vendeurs. On a séjourné dans une chambre d'hôtes un peu plus loin sur la route. C'était un moment agréable. Romantique. Ça pourrait être sympa d'emmener ta nouvelle copine quelque part en dehors de Laurel Lake, puisque tu aimes ton intimité et tout ça.

Je pris une grande inspiration.

— Va sur le chantier de l'école et prends la nacelle à ciseaux. Tu dois installer des supports anti-ouragan sur tous les plafonds à pignon aujourd'hui avant qu'on remballe tout demain.

Porter tapa deux doigts sur son front en guise de salut.

— Compris, patron.

Au moins, il partit. Si seulement Opal était aussi simple. Peut-être que je devrais diviser ce bureau en deux petits pour ne pas avoir à subir ses ragots quotidiens ? Alors que je réfléchissais à cette idée, je fis l'erreur de jeter un coup d'œil sur le côté. Le regard d'Opal était toujours braqué sur moi, toujours aussi brillant de commérages. Heureusement, son téléphone sonna et elle s'occupa de passer une commande urgente pour du matériel que nous devions livrer sur un chantier.

Je rassemblai les plans corrigés dont j'avais besoin pour ma réunion du matin et sortis faire quelques courses tardives. Il me faudrait repasser au bureau plus tard, mais j'espérais que le train des ragots serait déjà passé à la station suivante à ce moment-là et que ce que j'avais fait ce week-end serait oublié.

Alors que j'arrivais à l'école pour rencontrer l'électricien, mon téléphone bipa. Je fus un peu trop heureux à mon goût quand je vis le nom qui s'afficha.

Josie : Bonjour ! Je ne t'ai pas entendu sortir en douce ce matin. Je me suis réveillée il y a quelques minutes. Je n'arrive pas à croire que j'ai dormi si tard.

Sentant le besoin de la jouer cool, je décidai d'attendre cinq minutes avant de répondre. Je n'en tins que deux.

Fox : Ça doit venir de tout le sport que tu as fait ce week-end... Comment tu te sens ?

Je regardai les points rebondir, me sentant comme une fichue collégienne qui attend que son amoureux réponde.

Josie : Un peu endolorie. Tu sais... en bas. Mais ça va aller.

J'avais perdu le compte du nombre de fois où j'avais été en elle au cours des derniers jours. À part la sortie d'hier matin pour aller chercher du matériel et construire une rampe pour l'amie de ma mère, nous avions passé tout le week-end au lit. Mais j'avais cru l'avoir vue grimacer quand j'étais entré en elle hier soir. Je lui avais demandé si elle allait bien et elle m'avait répondu *oui*. Je ne l'avais pas crue, alors j'avais essayé de me retirer, mais elle ne m'avait pas laissé faire. Elle avait grimpé sur moi et m'avait si bien chevauché que j'avais cru avoir imaginé sa grimace. Cependant, une fois qu'elle s'était endormie, j'avais cherché comment soigner les douleurs dues à un excès de baise. Juste au cas où, ce matin, je m'étais arrêté à la pharmacie pour acheter des produits.

Fox : J'ai laissé dans la boîte à lettres un sachet qui pourrait t'être utile. Je l'aurais bien apporté à l'intérieur, mais je n'ai pas réfléchi et j'ai verrouillé la porte en sortant.

Josie : Qu'est-ce que c'est ?

Fox : Du sel d'Epsom et une poche de glace. Jette les sels dans un bain chaud. Puis refroidis-toi avec la glace pendant dix minutes toutes les dix minutes, sur une période de trente minutes.

Josie : Oh mon Dieu.

Fox : Quoi ?

Josie : C'est le cadeau d'adieu habituel que tu laisses à tes partenaires ?

Les sourcils froncés, j'observai mon téléphone. Je n'aimais pas qu'elle pense ça.

Fox : Je me suis renseigné après t'avoir vue grimacer hier soir. Même si tu as nié que ça faisait mal.

Josie : Oh.

Bill Merryman, le propriétaire de l'entreprise d'électricité à qui je voulais me plaindre pour son travail bâclé, se gara sur la place de parking à côté de moi. Il me regarda et me fit un signe de la main. Je levai le menton et retournai à mon téléphone.

Fox : Je dois y aller. Je viens d'arriver sur le chantier. Si tu as besoin d'autre chose, fais-le-moi savoir. Je peux passer le prendre en rentrant chez moi ce soir.

Josie : Merci. Mais ça devrait aller. C'est gentil de ta part d'avoir pris tout ça.

Fox : Ne raconte pas que j'ai fait quelque chose d'attentionné. Ça ruinerait ma réputation dans cette ville.

Josie : LOL ! Je ne le ferai pas. Mais je pourrais faire des dégâts assez rapidement aujourd'hui. Je ne crois pas l'avoir dit, mais je rejoins mon oncle au *Comptoir de Rita*. Cet endroit est un lieu de prédilection pour les ragots.

Fox : Comment c'est arrivé ?

Josie : Nous avons échangé nos numéros quand nous nous sommes rencontrés au magasin de bricolage. Il m'a appelée et m'a dit qu'il voulait mieux me connaître.

Je fronçai les sourcils. Ray Langone puait les ennuis. Je ne lui faisais vraiment pas confiance. Mais il faisait partie de sa famille et j'avais déjà donné mon avis sur le sujet. Je me mordis donc la langue.

Fox : Bonne journée.

Josie : Toi aussi.

Après ça, la journée m'échappa. Quand je revins au bureau, il était plus de 16 h. Opal était au téléphone avec une de ses amies. D'après ce que j'entendais, elle ne commérait pas sur moi, du moins cette fois-ci. Bien qu'elle ne se soit probablement tue sur ce sujet que lorsqu'elle m'avait entendu entrer. Après quelques minutes de bruits de bouche réprobateurs alternés de *que Dieu aie pitié*, elle raccrocha.

— Essayer de changer les vieux de cette ville est aussi utile que de tenter de plier de l'acier à mains nues, déclara-t-elle.

J'avais des trucs à finir, alors, cette fois-ci, je ne mordis pas à l'hameçon. Je m'installai à mon bureau, la tête baissée, pour travailler sur la commande de bois que je devais passer avant la fermeture de l'entrepôt à 17 h.

Sans surprise, Opal ne saisit pas l'allusion.

— Je n'ai jamais compris l'intérêt des paris. Je travaille trop dur pour donner mon argent et tout risquer sur un cheval.

Je ne répondis pas. Ça ne l'arrêta pas pour autant...

Elle secoua la tête, me parlant au lieu de parler avec moi.

— Je ne sais pas non plus comment deux personnes peuvent être taillées dans la même étoffe et être si différentes.

J'ouvris mon ordinateur portable et, pendant qu'il démarrait, rangeai des papiers pour m'occuper.

— Que pense Josie de son oncle Ray ?

Maintenant, elle avait mon attention. Je rejouai mentalement ce qu'elle avait déjà dit pour rattraper mon retard.

— Ray parie encore ?

— Rachael Minton a dit à Bridget Hagerty, qui a dit à Georgina Mumford, qu'elle avait vu Ray au *Crow's Nest* aujourd'hui. Il se vantait d'avoir un *pari sûr* sur une course de chiens et misait une grosse somme dessus pour pouvoir rembourser toutes ses dettes et faire un beau voyage cet hiver.

— Où Ray pourrait-il trouver une grosse somme ?

Opal haussa les épaules.

— Qui sait ?

J'avais tendance à penser le pire des gens, alors j'espérais me tromper. Mais je sortis quand même mon téléphone pour vérifier auprès de Josie.

Fox : Hé, le déjeuner avec ton oncle s'est bien passé ?

Elle me répondit une minute plus tard.

Josie : Oui. Il est très gentil. Mais j'ai appris qu'il était malade. Il n'a pas d'assurance non plus.

Je fermai les yeux et jurai dans ma barbe.

— Opal, tu peux préparer une commande de bois que je dois passer avant 17 h ? Je t'enverrai un message pour te dire ce qu'il faut prendre.

— Bien sûr.

Je pris mes clés et me dirigeai d'un pas vif vers la porte.

— Où vas-tu si vite ? m'interpella Opal.

— Mettre fin à de vieilles habitudes.

• • •

Je n'avais pas surveillé Ray Langone comme je l'avais prévu, cependant, j'avais une idée de l'endroit où le trouver. Mon premier arrêt fut le *Crow's Nest*, mais l'endroit était vide à l'exception des deux flics locaux à la retraite qui en étaient les propriétaires. Le cynodrome, deux villes plus loin, fut mon arrêt suivant. Les courses commençaient à 17 h, alors j'avais appuyé sur le champignon pour arriver avant l'ouverture des paris.

Lorsque j'entrai, mon estomac se retourna. C'était peut-être à cause de l'endroit ou de la raison pour laquelle je cherchais Ray. Je n'en étais pas certain, mais cela aggravait ma mauvaise humeur, ce qui n'augurait rien de bon pour cet homme si ce que je pensais s'être passé aujourd'hui s'avérait exact.

Je fis un tour autour de la piste. Il n'y avait pas beaucoup de monde, mais ils semblaient tous ressembler à Ray – même tranche d'âge, peau tannée, nez de poivrot et visage déçu. Alors que je prenais le dernier virage, je commençais à penser que j'avais perdu mon temps, mais je baissai alors les yeux vers le terrain et repérai un type qui parlait avec les mains et arborait un grand sourire. Ray était sans aucun doute en train de parler de son *pari sûr*.

Je connaissais ma taille. Je ne l'avais pas souvent utilisée à mon avantage depuis mes années de hockey, mais parfois les actes étaient plus éloquents que les paroles. Redressant les épaules, je me plaçai derrière Ray et regardai d'en haut son petit mètre soixante-dix. Mon ombre annonça mon arrivée.

Ray se retourna en levant le menton, probablement prêt à dire à celui qui s'était immiscé dans son espace personnel de s'en aller. Jusqu'à ce qu'il me voie.

— Fox Cassidy, dit-il en affichant un sourire hésitant. Ça fait longtemps qu'on s'est pas vus, mon pote.

— Je suis pas ton pote.

Le type à qui il parlait ne tarda pas à s'enfuir, lançant :

— À plus tard, Ray. Merci pour le tuyau.

Je croisai les bras sur ma poitrine.

— Où as-tu trouvé l'argent pour parier aujourd'hui ?

Son visage se plissa.

— Qu'est-ce que ça peut te faire ?

— Réponds à la question, Ray.

— Je l'avais.

— C'est des conneries. Tu as perdu ton boulot dans le bâtiment avec Pat Egmont le mois dernier parce que tu n'arrivais pas à l'heure. Il te faudrait faire une heure de route pour trouver quelqu'un qui ne connaisse pas quelqu'un qui t'a viré, et tu ne peux pas faire ça quand tu passes la plupart de tes journées à te bourrer au *Crow's Nest*.

— Mais bordel, mec ? T'es ma mère ?

Je tendis la main.

— Donne-moi l'argent que ta nièce t'a donné aujourd'hui.

Je n'avais aucune certitude, bien sûr, mais le regard de Ray me dit que j'avais fait mouche.

— Comment tu sais ça ?

— Je ne le savais pas. Tu viens de me le dire. Maintenant, rends le fric. Ou je vais t'attraper par les chevilles, te retourner et te secouer jusqu'à ce que tout tombe de tes poches.

Son visage devint rouge.

— Tu ne peux pas faire ça.

— Regarde autour de toi, Ray. Qui va m'arrêter ?

— Depuis quand tu gagnes ta vie en rackettant les gens ? Je croyais que tu étais un bon samaritain qui donne de son temps libre parce que tes poches sont pleines du temps où tu étais dans les grandes ligues.

— Je ne rackette pas les gens. Je récupère juste des choses pour ceux qui ont été escroqués.

— De qui est-ce que tu parles ? Ma nièce m'a donné l'argent. On est de la même famille. Elle m'aide.

Je m'approchai encore, si bien qu'il dut lever les yeux pour me voir.

— Et pourquoi t'a-t-elle donné l'argent ?

— Ce sont mes affaires.

— Non, pas quand tu profites de Josie.

Une expression de compréhension traversa le visage de Ray.

— *Ohhh.* Là, c'est logique. Tu as toujours aimé les jolies filles. Comme cette Evie.

Il sourit.

— Comment va-t-elle dernièrement ? Tu devrais peut-être t'éloigner de ma nièce pour qu'il ne lui arrive pas malheur comme à cet autre joli petit cul.

Je craquai. Attrapant l'enfoiré par la chemise et peut-être par la peau en dessous, je le soulevai dans les airs.

— *Qu'est-ce que tu viens de dire ?*

Au moins, ce type avait assez de cervelle pour avoir l'air effrayé.

— Je te taquinais. Je te taquinais.

Le maintenant toujours en l'air, je l'utilisai tel un haltère pour une flexion des biceps, rapprochai son visage du mien et indiquai la piste en contrebas.

— Est-ce tu me rends l'argent de Josie ou est-ce que je te jette par-dessus cette balustrade ?

— Je n'ai même plus la totalité ! J'ai dû payer mon bookmaker.

— Je prendrai ce qui reste.

— Mais j'ai un pari sûr !

— Crois-moi, la seule chose sûre que tu auras, ce seront des os brisés si cet argent n'est pas entre mes mains dans les dix prochaines secondes. Je ne plaisante pas, Ray. Tu m'as compris ?

J'attendis qu'il acquiesce avant de le remettre sur ses pieds. Il fouilla dans la poche de son pantalon miteux et en sortit une liasse de billets. Quand il la tendit, il souffla et se tourna vers la sortie, mais je posai une main sur son épaule, l'arrêtant.

— Pas si vite. Donne-moi ce qu'il y a dans l'autre poche.

— J'ai rien dans l'autre poche.

— Alors retourne-la et montre-moi les bouloches. Sinon, je vais le faire pour toi, et m'approcher autant de ton bazar ne fera que m'énerver.

Ray marmonna quelque chose que je ne compris pas, mais il mit sa main dans son autre poche et en sortit une deuxième liasse de billets, plus petite.

Je la pris et le repoussai légèrement.

— Maintenant, rentre chez toi. Et si jamais je découvre que tu as demandé à Josie ne serait-ce que de te conduire quelque part, on n'aura pas une conversation de gentleman comme celle qu'on vient d'avoir. Tu avaleras toutes tes dents avant même de voir qui a donné le coup de poing.

CHAPITRE 21
Thérapie
Josie

Je cliquai sur le bouton « rejoindre » à 17 h 59. C'était peut-être la première fois que j'attendais avec impatience ma séance de thérapie. Ma tête n'avait cessé de tourner toute la journée après le week-end extraordinaire que j'avais passé avec Fox, et je me disais que ce serait bien de parler de ce que je ressentais avec quelqu'un.

Cynthia se connecta pile à l'heure avec un sourire.

— Bonjour, Josie. Comment allez-vous ?

J'ajustai l'écran de mon ordinateur portable pour qu'elle puisse voir tout mon visage sur Zoom.

— Je vais bien.

— Vos cheveux sont beaux. Vous avez fait quelque chose de différent ?

— Non, j'ai juste fait un brushing pour changer.

— Vous allez dans un endroit spécial ce soir ?

Je n'avais rien de prévu, mais un certain voisin grognon m'avait envoyé un message pour me demander s'il pouvait passer plus tard.

— Pas vraiment. Eh bien, hmm... je suppose que quelqu'un vient à la maison.

Même à plus de deux mille kilomètres de distance et par le biais d'Internet, ma thérapeute pouvait lire en moi. Elle sourit.

— Voulez-vous parler de la personne qui vient ?

Je laissai échapper un soupir d'anxiété.

— En fait, oui.

— Je suppose qu'il s'agit d'un invité masculin ?

J'acquiesçai.

— Mon voisin Fox.

— Oh. Vous l'avez déjà mentionné. À votre arrivée là-bas, je crois. C'est lui qui vous a donné du fil à retordre parce que vous vouliez faire les travaux de rénovation vous-même, n'est-ce pas ?

Je me mordillai la lèvre inférieure. J'avais oublié que j'avais parlé de lui lors d'une de mes séances précédentes.

— Oui, il m'a donné du fil à retordre. Mais il m'a aussi beaucoup aidée. C'est un peu le mode opératoire de Fox, une énorme contradiction. Mais la maison ne serait pas en aussi bon état sans tout ce qu'il a fait.

— C'est très bien. Les voisins serviables valent leur pesant d'or.

Elle marqua une pause.

— Y a-t-il autre chose que vous voulez me dire à son sujet ?

Mon esprit balança immédiatement des tas de choses...

Il est génial au lit.

Son sexe est vraiment énorme.

Nous n'avons pas quitté le lit de tout le week-end.

Mais à la place, j'optai pour quelque chose de plus conservateur.

— Nous avons passé du temps ensemble. Des moments intimes, je veux dire.

Cynthia garda un visage neutre.

— D'accord. Et qu'est-ce que cela vous fait ressentir ? Est-ce que vous pensez être prête pour une relation ?

Je secouai la tête.

— Oh, ce n'est pas une relation. C'est juste... du sexe.

— Ce genre de relation a évidemment ses avantages. Bien sûr, il a aussi des pièges.

— Je n'ai connu que les avantages jusqu'à présent.

Je ne pus m'empêcher de sourire.

— *Beaucoup* d'avantages, en fait.

Ma thérapeute sourit.

— Je suis heureuse de l'entendre. Mais dites-moi pourquoi il s'agit d'un arrangement exclusivement sexuel et non du début de quelque chose de plus. C'est de votre fait ?

— Pour être honnête, je n'en suis même pas sûre. Je crois que nous avons tous les deux beaucoup de bagages et que nous voulons garder les choses simples. Il m'a emmenée dans un restaurant chic parce qu'il pensait que c'était ce que j'attendrais. Puis quand j'ai parlé de sa fiancée décédée pendant le dîner, il a disparu aux toilettes. Quand il est revenu, il a essayé de me dire que nous fréquenter était une mauvaise idée parce qu'il ne pouvait pas me donner ce dont j'avais besoin. C'est là que j'ai suggéré d'emporter les plats chez nous et de simplement coucher ensemble.

— Oh, mon Dieu. Sa fiancée est morte ?

Je hochai la tête.

— Je ne sais même pas comment. La seule chose que je sais, c'est qu'elle s'appelait Evie. Il se ferme automatiquement dès qu'on parle d'elle, même de façon décontractée.

— Et cet arrangement est ce que vous voulez vraiment ? Parfois, les relations de ce genre peuvent devenir délicates. Même quand deux personnes s'engagent en ayant le même état d'esprit, les choses peuvent changer. Malgré les meilleures intentions, l'un d'entre vous pourrait développer des sentiments et l'autre non.

— Ce ne serait pas une bonne idée pour de nombreuses raisons, la plus importante étant que je vis à New York et qu'il vit ici.

— C'est un obstacle, pas une barrière. Les gens peuvent déménager.

Je ris.

— Pas Fox. Cet homme n'aime pas le changement. C'est une créature d'habitudes. Il mange la même chose au dîner, le même soir, chaque semaine. Si vous cherchez le mot « inamovible » dans le dictionnaire, je suis presque sûre qu'il y a une photo de Fox Cassidy. Et bien sûr, mon travail et mon appartement sont à New York.

— Je vois.

Cynthia fit une pause et prit quelques notes.

— Mis à part ce nouvel arrangement avec le voisin, comment vous sentez-vous ? Comment est votre sommeil ?

Après avoir couché avec Fox, j'avais mieux dormi que je ne l'avais fait depuis des années. Cet homme était comme un somnifère.

— Très bon, en fait.

— Et votre niveau d'énergie ? Passez-vous du temps au lit quand vous ne dormez pas ?

— Eh bien, ce week-end, j'ai passé *beaucoup* de temps au lit sans dormir.

Cynthia sourit à nouveau.

— Oui. J'aurais dû le voir venir. Vous avez bon appétit ?

— Est-ce qu'on parle toujours du temps que j'ai passé au lit ces derniers jours ?

Elle rit.

— Je faisais référence à votre faim de nourriture. Mais je pense que c'est très bien que votre appétit sexuel soit fort.

— Je mange bien, moi aussi. Honnêtement, j'ai l'impression d'être l'ancienne moi – celle d'avant la dépression, je veux dire.

Cynthia et moi passâmes encore quarante minutes à discuter. Quand notre séance prit fin, pour une fois, je n'eus pas envie de me mettre au lit et m'y rouler en boule.

Cet après-midi, en rentrant du déjeuner avec mon oncle, j'avais préparé des boulettes de viande et de la sauce tout en posant la crédence de la cuisine. Le plat avait mijoté toute la journée, alors je baissai la température pour simplement le tenir au chaud. Peu après, Fox frappa à la porte. Mon rythme cardiaque s'accéléra, ce qui provoqua une guerre interne.

Ce n'est que du sexe, Josie. Ne t'excite pas à l'idée de voir cet homme.

Pourquoi ne pouvais-je pas être excitée à l'idée de le voir ? Je l'étais peut-être à la perspective de coucher à nouveau avec lui, pas par sa compagnie.

Non, tu ne l'es pas.

Si, je l'étais !

J'essuyai mes mains moites sur mon pantalon et ouvris la porte en souriant.

— Hé, entre.

Fox s'exécuta. Quelques secondes gênantes s'écoulèrent. Nous nous embrassions depuis des jours, alors il me semblait étrange de ne pas le faire pour se dire bonjour. Presque peu naturel. Ses yeux s'arrêtèrent immédiatement sur ma bouche, et je me dis qu'il devait ressentir la même chose bien qu'aucun de nous ne fasse un geste.

Fox se racla la gorge et détourna le regard.

— Tu cuisines ? Ça sent bon ici.

— Oui. J'ai fait des boulettes de viande et de la sauce. Tu as faim ? Je peux te servir une assiette. Mais je dois te prévenir, les boulettes de viande sont bonnes pour le cœur. Elles sont faites essentiellement de dinde. Juste un peu de bœuf pour la saveur. Je ne suis pas sûre que tu approuverais. Tu as l'air d'être du genre à aimer la viande et les pommes de terre, où la viande n'est pas celle bonne pour la santé.

La lèvre de Fox tressauta.

— J'aime les aliments sains.

— Tu en veux ? demandai-je en pointant la marmite du pouce.

— Non merci. J'ai déjà mangé. Il faut que j'aille à la patinoire. On a dû déplacer l'entraînement de cette semaine au lundi parce que la patinoire est en travaux mercredi, et j'ai dit à l'un des gars qu'on allait courir quelques kilomètres ensemble avant. Il veut s'entraîner un peu plus.

— Oh. Eh bien, amusez-vous bien.

Il hocha la tête et sortit une enveloppe de sa poche arrière.

— Je me suis juste arrêté pour te donner ça.

— Qu'est-ce que c'est ?

— Tes deux mille dollars. La partie que Ray n'avait pas encore dépensée, en tout cas.

Je pris l'enveloppe et jetai un coup d'œil à l'intérieur.

— Je ne comprends pas. Pourquoi as-tu cet argent ? Je l'ai donné à mon oncle pour ses frais médicaux.

— Il n'y a pas de frais médicaux, Josie.

— Qu'est-ce que tu veux dire ?

— J'ai eu vent que Ray se vantait d'un pari sûr sur lequel il allait miser beaucoup d'argent. Je l'ai trouvé au cynodrome avant l'ouverture des paris.

— Alors il m'a menti et il allait jouer cet argent ?

Fox mit les mains sur ses hanches.

— Je déteste te l'apprendre, mais ton oncle est une ordure. Il ment, il triche et il vole. Je sais que tu cherches le bon côté en chacun d'entre nous et que tu veux croire qu'il a changé. Mais il n'a pas changé. Je comprends que tu veuilles apprendre à le connaître, même si je ne pense pas qu'il vaille la peine que tu perdes ton temps pour lui. Mais s'il te plaît, ne donne plus d'argent à cet enfoiré. Je pourrais finir en prison en allant le récupérer la prochaine fois.

Je regardai le sol, me sentant idiote.

— D'accord.

Fox mit deux doigts sous mon menton et me fit relever la tête pour que nos yeux se rencontrent.

— C'est sa faute. Pas la tienne. Tu me comprends ?

— Je pensais vraiment qu'il avait changé. Il était tellement sympathique et crédible.

— C'est ce qui fait de lui un bon escroc, ma chérie.

— Mais tu le savais...

— C'est parce que je suis cynique à souhait. Toi, tu es une optimiste pure et dure.

Je soupirai.

— Merci de l'avoir récupéré.

Il hocha la tête.

— Pas de problème. Comment tu te sens ? Le sel d'Epsom t'a aidé ?

— Oui.

— Bien. J'ai une semaine chargée. Le chantier du lycée devrait être terminé, mais au lieu de ça, ils continuent à me donner des pages de révisions des plans. Et on commence un nouveau chantier demain.

Il regarda sa montre et fit un signe de tête en direction de la porte.

— Il faut que j'aille à la patinoire. Je ne serai probablement pas très présent cette semaine. Mais si tu as besoin de quoi que ce soit, appelle-moi.

J'étais déçue, mais m'efforçai de sourire.

— D'accord. Merci, Fox.

Il était presque arrivé à la porte quand il pivota et revint.

— J'ai oublié quelque chose, dit-il.

— Quoi ?

Il répondit en passant un bras autour de ma taille et en me rapprochant de lui. Ses lèvres s'écrasèrent sur les miennes.

— Ça.

Après avoir fini de m'embrasser à pleine bouche, il s'écarta, les yeux sombres.

— Tu as des projets pour le week-end prochain ?

Je n'avais pas encore retrouvé ma voix, alors je secouai la tête.

— Bien. Il y a un festival du vin pas très loin de la ville. J'ai pensé qu'on pourrait y passer le week-end. Peut-être rester dans un B&B à proximité.

— Oh, fis-je en clignant des yeux. Oui. Ça m'a l'air super.

— D'accord. On se parle bientôt.

Et juste comme ça, mon étalon exclusivement sexuel partit, comme si ce n'était pas grave qu'il vienne de déplacer ce qui se passait entre nous dans une nouvelle zone.

o o o

Le lendemain, je me rendis dans un magasin de revêtements de sol situé à une demi-heure de route pour acheter une nouvelle moquette. Je trouvai également du carrelage qui ressemblait à du parquet et que je pensais installer au rez-de-chaussée. Ce n'était pas donné, alors je voulais faire mes recherches avant de me décider. Sur le chemin du retour, je passai devant un bar, le *Crow's Nest*. Le tacot de mon oncle était garé à l'extérieur, alors je décidai de m'arrêter.

L'intérieur était sombre. Les lumières fonctionnaient, mais avec le lambris terne et le bar marron usé, elles n'avaient pas grand-chose sur quoi se réfléchir. Il n'y avait que trois personnes dans tout l'établissement, donc il ne fut pas difficile de trouver l'oncle Ray. Il était assis tout au fond, le regard plongé dans un verre de liquide ambré. Il ne leva pas les yeux avant que je ne sois à côté de lui. Il fronça alors les sourcils.

— Je ne veux pas plus d'ennuis, dit-il. Ce Cassidy a menacé ma vie.

Je pris cette déclaration avec prudence et m'assis sur le tabouret à côté de lui.

— Pourquoi m'avoir menti ?

— Tu m'aurais donné l'argent si je t'avais dit à quoi il servirait ?

Je secouai la tête.

Il haussa les épaules et porta son verre à ses lèvres.

— Eh ben, voilà ta réponse.

Je soupirai.

— Tu sais qu'il y a des groupes d'aide pour les addicts au jeu et des psychologues si tu as un problème.

— Mon seul problème, c'est toi en ce moment. Tu es assise là à me regarder de haut.

Le barman s'approcha et posa une serviette devant moi.

— Qu'est-ce que je vous sers ?

— Rien pour moi. Merci, répondis-je avec un geste de la main

Ray avala le reste de ce qu'il y avait dans son verre et le brandit.

— Je vais en prendre un autre.

— Tu dois payer d'avance, Ray. Tu le sais bien. Ton liquide avant le mien.

Apparemment, Fox n'était pas le seul à bien connaître mon oncle.

— Je t'ai déjà donné mes dix derniers foutus dollars. Sers m'en juste une autre.

Le barman secoua la tête et désigna la caisse.

— Il y a une liste de personnes à qui on ne peut pas accorder de crédit ni accepter de chèques. Le propriétaire a écrit ton nom en rouge et l'a souligné deux fois. Désolé.

Je savais que je ne devais pas le faire, mais je me dis qu'il serait plus enclin à parler si je payais son verre. Je sortis un billet de vingt et le posai sur le bar.

— Je vais le payer.

Ray sourit au barman.

— J'ai commandé un double alors.

Le barman secoua la tête et me regarda, me demandant si c'était d'accord. J'acquiesçai.

Nous restâmes assis côte à côte en silence jusqu'à ce qu'un verre à moitié plein de liquide ambré se trouve à nouveau devant mon oncle.

— Je peux te demander quelque chose ?

— Tant que tu achètes...

— Pourquoi ma mère m'a-t-elle dit que tu étais mort ?

Ray ricana.

— Logique.

— Vous vous êtes disputés ?

Il prit une grande gorgée de son verre et le posa avec un bruit sourd.

— Ta mère a toujours été trop guindée pour moi. Trop guindée pour tout le monde et partout, y compris cette ville.

— Comment était votre mère ?

— Eh ben ! Elle ne t'a pas parlé de ta grand-mère non plus ?

— Pas trop.

— Si tu interroges les gens, la plupart te diront que c'était une femme gentille. Elle restait dans son coin, n'avait pas beaucoup d'amies, etc. Rose Langone ne jurait que par les apparences. Alors les rideaux étaient tirés pendant que m'man buvait ses quatre martinis par jour. Et d'après ce que j'ai compris, le père de ta mère était assez sympa pour n'avoir qu'une seule maîtresse à la fois. Il a fini par partir avec une autre nana qui n'avait pas deux bouches à nourrir. Et mon père a emménagé un mois plus tard. Il aimait nous battre, et ta grand-mère faisait comme si rien ne s'était passé.

Il haussa les épaules.

— Juste une famille normale, ordinaire et heureuse.

Je suppose que je compris pourquoi ma mère était comme elle était. Elle se souciait de ce que les gens pensaient et avait un mépris général pour les hommes. Le fait qu'elle ne veuille pas venir à Laurel Lake avait aussi plus de sens maintenant. C'était peut-être mieux que j'aie grandi sans savoir grand-chose.

— D'autres questions ? demanda mon oncle.

Je secouai la tête.

— Bien. Dis à ton petit ami qu'il me doit un nouveau chapeau.

Je me levai.

— Fox n'est pas mon petit ami.

Ray reprit son verre.

— Tant mieux. Je ne voudrais pas que ma seule nièce devienne comme la dernière petite amie de cet homme.

CHAPITRE 22

Il y a longtemps

Fox

Quatre ans et demi plus tôt

— C'est quoi, ce bordel ?

Si je n'avais pas fait preuve de bon sens, j'aurais cru avoir mis les pieds dans le mauvais jardin. Il y avait des gens partout, et je n'avais aucune idée de qui ils étaient.

Une brune maigrichonne ne portant que le bas d'un maillot de bain s'approcha de moi en titubant. Elle jeta ses bras autour de mon cou.

— T'es mignon. T'es qui ?

Je retirai ses bras de moi.

— Je crois qu'une meilleure question est *qui êtes-vous ?* et *où est votre haut ?*.

Elle fit la moue.

— T'as pas l'air amusant.

Je contournai la femme et jetai mon sac d'entraînement sur la terrasse arrière, scrutant le jardin à la recherche d'Evie. Je la trouvai dans le lac avec un gobelet rouge à la main, alors je marchai jusqu'à la rive. Je supposais que mon projet de rentrer tôt, de me blottir sur le canapé avec ma copine et de regarder un film avec elle tombait à l'eau.

— Evie ? Qu'est-ce qui se passe ?

Elle plissa les yeux. Quand elle réalisa que c'était moi, elle sourit et me fit signe.

— Viens ! Elle est trop bonne.

— Pourquoi tu es dans l'eau avec tous tes vêtements ?

— J'en avais envie.

J'indiquai la vingtaine de personnes qui se trouvaient dans le jardin.

— Qui sont tous ces gens ?

— De vieux amis de Coopsville.

Dernièrement, il y avait eu deux Evie : l'une déprimée et ne cessant de dormir, l'autre faisant la fête comme si elle n'avait aucun souci au monde. C'était un extrême ou un autre. Je l'avais encouragée à sortir davantage, à passer du temps avec ses anciens amis ou à s'en faire de nouveaux, à trouver peut-être quelque chose pour occuper son temps. Mais ce n'était pas exactement ce à quoi j'avais pensé.

— Pourquoi tu ne sortirais pas du lac ?

— Pourquoi tu n'y rentres pas ?

— Parce que je suis habillé et que je viens de passer deux jours sur la route.

— Et alors ?

Elle se pencha en arrière et s'allongea sur l'eau, flottant sur le dos.

— Elle est tellement bonne.

Je jetai un coup d'œil circulaire au jardin. À ma gauche, une femme chevauchait un homme pendant qu'ils s'embrassaient. Derrière moi se trouvaient deux gars en train de fumer un joint.

— Et si on disait aux gens qu'il est temps de partir ?

Evie souleva la tête et bouda.

— Rabat-joie.

— Je vais prendre une douche et me changer. J'indiquerai la sortie aux gens s'ils sont encore là quand j'aurai fini.

Je n'attendis pas qu'elle réponde avant de me retourner et d'aller à l'intérieur. Dans la cuisine, des femmes jouaient à un jeu d'alcool de lycéens. Dans le salon, un type était affalé sur le canapé, une main sous la ceinture de son pantalon et ses baskets sales sur la table basse. Je les chassai d'un coup de pied. Il sursauta et se leva d'un bond comme s'il allait avoir un problème avec ça, mais il vacilla et dut s'agripper à l'accoudoir du canapé pour ne pas tomber.

Quand il me regarda enfin, il déglutit.

— Quoi de neuf, mec ?

— La fête est finie. Prends tes affaires et va-t'en.

— T'es qui ? demanda-t-il en inclinant la tête sur le côté. Tu me sembles familier.

— Le type qui possède la maison.

Je pointai le pouce en direction de l'escalier.

— Je vais me changer. Sois parti quand je reviens. Et emmène tes amis avec toi.

Je n'attendis pas sa réponse pour soulever à nouveau mon sac et monter les marches deux par deux. Sous la douche, je laissai l'eau couler plus longtemps que d'habitude, espérant que ça soulagerait un peu la tension dans mon cou. Mais même après quinze minutes, je n'étais toujours pas d'humeur à rejoindre une fête remplie d'étrangers ivres. Je voulais qu'Evie ait des amis et se fasse une vie, mais sa consommation d'alcool m'inquiétait. Après m'être séché et habillé, je regardai le jardin par la fenêtre. Evie disait au revoir aux gens, alors je restai à l'étage jusqu'à ce que les derniers retardataires aient disparu. Je finis par la trouver assise sur les marches de la terrasse, seule.

Elle leva les yeux en entendant la porte moustiquaire s'ouvrir et se fermer.

— Tu es fâché ?

— C'est aussi ta maison. Alors je ne vais pas te dire que tu n'as pas le droit de recevoir des amis. Mais trouver des inconnus ivres endormis sur mon canapé, ça ne me fait pas plaisir, Evie.

Elle renifla.

— Je n'ai pas eu le travail à la patinoire.

Je m'assis à côté d'elle sur la marche.

— Comment ça se fait ? Je croyais que l'entretien s'était bien passé.

— Ils ont embauché quelqu'un qui avait plus d'expérience dans le patinage d'enseignement. Je veux dire pour patiner l'enseignement.

Elle secoua la tête.

— Non, je veux dire… peu importe.

— Je suis désolée.

— Je ne sais pas quoi faire du reste de ma vie.

— J'aimerais avoir une réponse. Il n'y a que toi qui puisses le découvrir. Mais je sais que la réponse n'est pas de boire comme ça.

— Ça m'aide à oublier pendant un moment.

Elle se pencha en avant et posa sa tête sur son jean trempé.

— Je veux juste revenir à l'époque où j'avais encore une chance. Même si c'était pas gagné, il y avait de l'espoir. Maintenant, je me sens… désespérée.

— Peut-être que tu devrais parler à quelqu'un ? Aller voir un médecin ?

Elle fronça les sourcils.

— J'ai juste besoin d'un projet. Quelque chose à faire de ma vie.

Quelques secondes plus tard, elle se leva brusquement et tituba jusqu'au parterre de fleurs le plus proche, prise d'abord de haut-le-cœur. Je me plaçai derrière elle et lui tins les cheveux en arrière pendant qu'elle vomissait. Quand elle eut fini, elle s'essuya la bouche du revers de la main.

— Je ne pense pas que la tequila ait fait bon ménage avec l'eau du lac que j'ai avalée.

— Non, probablement pas.

Elle se mit à pleurer.

— Je suis désolée d'être une ratée.

— Tu traverses une période difficile. Tu t'en sortiras.

— Je ne veux pas devenir comme ma mère.

— Alors, étouffe ça dans l'œuf. Arrête de boire.

— Je bois avant midi.

Plus d'une fois, j'avais soupçonné que c'était le cas. Mais quand j'avais posé la question, elle avait répondu qu'elle avait la gueule de bois. Non pas que ce soit mieux.

— Tu veux que je t'emmène quelque part ? Dans un centre de désintoxication ?

— Tu penses que j'en ai besoin ?

— Je pense que je veux que tu ailles mieux. Alors si tu es d'accord, on va essayer. Ça ne peut pas faire de mal, si ?

— Je ne crois pas.

— Je vais passer quelques coups de fil.

— Ça peut attendre demain ?

— Bien sûr.

— Je vais aller mieux pour toi.

Je secouai la tête.

— Non, Evie. Tu dois aller mieux pour *toi*.

CHAPITRE 23
Emporter le sel d'Epsom
Fox

— Qu'est-ce que tu fais ce week-end, patron ?

Je n'avais pas besoin que Porter sache que j'avais suivi sa suggestion d'emmener Josie à la cave viticole, alors je regardai la route devant de moi ; nous étions vendredi après-midi et nous revenions du chantier dans mon pick-up.

— Pas grand-chose.

Du coin de l'œil, je le surpris en train de sourire.

— Oui, oui.

Je ne savais pas trop si ça signifiait qu'il savait quelque chose ou s'en doutait, mais j'en restai là. Porter retourna jouer à un jeu avec des sons de dessins animés ennuyeux sur son téléphone.

Mais quelques kilomètres plus tard, il ne put se retenir.

— Je ne suis généralement pas un buveur de vin, surtout de rouge. J'y suis allé pour l'ambiance et parce que ça rendait la fille que je voyais heureuse. Mais ils font ce vin qui a presque un goût de cerises noires. Je crois que le cépage s'appelle « petit verdot ».

Mes yeux se tournèrent vers lui avant de revenir sur la route.

— Qui te l'a dit ?

Porter ricana.

— Miss Hope a appelé le bureau. Elle a dit à Opal que tu quittais la ville pour le week-end.

Je secouai la tête.

— Ma propre mère.

— Ne t'énerve pas contre elle. Elle n'a pas craché le morceau intentionnellement. L'autre jour, tu m'as envoyé au magasin de bricolage pour acheter une bobine de fil électrique. Pendant que j'étais là-bas, Sam faisait un devis pour un revêtement de sol. J'ai vu le nom de Josie en haut, alors quand il a demandé si j'avais besoin d'aide, je lui ai dit de finir ce sur quoi il travaillait. Je me suis dit que j'étais à l'heure et que ça ne te dérangerait pas. Bref, Sam a dit qu'il n'y avait pas d'urgence parce que la cliente était venue la veille pour obtenir un devis, mais qu'elle partait pour le week-end. J'ai fait le rapprochement quand Opal a raccroché le téléphone et m'a demandé si j'étais au courant que tu t'absentais pour le week-end. Ne t'inquiète pas, je ne lui ai pas mentionné le lien que j'ai fait.

— C'est bien. Faisons en sorte que ça reste comme ça.

Porter sourit.

— Mais je suis content que tu aies suivi ma recommandation.

J'avais espéré m'en tirer sans l'admettre. Mais je me sentais un peu ingrat maintenant que j'avais été pris.

— Merci pour l'idée.

Il sourit plus fort que si je venais de lui donner une augmentation.

— De rien.

● ● ●

— D'accord, je sais que tu es probablement aussi nerveuse que moi à propos de mon week-end. Mais je pense qu'il est temps.

Je sortis sur ma terrasse et trouvai Josie agenouillée sur l'herbe au bord de l'eau, en train de discuter avec le canard. La scène était trop amusante pour être interrompue.

Elle lui caressa les plumes et pointa du doigt derrière elle.

— Tu as une belle maison toute neuve. Bon, elle n'est pas neuve *neuve*. Je l'ai achetée au vide-grenier où je suis allée avec Opal. Mais elle est propre et neuve pour nous. Alors si tu décides que tu n'es pas encore prête à retourner avec tes amis, ton lit est rembourré et il t'attend.

Bon sang, je n'avais même pas remarqué le nouvel ajout dans le jardin. Cette femme avait acheté une *niche* à un canard sauvage. Je supposais que c'était logique, vu qu'il dormait sur un lit orthopédique.

Elle se pencha en avant et caressa le canard avec le bout de son nez. Quand elle se leva, l'animal battit des ailes et se mit à marcher dans l'eau. Josie sourit et couvrit son cœur de sa main.

— Reviens vite nous rendre visite, Daisy ! J'ai laissé de la nourriture dans ta nouvelle maison au cas où tu aurais faim !

J'appuyai ma hanche contre la rambarde de la terrasse, observant Josie en train de regarder le canard s'éloigner à la nage. Quinze mètres plus loin, dans le lac, une bande de canards à l'allure similaire nageait et le petit ami de Josie se joignit à leur groupe.

Je mis mes mains autour de ma bouche et criai :

— Je suis content que tu lui aies rendu sa liberté. Je craignais que tu n'essaies de le cacher dans ton sac pour l'emmener ce week-end.

Josie sursauta avant de se retourner.

— Tu m'as fait une peur bleue ! Tu es là depuis longtemps ?

— Assez pour savoir que tu es nerveuse à propos de ce week-end.

Un soupçon de rose colora ses joues.

— J'essayais juste de faire en sorte que Daisy se sente mieux, qu'elle n'ait pas l'impression d'être seule.

— *Oui, oui.*

Josie leva les yeux au ciel.

— Je ne suis pas nerveuse de passer du temps avec toi.

— Peut-être que tu devrais.

— Pourquoi ça ?

Je la regardai de haut en bas, admirant à quel point elle était belle dans un autre pantalon de yoga – bleu cette fois – et un haut court assorti.

— Parce que je vais te faire de très mauvaises choses.

Sa mâchoire se relâcha. J'aimais bien quand elle avait cette expression, comme si elle me visualisait en train de lui donner du plaisir. Pourtant, elle continua à jouer la comédie, croisant les bras sur sa poitrine.

— C'est vrai ?

Je m'écartai de la balustrade et me rapprochai d'elle. Josie leva le menton et soutint mon regard, ce qui m'excita encore plus. Lorsque nous fûmes face à face, je baissai les yeux vers elle et tirai sur une mèche de ses cheveux.

— C'est vrai. Ça te pose un problème ?

— Et si je disais oui ?

— Alors tu manquerais quelque chose. Je prévoyais de te doigter dans l'allée avant même qu'on parte pour que tu sois détendue pour le voyage. Mme Craddox serait probablement déçue aussi. Je suis sûre qu'elle ne se souvient pas de la dernière fois qu'elle a vu un visage en plein orgasme.

Josie éclata de rire et me donna un coup sur le ventre.

— Tu es un vrai malotru !

Je mis ma main autour de mon oreille.

— Tu as dit quoi ? Que tu veux avoir mal au cul ? Ça peut s'arranger...

Ses joues rougirent, mais je devinais que mes taquineries l'amusaient. Enfin... une grosse part était des taquineries. Passant un bras autour de sa taille, je l'attirai contre moi.

— Donc, c'est comme ça que ça va se passer ? Quand je te vois, je vais devoir prendre un baiser parce que tu ne vas pas m'en offrir un ?

— Suis-je censée faire ça ? Je n'étais pas sûre du protocole. Je n'ai jamais eu de relation exclusivement sexuelle.

Cette dernière déclaration aurait dû déclencher une série de sonnettes d'alarme – il y avait une raison pour laquelle certaines femmes n'avaient que des relations sérieuses. Elles ne pouvaient pas séparer le physique de l'émotionnel. Pourtant, au lieu de m'y faire réfléchir à deux fois, j'étais ravi de savoir que les coups d'un soir n'étaient pas son truc. C'était un double standard ridicule, bien sûr, étant donné que c'était tout ce que j'avais fait au cours des deux dernières années. Mais c'était comme ça.

Je baissai la tête et posai mes lèvres sur les siennes. Il ne fallut pas plus de trois secondes pour que mon jean devienne trop étroit, alors je sus qu'il fallait que je me calme. Mais la semaine avait été longue et, chaque jour, ma première pensée au réveil et ma dernière en m'endormant avaient été pour Josie. Ce n'était donc pas facile. Je voulais qu'elle soit nue et qu'elle crie mon nom le plus tôt possible.

À contrecœur, je rompis le baiser et fis courir mes mains le long de ses épaules.

— Tu es prête ?

— Presque. J'ai juste besoin de mettre un pull ou un sweat-shirt dans mon sac au cas où il ferait froid.

— Je te laisse faire ça. Pendant ce temps, je vais aller prendre mes affaires et me garer dans ton allée.

— D'accord, répondit-elle avec un sourire.

Ce qui était bien avec ce qui se passait entre nous, c'était que je n'avais plus à faire semblant de ne pas la regarder. Quand elle arriva à la porte de derrière, elle se retourna. Mes yeux prirent leur temps pour remonter jusqu'aux siens, alors ce que j'avais été en train de faire était évident.

Elle sourit d'un air suffisant.

— Tu me mates encore, hein ?

— Absolument. Au fait, doc, tu devrais emporter le sel d'Epsom. Et la poche de glace.

o o o

— J'ai entendu dire que tu envisageais de poser un nouveau revêtement de sol.

Josie tourna la tête vers moi. Nous roulions depuis une heure et étions à une demi-heure environ du B&B que j'avais réservé.

— Comment le sais-tu ?

— Comment tout le monde sait-il quelque chose ici ?
Elle secoua la tête.

— C'est vraiment étrange la vitesse à laquelle les nouvelles voyagent. Mon sol n'est même pas scandaleux.

Mais oui, j'envisage de refaire la cuisine du rez-de-chaussée avec du nouveau carrelage, celui qui ressemble à du bois. L'actuel est tellement démodé.

— Eh bien, fais-moi savoir quand tu auras pris ta décision. Je passerai la commande pour toi. Je bénéficie d'une remise en tant qu'entrepreneur.

— Oh, waouh. Merci. Mais est-ce qu'ils le poseront quand même pour moi, si c'est toi qui le commandes ?

— Je le ferai.

— Je ne peux pas te demander de faire ça.

— Tu n'as pas demandé.

— Quand même... Tu as déjà fait tellement de choses.

J'agitai les sourcils.

— J'ai l'intention d'en faire beaucoup plus. Attends un peu.

Josie rit.

— Peut-être que tu pourras me montrer comment poser le carrelage pour qu'on le fasse ensemble ?

— Si tu veux. Mais je peux tout terminer seul en quelques heures.

— En fait, j'ai découvert que j'aimais apprendre et faire le travail. Quand j'ai décidé de venir ici, je pensais que retaper la maison m'occuperait. Mais c'est devenu bien plus que ça.

Elle regarda un instant par la fenêtre.

— Quand j'étais petite, après avoir réalisé que je ne savais pas danser du tout et que devenir ballerine n'arriverait pas, j'ai voulu devenir peintre. Pas le genre artistique, mais celui qui utilise un rouleau sur les murs.

— Vraiment ?

Elle acquiesça.

— Nous avions ce peintre auquel ma mère faisait toujours appel. Il s'appelait Roland et avait toujours le sourire aux lèvres. Il peignait le séjour tout en fredonnant ou chantant les chansons qui passaient dans ses écouteurs. Il me laissait l'aider à passer le rouleau quand ma mère n'était pas à la maison.

Mes sourcils se rapprochèrent.

— Seulement quand ta mère n'était pas là ?

— Melanie Preston ne m'autorisait jamais à traîner avec quelqu'un travaillant dans la maison. Elle traite les gens qui font des travaux pour elle comme du petit personnel, deux échelons en dessous d'elle. De plus, elle ne voulait pas que ça me donne des idées sur mes choix de carrière. Elle avait déjà décidé que j'irais à l'école de médecine. C'était déjà assez décevant que je passe mon doctorat et que je fasse de la recherche au lieu d'une *vraie école de médecine*.

— Pourquoi ce que tu fais serait décevant ? Vous êtes toutes les deux des docteurs qui soignent les gens, non ?

— Pour ma mère, c'est plus une question de prestige que de travail en lui-même. Elle voulait que je sois chirurgienne comme elle. De plus, la recherche ne paie pas aussi bien que la médecine, et elle mesure le succès par les biens et les récompenses. C'est probablement pour cette raison que Noah et elle s'entendaient si bien.

Elle marqua une pause et sourit.

— Ma mère te détesterait probablement.

— Parce que je travaille dans le bâtiment ?

— Et parce que tu étais hockeyeur. Mon père devait regarder le football au sous-sol parce qu'elle trouvait les sports de contact barbares.

L'idée que sa mère ne m'aime pas avait peut-être amusé Josie, mais cela crispa ma mâchoire. Ça n'aurait pas dû avoir d'importance. Rencontrer les parents n'était pas à mon programme, et pourtant, curieusement, ça toucha un point sensible.

— Il me semble que ta mère devrait utiliser ses talents de chirurgienne pour se sortir le bâton qu'elle a dans le cul. J'espère que ça ne te dérange pas que je dise ça.

Josie s'esclaffa.

— Non seulement ça ne me dérange pas, mais c'est l'une des raisons pour lesquelles je t'aime tant.

Le fait qu'elle ait ajouté *tant* à la fin de cette phrase apaisa un peu mes sentiments tordus. Je posai ma main sur sa cuisse, et nos regards se croisèrent brièvement le temps d'un sourire silencieux avant de revenir à la route.

— Mais mon père t'aurait aimé, dit-elle.

— Ah oui ?

Elle hocha la tête.

— Il aimait les gens honnêtes qui ne faisaient pas semblant.

— Comment s'est-il retrouvé avec ta mère, alors ?

— Je me suis toujours demandé la même chose. Mais il l'aimait. Je le voyais souvent la regarder de loin, le sourire aux lèvres. Par exemple, elle était dans la cuisine en train de se servir une tasse de café ou autre, et je le trouvais appuyé au chambranle de la porte à l'observer quand elle ne regardait pas.

Je repensai à la façon dont j'avais observé Josie aujourd'hui, profitant du moment. Et à la façon dont je l'avais observée dans le jardin depuis l'étage ou volé quelques instants de son labeur dans la cuisine à travers la baie vitrée de devant, plus d'une fois. Mais c'était différent, n'est-ce pas ? Du moins, c'est ce que je me disais.

— Bref...

Josie se décala sur son siège pour me faire face.

— J'ai l'impression de toujours parler de moi. Parle-moi de toi.

— Qu'est-ce que tu veux savoir ?

— Je ne sais pas. C'était comment d'être hockeyeur professionnel ? Est-ce que les femmes portaient ton maillot et te demandaient des autographes ?

— J'aimais jouer, et les femmes faisaient ça.

— Mais est-ce que tu avais des groupies ? Des femmes qui voulaient être avec toi parce que tu jouais ?

C'était une série de questions auxquelles un homme réfléchissait avec prudence, comme aux échecs. Une seule réponse pouvait nous conduire sur un chemin qu'elle ne souhaitait pas emprunter. Je déplaçai donc une pièce qui empêchait mon roi d'être mis en échec.

— J'ai l'impression que c'était il y a une éternité.

Elle sourit.

— Donc, c'est un oui. Est-ce que tu avais une copine pendant que tu jouais ?

Je secouai la tête.

— Pas avant ma dernière année.

— Et à l'université ?

— Je suis sorti avec quelqu'un pendant presque toute la première année.

— Qu'est-ce qui s'est passé ?

— Elle avait trois ans de plus que moi. Elle a obtenu son diplôme et est rentrée chez elle, et j'ai été recruté par la Ligue.

— Tu es entré chez les pros si tôt ?

— Ce n'est pas tôt pour le hockey. La plupart des gars y sont à dix-neuf ans.

— Je ne m'en étais pas rendu compte.

— Tu suis le hockey ?

— Je n'ai jamais regardé un seul match.

Je m'esclaffai.

— L'âge moyen de la retraite est de vingt-neuf ans. Donc si tu n'y entres pas tôt, tu réduis considérablement tes chances de voir la glace. Il y a des exceptions. Gordie Howe et Chris Chelios ont joué vingt-six saisons. Mais pour chacun d'entre eux, il y a dix gars qui ne durent pas deux ans.

— La retraite à vingt-neuf ans. Ouah ! C'est si jeune.

— C'est un jeu physiquement exigeant. Ce n'est pas pour rien que les joueurs sont remplacés toutes les minutes environ.

— Ils changent de joueurs toutes les minutes ?

Je ris.

— Tu ne plaisantais pas. Tu n'as jamais regardé un match de hockey, hein ?

— Non. Jamais. Une minute, ça semble si court.

— Pas quand tu joues. Je crois que la durée moyenne sur glace est d'environ quarante-sept secondes. Les meilleurs joueurs peuvent rester en jeu pendant une minute ou plus ; les joueurs de niveau inférieur sortent parfois au bout de quarante secondes. Tout dépend de l'endurance.

— Combien de temps restais-tu sur la glace ?

Je n'étais pas arrogant pour beaucoup de choses dans le hockey. Je n'avais jamais été le meilleur, ni le pire. Mais j'étais fier de mon temps de jeu à mon apogée.

— Un peu plus d'une minute.

— Bon sang. Pas étonnant que j'aie eu besoin du sel d'Epsom.

Elle regarda ensuite par la fenêtre. Je me demandai à quoi elle pensait, et envisageai même de lui poser la question – ce que je n'aurais jamais fait en temps normal. Mais elle me devança.

— Est-ce que tu as passé un bon moment quand on a… tu sais ?

Elle ne pouvait pas se demander si j'aimais la baiser.

— Tu sais... quoi ? demandai-je.

— Quand on a couché ensemble.

— Mais pourquoi tu me demandes ça ?

— Je ne sais pas. Parce qu'on l'a fait beaucoup de fois, je suppose. Sur le moment, j'ai pensé que c'était parce qu'on ne pouvait pas se passer d'une bonne chose. Mais après... je ne sais pas. Je pense que j'ai des doutes parce que Noah m'a trompée. S'il était satisfait, pourquoi l'aurait-il fait ?

Je secouai la tête. Son connard d'ex lui avait joué un sale tour, pire que je l'avais imaginé.

— Chérie, quand un homme trompe quelqu'un, cela n'a généralement rien à voir avec sa vie sexuelle ou la femme avec qui il est. Les mecs sont infidèles parce qu'ils ont des problèmes d'égo. Ils sont nombrilistes et ont une faible estime d'eux-mêmes. En quoi ça aurait été difficile de rompre avec toi avant de décider d'aller baiser ailleurs ? En rien. Mais il voulait le beurre et l'argent du beurre. Ne laisse pas cet enfoiré te rendre responsable de ses problèmes. Tu m'as compris ?

Elle n'avait pas l'air convaincue. Je mis donc mon clignotant et quittai l'autoroute à la sortie suivante, même s'il nous en restait encore une demi-douzaine à passer avant d'arriver à celle de l'endroit où nous logions. Puis je me garai sur un parking vide.

— Qu'est-ce que tu fais ?

Je coupai le moteur et m'assurai d'avoir toute son attention.

— Te baiser était phénoménal. L'autre jour, j'ai raté ma sortie en allant à l'entrepôt de bois – un endroit où je pourrais me rendre les yeux fermés – parce que je repensais à ma queue faisant des va-et-vient en toi et à la façon dont tu m'avais serré comme un poing fermé, mais en mieux. Cette semaine, je me suis réveillé chaque jour en pensant à toi sous moi, et je me suis couché en me branlant, me rappelant le son que tu fais quand tu jouis. Alors, quel que soit le doute stupide que ce crétin avec qui tu étais a planté dans ton cerveau, débarrasse-t'en. Parce que je n'ai pas passé un bon moment, Josie. J'ai passé le meilleur des moments.

Ses yeux se mirent à pleurer.

— Oh, mon Dieu, j'avais besoin d'entendre ça.

— Je ne te l'ai pas dit parce que tu avais besoin de l'entendre. Je te l'ai dit parce que c'est la vérité.

Elle détacha sa ceinture de sécurité et rampa par-dessus la console centrale pour venir sur mes genoux. Pressant sa bouche contre la mienne, elle marmonna :

— J'ai envie de toi.

— Ici ?

Elle hocha la tête et tendit la main vers le bouton de mon jean.

— S'il te plaît.

La seule chose qui soit meilleure que voir cette femme prendre les choses en main, c'était l'entendre dire *s'il te plaît*. Je voulais entendre ces mots sortir de ses lèvres tous les jours. Ce qui était un problème... mais un problème auquel je réfléchirais quand je ne serais pas sur le point d'avoir Josie Preston enfoncée sur mon sexe jusqu'à la garde.

CHAPITRE 24
Coller une étiquette
Fox

Josie regardait la piste de danse pendant que je la regardais, elle. Le commentaire qu'elle avait fait dans la voiture hier – à savoir qu'elle savait à quel point son père aimait sa mère parce qu'elle l'avait souvent surpris en train de la regarder – me revint en tête. Mais je le refoulai et détournai les yeux, avalant mon dernier échantillon de vin.

— Tu sais, tu es censé *goûter* le vin, se moqua Josie. Laisse-le rouler sur ta langue pour en savourer le goût et deviner les saveurs que tu reconnais. Il ne faut pas le descendre d'un trait comme une tequila.

— Tu as ta façon de faire, et j'ai la mienne, rétorquai-je.

Elle sourit et regarda la foule qui se balançait au son de la musique sous la tente. Je détestais danser. Verticalement en tout cas, mais elle m'avait donné ce que je voulais – et même plus – hier soir et ce matin, alors je me dis que ça ne me tuerait pas cette fois-ci. Je me levai et tendis la main.

— Vraiment ? s'exclama Josie, aussi choquée que moi que je prenne cette initiative. Je n'ai même pas demandé parce que j'ai supposé qu'il n'y avait aucune chance que Fox Cassidy danse.

Je commençais à réaliser qu'il n'y avait pas grand-chose que cette femme ne pouvait pas me faire faire. J'étais là un samedi ; non pas chez moi ou au travail, mais dans une cave viticole. La nuit dernière, j'avais dormi dans une chambre au papier peint fleuri et aux rideaux à froufrous, et ce matin nous avions rejoint des étrangers qui trouvaient amusant de faire connaissance avec les autres invités durant le petit déjeuner. Mais dès que je serrai Josie contre moi sur la piste de danse, j'oubliai tout ce que je faisais ou ne faisais pas normalement.

Elle appuya sa tête contre ma poitrine pendant que nous nous balancions en musique. Après avoir fait le tour de la piste, elle me regarda en souriant.

— Cet endroit est vraiment sympa. Tu viens souvent ici ?

Je secouai la tête.

— C'est la première fois.

— Oh.

Elle sembla réfléchir à ma réponse avant que ses yeux ne rencontrent à nouveau les miens.

— Y a-t-il une autre cave viticole où tu as l'habitude d'aller ?

— Non.

— Es-tu déjà venu au B&B où nous séjournons ?

— Je n'avais jamais mis les pieds dans un bed and breakfast jusqu'à hier soir – à moins que tu ne comptes le *Hilton Garden Inn* puisqu'ils vous donnent techniquement un lit, ainsi qu'un petit déjeuner gratuit dans le hall le lendemain matin.

Ma réponse la fit à nouveau réfléchir.

— Qu'est-ce qui t'a poussé à m'emmener ici alors ?

Je haussai les épaules.

— Ça m'a semblé être quelque chose qui te plairait.

— C'est le cas. Merci, dit-elle avec un sourire.

Nous nous remîmes à glisser sur la piste de danse en silence. Mais Josie avait un cerveau qui ne s'éteignait pas si facilement. Pas même avec l'aide d'un peu de vin. Elle leva les yeux vers moi.

— Fox ?

— Oui ?

— Est-ce qu'on est... plus que du sexe maintenant ?

— Je ne sais pas, Jos. Est-ce qu'on a besoin de mettre une étiquette dessus ?

Elle soupira.

— Je suppose que non. Je crois que j'aime juste compartimenter les choses.

Je détestais la déception qui se lisait sur son visage.

— Qu'est-ce qui vient après le sexe ? demandai-je.

— Dormir ?

Je m'esclaffai.

— Je parlais de tes compartiments. Tu as le sexe et l'amusement à une extrémité et, à l'autre, le mariage, non ? Qu'est-ce qu'il y a entre les deux ?

— Oh. Être en couple, je suppose.

— Et avant ça ?

— Je ne sais pas. Fréquenter quelqu'un, peut-être ?

— Et si on disait que c'est ce qu'on fait ? On se fréquente.

— D'accord.

Elle sourit.

— Je n'ai jamais vraiment réfléchi aux différentes étapes. Mais je dirais que se fréquenter se situe quelque part entre les coups d'un soir et la relation exclusive.

Mes yeux se rétrécirent.

— Donc fréquenter quelqu'un signifie qu'on peut voir d'autres personnes ?

— Je pense que oui. Si ça reste sans engagement.

L'idée qu'elle soit avec quelqu'un d'autre me donnait envie d'arracher les dents d'un mec imaginaire et de les recracher.

— Alors on va ajouter un nouveau compartiment. Fréquentation exclusive.

— Vraiment ? Tu ne veux pas voir d'autres personnes ?

— Ça te va ?

Elle acquiesça.

— Je ne suis pas vraiment quelqu'un qui peut sortir avec plus d'une personne à la fois de toute façon. De plus, on pourrait peut-être renoncer aux préservatifs. Je pense qu'ils ont contribué à ma douleur le week-end dernier. Si ça te va, je veux dire. J'ai fait un check-up après avoir découvert que Noah me trompait, alors je sais que je suis clean.

Je m'arrêtai de danser.

— Tu prends la pilule ?

— Non, mais j'ai un stérilet.

Je me penchai et calai mon épaule contre son ventre. Quand je me redressai, Josie retomba sur mon épaule.

— Qu'est-ce que tu fais ? s'écria-t-elle en riant.

— Je fiche le camp d'ici.

— Et ma dégustation ?

Quand nous passâmes devant la table où nous étions assis, je me penchai et ramassai le porte-verre en bois ainsi que son sac à main.

Josie s'agita dans mes bras, mais je ne la reposai pas – pas même lorsque les gens me dévisagèrent alors que je traversais la cave, et pas même lorsque l'agent de sécurité qui se tenait à la porte d'entrée me dit que je ne pouvais pas partir avec les verres. Je continuai à avancer, à grandes enjambées, jusqu'à ce que j'arrive au pick-up et que je la jette à l'intérieur. Trottinant jusqu'au côté passager, je lui passai les échantillons de vin.

— Tu devrais sans doute cacher ça, vu les lois sur les récipients ouverts dans un véhicule et tout le reste.

— Je n'arrive pas à croire que tu m'aies portée hors de la cave.

— Tu m'as dit que tu me voulais à nu. Tu as de la chance qu'on ne soit pas dans les toilettes en ce moment.

Ses yeux étincelèrent.

— Anxieux ?

— Tu n'as pas idée !

Je roulai deux fois plus vite que la limite autorisée pour retourner au B&B. À l'intérieur, l'hôtesse essaya d'entamer une conversation sur les en-cas qu'ils sortiraient plus tard. Mais la seule chose que j'allais dévorer, c'était la femme que je traînais pratiquement dans les escaliers jusqu'à notre chambre.

Une fois la porte fermée, je me fis gronder.

— Tu es tellement impoli ! Cette gentille vieille dame cherchait quelqu'un à qui parler.

Je commençai à déboutonner son chemisier.

— Je sais. C'est pour ça que j'ai tué ce truc dans l'œuf.

Elle secoua la tête, mais je voyais bien qu'elle n'était pas vraiment contrariée. Je finis le dernier bouton et m'attaquai à son jean.

— Dis-moi comment tu le veux, bébé.

— Tu me demandes toujours ça.

— C'est parce que je veux m'assurer que c'est ce dont tu as envie.

— Qu'en est-il de ce dont tu as envie, toi ?

— C'est facile. Toi.

Elle rit.

— Non, vraiment. Je pense que c'est ton tour. Dis-moi ce que tu veux.

Elle posa ses mains sur mon torse et me fit reculer.

— Assieds-toi et réfléchis-y. Et moi, je vais me déshabiller.

J'essayai, vraiment. Mais alors que je la regardais quitter ses vêtements, mon cerveau fit défiler un million de choses que je voulais lui faire, non pas ce qu'elle pourrait me donner. Quand elle se débarrassa de son jean, je songeai à taper son beau cul. Quand elle aspira la chair de sa bouche pulpeuse, je pensai à glisser ma queue entre ces lèvres pulpeuses. Mais quand elle dégrafa son soutien-gorge rose en dentelle et que ses seins apparurent si près de mon visage, mon esprit se fixa sur une seule piste.

Josie recula d'un pas et se caressa la poitrine.

— Alors, tu as décidé ce dont tu as envie ?

Je me léchai les lèvres.

— Ça peut être n'importe quoi ?

— N'importe quoi.

— J'ai hâte de te pénétrer sans rien, mais si je le fais sans jouir une fois avant, je ne tiendrai pas trente secondes.

— D'accord. Alors, qu'est-ce que tu veux faire ?

— Tu es vraiment prête à tout ?

— Pourquoi pas ?

Je regardai sa magnifique poitrine naturelle.

— Alors je veux te baiser les seins et jouir dans ton cou.

Elle cligna des yeux, mais une fois le choc initial dissipé, elle sourit.

— Tu me veux comment ?

Putain, oui. J'avais l'impression d'être un gamin qui avait carte blanche dans un magasin de bonbons.

— Sur le dos, sur le lit.

Josie grimpa sur le matelas et s'installa au centre. Je ne la quittai pas des yeux, même pendant que je me déshabillais. Quand elle serra ses seins l'un contre l'autre, ma chaussette se déchira sur mon pied.

— Tu déchires beaucoup de vêtements, dit-elle en riant.

— Tu mets à l'épreuve beaucoup de patience.

Je levai un genou sur le lit.

— Tu es sûre d'être d'accord ?

— Ça m'excite.

Ma tête retomba en arrière pour remercier rapidement l'homme en haut avant de me pencher vers Josie et de lécher une ligne le long de son sternum. Je chevauchai ensuite sa cage thoracique et léchai aussi ma main avant d'étaler ce lubrifiant sur mon sexe.

Josie regarda mes doigts faire des va-et-vient sur ma hampe.

— J'aime bien quand tu fais ça, dit-elle. Te toucher, je veux dire.

— Ah oui ? Alors tu me verras le faire plus souvent.

Je léchai ma main une fois de plus et recommençai mes va-et-vient. J'avais affreusement envie d'être en elle, mais je voulais que cette première fois sans barrière entre nous soit bonne pour elle. Coincer mon sexe entre ses seins me ferait probablement jouir tout aussi vite. Mais je la ferais jouir, elle, pendant que mon corps se rechargerait, afin que nous puissions tous les deux en profiter sans nous sentir frénétiques.

Suffisamment lubrifié, je pris une grande inspiration, essayant de me calmer avant de commencer. Mon érection était toute droite, alors je dus me pencher sur Josie et aider mon sexe à descendre pour atteindre son décolleté. Josie me prit en sandwich au milieu, me serrant presque autant que sa chatte.

Je poussai une fois et jurai.

— Putain. Chaque partie de toi est un paradis.

Elle se redressa sur les coudes et fut accueillie par mon gland qui pointait son nez entre ses monticules de chair.

— Oh mon Dieu, haleta-t-elle. C'est tellement sexy. Continue.

Heureux d'obéir, je bougeai mon bassin d'avant en arrière. Ce n'était que le prélude à l'acte principal – la baiser à nu –, pourtant, c'était mieux que tout ce que j'avais ressenti depuis longtemps. Le regard lourd de Josie était fixé sur mon sexe. Regarder à quel point ça l'excitait était peut-être mieux que l'acte physique en lui-même.

Je ne voulais pas meurtrir sa peau en frottant trop fort ou trop longtemps, alors quand ma délivrance arriva à vive allure, je ne luttai pas. Mes yeux se posèrent sur son cou, sur le creux délicat au centre de ses clavicules qui me rendaient fou depuis la première fois que j'avais posé les yeux sur elle. Cette fichue femme me donnait l'impression de devenir un homme des cavernes. Je voulais qu'elle me soumette la partie la plus vulnérable de son corps pour que je puisse m'y déverser. Je n'avais jamais eu envie de conquérir une femme comme ça. Ça aurait dû m'effrayer au plus haut point. Mais à cet instant, rien d'autre n'était important. Tout ce qui comptait, c'était que j'orne son cou de quelques perles.

Poussant un grognement, je déversai mon sperme chaud sur sa gorge crémeuse. Mon cœur s'emballa et je me sentis un peu étourdi. Ça ne me ressemblait pas de m'effondrer après avoir joui. Cela dit, tout ce week-end ne me ressemblait pas. Alors au diable toute interprétation des choses. Autant me blottir contre elle, aussi. Bien que je doive d'abord la nettoyer.

Josie respirait encore profondément lorsque je revins de la salle de bains avec une serviette humide et lui essuyai doucement le cou. Elle avait un grand sourire niais, comme si c'était elle qui venait de faire passer un morceau de son cerveau par un trou d'épingle.

— Je n'avais aucune idée que ça pouvait être aussi excitant, dit-elle.

— C'était ta première fois ?

Elle hocha la tête.

Oubliez l'homme des cavernes, j'avais l'impression d'être un astronaute en train de planter le premier drapeau sur la lune.

— Qu'est-ce que tu n'as pas fait d'autre ?

— Je ne suis pas sûre. Si tu m'avais posé cette question il y a quelque temps, je n'aurais probablement pas pensé à mettre ça sur la liste. Je pense que ma vie sexuelle était peut-être un peu ennuyeuse. Noah ne m'a jamais demandé comment je voulais le faire. On le faisait généralement en position du missionnaire. Il n'aimait même pas que je sois sur le dessus.

— Et tu aimes être sur le dessus ?

Elle afficha un sourire timide.

— J'adore ça.

— Eh bien, c'est ce que tu auras.

Je jetai la serviette par-dessus mon épaule et soulevai Josie du lit.

— *Après* avoir chevauché mon visage.

• • •

Je fus réveillé par un mince rayon de soleil qui tapait sur mes yeux. Ces rideaux de filles n'étaient pas seulement

270

affreux, ils n'étaient absolument pas efficaces pour empêcher la lumière d'entrer. Pourtant, je ne bougeai pas, parce que Josie et moi avions nos membres enchevêtrés – une autre chose que je ne faisais pas d'habitude. J'aimais avoir mon espace quand je dormais. Du moins, avec les autres femmes.

La tête de Josie reposait sur mon torse. J'avais cru qu'elle dormait jusqu'à ce que je sente des cils chatouiller ma peau.

— Tu es réveillée ? chuchotai-je.

Elle bascula sa tête en arrière pour me regarder.

— Oui. Mon téléphone m'a réveillée. Mon patron m'a envoyé un message et je n'ai pas pu me rendormir. Tu viens de te réveiller, toi ?

— Oui. Depuis combien de temps tu ne dors plus ?

Elle haussa les épaules.

— Peut-être une heure.

— Quelle heure est-il ?

— Presque 10 h. On a dormi tard.

Josie passa ses doigts dans les poils de mon torse.

— Noah se rasait le torse.

J'avais mon avis sur les hommes qui faisaient ça, mais ce ne fut pas ça qui me fit serrer la mâchoire.

— Je ne sais pas si j'aime être comparé à ton ex.

Elle croisa mon regard.

— Ta queue est deux fois plus grosse.

Un sourire arrogant étira mes lèvres.

— Peut-être que j'aime les comparaisons après tout.

Elle gloussa, puis soupira.

— On est dimanche. Tout va bien au boulot ? Pourquoi est-ce que ton patron t'a écrit ?

— Oui, tout va bien. Il veut savoir quand je reviens. Quand je suis partie, j'ai demandé douze semaines – le maximum qu'on puisse prendre en vertu de la loi sur le congé médical familial. Mais je lui ai dit que je pourrais revenir plus tôt, si je m'en sentais capable.

Je la dévisageai.

— Tu pars.

Elle secoua la tête.

— Pas tout de suite. Je vais lui dire que je ne reviendrai pas plus tôt.

Je me sentis soulagé, pendant quelques secondes en tout cas.

— Quand se terminent tes douze semaines ?

— Dans quatre semaines à partir de demain. Mais je devrais probablement rentrer plus tôt pour ranger. Je suis sûre que ce que j'ai laissé dans le réfrigérateur ressemble maintenant à une expérience scientifique.

J'avais toujours su que Laurel Lake n'était pas le foyer de Josie. Mais je commençais à avoir l'impression qu'elle était à moi... Je m'éclaircis la voix.

— Je t'aiderai à finir la maison pour que tu puisses partir quand tu seras prête. Tu pourras peut-être me faire une liste de ce qu'il reste à faire.

Elle fronça les sourcils.

— Que se passera-t-il quand je partirai ?

Concrètement ? Elle retournerait à New York et m'oublierait. Son travail la tiendrait occupée, elle rencontrerait probablement un autre docteur, ou peut-être un professeur ou un avocat. Et moi, je retournerais m'enterrer dans le travail et, éventuellement, dans la baise machinale, libre de tout engagement. Mais je ne m'imaginais pas m'y remettre tout de suite après ça.

Je contournai la question que je savais qu'elle me posait.

— Tu auras un autre locataire, et j'essaierai de garder l'œil ouvert pour m'assurer que journaux et cassettes vidéo se retrouvent dans la poubelle de temps en temps.

— Je voulais dire entre nous.

— C'est un peu difficile de fréquenter quelqu'un qui se trouve à plus de deux mille kilomètres d'ici.

Dès que je prononçai ces paroles, je me sentis très mal. Mais qu'est-ce que j'étais censé dire ? Qu'on se rendrait visite à tour de rôle et qu'on passerait d'innombrables heures à s'envoyer des messages ? Mes doigts étaient bien trop gros pour le petit clavier d'un téléphone portable. Pour moi, un long texte comportait une phrase entière, et je n'étais même pas doué pour les relations locales. De plus, elle sortait de fiançailles où le type l'avait laissé tomber. Je n'allais pas faire la même chose.

Josie détourna le regard.

— Oui, bien sûr.

Elle baissa les couvertures et sortit du lit.

— Je vais prendre une douche.

— Tu veux de la compagnie ?

Elle sourit tristement.

— Peut-être une autre fois.

Je hochai la tête. Elle n'était manifestement pas satisfaite de ma réponse sur ce qui se passerait entre nous quand elle partirait. Mais Josie méritait mieux que moi, même si une partie de moi ne voulait pas la laisser partir.

CHAPITRE 25

Il y a longtemps
Fox

Quatre ans plus tôt

— Fox ?

Je ne reconnaissais pas le numéro, mais je savais que c'était un numéro local.

— Qui est à l'appareil ?

— C'est l'inspecteur Druker.

Je me figeai. Evie n'était pas à la maison quand j'étais rentré ce soir.

— Qu'est-ce qui s'est passé ?

— J'ai eu ta copine au poste, fiston. Je l'ai ramassée en état d'ébriété suite à un appel pour tapage.

— Elle va bien ?

— On l'a fait sortir de la patinoire. Elle avait trop bu. Le gardien de la patinoire lui a dit qu'elle devait quitter la glace parce qu'elle mettait les autres clients en danger – principalement des enfants et des parents, pendant une séance de patinage libre. Elle a essayé de le faire tomber et s'est mise à faire des sauts et d'autres trucs dangereux en état d'ébriété. Elle est tombée au moins une fois pendant qu'on essayait de l'attraper. J'imagine qu'elle sera endolorie demain et qu'elle aura probablement un gros mal de tête, mais elle devrait s'en sortir.

Je me passai une main dans les cheveux. Je venais de m'asseoir pour mettre de la glace sur ma propre hanche meurtrie après quatre jours de matchs à l'extérieur. Aller au poste de police et m'occuper d'une Evie ivre n'était pas vraiment ce dont j'avais envie. Je soupirai.

— Elle va être relâchée ?

— Elle devra comparaître au tribunal la semaine prochaine, mais tu peux venir la chercher quand tu es prêt.

— Merci, inspecteur. J'arrive tout de suite.

Il me fallut mes deux mains pour me lever du canapé tellement j'étais amoché par le match d'hier soir. Ces derniers temps, je commençais à comprendre pourquoi, dans ce sport, le joueur moyen prenait sa retraite avant trente ans. Je pris mon temps pour me rendre au poste de police en voiture et boitai jusqu'à la réception.

Joe Redmond était derrière le bureau. Nous étions allés au lycée ensemble.

— Hé, Cassidy, me salua-t-il en me tendant la main. Ça fait plaisir de te voir. Dure défaite l'autre soir.

Étant donné que mon équipe avait perdu six de ses sept derniers matchs, je ne savais pas trop de quel soir il parlait. Mais ça n'avait pas beaucoup d'importance. J'acquiesçai.

— Oui.

— Je pense qu'ils auraient dû expulser Hartman pour le coup qu'il a donné.

— Moi aussi. S'ils l'avaient fait, ma hanche ne hurlerait pas à cause de la bagarre qui a suivi sa sortie du box.

Je levai le menton en direction de la porte qui, je le savais, menait aux cellules de détention.

— Je viens chercher Evie Dwyer.

— Donne-moi une minute. Je vais la chercher dans la cellule de dégrisement.

Il commença à s'éloigner, mais s'arrêta.

— Je dois te prévenir, elle s'est vomi dessus. Tu devrais mettre une couverture dans la voiture. C'est difficile de faire partir cette odeur une fois qu'elle s'est infiltrée dans les sièges.

— Super, marmonnai-je.

Quelques minutes plus tard, Evie apparut à la porte. Des taches de mascara striaient ses joues et son tee-shirt était encore humide de ce que je supposais être du vomi. Elle me regarda et ses grands yeux noisette se remplirent de larmes.

— Je suis désolée.

Je l'ignorai et m'adressai à Joe.

— Elle a besoin de remplir des papiers ou autre chose ?

— Non. Elle peut partir. Elle a la citation avec sa date de comparution au tribunal pliée dans son sac à main.

— Merci, Joe.

— Bonne chance.

Je ne savais pas s'il parlait du reste de la saison ou d'Evie, mais j'avais besoin de toute l'aide possible dans les deux cas.

Dehors, j'ouvris la portière du pick-up et m'assurai qu'Evie était à l'intérieur avant de la refermer. Je ne lui avais toujours pas dit un mot. Je glissai ma clé dans le contact, mais m'arrêtai avant de la tourner.

— Bordel, Evie !

Elle se mit à pleurer. Normalement, j'avais un faible pour les femmes qui pleuraient, mais je manquais de compassion en ce moment.

— Je suis désolée. Je ne sais pas pourquoi je fais ce que je fais.

C'était un faux-fuyant qui m'énerva encore plus.

— Eh bien, je peux peut-être t'indiquer pourquoi tu agis comme tu le fais. Parce que tu as quitté le centre de désintoxication au bout de cinq jours alors qu'ils voulaient que tu y restes trente.

Six mois plus tôt, après avoir vu Evie nager dans le lac et vomir dans les parterres de fleurs, elle avait accepté de suivre une cure de désintoxication. Aucun des établissements convenables n'avait de lits disponibles, alors elle avait été obligée d'attendre deux jours pour s'enregistrer, et je devais m'absenter pour un match l'après-midi du jour où elle était censée se présenter. Elle avait promis d'y aller, mais elle ne l'avait jamais fait. À la place, j'avais retrouvé à mon retour une maison propre et une Evie sobre – une combinaison que je n'avais pas vue depuis des mois. Je ne pensais pas avoir réalisé à quel point les choses étaient devenues mauvaises jusqu'à ce jour-là, quand j'étais rentré chez moi et que ce qui aurait dû me sembler normal ne m'était même plus familier. Depuis qu'elle avait emménagé, elle s'était enfermée dans un cercle vicieux où elle se soûlait pendant trois ou quatre jours pendant que j'étais en voyage, puis dormait un jour ou deux lorsque je rentrais à la maison. Donc, soit elle était dans un état lamentable, soit elle était écroulée sur le lit.

Elle était restée sobre pendant deux semaines cette fois-là, et j'avais vraiment vu un aperçu de la femme que j'avais rencontrée à la patinoire presque un an plus tôt. Mais elle avait replongé et les choses étaient redevenues très vite comme avant. Après une nouvelle cuite qui avait duré un mois, je l'avais fait s'asseoir et lui avais donné le choix : moi ou la tequila. Le lendemain, je la conduisais en cure de désintoxication. Mais après cinq jours, elle avait quitté le centre contre l'avis du médecin, pendant que j'étais de nouveau en déplacement. Elle avait dit se sentir capable de faire le reste toute seule. Elle avait détesté être là-bas parce que les femmes plus âgées lui rappelaient toutes sa mère. Je n'étais pas d'accord avec ses décisions, mais elle était restée sobre pendant presque deux mois par la suite. Jusqu'à ce qu'elle ne le soit plus.

Je secouai la tête.

— Je ne peux plus vivre comme ça, Evie.

— Qu'est-ce que tu veux dire ?

Je voulais en finir. Nous avions peut-être eu trois bons mois au total depuis qu'elle avait emménagé avec moi. Mais j'avais peur de ce que cela pourrait lui faire. Elle n'avait personne dans sa vie pour s'occuper d'elle, et je ne voulais pas être la cause d'une chute libre, parce que je tenais à elle. Alors je me sentais piégé.

Je la regardai. La peur était palpable dans ses yeux.

— Je ferai n'importe quoi. Emmène-moi en cure de désintoxication tout de suite. Donne-moi une autre chance. Je ne peux pas te perdre, Fox.

— Il faut que tu veuilles aller mieux pour *toi* pour que ça marche. Pas pour moi.

— Je veux aller mieux pour moi. Pour nous.

J'étais méfiant, mais qu'allais-je faire ? La renvoyer chez sa mère serait un désastre, et la ramener à nouveau à la maison, même si elle restait abstinente pendant quelques jours, reviendrait à refaire la même chose en espérant un résultat différent. Alors vraiment, quel choix avais-je ?

— Rentrons à la maison. Tu pourras prendre une douche pendant que j'appellerai pour voir si on peut te trouver à nouveau un lit en désintoxication.

○ ○ ○

— Mon Dieu, tu m'as manqué.

Evie passa ses bras autour de mon cou. Il y avait une psychologue qui attendait à l'extérieur de la pièce, alors je l'embrassai rapidement sur les lèvres et m'écartai.

— Tu as l'air en forme, dis-je.

Elle sourit.

— Je me sens vraiment bien.

Evie était au *South Maple Recovery Center* depuis dix-neuf jours. Je venais la voir chaque fois que j'étais à la maison et que j'avais le droit de le faire, mais aujourd'hui, c'était plus qu'une simple visite. C'était une séance de psychothérapie *avec un proche*. Ce n'était pas vraiment ma tasse de thé, mais je devais lui montrer mon soutien. D'autant plus qu'elle avait invité sa mère la semaine dernière et qu'elle n'était pas venue. Pas vraiment étonnant – pas pour moi en tout cas.

Toc. Toc.

La femme qui s'était présentée sous le nom d'Eleanor entra et sourit.

— Vous êtes prêts à commencer ?

Evie respira profondément et acquiesça.

— Monsieur Cassidy, pourquoi ne pas aller de l'autre côté de la table pour que vous soyez assis l'un en face de l'autre, et que je m'assoie de ce côté-ci ?

— C'est Fox, je vous prie.

Je tirai la chaise d'Evie avant de m'asseoir en face d'elle. Dès que mes fesses touchèrent le siège, elle tendit la main par-dessus la table pour me prendre la mienne. Elle était manifestement nerveuse.

— Donc... commença Eleanor. La thérapie de groupe consiste à ouvrir les lignes de communication et à commencer à reconstruire les relations. L'objectif est de partager les inquiétudes de chacun, tout en essayant d'éviter les conflits et les confrontations.

Elle se tourna vers moi.

— Qu'en pensez-vous, Fox ?

Je haussai les épaules.

— D'accord.

— Très bien. Evie et moi travaillons ensemble en séances individuelles ces dernières semaines, et elle a découvert certaines choses sur elle-même qu'elle aimerait partager avec vous. Alors pourquoi ne pas commencer par là ?

— D'accord.

Eleanor et moi nous tournâmes vers Evie. Elle se mordilla la lèvre inférieure avant de serrer ma main et de prendre une autre grande inspiration.

— J'ai bu mon premier verre à l'âge de neuf ans.

Ma mâchoire s'en décrocha. Il en fallait beaucoup pour me choquer, mais elle m'avait stupéfait.

— Je sais, dit-elle en souriant tristement. C'est difficile à appréhender – même pour moi, avec le recul aujourd'hui, et je l'ai vécu. Mais je bois depuis tout ce temps-là.

— Je ne comprends pas. Tu ne buvais pas quand on s'est rencontrés.

— Non, je ne t'ai pas laissé le voir, c'est tout. Je ne laisse personne le voir. Je ne l'ai jamais fait jusqu'à récemment.

— On a passé des semaines entières ensemble pendant ma saison morte, les fois où j'ai voyagé avec toi pour des compétitions.

— Oui. Et j'avais toujours une bouteille dans mon sac, cachée. Je buvais dans les toilettes quand il le fallait. C'est pour ça que j'avais toujours un bonbon dans la bouche.

— Tu m'as dit que tu faisais de l'hypoglycémie.

Evie secoua la tête et baissa les yeux.

— Ça n'a jamais été facile de parler à qui que ce soit des raisons pour lesquelles je faisais ça, mais je pense que tu pourras comprendre autant que moi les pressions liées à une carrière d'athlète. Avant même d'avoir sept ans, la patinoire était ma deuxième maison. Au début, j'adorais ça. Les gens se tenaient au bord de la glace et me regardaient m'entraîner, et j'avais l'impression d'être au sommet du monde. J'avais neuf ans quand j'ai participé à ma première grande compétition. J'étais une superstar dans ma patinoire locale, je pratiquais vingt heures de patinage et dix heures de danse par semaine.

Elle fit une pause et ses yeux se perdirent dans le vide, comme si elle visualisait la suite.

— Je me souviens d'avoir commencé cette première compétition en pensant être la meilleure et persuadée que j'allais gagner.

Elle secoua la tête.

— Je ne suis même pas montée sur le podium. C'était dévastateur, une vraie révélation. Ce soir-là, j'ai eu du mal à m'endormir, parce que j'avais l'impression que tous mes espoirs et mes rêves de participer un jour aux Jeux olympiques n'étaient qu'une blague. Pendant des années, j'avais vu ma mère être énervée ou contrariée par beaucoup de choses. Sa façon de gérer était de boire quelques verres. Alors le lendemain soir, comme je me sentais encore mal, j'ai attendu qu'elle s'évanouisse et j'ai bu quelques gorgées de sa bouteille. Ça m'a permis d'oublier suffisamment longtemps que j'avais perdu la compétition pour m'endormir. Au début, je ne buvais que quand je perdais. Mais j'ai fini par m'en servir pour me consoler après un mauvais entraînement, après qu'un gars m'ait rejeté, ou...

Elle haussa les épaules.

— N'importe quelle raison, en fait.

— Bon sang, Evie. J'en avais aucune idée. Je pensais que c'était quelque chose de nouveau, que tu ne te remettais pas de ne pas être dans l'équipe olympique.

— Eh bien, c'était le cas, mais ce n'est pas nouveau.

— Ta mère est au courant ?

Elle haussa les épaules.

— Si elle l'est, elle n'a jamais rien dit. Mais mon père le sait. Il pouvait reconnaître une ivrogne à un kilomètre à la ronde, après avoir vécu avec ma mère pendant une douzaine d'années. Il a essayé de m'aider il y a des années, mais je n'ai jamais voulu admettre la vérité. C'est pour ça que j'ai coupé les ponts avec lui. Je ne voulais pas gérer ça.

— Il n'a pas cessé de te parler quand il s'est remarié et a fondé une nouvelle famille comme tu l'as dit ?

Evie baissa les yeux.

— Non.

Eleanor l'interrompit.

— Que ressentez-vous face à cette révélation dont Evie vient de vous faire part, Fox ?

Je secouai la tête, encore sous le choc.

— Je ne sais pas. Je me sens stupide de ne pas l'avoir vu. Triste qu'elle ait traversé ça toute seule pendant si longtemps. En colère contre sa mère qui n'a pas vu que sa fille de neuf ans buvait.

Je levai les yeux et croisai ceux d'Evie.

— Effrayé à l'idée que ce soit bien pire que je ne le pensais et que tu ne puisses pas rester sobre...

Des larmes coulèrent sur le visage d'Evie.

— Je suis désolée. Je suis désolée d'être une telle épave.

Au cours de l'heure suivante, Evie parla beaucoup. Certaines choses me firent vraiment mal, comme lorsqu'elle admit qu'elle était passée d'un sentiment d'incompétence en patinage à celui de ne pas être assez bien pour moi. Ce n'était pas vrai, mais alors qu'elle parlait de son manque de confiance en elle, je me rendis compte qu'elle avait souvent cherché à ce que je la rassure et que j'avais balayé ça en disant que c'était stupide. Je n'avais pas compris qu'elle manquait vraiment de confiance en elle, qu'elle se sentait bonne à rien et qu'elle attendait plus de moi. Et je me sentais moi-même bon à rien de n'avoir pas été capable de voir que la femme avec qui je vivais – celle que j'avais l'intention d'épouser – était une alcoolique.

Lorsque les aveux d'Evie se calmèrent, Eleanor intervint.

— Je pense que c'était beaucoup pour une seule journée, à la fois pour Evie et pour vous, Fox. Je suis sûre que vous avez besoin d'un peu de temps pour tout assimiler.

J'acquiesçai.

— Avez-vous des questions à poser à Evie ? Ou à moi, avant de conclure la journée ?

— Est-ce qu'elle obtient tout ce dont elle a besoin ici ? Ça paraît idiot de le dire maintenant, mais je pensais qu'elle venait juste pour une dépendance à l'alcool. On dirait qu'elle a beaucoup d'autres choses à régler.

Eleanor sourit.

— Elle a toute une équipe. Je suis psychologue, donc c'est moi qui parle le plus avec Evie, mais elle a aussi un conseiller en addiction, un médecin de premier recours et un psychiatre dans son équipe. Bien sûr, il y a aussi de nombreuses infirmières et le personnel de soutien. Chacun a un rôle différent, mais nous travaillons ensemble.

— Quelle est la différence entre le travail d'un psychiatre et celui d'un psychologue ?

— C'est une bonne question. Les gens confondent souvent les rôles, mais le psychiatre traite principalement le patient en prescrivant des médicaments, tandis que le psychologue le traite par le biais de thérapies comportementales et de discussions.

Je sentis mes sourcils se froncer. Je me tournai vers Evie.

— Donc tu prends des médicaments ?

Elle confirma d'un hochement de tête.

— Le Dr Cudahy m'a diagnostiqué une dépression clinique. Elle m'a prescrit des antidépresseurs.

— Donc tu viens pour une addiction et la réponse est de te donner des pilules ?

— Je comprends que cela puisse sembler contre-productif, intervint Eleanor. Mais souvent, si les gens boivent, c'est parce qu'ils essaient l'automédication pour calmer un problème de santé mentale sous-jacent qui n'a pas été traité. L'un de nos objectifs ici est de trouver la cause profonde de la consommation d'alcool et de la traiter afin que le patient ne fasse pas d'automédication sous une forme abusive.

Pour moi, ça revenait à changer un vice par un autre. Ou pire, le traitement du problème de santé mentale sous-jacent échouait et le patient se retrouvait dépendant de *deux* vices. Mais je ne connaissais pas grand-chose à tout ça. Donc, je hochai la tête.

— Je suppose que vous savez ce que vous faites.

CHAPITRE 26
L'éléphant dans le magasin de porcelaine
Josie

— Hé, ma belle. Quoi de neuf ?

Je coinçai mon téléphone entre mon épaule et mon oreille, puis me penchai en avant pour donner un dernier coup de pinceau.

— Bonjour, Opal. Pas grand-chose. Je peins juste l'intérieur des placards de la cuisine. Rien de très excitant.

— Eh bien, c'est parfait. Tu n'as aucune raison de ne pas te joindre pas à nous, alors. Je sors dîner avec quelques filles ce soir. Elsie Wren est en ville. Elle a déménagé en Floride pour être près de sa fille, mais elle vient une ou deux fois par an, et nous essayons de nous retrouver. Elle vivait à quelques maisons de ton père quand il était petit. Ils étaient bons amis. Je me suis dit que tu aimerais la rencontrer.

Fox m'avait envoyé un message un peu plus tôt pour me demander si j'avais quelque chose de prévu ce soir, mais je n'avais pas encore répondu. Les choses n'allaient pas très bien depuis notre conversation de dimanche matin, mais aucun de nous n'en avait évoqué la raison.

Ces quatre derniers jours, passés sans lui parler ni le voir, j'avais eu l'impression qu'il me manquait quelque chose. Cela m'avait fait réaliser à quel point j'étais déjà impliquée, et j'étais terrifiée à l'idée de tomber encore plus amoureuse alors qu'il n'y avait pas d'avenir pour nous. Si quatre jours me semblaient être une éternité, que seraient quatre mois sans le voir ?

Donc c'était une bonne chose qu'Opal ait appelé. Elle me fournirait la distraction dont j'avais besoin.

— J'adorerais me joindre à vous. Merci d'avoir pensé à moi.

— Parfait. 19 h au *Laurel Lake Inn*. Je dois filer avant que le patron ne revienne et ne me trouve à nouveau au téléphone. Il était particulièrement grincheux après m'avoir entendu parler de ménopause avec ma mère ce matin.

Je ris.

— À tout à l'heure.

Après avoir raccroché, je finis de peindre et lavai les pinceaux. Puis j'envoyai une réponse rapide à Fox.

Josie : Désolée, j'ai des projets pour ce soir.

Une réponse fit tinter mon téléphone avant que je puisse le reposer.

Fox : Tu es fâchée contre moi ?

Josie : Pourquoi je serais fâchée ?

Fox : Parce que j'ai merdé dimanche.

Je soupirai.

Josie : Tu as seulement été honnête. C'est comme ça.

Fox : Je peux passer te voir plus tard, quand tu seras rentrée ?

J'avais besoin de me protéger, même si je ne le voulais pas.

Josie : Je pense que je serai trop fatiguée. Peut-être une autre fois.

Abattue, je jetai mon portable sur la table et décidai de sortir prendre l'air. Le lac m'apportait toujours un sentiment de paix, et j'avais vraiment envie de chercher Daisy à nouveau. J'avais vérifié tous les jours depuis dimanche, mais aucun signe d'elle. Ce matin, un groupe de canards était passé et je m'étais dit que c'était peut-être celui qu'elle avait rejoint, mais je ne pouvais pas en être sûre. Je ne connaissais que le plumage de Daisy.

Au bout d'un moment, comme je ne l'avais pas revue aujourd'hui, je laissai tomber et rentrai me préparer pour le dîner.

Alors que je m'apprêtais à partir, mon téléphone sonna. Mon pouls s'accéléra, pensant que c'était peut-être Fox. Mais ce n'était pas lui. Le nom de Noah s'affichait sur l'écran. J'ignorai l'appel, mais une minute plus tard, il se remit à sonner. Je choisis donc de répondre sur haut-parleur tout en démarrant la voiture.

— Allô ?

— Oh, salut. Je m'attendais à tomber à nouveau sur la boîte vocale. J'ai appelé il y a quelques minutes, mais tu n'as pas décroché.

— Quelque chose ne va pas ?

— Non. Je n'ai pas laissé de message la première fois parce que je me suis dit que ça me donnerait une excuse pour rappeler. Mais j'ai réalisé que c'était stupide et que tu ne répondrais probablement jamais quand tu verrais mon nom, alors j'ai rappelé pour laisser un message vocal.

Il fit une pause.

— C'est bon d'entendre ta voix, Josie.

— Qu'est-ce que tu veux, Noah ?

— Est-ce que je peux d'abord te demander comment tu vas ? Je suppose qu'une fois que j'aurai dit ce pour quoi j'ai appelé, tu te dépêcheras de raccrocher.

Il avait raison. Je regrettais déjà d'avoir accepté l'appel et de devoir lui parler autant.

— Je vais bien. Qu'est-ce qu'il y a ?

Noah soupira.

— J'ai reçu un e-mail de rappel pour les vacances que nous avions réservées pour le mois prochain... à Aruba.

J'avais complètement oublié ce voyage.

— Et ?

— Ce n'est pas remboursable.

À part être heureuse que ce soit lui qui ait versé l'acompte, je ne savais pas trop ce qu'il attendait de moi.

— D'accord...

— J'espérais qu'on pourrait quand même y aller. En tant qu'amis. Ça nous laisserait une chance de parler. On a une suite avec un séjour, donc je pourrais dormir sur le canapé, si tu veux.

Il est sérieux ?

— Il n'y a rien à dire, Noah.

— On n'a jamais eu de conversation civilisée sur ce qui s'est passé.

— Tu m'as trompée. Je t'ai surpris la queue dans la bouche d'une femme. Il n'y a rien de plus à discuter.

— J'ai fait une erreur. Une grosse erreur. Tu me manques, Jos. On ne peut pas en parler ? Je ferai tout ce que tu veux pour que tu me pardonnes.

— Ce n'est pas une question de pardon, Noah. C'est une question de confiance.

— On peut la reconstruire.

— Non. On ne peut pas. La confiance est fragile, comme un miroir. Une fois qu'elle est brisée, elle est en mille morceaux. Même si on les recolle, on voit toujours les fissures. Ce ne sera jamais pareil. D'ailleurs, j'ai beaucoup appris sur moi ces derniers mois. Et je ne pense pas que nous étions aussi bien assortis que je me l'étais imaginé.

— Ce n'est pas vrai. Nous étions parfaits ensemble.

Il était logique que Noah le pense. Je ne lui avais jamais donné l'impression que je n'étais pas heureuse avant cette nuit-là sur le parking de l'hôpital. Et honnêtement, j'avais cru être heureuse aussi. Mais suivre une thérapie et passer du temps avec un homme qui me demandait ce que je voulais m'avait fait comprendre que je me dévalorisais. Bizarrement, je lui étais reconnaissante de m'avoir trompée. Sinon, j'aurais pu me contenter de ça.

— Je dois y aller. Tu devrais profiter du voyage. Vas-y tout seul et réfléchis un peu.

— Je n'irai pas sans toi. Je serais malheureux. Tu peux y aller seule, si tu veux. J'ai toujours ton passeport. Tu l'as laissé ici quand j'ai tout réservé.

Je secouai la tête.

— Je ne vais pas y aller non plus, Noah. Mais j'ai besoin de mon passeport.

— Je te l'enverrai par la poste, avec l'itinéraire du voyage, au cas où tu changerais d'avis.

— Je ne suis pas chez moi.

— Je sais. Tu partages toujours ta position sur ton iPhone. Tu ne sais pas combien de fois j'ai été tenté de prendre la voiture et de me rendre au quarante-six Rosewood Lane pour te parler.

Oh mon Dieu. Je lui avais manifestement donné cet accès dans des temps meilleurs. Maintenant, je me sentais presque violée. Je savais ce que j'allais faire à la minute où je raccrocherais.

— Je dois y aller, Noah.

— Je peux te rappeler ?

— Je suis désolée. Je ne préférerais pas.

Sans surprise, Noah raccrocha sans dire au revoir. Il n'était jamais tolérant lorsqu'il n'obtenait pas ce qu'il voulait. Ce n'était probablement qu'une question de temps avant qu'il ne se mette à cracher sa colère, alors c'était mieux ainsi. De plus, il fallait que je me mette en route, sinon j'allais être en retard. Cependant, cela attendrait encore une minute ou deux – jusqu'à ce que je trouve comment empêcher Noah de voir ma position.

● ● ●

— La voilà !

Opal me serra dans ses bras dès que l'hôtesse m'amena à la table. Il était à peine 19 h 01, mais j'étais la dernière à arriver.

— Laisse-moi faire les présentations. Tu as déjà rencontré Bettina à la fête organisée par sa sœur jumelle Bernadette. Et Frannie ici présente travaille au bureau de poste, donc tu la connais.

Je les saluai toutes deux d'un signe de tête.

— Bonsoir. C'est un plaisir de vous revoir.

Opal indiqua la dernière personne à la table, le seul visage que je ne reconnaissais pas.

— Et voici Elsie Wren.

La femme se leva et tendit la main.

— Je suis ravie de te rencontrer. Ton père était un ami très cher. J'ai été très triste d'apprendre son décès.

— Merci.

Dès que nous fûmes assises, le serveur apporta une bouteille de vin. Opal me regarda.

— Nous avons commandé du merlot. Est-ce que ça te convient ? Sinon, ils en ont d'autres au verre.

— Le merlot est parfait. Merci.

Opal se pencha vers moi et chuchota :

— J'ai entendu dire que tu avais bu du vin ce week-end ?

Je fus assez choquée que Fox ait raconté que nous étions partis ensemble. Quand elle vit ma tête, elle ricana.

— Non, ce gros rustre ne m'a rien dit. Porter sort depuis peu avec une institutrice. Il se trouve que Rita – la Rita du *Comptoir* et petite sœur de Bettina – est la voisine de cette femme. Porter l'a dit à l'institutrice qui l'a dit à Rita qui l'a dit à Bernadette qui l'a dit à Bettina qui me l'a dit.

Elle secoua la tête.

— Je n'arrive pas à croire que Porter me l'ait caché. Mais bref...

Elle me tapota la main.

— Je suis contente pour toi. Fox est un emmerdeur, mais c'est un homme bon et loyal. J'adore ce crétin grognon. Mais ne va pas le lui dire.

Je ris.

— Je ne le ferai pas.

Bettina prit un gressin au centre de la table et l'agita devant moi.

— Est-ce que ton père a fini par cesser de baisser son pantalon ? J'avais tout oublié des pitreries de Tommy Miller et lui jusqu'à ce qu'Elsie me les rappelle.

— Cesser... de baisser son pantalon ? répétai-je.

Elsie gloussa.

— Quand ils avaient une dizaine d'années, ton père et Tommy ont transformé en concours l'acte de se montrer leurs fesses quand l'autre s'y attendait le moins. Tommy frappait à la porte d'Henry, et Henry répondait en pressant ses fesses contre la contre-porte. Ou bien Henry faisait du vélo derrière Tommy, et Tommy baissait son short et lui montrait ce que le soleil n'éclairait jamais. Cela a duré des années.

— Je n'en ai jamais entendu parler.

— Une fois, la moitié des filles de notre classe ont vu le derrière de ton père. Henry était dans la fanfare. Quand il pleuvait, ils répétaient dans l'auditorium, sur la scène. Tommy ne jouait d'aucun instrument, mais ces deux-là étaient comme cul et chemise. Alors Tommy s'occupait de l'éclairage de la scène, de l'ouverture des rideaux, etc. Un après-midi, Henry a trouvé amusant d'être penché sur la scène quand Tommy ouvrirait les rideaux pour être prêt pour les répétitions. Il n'avait pas prévu que l'équipe de football féminine entrerait dans la salle juste avant que Tommy ne tire les rideaux. *Avec* leur entraîneur.

Tout le monde se mit à rire, ce qui installa l'ambiance pour l'heure suivante. Elsie avait un million d'histoires drôles à raconter, mais les autres ajoutèrent leur grain de sel en cours de route. Cela me rendit envieuse de la façon dont elles avaient grandi. Bien sûr, les gens se mêlaient des affaires des autres, mais l'avantage était que la communauté semblait former une grande famille. C'était tout le contraire de la façon dont j'avais été élevée – fréquentant une école privée où les gens étaient trop occupés par des leçons de violoncelle et des compétitions d'escrime pour apprendre à se connaître. Ma maison stérile, où seule la nounou était présente, manquait de la chaleur que les habitants de Laurel Lake dégageaient quand ils parlaient de leur enfance. Cela me fit m'interroger sur la façon dont je voudrais élever mes propres enfants un jour, chose à laquelle je n'avais jamais vraiment réfléchi.

Nous étions en train de commander le dessert quand Opal me donna un coup de coude. Elle leva le menton vers le stand de l'hôtesse.

— Regarde ce que le chat a ramené. Et on n'est même pas mardi...

Je tournai la tête de l'autre côté de la salle et mon cœur se mit à battre la chamade. Tous les yeux de notre table se joignirent à moi pour regarder l'homme qui parlait à l'hôtesse.

Fox leva les yeux, sentant probablement dix regards le transpercer. Il croisa mon regard et me sourit. Mais la commissure de ses lèvres s'abaissa rapidement quand il vit les autres personnes présentes à ma table. Il secoua la tête et ferma les yeux.

— Tu n'as pas intérêt à faire semblant de ne pas nous voir ! cria Opal à travers le restaurant.

Pendant une seconde, je crus que Fox allait s'enfuir. Mais après avoir fini de discuter avec l'hôtesse, il s'approcha. Son expression était de celles que je me serais attendue à voir sur le visage d'un homme s'apprêtant à prendre place devant un peloton d'exécution. Il n'avait pas l'air ravi du tout.

— Qu'est-ce que tu fais ici ? demanda Opal. La dernière fois que j'ai regardé, on était jeudi. Le filet de porc est ton repas du mardi.

Les yeux de Fox glissèrent sur moi.

— Je suis venu chercher une part de cheesecake, puisque je ne sais pas en préparer un de A à Z.

— Tu ne manges pas de sucreries.

Je souris, touchée qu'il se soit souvenu que je lui avais dit que mon père utilisait son cheesecake maison comme offrande de paix.

Je remuai les doigts.

— Salut.

Nous partageâmes un sourire silencieux et, une minute plus tard, l'hôtesse s'approcha avec un sac en papier marron.

— Voilà pour toi, Fox.

— Merci, Syl.

Fox ne semblait pas savoir comment se comporter devant la bande d'amies avec qui j'étais assise. Il était inhabituellement gêné, ce que je trouvai attachant. Il fit un signe de tête en direction de la porte.

— Je peux te parler une minute ?

— Bien sûr.

Je posai ma serviette sur la table et regardai les quatre femmes rayonnantes.

— Je vous prie de m'excuser. Je reviens tout de suite.

Fox et moi entrâmes dans le lobby vide du restaurant. Une fois hors de portée de tous les regards, je posai mes yeux sur le sac qu'il tenait à la main.

— Une petite envie ?

Il mit sa main vide dans sa poche et baissa les yeux.

— J'espérais te l'apporter quand tu serais rentrée tout à l'heure, s'il n'est pas trop tard. Je te dois des excuses.

Je ne voulais rien de plus que de passer du temps avec lui. Ces quelques jours m'avaient semblé durer une éternité. Mais je savais aussi qu'une dose rapide maintenant ne ferait que rendre la dépendance plus difficile à rompre à long terme.

Je souris tristement.

— Fox, tu n'as aucune raison d'être désolé. Tu n'as rien fait de mal. Depuis le début, tu as clairement dit que tu ne cherchais rien de plus que ce que nous avions. Et honnêtement, c'était la dernière chose que je cherchais aussi.

Les yeux de Fox s'ancrèrent dans les miens.

— Parfois, ce qu'on cherche arrive quand on ne le cherche pas du tout.

C'était comme si quelqu'un avait accroché une pompe à vélo sur mon cœur dégonflé et l'avait actionnée. L'espoir fleurit dans ma poitrine. Cependant, la peur était toujours là, bien présente, et j'avais besoin qu'il énonce clairement ce qu'il voulait dire.

— Qu'est-ce que tu veux dire par là ?

Fox attrapa ma main et la porta à ses lèvres pour l'embrasser.

— Écris-moi quand tu seras rentrée. Parlons sans public..

Je ne pensais pas que nous en avions un, mais Fox souleva le menton, me faisant me retourner. Mes quatre compagnes s'étaient levées de leurs chaises, penchées vers un côté de la table pour épier le hall d'entrée. Une tête au-dessus de la précédente, elles ressemblaient à un totem. Nous voyant nous retourner pour les surprendre, elles se précipitèrent toutes vers leurs sièges. Je ne pus m'empêcher de rire.

— Je ne devrais pas être trop longue. Nous avons fini de dîner.

Fox hocha la tête.

— Sois prudente sur la route.

CHAPITRE 27

Tu es mon rayon de soleil

Fox

J'étais assis sur le porche de Josie lorsqu'elle s'engagea dans son l'allée.

Presque une heure s'était écoulée depuis mon retour du *Laurel Lake Inn*, et rester chez moi m'avait rendu impatient. Je voulais aussi m'assurer qu'elle ne changerait pas d'avis et ne m'enverrait pas promener.

Je me levai dès qu'elle sortit de la voiture et montrai la bouteille de vin dans ma main.

— J'ai apporté quelque chose pour faire descendre le cheesecake.

Elle sourit et l'humeur maussade qui m'habitait depuis plusieurs jours disparut. Quand j'étais loin d'elle, j'avais l'impression que chaque jour était gris et nuageux. Elle rendait le ciel bleu et faisait briller le soleil, et je ne voulais plus penser à ce que cela signifiait. Je voulais juste me prélasser dans cette chaleur.

Josie ouvrit la porte et jeta ses clés sur le comptoir tandis que je la suivais. Tous les placards étaient ouverts et la cuisine sentait la peinture.

— Tu fais ça toi-même ?

Elle hocha la tête.

— Le bois était tout écaillé à l'intérieur et il y avait des taches sur les étagères.

Je jetai un coup d'œil autour de moi.

— C'est joli. Cet endroit a beaucoup évolué. Ton revêtement de sol devrait arriver la semaine prochaine.

— Oh, super. Merci.

Le vin et le cheesecake étaient toujours dans mes mains ; Josie regarda fixement le sac.

— J'ai sauté le dessert au restaurant pour garder de la place pour ça. Est-ce que tu vas le partager ? Parce qu'on dirait que tu n'en as pas envie.

— Prends deux fourchettes, petite maligne.

J'ouvris la bouteille pendant qu'elle attrapait les verres et enlevait ses chaussures. Je lui avais dit que j'avais apporté du vin pour faire descendre le cheesecake, mais j'en avais besoin pour me calmer. Je buvais rarement plus d'un verre de vin ou de bière, mais ce soir, j'allais peut-être faire une exception. Il était temps de lui avouer certaines choses dont je n'avais pas parlé depuis longtemps.

Josie posa le dessert entre nous et en fourra une fourchetée entre ses lèvres sexy. Quand elle ferma les yeux pour savourer le goût, je dus visualiser une image de ma grand-mère pour me contenir.

— Mmm... Goûte-le, dit-elle. Il est délicieux.

— Je vais le faire. Dans une minute.

Je bus une longue gorgée de mon verre de vin.

— Écoute, Jos. J'ai passé un moment génial ce week-end. Je ne voulais pas le gâcher avec ce que j'ai dit sur notre avenir.

Josie posa sa fourchette.

— Est-ce qu'on peut vraiment en avoir un ? Je t'en ai voulu de ne même pas envisager que c'était possible. Mais concrètement, à quoi ça ressemblerait pour nous ? Je sais que tu n'as aucune envie de quitter Laurel Lake.

— Ce n'est pas le problème. On pourrait résoudre ce truc.

— Ce n'est pas ça ?

Je secouai la tête.

— Alors c'est quoi ?

Je pris une grande inspiration. Être vulnérable n'était pas facile pour moi. Josie dut le sentir.

Elle tendit la main par-dessus la table pour prendre la mienne.

— Parle-moi. Qu'est-ce qu'il y a ?

Mon autre main serra le verre de vin. Je devais faire un effort délibéré pour me détendre, sinon j'allais finir aux urgences pour qu'on me recouse la paume. Mais j'avais tellement de colère et de culpabilité refoulées. Alors, à la place, je finis le vin et m'en resservis.

Josie me serra la main.

— Quoi que ce soit, je suis sûre que ce n'est pas aussi grave que tu le penses.

Je la regardai dans les yeux.

— J'ai perdu deux personnes que j'aimais.

— Ton frère et ta fiancée ?

J'acquiesçai.

— Je me suis éloignée des gens après la mort de mon père, dit-elle. Je comprends que ce soit effrayant de se rapprocher de quelqu'un après la perte d'un être cher.

Je déglutis.

— C'est plus que ça.

Elle secoua la tête.

— C'est quoi alors ?

— Pour tous les deux, c'était ma faute. Si j'avais été un meilleur frère, un meilleur petit ami...

Josie mit sa main sur son cœur, ses yeux se remplissant de larmes.

— Non. Tu ne peux pas faire ça, Fox. Tu ne peux pas porter la responsabilité de la mort de quelqu'un. Crois-moi, je l'ai fait, et j'ai fini très très bas. Est-ce que tu sais combien de fois je me suis auto-flagellée ? À me demander pourquoi je n'étais pas une meilleure scientifique. Pourquoi je n'avais pas vérifié les réactions négatives aux anciens vaccins. Ce que m'a appris la thérapie, c'est que la culpabilité peut soit nous empêcher d'avancer, soit nous enseigner une leçon. C'est un choix que nous seuls pouvons faire. Il n'est pas sain de la trimballer avec soi. Se sentir coupable, c'est comme nourrir une tempête. Plus tu le fais, plus elle devient forte et destructrice. S'il te plaît, ne la laisse pas t'empêcher d'avancer. Ne la laisse pas t'empêcher d'être heureux. Même si ce n'est pas avec moi, Fox.

— Tu es la première chose qui m'ait rendue heureux depuis longtemps.

Les larmes débordèrent et coulèrent sur les joues de Josie. Je les essuyai. Je ne savais pas si c'était le fait de voir Josie bouleversée ou de lui avoir dit pourquoi je m'étais renfermé, mais j'avais l'impression d'avoir fait un trou dans ma poitrine et d'avoir écarté mes côtes, laissant mon cœur battre sous une gigantesque plaie ouverte.

Josie se leva de sa chaise pour s'asseoir sur mes genoux. Elle prit mes joues entre ses mains.

— Tente ta chance. Tente ta chance avec moi.

Je secouai la tête.

— Je ne mérite pas une autre chance. Je ne te mérite pas.

— Oh, Fox. Ne dis pas ça. Tu es un homme magnifique, à l'intérieur comme à l'extérieur. Tu me rends heureuse. Je veux faire la même chose pour toi. Tu as dit que tu aimais la simplicité. Eh bien, c'est aussi simple que ça : laisse-moi faire. Et nous verrons si ça fonctionne.

Je déglutis et ravalai un goût de sel. Que je la mérite ou pas, cette femme était tout ce que je voulais.

— Je ne sais pas de quoi demain sera fait, Jos.

— *Qui* le sait ? Pour la première fois de ma vie, je veux faire ce qui me semble juste, ce que je veux... pas ce que je suis censée faire ou ce qui pourrait faire plaisir à quelqu'un d'autre. Laurel Lake m'a donné cette clarté. *Tu* m'as donné cette clarté. J'ignore totalement ce que sera l'avenir, mais j'ai le sentiment que tu mérites qu'on prenne le risque de le découvrir.

Je fermai les yeux et hochai la tête. Lorsque je les rouvris, la culpabilité n'avait pas disparu, mais elle semblait un peu plus légère. J'avais aussi assez parlé pour une soirée. Avec ma bouche, en tout cas. Enfin... sauf si ma bouche était sur cette femme.

— Peux-tu me pardonner d'avoir été un connard ?

— *Manifestement.* Puisque tu es un connard la plupart du temps.

Prenant Josie dans mes bras, je me levai. Elle poussa un cri de surprise, mais elle avait recommencé à sourire.

— Qu'est-ce que tu fais ?

— Je vais finir mes excuses... en toi.

CHAPITRE 28
Excuse-toi encore, s'il te plait
Josie

Cet homme savait s'excuser, c'était certain.

Fox descendit le long de mon corps, faisant passer mes jambes sur ses épaules. Ses mains glissèrent sous mes fesses qu'il souleva tout en baissant la tête. Il ne commença pas par un léger frôlement ou une caresse taquine, il plongea son visage tout entier.

Oh Seigneur.

Il suça et lécha ; les poils de ses joues et de son menton frottant ma chair sensible m'excitèrent plus que je ne l'aurais jamais cru. Il alterna entre de longs coups de langue plats et des pénétrations. Je n'avais *jamais* ressenti cela auparavant. J'avais déjà eu des hommes qui m'avaient fait des cunnilingus, mais ça… c'était comme s'il me *bouffait*. D'habitude, je trouvais le terme un peu gênant, mais je n'avais clairement pas compris en quoi cela différait d'un banal *rapport oral* jusqu'à maintenant.

Mon dos se souleva du lit. Fox tendit la main et me plaqua contre le matelas. J'étais déjà à la limite et nous venions à peine de commencer. Sa langue léchait mon excitation tandis que mes doigts s'enfonçaient dans son épaisse chevelure. Quand il suça mon clitoris, je ne pus contrôler la brutalité avec laquelle je tirai sur les mèches.

— *Fox !*

Ma respiration était saccadée.

— C'est ça, bébé. Jouis sur ma langue. Tu as si bon goût...

Mon corps se mit à vibrer de l'intérieur. Je gémis son nom et Fox répondit en glissant deux doigts en moi. Il fit un va-et-vient... deux... Au troisième, il aspira mon clitoris dans sa bouche et fit une sorte de tourbillon magique, et j'explosai. Mon orgasme fut si fort que je ne vis rien d'autre que des étoiles quand il me submergea.

Le temps que je voie à nouveau, Fox avait déjà bougé. Il planait au-dessus de moi, un bras de chaque côté de ma tête, supportant son poids.

— Ça va ?

Je n'avais pas encore repris mon souffle, alors je hochai la tête.

— J'ai besoin de toi. Maintenant.

Il aligna son gland engorgé contre mon ouverture et se pencha pour embrasser délicatement mes lèvres.

— Je veux regarder ton visage pendant que je m'enfonce en toi. C'est d'accord ?

— Oui.

Je me préparai à ce qui allait suivre, m'attendant à ce que la férocité continue, mais Fox me surprit une fois encore. Il prit son temps, entrant lentement en moi. C'était différent des autres fois où nous avions été ensemble, même cinq minutes plus tôt. C'était plus intime, plus affectueux. La façon dont il me regardait me donnait l'impression que nous étions les deux seules personnes au monde. Il y avait une raison à ça : Fox et moi ne l'avions jamais fait dans la position du missionnaire. Tandis qu'il me regardait dans les yeux, je pris conscience qu'il me faisait l'amour pour la première fois. Cela me fit monter les larmes aux yeux.

Il entrait et sortait lentement, bougeant avec détermination et rythme. Ses yeux débordaient des émotions que je ressentais au plus profond de ma poitrine. Nous restâmes ainsi un long moment, connectés corps et âme, tandis que nos orgasmes montaient. Je ne voulais pas que ce moment d'euphorie se termine. Mais le visage de Fox finit pas se crisper, et ses à-coups devinrent plus durs et plus rapides. Le bruit de nos corps mouillés se heurtant l'un contre l'autre résonnait dans la pièce. Tous mes sens furent envahis par cet homme, consumés par lui, alors que l'orgasme me submergeait.

— Fox...

Il continua, la mâchoire rigide pendant qu'il s'efforçait de tenir bon.

— Putain, c'est tellement beau.

Il parvint à maintenir le rythme alors que mon corps convulsait autour de lui. Ce ne fut que lorsque la dernière vague de mon extase commença à s'estomper que Fox lâcha prise. Sentir la chaleur de son corps s'infiltrer en moi fit trembler le mien en retour.

Il continua paisiblement ses va-et-vient.

J'affichai un grand sourire.

— Waouh. Fox Cassidy fait dans la lenteur et la douceur.

Il sourit aussi.

— Ne passe pas le mot en ville.

— Ton secret est bien gardé avec moi, répondis-je en lui caressant la joue. Merci de t'être ouvert à moi ce soir.

Fox hocha la tête et m'embrassa sur les lèvres.

— Ça fait un moment. Sois patiente avec moi.

— Je le serai.

Ses yeux fouillèrent mon visage.

— Quoi ? demandai-je.

Il sourit.

— Je me demande comment j'ai pu avoir autant de chance.

L'espoir fleurit dans ma poitrine. Peut-être, juste peut-être, que j'aurais plus de chance moi aussi, cette fois-ci.

○ ○ ○

Le lendemain matin, mon téléphone sonna un peu après le départ de Fox pour le travail. J'étais assise sur l'herbe dans le jardin, cherchant Daisy, et je souris en voyant le nom de Nilda sur l'écran.

— Bonjour, répondis-je. Je voulais t'appeler.

— Comment vas-tu, ma chérie ?

Je soupirai.

— Très bien, en fait.

— Quelle merveilleuse nouvelle ! Laurel Lake était peut-être le remède dont tu avais besoin.

J'étais tout à fait d'accord.

— C'est un endroit incroyable.

— On dirait que tu pourrais ne pas revenir ?

Mes yeux dérivèrent vers la maison voisine. Pourrais-je vivre ici ? J'aimais être dans une petite ville, où l'on s'arrêtait prendre un café ou au magasin de bricolage et où les gens connaissaient notre nom. Bien sûr, il y avait un inconvénient à ça – comme le fait que tout le monde se mêlait de vos affaires –, mais cela ne me dérangeait pas autant que Fox. Parce que rien de tout cela n'était fait avec malice. De plus, je doutais qu'il y ait un laboratoire pharmaceutique à des centaines de kilomètres à la ronde, voire plus. Depuis tout ce qui s'était passé au travail, j'avais envisagé de me tourner vers le monde universitaire. J'avais été professeur assistant à l'université et j'avais beaucoup aimé donner des cours. En fait, une fois, j'avais évoqué la possibilité de faire ça au lieu de faire de la recherche. Mais ma mère avait été consternée. *Les universités ne paient pas les professeurs aussi bien que les grandes entreprises pharmaceutiques*, m'avait-elle dit. *Tu vivras toujours dans ce deux-pièces.*

— Je ne sais pas ce que je fais, mais... j'ai rencontré quelqu'un, dis-je.

— Oh ? Dis-m'en plus.

Je m'allongeai sur l'herbe et fermai les yeux.

— Eh bien, il est grognon, soupe au lait, il déteste le changement, et c'est probablement la dernière personne avec qui j'aurais pu penser bien m'entendre.

— J'espère que cette description ne s'arrête pas là, chérie...

Je ris.

— Non. Même s'il est toutes ces choses, il est prévenant, protecteur, généreux, respectueux et farouchement loyal.

— Ces qualités me semblent bien meilleures.

— Il est aussi grand, large et d'une beauté dévastatrice.

— Là, tu me parles ! Tu aurais dû commencer par ça. J'aime les grands. Continue...

Je m'esclaffai.

— Fox est vraiment difficile à expliquer. C'était un joueur de hockey professionnel, et maintenant il possède une entreprise de construction. Il est exactement ce que tu imaginerais quand je dis ça : dur et robuste. Aucun de nous ne cherchait quelqu'un. Je pense pouvoir affirmer que Fox *refusait* de trouver quelqu'un.

— Est-ce que tu penses rester là-bas ?

— Je ne sais pas. Les choses sont si nouvelles. Je n'ai pas eu le temps d'y réfléchir sérieusement. Mais je dois reprendre le travail dans trois semaines. Kolax & Hahm s'impatientent, et j'ai épuisé mes congés.

— Ce Fox pourrait-il envisager de déménager à New York ?

J'éclatai de rire.

— Certainement pas. Il serait malheureux.

— Ça fait beaucoup de choses sur quoi réfléchir alors. Mais tu as l'air heureuse. Comment dors-tu ?

— Je ne me souviens pas de la dernière fois que j'ai dormi aussi bien.

— C'est probablement tout cet air frais.

Ou les orgasmes. C'est tellement mieux que l'Ambien.

— Peut-être. Mais parle-moi de toi. Comment te sens-tu ?

Nilda et moi discutâmes pendant dix minutes. Après avoir rattrapé le temps perdu, elle aborda le sujet qu'elle abordait toujours.

— As-tu parlé à ta mère ?

— Pas récemment. Comment va-t-elle ?

— Elle va bien. Tu devrais l'appeler. Peut-être lui parler de ce nouvel homme que tu fréquentes.

Ça n'allait certainement pas arriver.

— Elle détesterait l'idée que je passe du temps ici et que je fréquente un homme qui travaille dans le bâtiment au lieu d'être neurochirurgien. Je crois que je vais m'abstenir.

— Tu lui manques.

Nilda ne pensait pas à mal, alors je ne la contredis pas.

— Avant de raccrocher, dit-elle, il faut que je te parle de quelque chose. J'ai repoussé l'échéance, espérant te parler en personne à ton retour, mais j'ai peur que ça ne marche pas.

Cela semblait inquiétant.

— Qu'est-ce qui se passe ?

— Je déménage, chérie.

— Tu déménages ? Tu veux dire que tu ne vas plus vivre avec maman ?

— Non, ma chérie. Je veux dire que je déménage en Caroline du Sud. Ma sœur Bessy ne marche plus très bien et je veux être plus près pour l'aider. De plus, le temps est meilleur et je me fais vieille.

Je me redressai, sentant ma poitrine se serrer. Nilda avait presque soixante-dix ans, mais j'étais égoïste quand il s'agissait d'elle.

— Oh mon Dieu, Nilda. Tu es avec moi depuis que je suis bébé.

— Je sais, ma chérie. Mais tu n'as plus besoin qu'on s'occupe de toi, et il est temps.

— Quand pars-tu ?

— Dans quelques semaines.

La peau de ma poitrine se mit à chauffer et me démanger. Il ne faisait aucun doute que j'aurais bientôt une éruption cutanée. Je la frottai.

— Je ne sais pas quoi dire. Je n'imagine pas ma vie sans toi.

— Ta vie ne sera jamais sans moi, pas tant que je respirerai. Tu viendras me rendre visite, et je viendrai te voir. Charleston n'est qu'à quelques heures de Laurel Lake. Si tu finis par déménager là-bas, nous serons plus proches que si j'étais ici avec ta mère.

Je soupirai.

— Est-ce que maman est déjà au courant ?

— Oui. Je l'ai prévenue plusieurs mois à l'avance. C'est juste que je n'ai jamais pensé que c'était le bon moment pour te le dire.

— Je suis désolée de ne pas sembler heureuse. Je te promets que je le serai. Laisse-moi juste un peu de temps pour digérer. Tu es tout pour moi, Nilda.

— Et tu es tout pour moi, ma chérie. Rien de tout ça ne va changer. Ça va être bien. Pour nous deux.

À cet instant, ce n'était pas bien du tout, mais je savais qu'elle avait raison. Si ma mère m'avait appelée pour me dire qu'elle partait en Australie, je n'aurais pas été aussi bouleversée. Nilda était la seule personne au monde qui était toujours là pour moi. Elle était mon roc.

— Je t'appelle dans un jour ou deux. D'accord ? lui dis-je.

— J'ai hâte.

Après avoir raccroché, je restai assise sur la pelouse, le regard perdu vers le lac pendant près d'une heure, me remémorant tous les bons moments que j'avais passés avec Nilda. Une fois mon apitoiement terminé, je lui envoyai un message.

Josie : Je suis désolée de la façon dont j'ai agi. Je suis heureuse pour toi. Vraiment.

Comme d'habitude, elle mit des heures à répondre. Nilda ne consultait son téléphone que quelques fois par jour. Elle le gardait éteint dans son sac à main, parce qu'elle ne voulait pas que la batterie se décharge.

Nilda : Merci. La famille est dans le cœur, alors tu ne seras jamais loin de moi, où que nous soyons.

Je souris, me sentant vraiment heureuse pour elle.

Josie : Je t'aime, Nilda.

Nilda : Je t'aime aussi. Peut-être que nous irons bientôt de l'avant toutes les deux. Les nouveaux départs ne sont pas toujours liés à des fins douloureuses.

VI KEELAND

Nilda : Je t'aime aussi. Peut-être que nous irons bientôt de l'avant toutes les deux. Les nouveaux départs ne sont pas toujours liés à des fins douloureuses.

CHAPITRE 29

Le lac
Josie

Offres d'emploi de professeur près de Laurel Lake.

Neuf jours plus tard, je me retrouvais sur Google, tapant des mots que je n'aurais jamais cru taper un dimanche matin de bonne heure. Mais après l'incroyable semaine que Fox et moi avions passée, je commençais à réfléchir à mes possibilités. Qu'est-ce qui me retenait à New York aujourd'hui ? Il y a six mois, j'aurais dit mon fiancé, Nilda, et ma carrière. Mais Noah étant sorti de ma vie et Nilda déménageant, ma seule véritable attache était mon travail. Et même lui, je n'étais plus certaine qu'il soit bon pour moi. J'avais quelques bons amis, mais soit ils travaillaient beaucoup comme moi, soit ils fondaient une famille. Même ma meilleure amie, Chloe, qui vivait encore près de la maison de ma mère dans le New Jersey, je ne la voyais pas plus d'une ou deux fois par an. Parfois, je sortais pour un *happy hour* avec des collègues de travail ou un ami de mon immeuble, mais aucune de ces personnes ne m'ancrait à New York.

Je sirotai mon café et fit défiler les résultats de la recherche. Au milieu de la première page, après une quantité absurde de publicités pour des universités en ligne, se trouvait un lien vers l'université Rehnquist. Elle proposait un programme de pharmacologie, alors je cliquai dessus et me dirigeai vers la page des offres d'emploi de l'école. Je dis défiler la page presque jusqu'à la fin, m'arrêtant lorsque je trouvai un poste intéressant : *Professeur adjoint en Sciences Pharmacologiques (titularisation possible)*. La description indiquait que le poste exigeait que les candidats soient titulaires d'un diplôme de médecine ou d'un doctorat, et qu'ils aient trois ans d'expérience dans la recherche. Le poste commençait à l'automne et il restait encore près de deux semaines avant la date limite de dépôt des candidatures.

Je regardai l'écran pendant un long moment. Mais quand j'entendis des bruits de pas dans l'escalier, je refermai rapidement mon ordinateur. Fox était sorti de la douche.

Il s'approcha de moi et m'embrassa le sommet de la tête avant de me montrer mon Mac.

— Quelque chose que tu ne veux pas que je voie ?

— Euh, non. Je regardais juste une offre d'emploi.

Fox se dirigea vers la cafetière et ouvrit le placard au-dessus. Il regarda la tasse que je tenais entre les mains.

— Tu en reveux ?

— Non, c'est bon.

Il se servit son café, puis s'assit à table en face de moi et porta sa tasse à ses lèvres.

— Tu changes de travail ?

Je haussai les épaules.

— Je n'en suis pas sûre. C'est une chose à laquelle je réfléchis.

— À cause de ce qu'il s'est passé ?

— Non. Enfin, pas tout à fait, je crois. Je suis bonne dans mon domaine, et je gagne très bien ma vie, mais je pense qu'il y a d'autres carrières qui pourraient être plus épanouissantes. Des carrières moins stressantes, aussi.

— Y a-t-il quelque chose de spécifique que tu penses préférer faire ?

— J'ai toujours caressé l'idée d'enseigner, d'être professeur. J'ai été assistante en chimie organique à l'université. C'est une matière qui donne beaucoup de mal aux étudiants, si bien qu'ils finissent par apprendre les choses par cœur au lieu de réellement les comprendre. J'aimais quand j'arrivais à embarquer les étudiants avec moi et les faire tomber amoureux de la science.

Fox sourit.

— Quoi ?

— J'aurais essayé de coucher avec toi à l'université si tu avais été mon prof assistant.

Je gloussai.

— Quoi qu'il en soit, c'est juste une chose à laquelle je pense.

— Où était le poste que tu regardais ?

Merde. Fox et moi avions véritablement franchi le pas de la relation sérieuse, mais je ne savais pas comment il réagirait si je cherchais un emploi ici. Je racontai donc un petit mensonge.

— Je n'en suis pas sûre. J'ai surtout regardé les critères d'embauche.

Fox me regarda par-dessus le fond de son mug tandis qu'il prenait une gorgée de café. À sa façon de plisser les yeux, j'eus le sentiment qu'il avait peut-être vu le site Internet. Mais si c'était le cas, il n'en dit rien.

Quelques minutes plus tard, il posa son mug dans l'évier.

— Je vais faire un tour chez Lowell pour acheter de nouvelles moulures. Les anciennes sont merdiques et ne vont pas avec le nouveau sol.

Fox avait passé tout son samedi à installer un nouveau revêtement de sol dans ma cuisine et mon séjour. Enfin, techniquement, pas toute la journée puisque nous avions fini par faire l'amour alors qu'il en était à la moitié. Mais je ne voulais pas qu'il passe aussi son dimanche à travailler. Il avait besoin d'une pause.

— Tu en as assez fait. Tu as besoin d'au moins un jour de repos.

— Ce ne sera pas long. Deux ou trois heures, tout au plus.

— D'accord, mais je t'aide, et je t'accompagne chez Lowell.

— Tu voulais te promener autour du lac pour chercher Daisy. Pourquoi ne pas faire ça pendant que je vais chercher le matériel ? Il va faire chaud aujourd'hui, il vaut mieux que tu t'y prennes tôt.

J'avais envie de la chercher. J'avais acheté une paire de jumelles plus tôt dans la semaine et je pensais qu'elle pourrait être près du parc national, de l'autre côté du lac, mais je n'étais pas sûre. Opal m'avait parlé d'un sentier de l'autre côté qui longeait l'eau.

— Ça ne te dérange pas ?

— Pas du tout.

— Alors d'accord.

Je pointai du doigt la fenêtre de derrière qui donnait sur le lac.

— Est-ce que tu sais où commence le sentier de l'autre côté ?

Il hocha la tête.

— C'est sur mon chemin. Je te dépose.

Vingt minutes plus tard, je descendais du pick-up de Fox. J'avais la main sur la portière pour la fermer quand il m'arrêta.

— Hé, attends une seconde.

— Oui ?

— Rehnquist est une bonne école, à environ vingt-cinq minutes de route.

Nous nous regardâmes dans les yeux et il sourit.

— Te connaissant, tu vas y réfléchir sérieusement pendant que tu suivras ce sentier. Je pense que ça te plairait de vivre ici. Je sais que ça *me* plairait que tu vives ici.

Mon cœur se mit à battre la chamade et je souris à mon tour.

— D'accord.

o o o

Ce soir-là, Fox s'approcha de moi par derrière alors que je me tenais au bord du lac. Après ma promenade, j'avais passé quelques heures à peindre dehors, utilisant les fournitures que Porter avait déposées plusieurs semaines plus tôt. Mon œuvre à moitié terminée séchait au soleil. Il passa ses mains autour de ma taille, les nouant sur le devant.

— Waouh. Tu es douée.

— Pas vraiment. Mais j'avais oublié à quel point j'aimais peindre la nature. Je ne l'ai pas fait depuis l'université. La maison de ma mère se trouve sur une belle propriété. Je m'installais dehors pour peindre les arbres et d'autres choses. Je trouve ça paisible. Ça permet à mon cerveau de se détendre.

Il m'embrassa sur le dessus de la tête.

— Tu devrais le faire plus souvent.

Je me retournai dans ses bras et passai mes mains autour de son cou.

— Je pense que je le ferai. Je ne sais pas ce que cet endroit a de spécial, mais j'ai l'impression qu'il me rappelle qui j'étais avant.

— Peut-être que tu devrais rester dans le coin.

Je me hissai sur la pointe des pieds et déposai un baiser sur ses lèvres.

— Peut-être que je le ferai.

Un canard cancana derrière nous, alors je me retournai pour regarder le lac. Mais ce n'était pas mon amie miniature. Je fronçai les sourcils.

— J'ai peur qu'il soit arrivé quelque chose à Daisy.

— Comme quoi ?

— Je ne sais pas. Et si sa blessure s'était rouverte et qu'elle ait attrapé une infection ou qu'elle ait été attaquée par un ours ?

— Je n'ai jamais vu d'ours dans le coin. Peut-être un coyote, par contre.

Mes yeux s'écarquillèrent.

— Tu penses qu'un coyote l'a mangée ? Ils sentent quand un autre animal est blessé et qu'il est une proie facile.

— Je n'ai pas dit ça. Je te parlais juste des menaces naturelles pour les canards dans la région. Je suis sûr qu'il va bien.

— Je crois que je vais aller sur le lac pour la chercher. Tout à l'heure, j'ai vu des canards qui traînaient sur l'île située au centre. Peut-être qu'elle est là et qu'elle est blessée. Tu viendrais avec moi sur ton kayak ?

— Je ne pense pas que ce soit une bonne idée.

— Pourquoi ?

Fox regarda son jardin, puis le bord de l'eau. Son visage était sérieux.

— C'est dangereux.

Mes sourcils remontèrent à la racine de mes cheveux.

— De faire du kayak ? Je sais nager, tu sais.

Comme il ne répondait pas, je compris quelque chose.

— Oh, mon Dieu. Tu ne sais pas nager ? C'est pour ça que tu ne vas jamais dans le lac ?

— Je sais nager.

— Tu es nerveux parce qu'il va bientôt faire nuit ?

— Juste… J'irai jeter un coup d'œil sur l'île pour voir si le canard y est. D'accord ?

— Est-ce que c'est seulement un kayak pour une personne ?

— Non.

— Alors viens…

Je me dirigeai vers le jardin de Fox.

— L'île n'est pas loin. Nous serons de retour dans vingt minutes.

Au bord de l'eau, je me retournai pour demander où étaient rangées les pagaies et me rendis compte que Fox n'avait pas bougé. Je ris.

— Tu viens ou pas ?

Il n'avait pas l'air ravi, mais il finit par s'approcher. Il retira quelques toiles d'araignée et souleva le kayak de son support en bois.

— Les pagaies sont sous la terrasse, grommela-t-il.

— D'accord, je vais les chercher pendant que tu mets le kayak à l'eau.

Je courus jusqu'à la terrasse et me glissai en dessous, attrapant les pagaies au sommet d'une pile d'objets aquatiques dont j'avais ignoré la présence.

— Tu as un matelas gonflable et des paddles ? m'étonnai-je en revenant vers lui. Pourquoi n'utilises-tu jamais ce matériel ? Je n'ai jamais essayé le stand-up paddle. Je parie que c'est très sportif.

Fox me prit une pagaie des mains.

— Monte, et je vais nous pousser.

J'enlevai mes chaussettes et mes chaussures et les laissai sur le quai.

— D'accord, merci.

Une fois assise, Fox monta à bord. L'embarcation étroite se mit à tanguer plusieurs fois, ce que je trouvai drôle. Fox, pas vraiment. Il avait l'air si sérieux quand il commença à pagayer. Nous nous étions éloignés d'une dizaine de mètres du rivage quand je me rendis compte que mes pieds commençaient à être mouillés.

— Il y avait de l'eau à l'intérieur quand tu as installé le kayak ?

Fox baissa les yeux.

— Merde !

L'eau arrivait de quelque part, et mon côté de kayak semblait flotter plus bas. Sans parler du fait que mes pieds étaient presque recouverts à présent. Je me redressai pour regarder le fond du kayak derrière moi.

— Il y a un trou sous le coussin de ce siège !

Fox commença à pagayer rapidement, essayant de faire tourner le kayak et de retourner sur le rivage. Mais le gros morceau de plastique ne faisait rien d'autre que s'enfoncer. Le lac remplit rapidement le trou dans lequel nous étions assis, et mon côté s'inclina vers le bas.

Je me levai, vacillant.

— Je crois qu'il faut abandonner le navire.

Fox passa un bras autour de moi et nous sautâmes ensemble du kayak en perdition. Il nagea vers le rivage sans me lâcher.

— Fox, je vais bien ! Je sais nager toute seule.

Mais il continua, comme s'il était un sauveteur et moi une nageuse en train de se noyer. Toute cette scène était assez comique. Il ne me lâcha même pas quand, quelques brassées plus tard, je lui dis que je sentais le fond sous mes pieds. En quelques minutes, nous fûmes de retour sur le rivage, et Fox relâcha enfin la prise douloureuse qu'il avait sur moi. Les vêtements trempés, nous nous redressâmes, et je ne pus m'empêcher de rire parce que, bon sang, c'était drôle.

— Je vais t'appeler Mitch d'*Alerte à Malibu*, dis-je.

— Ce n'est pas drôle.

— Sérieusement ?

Je relevai l'ourlet de mon tee-shirt et le tordis pour l'essorer.

— Ça l'est *tellement*.

Fox me regarda de haut en bas.

— Tu vas bien ?

— Oui, répondis-je en riant. Peut-être une côte fracturée à cause de ton sauvetage un peu ferme, mais sinon je vais bien.

— Désolé.

Il fronça les sourcils.

— Je vais me changer.

Il n'attendit pas ma réponse avant de se diriger vers sa maison.

— Je plaisantais, m'écriai-je, riant toujours. Mes côtes vont bien. Viens quand tu auras fini. Je vais mettre le dîner au four.

Je me disais que l'humeur grincheuse de Fox se dissiperait une fois que je mettrais devant lui le repas que j'avais préparé plus tôt dans la journée. Lorsque j'avais dîné au *Laurel Lake Inn* avec Opal la semaine dernière, j'avais mentionné souhaiter connaître la recette du porc que Fox aimait tant. Peu de temps après, elle avait disparu pendant plusieurs minutes et était revenue avec un Post-it, me faisant un clin d'œil. Apparemment, le mari de la meilleure amie de sa sœur travaillait en cuisine, alors il lui avait suffi de demander.

Je mis le rôti au four et sautai sous la douche. Mais au bout d'une heure, Fox n'était toujours pas arrivé ; je lui envoyai un message.

Josie : Hé. Le dîner sera prêt dans quarante-cinq minutes environ.

J'attendis quelques minutes, mais je n'eus pas de réponse. En fait, mon message n'avait même pas été lu. Lorsque l'alarme que j'avais programmée pour le rôti se déclencha quarante-cinq minutes plus tard, je le sortis du four et pris mon téléphone pour appeler Fox. S'était-il endormi ? Ou peut-être que – mince – son téléphone était dans sa poche quand nous avions sauté dans le lac et qu'il était hors service maintenant. Cela sonna et sonna, et je tombai finalement sur la messagerie vocale.

Je parie qu'il était dans sa poche. Ça doit être ça.

J'enfilai donc mes chaussures et sortis par la porte d'entrée. Mais je m'arrêtai net quand je réalisai que le pick-up de Fox n'était plus dans son allée.

Où a-t-il bien pu disparaître ?

CHAPITRE 30

Ivre d'amour
Josie

— Allô ? répondis-je dès la première sonnerie.

— Bonjour, ma belle. C'est Opal. Est-ce que, par hasard, tu sais où se trouve le patron ?

Mes épaules s'affaissèrent.

— Non. En fait, j'espérais que c'était lui qui appelait. Je ne pense pas qu'il soit rentré chez lui hier soir.

— Où est-il allé ?

Je secouai la tête.

— Je n'en ai aucune idée. Il n'a rien dit. Je lui ai écrit plusieurs messages, mais il n'a pas répondu. Je pense que son téléphone s'est cassé.

— Il devait rencontrer le chef des pompiers ce matin pour une inspection finale de l'école. Ça ne lui ressemble pas d'annuler quelque chose comme ça

Mon inquiétude n'avait cessé d'augmenter d'heure en heure depuis que le premier message que j'avais envoyé à Fox était resté sans réponse. Mais là, j'étais vraiment en train de paniquer.

— J'ai peur qu'il lui soit arrivé quelque chose.

— Quand l'as-tu vu pour la dernière fois ?

— Vers 19 h. Il était un peu ronchon quand il est parti, mais il savait que j'avais préparé le dîner.

— Vous vous êtes disputés ?

— Pas vraiment. Je l'avais un peu agacé. Je voulais aller chercher un canard que nous avions trouvé blessé sur le lac il y a quelques semaines, mais pas lui. Cependant, je ne dirais pas qu'on s'est disputés.

Je haussai les épaules.

— Du moins, je ne le pensais pas. Mais vous savez comment est Fox, il ne dit pas grand-chose. Peut-être qu'il était plus énervé que je ne le croyais

— Cet homme a un sacré tempérament. Il avait probablement besoin de faire passer sa colère.

— Peut-être...

Mais je n'avais pas l'impression que c'était ça.

— Je vais passer quelques coups de fil. Je suis sûre qu'il va bientôt réapparaître. Ne t'inquiète pas, ma belle.

— Vous me rappellerez si vous trouvez quelque chose ?

— Bien sûr.

J'avais à peine dormi de la nuit, attendant qu'il rentre. Vers 2 h du matin, j'étais montée me coucher, mais j'avais laissé la fenêtre ouverte pour pouvoir entendre le retour de son pick-up. J'avais somnolé pendant quelques minutes, puis m'étais inquiétée d'avoir manqué son arrivée et m'étais levée pour regarder par la fenêtre.

Il était impossible que je reste ici à attendre plus longtemps. J'avais besoin de faire quelque chose. Je pris donc mon sac à main et décidai de faire un tour en voiture. Laurel Lake n'était pas très grand, et son gros pick-up était facile à repérer.

Je commençai par la ville, passant lentement devant le *Comptoir*, la banque et tous les petits magasins de la rue principale, qui s'étendaient sur trois pâtés de maisons. Il y avait un terrain municipal à un pâté de maisons de là, que je vérifiai aussi. Je me rendis ensuite au magasin de bricolage, au showroom de carrelage et dans quelques restaurants en périphérie de la ville avant d'aller à la patinoire. Mais je ne trouvai rien nulle part. Je savais qu'il avait récemment acheté du matériel à une demi-heure de là environ, dans un magasin appelé *Wolfson's*. Je cherchai donc sur Google où se trouvait ce magasin et pris l'autoroute. Je roulai pendant au moins deux heures avant que mon portable ne sonne.

— Hé, ma belle. C'est Opal. On l'a trouvé.

Tremblante, je poussai un soupir de soulagement.

— Oh, Dieu merci. Il va bien ?

— Oui. Il va probablement avoir un sacré mal de tête et devoir dormir une bonne partie de la journée, mais ça va aller.

— Qu'est-ce qui s'est passé ?

— Il s'est pris une bonne cuite et a provoqué une bagarre. Enfin, si on peut appeler ça comme ça. Quand un tronc d'arbre comme Fox Cassidy vous frappe, il n'y a pas de bagarre. Vous êtes K.-O. Mais c'est ce qui s'est passé. Quelqu'un a appelé une ambulance et la police est arrivée. L'autre gars allait bien, mais ils ont arrêté Fox pour agression. Le shérif a dit qu'il l'avait mis en cellule de dégrisement pour qu'il dessoûle pendant la nuit. Porter vient de partir pour payer sa caution et le faire sortir de là, puisque j'ai obtenu que le chef des pompiers revienne et me rejoigne pour l'inspection qui doit encore être faite.

— Je n'arrive pas à le croire. Fox boit à peine.

— C'est probablement ce qui le rend ivre aussi facilement.

Je soupirai.

— Je peux faire quelque chose ?

— Non, tout va bien. Si Fox est assez sobre pour conduire, Porter le déposera à sa voiture, sinon il le ramènera chez lui à sa sortie.

— D'accord. Merci d'avoir appelé, Opal.

— Pas de problème. Passe une bonne fin de journée.

Je n'étais pas sûre que cela se produise. De toute évidence, Fox m'en voulait plus que je ne le pensais. Mais je ne comprenais pas pourquoi. Je retournai chez moi, essayant de comprendre ce qui avait pu le mettre en colère au point de m'ignorer et d'aller boire sans un mot. Cela ne ressemblait vraiment pas à Fox.

Est-ce que le kayak avait une valeur sentimentale pour lui et qu'il était furieux qu'il ait coulé au fond du lac ?

Pensait-il vraiment qu'il avait dû me sauver et était contrarié que je n'aie pas pris toute cette histoire au sérieux ?

Aurait-il pu être furieux que je l'aie forcé à m'accompagner, puis qu'il se soit retrouvé trempé et forcé de nager jusqu'au rivage ?

Je supposai que toutes ces raisons auraient pu être invoquées, mais aucune d'entre elles ne me paraissait juste. Pour moi, le plus étrange dans tout ça était la disparition de Fox. Il était le genre d'homme à prendre les choses à bras-le-corps, plutôt qu'à s'enfuir et éviter une dispute. Bien que je sois soulagée qu'il aille bien – j'avais pensé au pire pendant un long moment –, un sentiment de malaise grandit au creux de mon estomac au cours des heures suivantes.

Vers midi, j'allai aux toilettes. Quand je revins, le pick-up de Porter était dans l'allée de la maison d'à côté. Il sortit de chez Fox juste au moment où j'ouvris ma porte d'entrée.

Il referma la porte derrière lui et se dirigea vers moi.

— J'ai dû m'arrêter deux fois depuis le tribunal pour qu'il puisse vomir ses tripes. Il va se sentir très mal aujourd'hui. Peut-être demain aussi. Mais ça va aller.

— Qu'est-ce qu'il s'est passé ?

— Le shérif a dit qu'il a été appelé au *Crow's Nest* à 2 h du matin. Le barman avait cessé de servir Fox à minuit et demi. Fox s'est énervé et a essayé de passer le bras par-dessus le bar pour le frapper, mais il a perdu l'équilibre et est tombé du tabouret. Quelques gens du coin l'ont aidé à se relever et à s'installer dans un box. Fox s'est écroulé là pendant un moment. Ils l'ont réveillé quand l'heure de la fermeture approchait, pensant le mettre dans un taxi pour qu'il rentre chez lui. Mais quand il s'est levé, il s'est jeté sur Ray Langone.

— Mon oncle ?

— Le barman a dit que Ray ne lui avait pas adressé la parole. Fox est sorti du box en titubant, et quand il a vu Ray, il l'a frappé.

— Ray va bien ?

Porter hocha la tête.

— Le shérif a dit qu'il aurait un bon cocard, mais les ivrognes n'ont jamais l'air de se blesser trop grièvement.

Je secouai la tête.

— Je n'arrive pas à y croire. Je ne sais même pas ce qui a déclenché ça.

— Vous vous êtes disputés ou quelque chose comme ça ?

— Pas vraiment. Du moins, je le croyais. On a passé un très bon week-end. Vers 19 h hier soir, j'ai voulu aller chercher une cane qui s'était blessée il y a quelque temps. Je pensais qu'elle se trouvait sur la petite île au milieu du lac. Quoi qu'il en soit, Fox ne voulait pas m'accompagner, mais il l'a fait. Nous avons sorti son kayak, et au bout de dix mètres, l'embarcation a commencé à prendre l'eau. Le kayak a coulé et nous sommes revenus à la nage. J'ai trouvé ça drôle, mais Fox semblait contrarié par toute cette histoire. Nous n'avons jamais risqué de nous noyer ou quoi que ce soit d'autre, alors je ne vois pas pourquoi il serait si secoué.

— Oh merde, lança Porter avant de hocher la tête. Eh bien, je comprends maintenant.

— Qu'est-ce que vous comprenez ?

— Fox n'est pas entré dans ce lac depuis des années.

— J'ai remarqué, mais pourquoi ?

— Tu ne sais pas ?

— Je ne sais pas quoi ?

— Comment sa fiancée est morte ?

— Je croyais qu'elle était morte dans un accident ?

— Oui.

Il tendit son doigt vers le jardin.

— Dans ce lac.

CHAPITRE 31
Il y a longtemps
Fox

Trois ans et demi plus tôt

J'avais fait exprès de rater mon vol matinal.

J'étais dans le Minnesota depuis deux jours pour une apparition hors saison dans un événement caritatif avec quelques-uns de mes coéquipiers – le genre de choses que j'avais normalement hâte de quitter pour rentrer chez moi. Mais pas cette fois-ci, pas après avoir parlé à une Evie à la diction approximative hier soir.

Je me retournai dans mon lit et attrapai sans ouvrir les yeux mon téléphone qui vibrait sur la table de nuit. Je savais que ce n'était pas risqué de répondre sans regarder l'écran parce qu'il n'y avait aucune chance qu'Evie soit sortie du lit avant la fin de l'après-midi.

Un rayon de soleil atterrit sur mon visage. Je passai un bras devant mes yeux pour le bloquer et portai mon portable à mon oreille.

— Allô ?

— Cassidy ? C'est Will.

Mon agent. Je me redressai et me raclai la gorge. Will Koker était aussi bavard que moi, ce qui était l'une des choses que j'appréciais chez lui. Il allait droit au but. Mais ça signifiait aussi que quand il appelait, il avait une bonne raison.

— Qu'est-ce qui se passe ? lui demandai-je.

— Tu es parti hier soir avant qu'on ait pu parler. À quelle heure est ton vol aujourd'hui ?

— C'était censé être il y a une demi-heure. Je ne me suis pas réveillé.

— Tu as le temps pour un déjeuner alors ?

Pourquoi pas ? Ce n'était pas comme si je voulais me dépêcher de rentrer chez moi de toute façon.

— Bien sûr.

— Midi au restaurant de l'hôtel ?

— Ça m'a l'air bien.

Je restai au lit une heure de plus avant de me doucher et de préparer mes affaires. L'agent de voyage de l'équipe m'avait réservé un nouveau vol à 17 h, alors je songeais à quitter la chambre immédiatement et me rendre à l'aéroport après le déjeuner.

Quand j'entrai dans le restaurant, Will était déjà installé à la table, au téléphone comme d'habitude. Il me fit signe.

— D'accord, laissez-moi parler à mon client, dit-il. Mais s'il est d'accord, nous aurons besoin d'approuver la copie finale du scénario et d'un coach en comédie pour travailler avec lui sur son texte. Et, bien sûr, d'un hébergement de première classe.

Il me fit signe de m'asseoir et rit au téléphone.

— Non, merci. Je n'en ai pas besoin.

Il raccrocha et posa le téléphone sur la table.

— Une fichue offre commerciale de type Viagra pour l'un de mes clients à la retraite. Je présenterai l'offre par téléphone, parce qu'il y a de fortes chances qu'il me mette une droite quand je lui en parlerai.

Will secoua la tête.

— Pourquoi ces publicitaires ne veulent-ils pas des joueurs de tennis ou des mauviettes du base-ball ? Non. Il leur faut les plus grands, les plus costauds, les plus durs des hockeyeurs pour promouvoir leurs produits.

Je ris.

— Je te le dis tout de suite. Tu peux refuser si jamais ils viennent me chercher. Je me fiche d'être fauché. Je ne vendrai pas des pilules pour les bites.

Le téléphone de Will vibra sur la table. Il consulta l'écran, puis appuya sur la touche du haut.

— Désolé. Les choses ont été difficiles dernièrement.

— Oh, oh, dis-je. Tu n'éteins jamais ce truc. Est-ce que je dois avoir peur de la raison de ce déjeuner ?

— Je l'éteins.

— Non, tu ne l'éteins pas. Je t'ai vu répondre pendant l'enterrement de Vince Farone.

— C'était un appel important. Je négociais la plus longue prolongation de contrat que la Ligue ait jamais connue.

— Alors aujourd'hui, c'est juste un déjeuner amical ? Tu avais envie de parler de tout et de rien ?

— Pas vraiment...

La serveuse s'approcha et demanda à prendre nos commandes de boissons. Will commanda un scotch avec des glaçons. D'habitude, je ne buvais pas en journée – ni même en soirée, d'ailleurs –, mais je pensais que j'en aurais besoin aujourd'hui. Pour de multiples raisons.

— Je vais prendre une vodka 7UP.

— Je reviens tout de suite.

Will s'adossa à sa chaise.

— Parle-moi. Qu'est-ce qui t'arrive ?

— Qu'est-ce que tu veux dire ?

— Tu n'es pas au mieux de ta forme. Tu es encore moins amical que d'habitude. Et quand j'ai appelé Doug Allen l'autre jour pour entamer les discussions sur une nouvelle prolongation de contrat, il m'a dit que ton entraîneur avait mentionné qu'il pensait que tu cherchais peut-être à prendre ta retraite. Il a dit qu'il voyait généralement un changement chez ses joueurs juste avant qu'ils ne raccrochent leurs patins. Il a pensé que c'était peut-être ce qu'il voyait chez toi.

Oh, putain. Je me passai les mains sur le visage.

— Je ne suis absolument pas prêt à prendre ma retraite.

— Il se passe quelque chose ? Tu soignes une blessure dont tu ne veux parler à personne parce que tu as peur d'être mis sur la touche et qu'un petit malin te vole ta place ?

— Non. Ce n'est pas ça.

— Alors parle-moi. Qu'est-ce qui t'arrive ?

J'hésitai.

Will soupira.

— Donne-moi un penny.

— Pour quoi faire ?

Il tendit la main.

— Donne-moi juste un putain de penny.

Je fouillai dans ma poche et sortis la monnaie que j'avais.

— Je n'ai pas un penny.

— Alors donne-moi cette pièce de dix. Ça fera l'affaire.

Je pris la pièce dans ma paume et la lançai de l'autre côté de la table.

Will l'attrapa.

— Merci. J'ai mon avance sur honoraires maintenant.

— Ton avance sur honoraires pour quoi ?

— Je n'exerce peut-être plus, mais je suis toujours avocat. Maintenant, je suis le tien. Nous sommes dans la confidentialité, alors dis-moi ce qui se passe. Tu as tué quelqu'un ? Des problèmes de drogue ? Un diagnostic médical que tu ne veux pas que l'on connaisse ?

Je me frottai la nuque.

— Ce n'est pas moi. C'est Evie.

— La patineuse ? Vous êtes toujours ensemble ?

Je hochai la tête.

— Je ne l'ai pas vue depuis un moment. Les autres gars ont amené leurs femmes à la collecte de fonds hier soir. Pourquoi tu ne l'as pas amenée ?

Parce qu'il y a des risques qu'elle disparaisse dans les toilettes façon Clark Kent et qu'elle en ressorte façon Superbourrée.

— Evie a des problèmes.

— De santé ?

Je croisai le regard de Will.

— De santé mentale. Elle a aussi un problème d'alcool.

Will fronça les sourcils.

— Oh, merde. Je suis désolé de l'apprendre. Est-ce qu'elle a essayé de se faire désintoxiquer ?

— Trois fois. Une cure de cinq jours et deux séjours de trente jours.

— Mon père était un ivrogne. Ce n'est pas facile.

— Était ? Il est sobre maintenant ?

Will acquiesça.

— Je crois qu'il est abstinent depuis une dizaine d'années.

— Qu'est-ce qui l'a fait arrêter de boire ?

— Je ne suis pas sûr de connaître la réponse à cette question. C'était après que ma mère l'a quitté en nous emmenant avec elle, mais pas juste après. Probablement deux ans plus tard. Il alternait les périodes de sobriété et d'ivresse depuis leur mariage, et ce, jusqu'à mes douze ans. Il perdait son travail, on allait chez ma grand-mère avec ma mère pendant un certain temps, puis il se présentait rasé de près et sobre et la convainquait de revenir et de lui donner une autre chance. Mais ça ne durait jamais.

Will haussa les épaules.

— Il lui a fallu plus que tout perdre pour qu'il aille mieux. Toutes ces années-là, il avait essayé pour ma mère. Je pense qu'il l'aimait vraiment. Mais ça n'a jamais duré, jusqu'à ce qu'il le fasse pour lui-même.

Mon visage se décomposa.

Will le remarqua et sourit tristement.

— J'ai fait mouche ?

— En plein dans le mille.

La serveuse apporta nos boissons. Will leva son verre vers moi. Nous trinquâmes et prîmes tous deux de généreuses gorgées. Après avoir posé son verre, mon agent croisa les mains sur la table et se pencha en avant.

— Je suis désolé d'entendre ce que tu traverses. Sincèrement. Mais je vais te le dire franchement. Il faut que tu te ressaisisses, sinon tu ne seras pas satisfait de ton renouvellement. La direction ne sait pas ce qui se passe, alors elle pense au pire – que tu es sur la pente descendante. Je peux repousser les négociations de contrat jusqu'à la reprise de la saison pour que tu puisses leur montrer qu'ils ont tort. Mais il faut que tu trouves un moyen de te ressaisir.

Je soufflai deux fois et acquiesçai.

— J'ai compris.

— Si tu veux parler, je suis là. La pièce te donne droit à beaucoup d'heures.

— Merci. J'apprécie.

— Quelques mois après avoir quitté mon père, j'ai demandé à ma mère si nous allions retourner auprès de lui, comme nous le faisions toujours. Elle a dit non, alors j'ai demandé pourquoi. Je n'oublierai jamais la réponse qu'elle m'a donnée. Elle m'a dit : *Parce que j'ai enfin compris qu'on ne peut pas aimer un alcoolique jusqu'à ce qu'il soit sobre, mais qu'on peut s'aimer suffisamment pour laisser tomber.*

○ ○ ○

Je m'allongeai sur le paddleboard, mis la pagaie en travers de ma taille et respirai l'odeur matinale du lac. Cette maison... ce lac avait toujours été ma source de réconfort. Mais la seule façon de trouver la paix dernièrement était de venir ici et de flotter.

Cela faisait trois jours que j'étais de retour. Normalement, quand je rentrais à la maison et trouvais un merdier comme celui du premier soir – une voiture cabossée, six points de suture sur le doigt d'Evie, et une poubelle de recyclage qui pesait plus lourd que la poubelle à ordures –, Evie dormait pendant une journée, puis pleurait et s'excusait. Pas cette fois-ci. Elle avait juste continué à boire. Et j'étais malheureux dans ma propre maison. Hier soir, pendant que nous nous disputions, j'avais envisagé d'aller à l'hôtel. Mais, à la place, j'étais venu ici et je m'étais allongé sur la planche pour réfléchir. Quand j'étais retourné à l'intérieur, elle était inconsciente.

Notre relation n'était plus amusante – non pas qu'une relation doive être amusante tout le temps, mais il fallait un équilibre. C'était une balançoire qui n'était pas remontée depuis très longtemps. Si Evie avait été n'importe quelle autre femme, j'aurais déjà mis fin à notre relation. Mais elle ne l'était pas. Elle avait consacré vingt ans à un sport au lieu d'avoir des amis et une vie. Et la seule vraie personne de qui elle avait été proche était sa mère, et cette femme ne ferait que l'entraîner dans le reste de sa chute. Alors qu'étais-je censé faire, la mettre à la porte ? Je tenais à elle, je l'aimais même si je ne l'appréciais pas beaucoup. Mais ce que Will avait dit l'autre jour au déjeuner ne cessait de me trotter dans la tête ; *On ne peut pas aimer un alcoolique jusqu'à ce qu'il soit sobre, mais qu'on peut s'aimer suffisamment pour laisser tomber.* »

Je restai dehors sur le lac, profitant du soleil pendant près de deux heures, essayant de trouver un moyen de me sortir de ce pétrin. La seule conclusion à laquelle j'aboutis fut de m'éloigner. Je crois que je savais depuis longtemps que c'était le seul choix possible. Mais je ne la laisserais pas en plan. Je lui trouverais une maison et la louerais pour elle afin qu'elle ait un endroit où aller. Et je serais là pour elle autant que je le pourrais, mais plus en tant que son fiancé et plus en vivant sous le même toit. Je contacterais aussi son père, pour essayer de l'encourager à reconstruire leur relation. Elle allait avoir besoin de tout le soutien possible.

La décision prise, je me redressai et sortis mon téléphone de ma poche. Lynn Walker était l'agent immobilier auquel j'avais fait appel pour acheter cette maison. Je fis défiler mes contacts jusqu'à ce que je trouve son numéro et appuyai sur « Appeler ». Elle répondit à la deuxième sonnerie.

— Fox Cassidy. Comment vas-tu, mon beau ?

Je supposais que mon numéro avait aussi été enregistré dans son téléphone.

— Je vais bien. Et toi, Lynn ?

— Je survis grâce au café et aux bonnes intentions. Qu'est-ce que je peux faire pour toi, fiston ?

— Hmm... Je connais quelqu'un qui cherche une location, de préférence une maison à Laurel Lake.

— Je ne pense pas qu'il y ait grand-chose à louer à Laurel Lake en ce moment.

— Et à Hollow Hills ? Quelque chose près de la patinoire pourrait convenir.

— Laisse-moi faire quelques recherches. C'est pour une personne ou une famille ?

— Une personne seule.

— Quel est le budget pour le loyer ?

L'argent était le cadet de mes soucis.

— Il n'y en a pas.

— Y a-t-il des exigences, comme un grand jardin ou un certain nombre de chambres et de salles de bains ?

Je secouai la tête.

— La seule exigence est d'être dans un bon quartier et d'avoir un système de sécurité. C'est pour une femme qui vit seule.

Ni cette ville ni les villes voisines n'étaient dangereuses, mais quand Evie buvait, elle ne faisait pas attention à des choses comme fermer la porte à clé. Donc, un bon système de sécurité était important.

— D'accord. Laisse-moi voir ce que je peux faire et je te rappelle rapidement.

— Merci, Lynn.

Après avoir raccroché, je restai un peu plus longtemps sur le lac, me demandant si je prenais la bonne décision. Mais quand je rentrai dans la maison et trouvai Evie en train d'enfouir une bouteille dans la poubelle à 9 h du matin, je déculpabilisai d'avoir mis tout ça en mouvement.

À présent, j'avais besoin d'un moment où elle serait suffisamment sobre pour lui annoncer la nouvelle.

— Tu penses pouvoir ne pas boire aujourd'hui ? Je veux qu'on s'assoie et qu'on discute plus tard.

— De quoi ?

— De nous.

— Quoi, comme du fait que tu ne m'embrasses même plus ?

Les yeux d'Evie se remplirent de larmes.

— Tu ne m'apprécies même pas, n'est-ce pas ?

Je pouvais sentir l'alcool dans son haleine. Ce n'était pas une conversation que j'allais avoir alors qu'elle était soûle. Il me faudrait peut-être attendre un peu, mais je trouvais qu'il était important qu'elle comprenne comment j'en étais arrivé à la décision que je devais prendre.

— Evie...

Elle commença à se déshabiller, enlevant d'abord son haut, puis son pantalon.

— Mais je parie que tu vas me baiser quand même, pas vrai ?

Je ne savais pas trop d'où ça sortait. Nous n'avions pas eu de rapports depuis des semaines.

— Evie, arrête.

Elle n'écouta pas. Elle passa ses bras dans son dos et dégrafa son soutien-gorge.

— Oh, allez. Faisons-le. Il n'y a que pour cette raison que tu me gardes auprès de toi et tu le sais.

À moitié habillée, elle s'approcha et passa ses bras autour de mon cou, puis se hissa sur la pointe des pieds et appuya ses lèvres sur mon menton.

— Allez. Touche-moi.

— S'il te plaît, arrête.

Elle saisit ma main et la ramena sur ses fesses, me forçant à la toucher.

— Attrape-les. Ça arrangera tout.

Je la repoussai et reculai d'un pas.

— Non, ça n'arrangera rien, Evie.

— Touche-moi, putain !

Je pris mes clés de voiture sur le crochet et me dirigeai vers la porte. Evie continua à s'époumoner pendant que je sortais. Ne portant pratiquement rien, elle me suivit tandis que j'allais vers la voiture.

— Retourne à l'intérieur, Evie !

— Non ! Viens ici et baise-moi !

Je secouai la tête et montai dans la voiture. Alors que je quittais l'allée, je vis Mme Craddox de l'autre côté de la rue qui regardait à travers ses stores. *Génial.*

Je baissai la vitre et criai depuis la voiture.

— Bon sang, retourne à l'intérieur, Evie !

Elle me fit un doigt d'honneur, mais fit demi-tour et, au moins, retourna à l'intérieur.

Je ne savais pas du tout où aller, alors je me rendis à l'endroit où j'avais toujours l'esprit le plus clair : la patinoire.

Dix heures plus tard, j'étais allongé sur le dos sur le banc du box des pénalités. J'avais passé la majeure partie de la journée dans le bureau, puis, une fois la patinoire fermée, j'avais lacé des chaussures et évacué mon agressivité. À présent, j'étais fatigué et je voulais rentrer chez moi, mais l'idée de dormir sur une planche de bois de trente centimètre de large dans le box des pénalités était en fait plus attrayante. *Je vais peut-être aller chez ma mère.*

Je détestais mêler les gens à mes affaires, mais je n'avais pas l'énergie d'affronter à nouveau Evie. Je sortis mon téléphone pour appeler ma mère, mais le nom d'Evie se mit à clignoter sur l'écran.

Je soupirai, hésitant à répondre. À la quatrième sonnerie, je décidai que si je ne le faisais pas, elle ne ferait que rappeler. Je décrochai donc.

— Allô ?

Elle pleurait au téléphone.

— Tu... tu me mets à la porte ?

Je me redressai.

— De quoi est-ce que tu parles ?

Je pouvais à peine comprendre ce qu'elle disait, ses mots étaient lents et bredouillants.

— La femme de l'agence immobilière... Elle est passée.

Oh putain.

— Evie, parlons-en demain quand tu seras sobre.

— On ne pourra pas, sanglota-t-elle. Je ne veux pas me réveiller demain.

— Ne dis pas ça, Evie.

— Mais c'est vrai.

Je me levai.

— Evie, ne bouge pas. Je rentre à la maison.

Elle sanglota plus fort.

— Evie, parle-moi.

Elle prit une grande inspiration stable et chuchota au téléphone :

— Je dois y aller. Je suis désolée, Fox.

Quelque chose dans la façon dont elle prononça ces mots me donna des frissons dans les bras. Elle avait l'air si désespérée.

— Désolée pour quoi ? *Evie !*

— Au revoir.

— Evie... attends !

La ligne se tut. Je rappelai, mais cela sonna une fois, puis je tombai sur la boîte vocale. Je rappelai en traversant la patinoire en courant, jusqu'à la voiture. Comme elle ne répondait toujours pas lorsque je démarrai la voiture, je composai le 911.

— 911. Indiquez votre urgence.

— J'ai besoin que quelqu'un aille chez moi. Quarante-quatre Rosewood Lane.

— Pouvez-vous me dire ce qui ne va pas ?

— Je pense que ma fiancée est en danger.

— Quelqu'un va-t-il lui faire du mal ?

— Non. J'ai peur qu'elle s'en fasse elle-même.

CHAPITRE 32
Le lâche
Fox

— Non, mais c'est une blague…

— Tu en as mis du temps pour ouvrir cette fichue porte, rouspéta Opal en me frôlant pour entrer.

Ma mère eut au moins la décence de se montrer gênée de débarquer à l'improviste. Elle m'embrassa sur la joue.

— Désolée de ne pas avoir appelé avant. Mais c'était nécessaire, Fox.

Je n'étais pas content, mais je reculai et lui tendis la main pour qu'elle entre.

Elle sourit tristement.

— Merci.

Je jetai un coup d'œil vers la maison d'à côté avant de m'enfermer avec deux femmes à qui je n'étais pas en état de parler. Aucun signe de Josie.

Dans la cuisine, ma mère était déjà en train de préparer du café et Opal rangeait le désordre que j'avais fait ces deux derniers jours. Ce n'était pas bon signe. Elles étaient déjà synchronisées et avaient un plan d'attaque. Pendant ce temps, je me sentais déséquilibré. La nourriture que j'avais ingurgitée au milieu de la nuit menaçait de faire son apparition, et ma tête commençait déjà à lancer, alors que je n'étais pas encore tout à fait sobre. Dans mon état actuel, je n'étais pas de taille à affronter ces deux-là. Mais ce n'était pas comme si je pouvais dessoûler rapidement, alors je pris la direction opposée. Je saisis la bouteille de whisky sur le comptoir, dévissai le bouchon en plastique bon marché et en avalai autant que je pus.

Opal secoua la tête.

— Achète au moins du bon. Ce truc va te tuer.

— La prochaine fois, apportes-en avec toi. Ou mieux encore, ne viens pas du tout.

La table étant libre, Opal m'indiqua les chaises.

— Pourquoi on ne s'assiérait pas ?

— J'ai le choix ?

— Pas si tu veux qu'on parte rapidement.

Je fronçai les sourcils et tirai la chaise.

Maman resta devant la cafetière, attendant que le café soit prêt.

— Qu'est-ce qui s'est passé ? demanda Opal.

— Ray a dit quelque chose qui m'a énervé, alors je l'ai frappé. Les flics sont arrivés.

— Pas ça. On se fiche de Ray. Quelqu'un aurait dû mettre une beigne à ce serpent il y a longtemps. Qu'est-ce qui s'est passé avec Josie qui t'a mis dans tous tes états ?

Je haussai les épaules.

— Ça n'aurait jamais dû arriver. Cette femme envoie des cartes de Noël à des inconnus parce qu'elle croit en un conte de fée imaginaire. Je ne suis pas un chevalier en armure étincelante.

— Ça, on le sait ! Parce que, pour autant que je sache, il n'y a pas de chevalier nommé Sir Maussade ou Lord Grinchalot. Mais ce n'est pas la question. Josie est une femme intelligente. Elle sait exactement qui tu es. Et pourtant, pour une raison insensée, elle tient à tes fesses. Alors dis-nous ce qui s'est passé, et nous essaierons de t'aider à arranger les choses.

Je me passai une main dans les cheveux.

— Il n'y a rien à arranger.

La cafetière bipa. Ma mère était appuyée contre le plan de travail face à Opal et moi, mais elle se retourna et ouvrit le placard au-dessus de sa tête, celui où je rangeais les mugs. Elle se figea, une tasse à la main, les yeux rivés sur le jardin.

— Où est le kayak qui est toujours au même endroit sur le quai ?

Comme je ne répondais pas assez vite, maman pivota vers moi.

— Fox, où est le kayak ?

Ça n'allait pas s'arrêter à moins que je ne leur donne quelque chose. Autant que ce soit ce qu'elles étaient venues chercher. Je fermai les yeux, parce que je connaissais la réaction que ma réponse allait susciter.

— Il a coulé dans le lac. Avec Josie et moi dedans.

La pièce se fit silencieuse. Je les imaginai échanger des regards avant de déverser leur pitié sur moi. Finalement, il y eut un cliquetis de vaisselle et le bruit de la chaise à côté de moi en train de racler le carrelage. Lorsque j'ouvris les yeux, je fus surpris de voir que ce n'étaient pas des mugs posés sur la table, mais des verres à liqueur. Maman prit la bouteille de whisky devant moi et servit une tournée. Nous les bûmes cul-sec en silence. Soixante millilitres de whisky eurent sur moi un effet bien plus grand qu'ils n'auraient dû. Ils semblèrent réactiver mon état d'ébriété. Ma tête se mit à tourner, et je m'affalai sur le petit verre.

Maman posa sa main sur mon avant-bras.

— Je sais que ça fait peur, mais tu ne peux pas laisser ton passé t'empêcher d'avoir un avenir.

— Je n'ai pas peur. Je rends service à Josie. Je l'ai aidée à faire des travaux dans la maison. Elle a pris ça pour plus que ce que c'était.

Opal leva les yeux au ciel.

— Elle ne voyait pas des choses qui n'existaient pas. Elle voyait ce qui était écrit sur ton visage. On l'a tous vu. Tu es amoureux fou de cette femme. Tu l'es depuis le moment où tu as posé les yeux sur elle.

Je ricanai.

— Tu ne sais pas de quoi tu parles.

— Je t'ai vu sourire, Fox. Pas le sourire diabolique que tu affiches quand un propriétaire pense qu'il peut t'arnaquer sans risque, mais un vrai sourire, celui qui part de l'intérieur et se propage à l'extérieur, illuminant tout ton visage.

— Je crois que tu as besoin de lunettes.

Elle secoua la tête.

— J'ai toujours admiré ton intelligence. Mais là, tu fais l'imbécile.

Je devais déménager. Cette ville comptait trop de gens qui se mêlaient de vos affaires, et tout le monde savait où vous viviez pour passer vous voir et donner son avis. Je ne doutais pas que Porter, Rita, Frannie, Bernadette et Bettina – et toute personne figurant sur la liste d'appel rapide d'Opal – passeraient bien assez tôt. Je débrancherais la sonnette dès que je les aurais reconduites à la porte.

Je soufflai.

— On a fini ?

Ma mère semblait déçue, mais elle hocha la tête. Quelques minutes plus tard, je les raccompagnai à la porte. Opal sortit la première, mais maman resta à la traîne.

Elle m'embrassa de nouveau sur la joue.

— J'espère que tu reprendras tes esprits. Parce que la jeune femme qui vit à côté a quelque chose de spécial. Mais si tu ne le fais pas, tu lui dois au moins une rupture franche. Discutez et libère-la. Tu n'es pas le seul à être tombé amoureux.

Ses mots me firent l'effet d'un coup de poing dans le ventre. Mais elle avait raison, alors j'acquiesçai.

— D'accord, maman.

◦ ◦ ◦

Jeudi matin – du moins, à ce qu'il me semblait –, je me réveillai à l'aube, la tête encore douloureuse après la soirée de la veille, les pieds dépassant du canapé trop petit pour moi. Je regardai autour de moi dans le noir, essayant de comprendre quelle était cette odeur âcre. Puis je levai le bras et reniflai mon aisselle. *Bon sang, c'est moi.*

Me forçant à lever mon cul, je m'arrêtai dans la cuisine pour prendre un petit déjeuner de champion – trois ibuprofènes et une pleine gorgée d'eau du robinet que je pris en coupe dans ma main directement dans l'évier. Je me demandai si je devais attendre que ma tête cesse de pulser pour me doucher, mais j'étais presque sûr que c'était ce que j'avais essayé de faire hier, sans succès. Je me résignai donc et montai à l'étage.

L'eau chaude coula abondamment sur mes épaules affaissées. Ce qui était normalement agréable me faisait aujourd'hui l'effet d'aiguilles me piquant la peau. J'avais mal partout, à la tête, aux épaules, au cou. Bien que la plus grande douleur vienne de l'intérieur de ma poitrine. Ça faisait sacrément mal, comme si un éléphant avait posé son gros cul sur mes côtes pendant plusieurs jours. Mais je le méritais.

Le temps que je fasse partir cette puanteur de moi, le soleil s'était levé. Un rayon énervant filtra à travers les stores et se fraya un chemin brutal sur mes yeux vaseux. Je plissai les paupières et tendis la main vers les lattes de bois. Avant de pouvoir aplatir les morceaux incriminés, je la vis. J'en eus le souffle coupé. Josie entra dans le jardin, son canard dans les bras. Elle le posa sur l'herbe et fit quelques pas en arrière. Mais l'animal se précipita vers elle, se blottissant contre ses jambes. *Oui, je sais, mon pote.*

Elle se pencha pour lui gratter la tête et sourit, mais cela n'atteignit pas ses yeux. J'eus l'impression que quelqu'un avait tiré une fléchette et m'avait transpercé le cœur. Je restai là à la regarder en douce pendant encore dix minutes, avec le sentiment de mériter chaque once de douleur que cela me causait, jusqu'à ce qu'elle ramasse enfin le canard et retourne à l'intérieur.

Ma mère avait raison sur un point : Josie méritait mieux que ce que je lui avais donné. Il était donc temps pour moi de grandir et d'avoir une conversation. Plus vite elle passerait à autre chose, mieux ce serait pour nous deux.

Vingt minutes plus tard, je me tenais devant sa porte. Mes paumes étaient moites, et j'envisageais de faire demi-tour pour aller prendre un ou deux verres avant de frapper. Avant même de pouvoir faire quoi que ce soit, la porte s'ouvrit.

Josie recula d'un bond.

— Merde. Je ne m'attendais pas à voir quelqu'un ici.

— Désolé.

Elle ne souriait pas, mais je vis une étincelle dans son regard. Je pensais que c'était peut-être de l'espoir.

— Comment vas-tu ? demanda-t-elle.

— Bien. Il faut qu'on parle.

Ses yeux croisèrent les miens. Elle était sur ses gardes, mais elle parut s'adoucir. Je détestais qu'elle me fasse confiance si facilement.

— Bien sûr, dit-elle en s'écartant.

Le canard était à nouveau perché dans son panier à chien, regardant la télévision. Je levai le menton, faisant un mouvement dans cette direction.

— Tu as trouvé Donald.

Elle sourit.

— Daisy. Et c'est elle qui m'a trouvée. L'autre matin, elle est juste apparue à ma porte.

Je mis les mains dans mes poches et hochai la tête.

— C'est bien.

Il y a eu un moment de silence gênant, qui fut rompu quand nous nous mîmes à parler en même temps.

Nous échangeâmes des sourires hésitants.

— Commence, dis-je.

— Non, toi. S'il te plaît.

J'acquiesçai et m'éclaircis la voix.

— Je suis désolé pour l'autre jour. D'avoir disparu et tout le reste. Je n'aurais pas dû faire ça.

Son visage s'adoucit.

— Ce n'est pas grave. J'ai parlé à Porter, et il a rempli les blancs. Je suis au courant pour le lac... pour Evie.

Ma mâchoire se crispa.

Josie me prit la main.

— Ça a dû être très dur pour toi quand c'est arrivé. Je suis sûre que tu gardes beaucoup de choses en toi depuis longtemps. Mais je veux que tu saches que je suis là si tu veux en parler. Je n'ai jamais été du genre à parler de mes sentiments non plus, mais parfois ça aide vraiment.

Putain. J'aurais dû prendre ce verre avant de venir. J'étais là, prêt à lui arracher le cœur et, elle, elle essayait de me consoler. Je me sentais comme la plus grosse merde de la planète. Mais j'avais besoin d'arracher le pansement, même si ça piquait.

— Josie, écoute... je pense que tu devrais retourner à New York.

Elle cligna des yeux plusieurs fois.

— Pour y rester, tu veux dire ?

Je hochai la tête.

— Toute seule ?

Je hochai à nouveau la tête.

Sa main avait été posée sur mon bras, mais elle la retira comme si elle venait de réaliser qu'elle touchait un fourneau brûlant.

— Tu es sérieux, là ?

— Je n'aurais jamais dû laisser les choses aller aussi loin. Ce n'est pas ce que je veux.

Alors même que je les prononçais, ces derniers mots avaient un goût amer. Probablement parce que c'était de la *merde*. Je la désirais, bordel ! Pourtant, je secouai la tête.

— Je suis désolé.

— Tu es *désolé* ? s'écria-t-elle, levant la voix.

— Écoute, Josie, tu as le droit d'être contrariée. Je...

Elle me coupa la parole.

— *Bien sûr que j'ai le droit d'être contrariée !* Je suis venue ici pour guérir, pour me retrouver. Je n'étais pas prête à commencer quelque chose de nouveau. Quand tu as fait marche arrière après notre week-end à la cave viticole, j'étais triste, mais je me suis dit que c'était mieux ainsi. Je ne voulais pas m'attacher encore plus si ce n'était pas ce que tu voulais. Mais tu m'as ramenée à toi. Je t'ai fait confiance.

— Je sais.

Je passai une main dans mes cheveux.

— J'ai merdé. Je suis désolé. Je n'aurais pas dû laisser les choses aller aussi loin.

Ses yeux papillotèrent, comme si elle essayait d'absorber tout ce que je venais de dire et lui donner du sens. Mais ça n'en avait même pas pour moi, et les mots étaient quand même sortis de ma bouche. Finalement, son regard croisa à nouveau le mien.

— Pourquoi ? demanda-t-elle d'une petite voix.

— Pourquoi quoi ?

— Pourquoi ce que nous avons n'est-il pas ce que tu veux ? Qu'est-ce qui ne te plaît pas ? Qu'est-ce qui ne va pas entre nous ? Ou mieux encore, dis-moi ce que, toi, tu veux.

— Je... j'aime ne pas être lié.

Josie continua de secouer la tête.

— C'est ridicule.

— Je finirai tout ce qui doit être fait dans la maison.

Elle fronça les sourcils.

— Non merci.

Je ne savais pas quoi dire d'autre, alors je pointai mon pouce en direction de chez moi.

— Je ferais mieux d'y aller.

— Oui, fais donc ça.

La vulnérabilité que j'avais vue dans ses yeux quand elle avait ouvert la porte avait disparu, remplacée par de la colère et de la tristesse.

— J'espère qu'on pourra être amis, ajoutai-je.

En réponse, Josie ouvrit la porte d'entrée. Je suppose que j'aurais dû être reconnaissant qu'elle se soit arrêtée avant de me dire de ne pas la laisser me cogner les fesses en sortant. Elle ne reprit la parole que lorsque je fus sous le porche.

— On ne peut pas être amis. Je n'aime pas les lâches. Au revoir, Fox.

CHAPITRE 33

Apitoiement
Josie

— Salut, Josie.

Je me forçai à sourire et redressai mes lunettes de soleil sur mon nez.

— Bonjour, Bernadette.

Le lendemain, j'avais envisagé d'aller à l'épicerie pour acheter un container pour le café au lieu de m'arrêter chez Rita quand j'avais réalisé que j'étais à court de café. À présent, je m'en voulais de ne pas l'avoir fait plus tôt.

Elle pointa son doigt derrière elle.

— Tu vas au *Comptoir* ?

— Oui.

Elle avait un tablier marron noué autour de la taille, alors je me dis qu'elle était en train de travailler chez sa sœur.

— Vous aidez Rita aujourd'hui ?

— J'ai ouvert pour elle. Elle est maman bénévole à l'école de ses enfants et elle y est allée pour vendre des pâtisseries ce matin. Mais elle est revenue maintenant, alors je vais déjeuner chez Bettina. Tu veux te joindre à nous ? Bettina a fait une tourte au poulet, alors il y en a plein.

— Merci pour l'offre, mais j'ai beaucoup à faire aujourd'hui.

— Une autre fois, alors ?

— Bien sûr.

— J'ai vu Fox la semaine dernière quand je suis allée chercher Opal au travail. Sa voiture était au garage pour de nouveaux freins.

Bernadette secoua la tête.

— Pendant un mois, cette femme entend un bruit de frottement de métal quand elle conduit, mais à chaque fois, elle s'étonne qu'il faille refaire ses rotors. Bref… je suis entrée dans le bureau parce que j'avais quelques minutes d'avance, et Fox était là. Il m'a *souri*. Tu sais depuis combien de temps je n'avais pas vu le sourire de cet homme ? Je n'étais même pas sûre qu'il ait encore des dents.

Apparemment, la rumeur annonçant qu'il m'avait larguée ne s'était pas encore répandue – ce qui n'était pas surprenant puisque Fox détestait que tout le monde soit au courant de ses affaires. Mais je n'allais pas me mettre à lancer les commérages. De plus, si je devais le dire à voix haute, je me remettrais probablement à pleurer. C'était déjà suffisamment désagréable que je doive me cacher derrière des lunettes de soleil tant mes yeux étaient gonflés. Heureusement, mon téléphone sonna, me fournissant une excuse parfaitement opportune. Je le sortis de mon sac à main et le brandis comme preuve, sans même regarder l'écran pour voir qui appelait.

— Désolée, Bernadette. Il faut que je réponde. J'attendais cet appel. Mais ça m'a fait plaisir de vous voir.

— Moi aussi. Profite du temps qu'il fait aujourd'hui.

J'appuyai sur le bouton « Ignorer », mais portai quand même le téléphone à mon oreille tout en m'éloignant et faisant un signe de la main.

— Allô ?

Une fois qu'il y eut suffisamment de distance entre Bernadette et moi, je cessai de faire semblant d'avoir répondu et baissai mon téléphone. Alors que j'avais fait quelques pas de plus, il bipa, m'informant que j'avais reçu un message. Il y en avait aussi un deuxième, d'un appel que j'avais dû manquer pendant que j'étais sous la douche tout à l'heure. J'appuyai sur « Écouter » tout en parcourant à pied le reste du pâté de maisons jusqu'au café.

— Bonjour, ce message est pour Josie Preston. Je m'appelle Florence Halloran et j'appelle de l'université Rehnquist. Nous avons reçu votre CV pour le poste de professeur adjoint, et je vous appelais pour organiser un entretien.

Mon cœur s'effondra. J'avais complètement oublié que j'avais envoyé une candidature en ligne. J'avais l'impression que c'était il y a une éternité, mais cela ne faisait que quatre ou cinq jours. Pourtant, tant de choses avaient changé. Devais-je prendre la peine de rappeler cette femme ? Envisagerais-je même de rester à Laurel Lake maintenant ? Je me plaisais vraiment ici. La vie était plus simple et le rythme n'avait rien à voir avec celui de New York. Et je m'étais fait beaucoup d'amies – pas beaucoup de mon âge, mais j'étais sûre que je rencontrerais beaucoup de jeunes si j'obtenais le poste à Rehnquist. Je sentais une vraie connexion ici – à la nature, à la communauté, à mon père. À Manhattan, la seule chose à laquelle les gens étaient connectés était leur téléphone. Mais pourrais-je rester ici et voir Fox à côté tous les jours ? L'idée de me garer dans mon allée pendant qu'il ramènerait une autre femme chez lui après un rendez-vous me rendait malade.

Oh, mon Dieu. Imaginez que je les entende s'envoyer en l'air par une fenêtre ouverte ?

Le message de la femme de Rehnquist était arrivé à la fin, mais je n'avais pas assimilé la suite parce que j'étais trop perdue dans mes pensées. Cependant, ce qu'elle avait dit n'avait pas d'importance puisque je n'étais pas dans le bon état d'esprit pour prendre la décision de la rappeler, alors je gardai le message, scrollai jusqu'au suivant et appuyai sur « Écouter ».

— Bonjour, Josie. C'est Lauren Cahill des ressources humaines de Kolax & Hahm. Je vous ai envoyé un e-mail l'autre jour pour confirmer votre retour le 10, à la fin de votre congé médical. Je n'ai pas eu de réponse, alors je pensais prendre des nouvelles. Appelez-moi quand vous aurez le temps. Au deux-un-deux...

Je fis glisser mon doigt vers le haut de l'écran pour arrêter le message ; j'arrivai devant la porte d'entrée du *Comptoir*. Tout le monde semblait vouloir que je prenne une décision aujourd'hui, mais j'aurais de la chance si je parvenais à choisir le café que je voulais. Je remis mon téléphone dans mon sac à main et décidai de me concentrer d'abord sur ce point. La caféine me permettrait d'affronter la journée plus facilement.

— Bonjour, Rita.

— Salut, Josie. Qu'est-ce que je te sers aujourd'hui ?

Je regardai le menu au-dessus de sa tête. Je lus les premiers choix de café, mais aucun ne me sembla évident. Je soupirai. Seigneur, j'étais vraiment indécise aujourd'hui.

— Vous savez quoi, je vais prendre un grand café noir, s'il vous plaît.

Elle me fit un clin d'œil.

— Fox commande la même chose.

Mes dents se serrèrent.

— Tout compte fait, je vais prendre le premier café spécial indiqué là-haut.

Elle se retourna pour consulter le tableau.

— Le macchiato caramel ?

— Oui, s'il vous plaît.

Je n'avais pas la moindre idée de ce qu'était un macchiato, mais je m'en fichais.

— Le café ordinaire est trop ennuyeux.

Rita sourit.

— Tout de suite.

Ensuite, je m'arrêtai à l'épicerie. La sortie d'aujourd'hui était déjà assez pénible. Je ne voulais pas avoir à en faire une deuxième plus tard et parler à d'autres personnes. Pendant que j'étais là, je pris un pot de crème glacée – en fait, j'en avais mis deux dans mon panier, mais je me forçai à en remettre un en place. Puis j'attrapai une bouteille de vin et une boîte de mini-pizzas surgelées – tout ce qu'il fallait pour une soirée d'apitoiement dans son lit. J'allais m'accorder un jour de plus à pleurer. Ensuite, je me donnerais un coup de pied aux fesses et terminerais les travaux dans la maison. Quoi que je décide, il fallait que ce soit fait.

J'étais rentrée chez moi depuis deux minutes quand la sonnette retentit. Je détestai que mon cœur s'emballe, espérant que ce soit Fox. Mais quand j'ouvris la porte, ce n'était que le facteur avec une enveloppe express.

Il me tendit un ordinateur de poche.

— J'ai juste besoin que tu signes ici, Josie.

— Oh, d'accord. Merci, Tom.

Je n'avais rien commandé ces derniers temps, alors je ne savais pas trop ce que cela pouvait être. De retour dans la maison, je tirai sur la languette. À l'intérieur se trouvaient mon passeport et une enveloppe au format lettre. Je fronçai les sourcils en voyant l'écriture familière de Noah à l'encre bleue.

Josie,

Je fais un acte de foi. Je serai sur ce vol pour Aruba. Donne-moi une chance de te montrer que j'ai changé, et rejoins-moi dans l'avion. Je t'aime.

Noah

Je soupirai et jetai le paquet sur le comptoir de la cuisine. Cette journée n'en finissait pas. Peut-être que j'avais besoin de ce deuxième pot de glace après tout.

CHAPITRE 34
Abbattue et confinée
Josie

Une semaine plus tard, je me tenais à la fenêtre de la cuisine, regardant le pick-up de Fox s'engager dans l'allée. Nous n'avions pas eu de contact depuis qu'il avait quitté ma maison. J'étais gênée de l'admettre, mais au début, je m'accrochais à l'espoir qu'il changerait d'avis, qu'il réaliserait qu'il avait fait une erreur et s'excuserait. Mais au fil des jours, je me sentais idiote d'avoir envisagé cette possibilité. Cet homme était clair et net. Il aimait sa vie bien ordonnée. Mais, au moins, une bonne chose était ressortie pendant que j'essayais de prétendre que je ne l'attendais pas : je m'étais tenue très occupée.

Je jetai un coup d'œil circulaire à la maison. La peinture était fraîche, le séjour avait un *vrai* plafond, le sol était neuf, tout comme les appareils électroménagers, les luminaires et les outils, et enfin, la terrasse était entièrement refaite. J'avais fait remplacer quelques fenêtres, laver la maison au karcher, sceller l'allée et, aujourd'hui, j'avais remplacé les dernières moustiquaires en lambeaux. La maison était presque méconnaissable par rapport à celle dans laquelle j'étais entrée il y a deux mois. Fière de moi, je pris quelques photos et les envoyai à Nilda. Quelques minutes plus tard, mon téléphone sonna et je souris à l'écran.

— Ce n'est pas la même maison, déclara-t-elle quand je décrochai.

— Si. J'ai un trou dans mon compte en banque et mal au dos à force de soulever des objets pour le prouver.

— C'est magnifique. Je n'arrive pas à croire que tu aies fait tout ça toi-même.

Je détestais donner du crédit à cet abruti, mais je ne pouvais pas mentir à Nilda.

— En fait, je n'ai pas tout fait moi-même. Fox est entrepreneur et il m'a beaucoup aidée.

— Oh, comme c'est merveilleux ! M. Grincheux Tête Brûlée, qui est attentionné, férocement loyal et d'une beauté dévastatrice, est aussi doué de ses mains ! C'est trop beau pour être vrai.

Il n'y avait jamais eu de mots plus vrais. Dommage que je sois tombée dans le panneau. Je soupirai.

— Il s'avère que ça l'était, Nilda.

— Oh non. Tu vas bien ?

Je n'aimais pas mentir, mais je ne voulais pas qu'elle s'inquiète. Elle avait déjà assez à faire avec son prochain déménagement.

— Je vais bien. Il n'était pas mon genre, finalement.

Je pris une grande inspiration et continuai.

— Quand pars-tu pour la Caroline du Sud ?

— Dans quatre jours. Après-demain, c'est mon dernier jour avec le Dr Preston, et je pars mardi matin.

Que Dieu préserve ma mère de lui laisser le temps de respirer après vingt-cinq ans de travail. Je pariais même qu'elle ne ferait rien fait de spécial pour son dernier jour. Nilda méritait une fête.

Ce fut alors qu'une ampoule s'alluma dans ma tête. Elle *méritait* une fête. Tout était terminé ici. Je n'avais aucune raison de ne pas rentrer en voiture pour lui en organiser une.

Aussi vite que cette idée m'était venue, je me tournai pour regarder la maison voisine. Mais je me forçai à détourner les yeux et me grondai intérieurement.

Non.

Non, non, non.

J'en avais fini ici. J'avais terminé de me morfondre. Et le départ de Nilda était important. J'avais laissé un homme me chambouler une fois de plus.

— Dîneras-tu avec moi pour ta dernière soirée ? demandai-je.

— Je ne pensais pas que tu reviendrais avant mon départ.

— Changement de programme. Je rentre à la maison.

— Cela signifierait beaucoup pour moi de passer ma dernière soirée ici avec toi, Josie.

Je souris. C'était la bonne décision.

— Je te verrai lundi soir.

— Sois prudente sur la route, ma chérie.

Après avoir raccroché, je me mis au travail. J'appelai le garage de Laurel Lake et pris rendez-vous pour faire changer mon huile et vérifier mes pneus. Puis j'appelai une agent immobilier que j'avais rencontrée lors de la fête organisée par Bernadette Macon à mon arrivée. Lynn Walker avait été l'amie de mon père à l'école primaire et possédait l'une des deux agences de la ville. Elle me dit qu'elle passerait demain pour visiter la maison et discuter de la possibilité de la relouer.

Les choses importantes étant réglées, je décidai, après le dîner, de me servir un verre de vin et de m'asseoir pour rédiger une liste des choses à faire avant mon départ après-demain.

Au bout de trois tâches, mon téléphone sonna.

Opal.

Je me dis qu'il était prudent de répondre. J'avais peut-être cru que Fox était tombé amoureux de moi, mais j'étais certaine qu'il ne répandait pas de ragots. Je décrochai donc.

— Bonjour, Opal.

— Je vais tuer cet homme !

Oh, oh. Apparemment, je m'étais trompée plus que je ne le pensais sur l'homme d'à côté. Pourtant, je fis semblant de ne pas savoir de quoi elle parlait. Juste au cas où...

— De qui parle-t-on ?

— De mon crétin de patron. Je *savais* qu'il y avait une raison pour qu'il soit particulièrement détestable depuis une semaine et demie.

Je soupirai. Cela se serait su tôt ou tard. Mais j'aurais préféré que ce soit *après* mon départ.

— Il t'a dit...

— J'ai fait le rapprochement. Il a viré trois sous-traitants cette semaine, ne peut rien poser sans le faire claquer, et on dirait qu'il n'a pas dormi depuis un mois. Il a essayé de faire croire à Porter qu'il était stressé à cause de la lenteur de l'un de nos chantiers. Mais Regina Watson m'a appelée.

— Qui ?

— Je ne pense pas que tu l'aies déjà rencontrée. Regina joue au bowling avec Bob le vendredi soir. C'est une très bonne joueuse. Elle met la pâtée à tous les hommes.

J'étais perdue.

— D'accord...

— Bob, c'est Bob Walker. Il est marié à Lynn, l'agent immobilier à qui tu as parlé de mettre la maison en location.

Lynn l'a dit à son mari, qui l'a dit à Regina au bowling ce soir, et Regina m'a appelée. Maintenant, je comprends pourquoi le patron est super grincheux. Tu pars. Et mon avis est qu'il a fait quelque chose pour le provoquer.

Oh, Seigneur. Je n'arrivais pas à suivre le jeu de bouche à oreille de ces gens. Mais la mèche avait été vendue. J'expirai.

— Je m'en vais. Mais Fox ne m'a rien fait. Pas vraiment. C'est juste qu'il… nous ne cherchons pas la même chose.

— Quand pars-tu, ma belle ?

— Après-demain.

— Alors, il faudra organiser la fête demain !

— C'est très gentil. Mais je ne veux pas de fête, Opal. Je ne me sens pas vraiment d'humeur.

— Si tu préfères un petit comité, je peux le faire. Pourquoi pas juste quelques filles alors ?

Il ne m'échappa pas qu'une femme que j'avais rencontrée il y a seulement deux mois était prête à organiser au dernier moment une fête pour moi, alors que ma mère n'invitait même pas Nilda à dîner. Laurel Lake était un endroit spécial. Il ne serait pas juste que je m'en aille sans dire au revoir à certaines de ces personnes spéciales.

— Ça semble parfait, Opal.

— Très bien. J'appellerai les filles pour organiser ça et je te recontacterai avec les plans. Mais disons 19 h demain ?

— D'accord.

— Bonne nuit, ma belle.

— Bonne nuit, Opal.

○ ○ ○

Quelques-unes s'avérèrent être douze. Mais il s'avéra aussi que c'était exactement ce dont j'avais besoin après une journée entière passée à faire mes valises. Opal avait organisé un dîner à deux villes d'ici dans un restaurant mexicain animé qui avait un groupe de mariachis et une longue liste de margaritas. Lorsque j'étais entrée dans le restaurant, elle m'avait serrée dans ses bras et chuchoté : *Ce crétin déteste ce genre d'endroit. Il ne mettrait jamais les pieds ici.* Il m'avait fallu beaucoup d'efforts pour me détendre et profiter de la soirée. À présent, tout le monde était parti et il ne restait plus qu'Opal et moi à table, en train de manger de la glace frite.

— Merci d'avoir organisé tout ça. Tu m'as fait sentir comme chez moi dès mon arrivée, Opal.

— Tu es chez toi, ma belle. Ton père a grandi ici et nous prenons soin des nôtres. Mais dit comme ça, on dirait que c'est une obligation, constata-t-elle en secouant la tête. Avec toi, c'est un honneur.

Mes yeux s'emplirent de larmes. J'avais tellement envie de ne pas partir d'ici. Après deux mois, cet endroit me semblait plus familier que ma propre maison. Opal tendit la main par-dessus la table pour recouvrir la mienne.

— Il est fou de toi, dit-elle. Je sais qu'il l'est.

— Il a une drôle de façon de le montrer.

— Cet homme peut continuer à patiner après avoir reçu un coup de crosse sur la tête. C'est le gars le plus solide que je connaisse. Mais il semblerait qu'il n'arrive pas à oublier ce qui s'est passé.

C'était peut-être vrai, mais je m'étais promis de ne jamais me contenter d'un homme qui n'était pas prêt à me rendre ce que je lui donnais.

— Je ne peux pas rester ici à attendre quelque chose qui n'arrivera peut-être jamais. Tu sais comment il est, tout est blanc ou noir. Je n'existe plus pour lui.

— Je crois que tu te trompes à ce sujet. Il ne frappe peut-être plus à ta porte — en fait, je parierais que cet imbécile garde les yeux droit devant lui quand il sort de chez lui, parce qu'il ne se laissera pas t'apercevoir –, mais tu es là...

Opal se tapota le cœur.

— Il peut faire semblant tant qu'il veut, mais tu existes dans un endroit que tu ne peux pas ignorer éternellement. Peut-être qu'il reprendra ses esprits.

— Je ne peux pas construire ma vie sur un peut-être.

— Bien sûr que non. Tu dois faire ce qui est le mieux pour toi.

— Prends soin de lui, veux-tu, Opal ?

— Tu sais que je le ferai. Que cet idiot grincheux le veuille ou non.

CHAPITRE 35

Et ils vécurent heureux
Fox

Pourquoi faire ce qu'il faut semble toujours merdique ?

Je me tenais dans la chambre d'amis du premier étage, la regardant à travers les stores presque fermés pendant qu'elle remplissait sa voiture. C'était mal pour un millier de raisons. Josie venait de charger un carton sur la banquette arrière. Elle s'arrêta à mi-chemin de la porte et utilisa le dos de sa main pour essuyer la sueur de son front.

— Pourquoi tu n'ouvres pas les stores ? cria-t-elle en regardant droit devant elle. Ce serait moins glauque.

Merde. Je sautai hors du champ de vision de la fenêtre, le dos collé au mur voisin. Mon cœur battait comme celui d'un criminel qui vient de se faire prendre la main dans le sac. *Putain.* J'en étais peut-être un. Après avoir repris mon souffle, je me penchai en avant et jetai un coup d'œil rapide dehors. Josie sortait de la maison avec un autre carton, et elle semblait avoir du mal à le porter. À mi-chemin vers la voiture, il tomba, roula et s'ouvrit. Des affaires se mirent à dévaler l'allée.

Putain. Je ne peux pas regarder ça. Je courus vers elle comme une sorte de héros et commençai à ramasser les objets avec elle. Josie tendit la main, sans lever les yeux.

— Je m'en occupe.

— Laisse-moi juste t'aider.

— Tu en as assez fait.

— Jos...

Elle leva les yeux et les plissa, comme s'ils étaient remplis de poignards qu'elle essayait de lancer sur moi. Mais ce furent les choses qu'elle ne pouvait pas cacher qui me firent mal au cœur. Ses yeux étaient gonflés par les pleurs et cernés.

— Non, rétorqua-t-elle. Tu n'as pas le droit de prononcer mon nom sur ce ton, comme si c'était moi qui étais ridicule. C'est *toi* qui es ridicule. Tu n'as pas regardé dans ma direction pendant deux semaines, et aujourd'hui tu te précipites comme si j'étais une sorte de demoiselle en détresse. Ce n'est pas le cas. Je n'ai pas *besoin* de ton aide, ni ne la *désire*. Tu veux seulement te sentir mieux.

Je restai agenouillé à côté du carton, ne sachant pas ce que j'allais faire, pendant qu'elle y jetait les affaires à la hâte. Mais, apparemment, le mouvement suivant ne fut pas le mien, ce fut celui de Josie.

Elle se leva, essuya la poussière sur ses mains et retourna d'un pas décidé dans la maison. Comme elle n'avait pas claqué la porte derrière elle, j'en déduisis qu'elle allait ressortir. Si ça se trouvait, elle était en train de prendre une batte pour me frapper à la tête, et une partie de moi espérait que c'était ce qu'elle ferait, parce que je le méritais. Mais ce qu'elle rapporta me fit beaucoup plus mal.

Josie tendit un chèque.

— J'ai estimé combien tout le travail que tu as effectué dans la maison aurait coûté. Ça devrait suffire.

Comme je ne tendais pas le bras pour prendre le chèque de sa main, elle le brandit en haussant la voix de quelques octaves.

— Prends ce fichu chèque.

Je me levai.

— Je ne prendrai pas le chèque, Josie.

Elle le fourra contre mon torse.

— Prends ce fichu chèque !

Je levai les mains devant moi et reculai d'un pas.

— Je ne prendrai pas ce putain de chèque. J'ai fait ce travail parce que je tiens à toi et que j'en avais envie. Pas parce que c'était un travail.

— Tu tiens à moi.

Elle éclata d'un rire frénétique.

— Tu veux dire *tenait*. Au passé.

— Ce n'est pas ça.

— Non ? Alors dis-moi ce que c'est, Fox. Parce qu'une minute, on passait un week-end dans un *bed and breakfast* et tu me faisais l'amour, et la minute d'après, j'étais jetée à la poubelle comme un déchet.

J'enfonçai mes deux mains dans mes cheveux, tirant dessus.

— C'est ce qu'il y a de mieux pour toi.

— De mieux pour moi ? Tu n'as *pas à décider* ce qu'il y a de mieux pour moi.

Il n'y avait rien que je puisse dire qu'elle ne me renverrait pas à la figure. Elle ne comprenait pas comment les choses fonctionnaient avec un connard égoïste comme moi. Evie ne l'avait pas su non plus. Je baissai la tête.

— Je suis désolé.

Elle s'adoucit.

— Je le suis aussi. Veux-tu bien prendre ce chèque ?

— Je le prends, mais je ne l'encaisserai pas.

Cela sembla l'apaiser pour l'instant. Je mis le chèque dans ma poche et elle retourna dans la maison. Quand elle ressortit, je me penchai en avant et jetai un coup d'œil à l'intérieur. La maison était vide – même les cartes de vœux avaient disparu des murs.

Josie fourra le carton sur la banquette arrière et ferma la portière. Elle se dirigea vers l'arrière du SUV et abaissa le hayon, reportant son attention sur moi.

— J'ai donné tous les meubles ou je les ai jetés. L'agent immobilier a dit que la maison se louerait mieux non meublée. Mais je laisse la maison de Daisy à l'arrière. Pourrais-tu au moins garder un œil sur elle pour moi ?

Je mis les mains dans mes poches.

— Bien sûr.

— Merci.

— Quand pars-tu ?

— Avant le lever du soleil demain matin.

Je déglutis.

— D'accord.

Elle resta silencieuse jusqu'à ce que mes yeux se lèvent et rencontrent les siens.

— Au revoir, Fox.

Putain. Ça faisait plus mal que n'importe quelle fracture d'os que j'avais eue en vingt ans de hockey. J'avais l'impression que tout l'air avait été expulsé de mes poumons. Finalement, je parvins à marmonner deux syllabes.

— Bye, doc.

○ ○ ○

À 4 h du matin, je me tenais devant la porte d'entrée, regardant les feux arrière s'éloigner le long du pâté de maisons. Je n'avais pas dormi de la nuit. Je n'étais pas parvenu à fermer les yeux assez longtemps pour essayer. Même une fois que la voiture eut tourné au coin de la rue et qu'il n'y eut plus rien à voir, je restai là à regarder, perdu dans mes pensées. À 6 h, les camions à ordures remontèrent la rue. Je regardai le trottoir et vit qu'aucune poubelle n'avait été sortie. Elle devait avoir des ordures après avoir emballé le reste de la maison. Je me rendis donc à côté pour vérifier.

Les deux containers étaient pleins, alors je les tirai jusqu'au bout de l'allée, juste au moment où les éboueurs s'approchaient de la maison.

— Bonjour, Fox.

Je hochai la tête.

— Hank.

Ce dernier ouvrit le couvercle du premier bac à ordures et jeta le contenu à l'arrière du camion. Je n'arrivais pas à m'éloigner, alors je décidai de l'aider et ôtai le couvercle de la deuxième poubelle.

Hank remit le premier container sur le trottoir et saisit la poignée du second. Lorsqu'il le souleva, le contenu attira mon attention.

Je levai la main.

— Attends une seconde.

Hank s'arrêta et reposa la poubelle.

— Quelque chose ne va pas ?

Il faisait sombre. Je pensais avoir peut-être tiré une mauvaise conclusion, alors je mis la main à l'intérieur et récupérai une partie du contenu d'une boîte ouverte à l'intérieur de la poubelle. Il s'agissait bien de cartes de Noël, toutes celles qu'elle avait affichées sur ses murs et qui provenaient toutes de personnes vivant à Laurel Lake.

Bordel de merde. J'avais tellement merdé qu'elle ne croyait plus au conte de fées qu'elle portait en elle depuis quinze ans.

● ● ●

Mon visage chauffa.

— Tu es virée.

La réponse d'Opal fut de glousser. Elle balaya mon ordre d'un revers de la main et posa ses fesses virées derrière son bureau.

— Oh, s'il te plaît. Ton idée de la dactylographie est de taper sur les touches dix mots par minute avec tes index, tu ne sais utiliser aucun logiciel, et *faire la paie* consiste à signer les chèques une fois que j'ai calculé tous les impôts et toutes les déductions. La dernière fois que j'ai eu un jour de congé et que l'imprimante a manqué d'encre, tu as roulé quarante minutes jusqu'au magasin d'informatique le plus proche et tu en as acheté une nouvelle parce que tu ne savais pas comment changer la cartouche toi-même.

Elle secoua la tête.

— Je ne suis pas virée. En fait, je pense que je mérite une augmentation.

Porter était entré dans le bureau au milieu de la diatribe d'Opal. L'enfoiré me lança un sourire moqueur.

— Grincheux parce que Josie est partie, dit-il.

— Fous le camp !

— Il est malheureux, commenta Opal. La plus grosse erreur de sa vie, et il le sait.

Porter acquiesça.

— Je regrette encore d'avoir rompu avec Stacey Krans quand j'avais vingt ans. Je pensais qu'être lié en étant aussi jeune était stupide. Aujourd'hui, elle est mariée, a un enfant et possède une salle de sport. Elle est plus belle qu'à l'époque.

Est-ce que c'était vraiment ma vie ? Ces deux idiots… Je pris une grande bouffée de patience et l'expulsai.

— Qu'est-ce que tu veux, Porter ?

— Les carreleurs du chantier de Two Lakes ont dit qu'ils ne pourraient pas finir demain. Il va leur falloir deux jours de plus, alors on va devoir repousser les livraisons d'électroménager.

— *Conneries*. Dis-leur de faire venir des ouvriers supplémentaires dès cet après-midi et ne rentrez pas chez vous tant que ce n'est pas terminé. Ils finiront dans les temps.

Porter regarda Opal, qui hocha la tête.

— J'appellerai la société de livraison pour qu'elle reporte la livraison à jeudi, juste au cas où deux jours se transforment en trois.

— Merci, Opal.

— Pas de problème, chéri.

Je jetai mon crayon en l'air quand Porter sortit.

— Mais qu'est-ce que tu crois faire ? grognai-je. C'est moi qui dirige cette entreprise, pas toi.

— Eh bien, sors-toi la tête du cul et fais-le comme il faut. Le carreleur est Will Rupert. Sa mère a été placée sous assistance respiratoire la semaine dernière, et sa femme de trente-trois ans est au milieu de son deuxième cycle de chimiothérapie pour un cancer du sein. Ils ont également deux enfants de moins de cinq ans. Il n'y a aucune bonne raison de ne pas repousser la livraison de l'électroménager et de ne pas lui donner un peu de mou.

— Très bien, dis-je, les dents serrées.

Opal soupira et se leva, puis posa ses fesses sur mon bureau.

— Écoute, chéri. Je comprends que tu souffres. Tu as fait quelque chose de stupide. Tu as laissé cette femme partir hier, et tu te défoules parce que tu penses que ça te fera du bien de faire souffrir les autres. Je suis moi-même passée par là une fois ou deux. Mais tu sais quoi ? Ça ne fonctionne pas. Tu finiras juste par te détester encore plus.

Ma mâchoire se serra et je la regardai fixement. Je pouvais presque sentir la vapeur sortir de mon nez.

— Tu aimes cette fille. Je le sais.

Opal quitta mon bureau et retourna vers le sien. Elle ouvrit un tiroir, en sortit son sac à main et le mit sur son épaule.

— Alors arrête d'être lâche et trouve un moyen d'aller mieux avant qu'il ne soit trop tard pour la récupérer.

CHAPITRE 36

Mon seul ami est un canard

Fox

— Oui, je te comprends…

Ce fichu canard avait l'air aussi triste et seul que moi. J'aurais juré qu'il venait de soupirer. Ces derniers soirs, j'avais pris l'habitude de m'asseoir sous le porche de Josie. La première fois, cet animal m'avait fait une peur bleue. Il était sorti de la niche d'un air désinvolte, s'était faufilé derrière moi et m'avait mordu le doigt. Par la suite, il s'était montré plus amical. Il semblait attendre mes apparitions nocturnes. Comme il était maintenant midi, je n'avais pas pensé qu'il serait là, mais il était arrivé il y a environ cinq minutes et m'avait rejoint. On souffrait moins à deux, supposai-je.

— À ton avis, elle fait quoi en ce moment ?

Pas de réponse. Daisy, le canard *mâle* au nom féminin, me regarda comme si j'étais fou. Je l'étais peut-être. Après tout, j'avais laissé la meilleure chose qui me soit jamais arrivée s'en aller. Non. Je secouai la tête. Je ne l'avais pas laissée partir, je l'avais poussée dehors.

Le canard posa son bec jaune sur ma cuisse.

Le bruit d'un pick-up s'arrêtant tout près me fit cesser de regarder dans le vide. De là où j'étais assis, j'avais une vue en diagonale sur mon allée. Il n'y avait rien d'autre que mon pick-up, alors je supposai que le véhicule était de l'autre côté de la rue. Du moins jusqu'à ce que j'entende le bruit de pas effleurant l'herbe. Je tournai la tête et vis Porter se diriger vers moi.

— Hé, qu'est-ce que tu fais ici ? m'interpella-t-il.

— J'habite ici. Qu'est-ce que *tu* fais ici ?

Il leva la clé dans sa main et fit un geste en direction de la porte arrière de Josie.

— Je suis venu chercher quelque chose.

Je plissai les yeux.

— Ici ?

Porter hocha la tête.

— Josie a oublié un truc.

— Mais pourquoi est-ce qu'elle t'appelle ?

Porter sourit.

— Tu n'as pas idée à quel point j'ai envie de dire qu'elle m'a laissé la clé et qu'on reste en contact, juste pour t'énerver. Mais je t'ai vu mettre K.-O. d'un seul coup de poing des types qui font deux fois ma taille. Alors je ne prends pas le risque, même si c'est tentant.

Je n'avais aucune patience pour ces conneries.

— Qu'est-ce que tu fiches ici, Porter ?

— Avant de partir, Josie a donné à Opal une clé en cas d'urgence. Elle a appelé ce matin pour dire qu'elle s'était rendu compte qu'elle avait oublié quelque chose dont elle avait besoin et elle a demandé à Opal si elle voulait bien le récupérer et le lui envoyer sous vingt-quatre heures par la poste. Le chat d'Opal a avalé un petit pigeon, alors elle m'a appelé pour me demander de le prendre et de l'apporter à la poste pour qu'elle puisse aller chez le vétérinaire.

— Qu'est-ce que Josie a laissé ?

Porter haussa les épaules.

— Je n'en sais rien. Une enveloppe sur l'étagère supérieure du dressing de la chambre de gauche à l'étage.

Il montra le pack de six qui se trouvait à côté de moi. Il en restait cinq.

— Je peux en avoir une ?

Je n'étais pas vraiment d'humeur à apprécier de la compagnie, mais j'avais été un gros con avec tout le monde ces dernières semaines, alors je fis glisser une bouteille du support en carton et la lui tendis.

— Merci.

Je hochai la tête. J'espérais qu'il l'emporte avec lui, mais je n'eus pas cette chance. Il s'assit de l'autre côté de Daisy et dévissa le bouchon.

— C'est ton seul ami ? demanda-t-il en pointant sa bière vers le canard avant de la porter à ses lèvres.

— Oui. Il ne parle pas beaucoup. Tu devrais suivre son exemple.

Porter caressa la tête de l'animal et regarda le lac. Une famille de cygnes s'approcha. Ils ralentirent en arrivant devant nous et nous regardèrent. Daisy n'apprécia pas vraiment. Il se leva et sauta du porche, courant vers le bord du lac en battant des ailes et en caquetant. D'habitude, les cygnes ne s'effrayaient pas facilement, mais ils comprirent le message de Daisy. Son travail terminé, il retourna sur la terrasse en se dandinant.

Porter gloussa.

— Opal a mentionné que Josie avait recueilli un canard il y a quelque temps. Je suppose que c'est lui ?

— Oui.

— Elle lui a donné un nom, pas vrai ?

— Daisy.

Les sourcils de Porter se froncèrent.

— Tu sais que c'est un mâle, hein ? Les mâles sont plus rauques. Le son de la femelle est plus doux.

— Oui.

Nous restâmes assis en silence pendant quelques minutes, le temps que Porter finisse sa bière. Une fois qu'il l'eut vidée, il remit la bouteille vide dans le porte-bouteille en carton.

— Je l'aimais bien, dit-il. Josie, pas le canard.

Je bus ma bière, le regard fixé droit devant moi. Porter ne comprit toujours pas l'allusion.

— Je trouvais qu'elle était bien pour toi. Tu mérites d'être heureux, patron.

— Ah oui ? Alors tu devrais te tirer d'ici. Ça m'aiderait beaucoup à y arriver.

L'idiot sourit et se leva.

Je tendis ma main vers lui.

— Donne-moi la clé. Je vais chercher ce qu'elle a laissé et le déposer à la poste.

— Oh, non. C'est bon. Je m'en occupe.

— C'était pas une question, Porter.

Il hésita, mais quand il vit l'expression de mon visage, il céda et déposa la clé dans ma paume.

— D'accord, merci. Mais le bureau de poste ferme tôt le samedi, alors il faut que tu y ailles vite. Opal va me botter les fesses si ça ne part pas aujourd'hui.

— J'ai compris.

Il acquiesça et dit au revoir de la main.

— Passe un bon week-end, patron.

J'attendis d'avoir fini ma bière et entendu son pick-up s'éloigner avant de me lever pour entrer. Au premier pas fait à l'intérieur, je regrettai déjà d'avoir pris la clé à Porter. L'endroit portait encore son odeur. Je ne savais pas comment c'était possible après une semaine, mais c'était le cas. Je pris une profonde bouffée de torture et fermai les yeux.

Putain. Elle me *manquait*. Son odeur me manquait. Son sourire qu'elle m'adressait même si je ne l'avais jamais mérité me manquait. Même les cartes accrochées au mur me manquaient. Être ici était comme un coup de poing dans le ventre. Mais je l'avais bien mérité.

Je me torturai encore un peu dans la cuisine, l'imaginant debout devant la cafetière, vêtue de ma chemise de la veille, des cartes de Noël stupides accrochées sur tous les murs derrière elle. Elle me souriait alors qu'elle tendait le bras pour attraper des mugs, dévoilant son cul nu et parfait. *Putain, je suis vraiment un connard.*

À l'étage, j'ouvris la porte de la chambre de gauche – celle de Josie – et m'arrêtai après avoir fait deux pas à l'intérieur. Elle était vide. Encore un coup dans le ventre. Je regardai les marques dans la moquette à l'endroit où s'était trouvé le lit, et j'imaginai qu'il était encore là. Je lui avais fait *l'amour* dans ce lit. Je n'avais pas fait ça depuis des années. Ça remontait à tellement loin que je ne m'étais même pas souvenu qu'il y avait une différence entre *baiser* et *faire l'amour*. Mais il y en avait une, et cette différence avait laissé un trou béant dans mon cœur.

Je me forçai à aller jusqu'au dressing. Il était vide lui aussi, sans même un cintre. Tendant la main, je fouillai l'étagère à la recherche de ce qu'elle avait laissé derrière elle. C'était une de ces enveloppes USPS, à peu près aussi grande qu'une feuille de papier. L'adresse de retour était située à New York. J'envisageai de ne pas regarder à l'intérieur pendant une demi-seconde, mais je justifiai rapidement ma curiosité en me disant que je devais m'assurer qu'il y avait bien quelque chose à l'intérieur. Ce serait stupide d'envoyer un colis vide.

La première chose que je sortis fut un passeport. L'ouvrir et voir le visage souriant de Josie me fit l'effet d'un coup de poing. Je le fixai plus longtemps que nécessaire. Heureusement qu'il fallait que je l'apporte au bureau de poste avant sa fermeture, sinon il aurait été impossible de savoir combien de temps je serais resté ici. En sortant du dressing, je voulus remettre le document dans l'enveloppe. Mais, ce faisant, je me rendis compte qu'il y avait autre chose à l'intérieur. Je n'avais aucune raison de sortir le reste – manifestement, l'enveloppe n'était pas vide –, mais je le fis quand même.

Et mon cœur s'arrêta quand j'ai lu le mot.

Josie,

Je fais un acte de foi. Je serai sur ce vol pour Aruba. Donne-moi une chance de te montrer que j'ai changé, et rejoins-moi dans l'avion. Je t'aime.

Noah

C'était ça qu'elle avait besoin qu'il lui soit envoyé sous vingt-quatre heures ? Je sortis vivement les papiers de l'enveloppe et les dépliai. Mes yeux purent à peine lire les mots imprimés tant mes mains secouaient la feuille. Mais je saisis les passages importants.

Ritz Carlton Aruba : du 12-09 au 19-09

Delta Airlines : départ le 12-09 à 6 h 00 – aéroport JFK

Mon cœur s'emballa. Elle partait avec ce connard ? Dans deux jours. *Hors de question que j'envoie ce truc.*

Mais après quelques minutes à bouillir, mon sang se mit juste à frémir. Je me passai les mains dans les cheveux.

De quel droit l'empêcherai-je de faire quoi que ce soit ? Je l'avais rejetée pour qu'elle soit heureuse. Mais est-ce que ce crétin de Noah était vraiment ce qui la rendrait heureuse ? Ce connard l'avait trompée. Envoyer l'enveloppe me semblait mal et allait à l'encontre de tous mes instincts. Pourtant, je serrai les dents et redescendis, verrouillant la porte derrière moi.

Pendant tout le trajet jusqu'au bureau de poste, je continuai à en débattre.

Elle peut être avec l'homme qu'elle veut. Je l'envoie.

J'emmerde ce connard. Il ne la mérite pas. Peut-être même moins que moi. J'envoie que dalle.

Je l'ai fait souffrir. Si c'est ce qu'il faut pour qu'elle soit heureuse… Je l'envoie.

Ce crétin ne fera que la blesser encore plus. Non. Je ne l'envoie pas.

Puis je réalisai quelque chose. Peut-être qu'elle voulait seulement son passeport et n'avait pas l'intention de faire ce voyage.

Pourtant, elle a besoin qu'on le lui envoie sous vingt-quatre heures et le vol est dans deux jours.

Je changeai constamment d'avis pendant tout le trajet, avant d'arriver au bureau de poste dix minutes avant la fermeture. Je perdis encore cinq minutes à me demander si je devais entrer. Finalement, je conclus que Josie était trop intelligente pour reprendre ce connard de Noah, et qu'elle avait demandé à ce que le passeport soit expédié en moins de vingt-quatre heures parce que c'était plus sûr que de l'envoyer par courrier normal.

Oui, c'était ça. Du moins ce fut ce dont je me convainquis alors que je m'approchais du guichet. Frannie, la grande commère du gouvernement, fronça les sourcils en me voyant. Tout le monde était au courant maintenant, supposai-je.

— Que puis-je faire pour toi, Fox ?

— Tu as une de ces enveloppes pour envoi en vingt-quatre heures ?

Elle se baissa et en prit une, qu'elle glissa sur le comptoir.

— On ferme dans quatre minutes. Va là-bas pour la remplir pendant que je prends la personne suivante.

Je regardai derrière moi, pensant que quelqu'un était entré derrière moi et que je ne l'avais pas entendu. Mais non. Complètement vide. Peu importe. Je me dirigeai vers le petit comptoir dans le coin et pris un stylo à chaîne. Mais quand je posai la pointe sur l'enveloppe pour écrire, je me rendis compte que je ne connaissais pas la fichue adresse de Josie.

Génial. Tout est génial.

Je fis défiler mes contacts jusqu'à arriver au nom d'Opal et appuyai sur « Appeler ». Son accueil fut aussi chaleureux que celui de Frannie.

— Qu'est-ce que tu veux ?

Je secouai la tête.

— J'ai besoin de l'adresse de Josie à New York.

— Pour quoi faire ?

— J'ai apporté à la poste ce que Josie veut qu'on lui envoie. J'ai réalisé que je n'avais pas son adresse.

— Pourquoi ce n'est pas Porter qui l'a apportée ?

Je soupirai.

— Je peux t'expliquer ça une autre fois ? La poste ferme dans deux minutes, et Frannie ne va *pas* rester une minute de plus pour moi.

— Très bien. Donne-moi une seconde. C'est dans mon sac à main, et je suis chez le vétérinaire avec Ernestine qui tire sur la laisse.

Elle disparut et revint au bout du fil une minute plus tard.

— C'est 220 E 18th St, New York, NY 10003.

— Merci.

Je m'apprêtai à raccrocher, puis me ravisai et remis mon portable contre l'oreille.

— Opal ?

— Quoi ?

Il me fallut quelques secondes pour cracher les mots.

— Est-ce qu'elle est vraiment en train de se remettre avec Noah ?

Il y eut une longue pause, en particulier pour Opal qui pensait qu'il était de son devoir de remplir continuellement l'air de mots. Sa voix était calme lorsqu'elle répondit enfin.

— Oui.

Putain.

Putain. Putain. Putain !

Ma poitrine se serra tellement que je me demandai si je n'étais pas en train de faire une crise cardiaque.

— Fermeture dans trente secondes, cria Frannie. Si tu veux envoyer quelque chose, dépêche-toi, Cassidy.

Je déglutis et me dirigeai vers le comptoir, étourdi.

Frannie me dévisagea.

— Alors ? Donne-la-moi.

Je soulevai l'enveloppe sur le comptoir et la glissai vers elle. Elle voulut la prendre, mais je n'arrivais pas à la lâcher.

— Tu dois me *donner* l'enveloppe pour l'expédier.

Je la dévisageai, ou peut-être que je regardai à travers elle, parce que je ne voyais rien d'autre que mon avenir disparaître.

Frannie fronça les sourcils.

— Maintenant ou jamais, Cassidy.

Je clignai des yeux, revenant à l'instant présent.

— Tu sais quoi ? À la réflexion, je vais la livrer moi-même.

CHAPITRE 37

Reprendre ses esprits
Josie

Je tendis la main vers l'interrupteur et me retournai pour regarder le laboratoire vide en soupirant. Avais-je jamais été heureuse ici ? Je l'avais cru à un moment donné. Mais peut-être avais-je confondu succès et bonheur. Dieu sait que ma mère m'avait appris que c'était la même chose.

J'éteignis la lumière et refermai la porte. Cela faisait une semaine que j'étais revenue, et ce n'était pas devenu plus facile – aller au travail, rentrer chez moi dans mon appartement vide, avoir le cœur lourd. Je pris l'ascenseur jusqu'au rez-de-chaussée et franchis la porte à tourniquet, débouchant sur la rue animée de Manhattan. Même si voir tout le monde se mêler de vos affaires à Laurel Lake était pénible, il y avait quelque chose d'agréable à pouvoir se promener en ville et que tout le monde dise bonjour. Cela me manquait. Ici, je me sentais invisible.

Le trajet à pied de mon bureau à mon domicile durait un peu plus d'une demi-heure. D'habitude, je prenais le métro, mais ce soir, j'avais besoin d'air frais. Je fixai le béton comme la moitié des passants, évitant le contact visuel, perdue dans mes pensées.

Le peu de temps que j'étais restée à Laurel Lake, c'était devenu ma maison. Ici, je n'avais que quatre murs, de la brique et des poutres. Je vivais dans le même appartement depuis sept ans et j'y avais deux fois moins de bons souvenirs que dans la maison de Rosewood Lane. Bien sûr, beaucoup d'entre eux incluaient Fox. Mais j'aimais la personne que j'étais devenue en vivant là-bas. Celle qui appréciait la beauté d'un coucher de soleil, qui passait du temps à écouter les histoires racontées par les amis septuagénaires de son père, et qui plantait des légumes. Celle qui prenait en charge des travaux de rénovation – bien sûr, par moments, j'avais eu les yeux plus gros que le ventre et j'avais eu besoin d'aide –, mais au moins j'entreprenais des choses. Ici, je n'entreprenais rien. J'allais travailler. Je rentrais chez moi dans mon appartement hors de prix. J'allais peut-être dîner ou boire un verre avec un ami une ou deux fois par semaine. *Métro. Boulot. Dodo.*

Pourrais-je quitter New York et m'installer à Laurel Lake ? Ou serait-ce trop douloureux d'être si proche de mon voisin ?

Fox. Chaque fois que je pensais à lui, j'avais l'impression d'être privée de mon souffle. Comme s'il y avait un vide dans ma poitrine que je désespérais de combler.

Il me manquait.

Sa façon de ne prononcer que quelques mots, et d'exprimer pourtant tant de choses, me manquait.

Sa façon de protéger farouchement ceux auxquels il tenait, même s'il prétendait qu'ils l'énervaient, me manquait.

Sa façon de ne pas pouvoir s'empêcher d'être un gentleman, même si ça le rendait grincheux, me manquait.

Comme lorsque j'avais heurté sa boîte à lettres et réalisé que j'étais enfermée à l'extérieur de ma maison le soir de mon arrivée, mais qu'il avait quand même porté mes bagages à l'intérieur.

Sa façon de ne pas être un gentleman au lit me manquait.

Je marchai un peu désorientée, parvenant quand même à traverser la foule sur le trottoir sans percuter personne. Quand j'arrivai enfin devant mon immeuble, je me rendis compte que je ne me souvenais pas de la moitié du trajet jusque chez moi. Dans l'ascenseur, les gens montaient et descendaient. Les visages m'étaient familiers et certains vivaient probablement ici depuis aussi longtemps que moi, mais je ne connaissais aucun de leurs noms.

Combien de personnes avais-je appris à connaître à Laurel Lake ? Opal, Frannie, Bernadette, Bettina, Rita, Porter, Hope, Tommy, Rachael, Sam, Reuben... après seulement deux mois, je pariais que j'étais capable de citer deux douzaines de noms sans avoir à réfléchir longtemps.

Je sortis de l'ascenseur au trente et unième étage avec un sentiment d'effroi. Mon appartement était devenu un rappel quotidien de la vacuité de ma vie. Mais, à la moitié du couloir, un mouvement devant moi me fit sortir de ma torpeur. Mon cœur, qui reposait dans ma poitrine comme un ballon de football dégonflé, se remplit soudain et se mit à battre à tout rompre, comme s'il voulait rattraper le temps perdu.

Je me figeai à cinq mètres de ma porte.

— Fox ?

Les genoux repliés, il était assis à côté de la porte, mais, à présent, il se levait. Quand nos regards se croisèrent, je dus me concentrer pour me rappeler de respirer. *Inspirer.*

Expirer. Inspirer. Expirer. Fox avait l'air fatigué et nerveux, ses vêtements étaient froissés, ses yeux étaient cernés comme s'il n'avait pas très bien dormi ces derniers temps. Mais malgré tout cela, il était d'une beauté à couper le souffle.

— Pourquoi es-tu là ? Et comment es-tu arrivé jusqu'ici ?

Il se passa une main dans les cheveux.

— Le portier m'a reconnu de l'époque où je jouais. Je lui ai dit que je rendais visite à une amie et que je voulais lui faire la surprise. Il m'a laissé monter après quelques photos et un autographe.

— Mais pourquoi es-tu ici ? À New York ?

Il fit un signe de tête en direction de ma porte.

— Tu crois qu'on peut entrer discuter ? J'ai vraiment besoin d'aller aux toilettes. J'ai bu trop d'eau pendant le trajet en voiture, mais j'avais peur que si je partais, le portier de nuit ne me laisse pas revenir et que je te rate.

— Le portier de nuit ? À quelle heure es-tu arrivé ?

Il haussa les épaules.

— Il y a peut-être trois heures ?

— Tu es assis ici depuis trois heures ?

Il passa d'un pied à l'autre.

— Et maintenant que je suis debout, je dois *vraiment* y aller.

Il montra à nouveau à la porte.

— Tu veux bien ?

— Oh, bien sûr.

Je pris mes clés dans mon sac et déverrouillai la porte.

— Au bout du couloir, première porte à gauche.

Fox disparut dans la salle de bains, ce qui me laissa quelques instants pour me ressaisir. Je pris une profonde inspiration et fermai la porte d'entrée, puis me concentrai pour ralentir le flux de sang qui circulait dans mes oreilles. Cependant, lorsqu'il ressortit, j'eus l'impression que mon corps avait mis tous ses rouages internes en mode « accélération ». Mon cœur et mon esprit s'emballèrent, le sang se précipita dans mes veines et les questions tourbillonnèrent comme une tornade en formation.

Je me raclai la gorge.

— Tu te sens mieux ?

Il sourit.

— Beaucoup mieux. Merci.

— Eh bien, ça en fait au moins un sur deux. J'ai besoin d'un verre de vin avant de me sentir mieux. Tu en veux un ?

— Pourquoi pas.

J'allai jusqu'à la cuisine et me servis un plein verre. Malheureusement, il ne restait plus qu'une dose normale pour le deuxième. Normalement, j'aurais donné à un invité le meilleur des deux, mais j'en avais plus besoin que lui. Il avait su qu'il venait.

Je fis glisser le verre à moitié plein de l'autre côté du comptoir.

— Désolée. Tu as droit au verre moins rempli.

— Je te suis déjà reconnaissant que tu ne m'aies pas cassé la bouteille vide sur la tête pour m'être pointé comme ça.

Je portai le vin à mes lèvres.

— Tu viens à peine d'arriver. Je n'ai pas encore écarté cette possibilité.

Après une bonne gorgée, je contournai le comptoir pour retourner dans le séjour.

— Pourquoi ne pas s'asseoir ici ?

Mon appartement avait une taille correcte selon les critères new-yorkais, mais il me semblait soudain très petit avec Fox à l'intérieur. Je pris place dans un fauteuil que j'utilisais rarement, à une distance prudente de l'autre côté de la table basse, face au canapé sur lequel Fox serait forcé de s'asseoir.

Une fois installé, il expira de manière audible et tremblante.

— Je suis vraiment désolé de débarquer comme ça sans avoir appelé. J'avais peur que, si je le faisais, tu me dises de ne pas venir.

Ma tête aurait voulu le faire, mais mon cœur l'aurait emporté.

— Qu'est-ce que tu fais ici, Fox ?

— Je suis venu te donner ça.

Il fouilla dans sa poche arrière et en sortit une enveloppe USPS pliée.

— Qu'est-ce que c'est ?

— L'enveloppe que tu as laissée dans la maison. Celle avec ton passeport.

— Tu as fait tout ce chemin pour me livrer mon passeport ? Alors que tu aurais pu le déposer au bureau de poste à huit cent mètres de chez toi ?

— Ce n'est pas la seule raison de ma venue.

— D'accord... eh bien, pour quoi d'autre, alors ?

Il prit une grande inspiration et désigna le coussin à ses côtés sur le canapé.

— Tu crois que tu pourrais t'asseoir ici ?

— Pourquoi ?

— Parce que je suis en train de flipper et que j'ai besoin de toi près de moi pour me calmer.

Je m'interrogeai sur sa sincérité, effrayée à l'idée d'interpréter ce qu'il disait.

— Pourquoi est-ce que tu flippes ?

— Parce que je ne crois pas avoir déjà eu autant de choses en jeu qu'en ce moment.

Il me regarda dans les yeux.

— S'il te plaît, Jos, viens t'asseoir près de moi, même si je ne mérite aucune gentillesse de ta part. J'ai tellement besoin de toi, là.

Il était impossible de penser correctement avec ses beaux yeux verts qui me transperçaient. Mais au moment où je tentai de détourner le regard, je vis ses grandes mains trembler. Cela me suffit. Je me levai et allai vers le canapé, m'asseyant avec une bonne distance entre nous.

Fox se rapprocha jusqu'à ce que nos genoux se touchent, puis il ferma les yeux.

— Merci.

J'attendis, observant les mouvements de sa poitrine jusqu'à ce qu'il rouvre les yeux.

— Je suis ici parce que j'ai enfin réalisé que j'avais renoncé à la meilleure chose qui me soit jamais arrivée.

L'espoir fit accélérer mon cœur, mais j'avais encore peur de mal comprendre ce que je pensais qu'il disait. J'avais besoin de me protéger. Je déglutis.

— Qu'est-ce que tu veux dire, Fox ? J'ai besoin que tu sois très clair avec moi.

Il baissa les yeux. Après un long moment, il me prit la main.

— Je peux ?

J'acquiesçai.

— J'ai besoin de commencer depuis le début, si tu veux bien me supporter un moment.

— Je t'écoute...

Il prit encore une grande inspiration. Lorsqu'il reprit la parole, sa voix était douce.

— Tu sais que mon frère est mort dans un accident il y a des années. J'avais dix-neuf ans et Ryder, dix-sept. Il rentrait en voiture la veille de son dix-huitième anniversaire. Mais ce que je n'ai pas dit, c'est qu'il avait bu. Il s'est endormi au volant et a plié sa voiture contre un arbre.

— Je suis vraiment désolée.

Je pouvais voir la douleur se dessiner sur son visage. Cela me donna envie de l'arrêter, mais j'avais aussi l'impression que, quelle que soit l'histoire, il avait besoin de la raconter. Alors je serrai sa main, essayant de lui apporter un soutien silencieux.

Fox sourit tristement et continua.

— C'était un vendredi soir et j'étais à l'université, loin. Je sortais avec une fille. Il m'avait appelé une demi-heure avant l'accident, mais je n'avais pas décroché parce que je m'amusais trop. Je n'ai réalisé qu'il m'avait laissé un message que le jour de sa veillée funèbre. Si seulement j'avais répondu. Sa diction n'était pas claire. Il m'aurait fallu deux minutes pour lui dire de ne pas conduire.

— Oh, Fox. Ce n'est pas ta faute.

— Je pense que c'est discutable. Mais bon... Des années plus tard, j'ai rencontré Evie. Au début, tout allait bien. Nous étions tous les deux des espoirs olympiques. Après mon frère, je m'étais éloigné d'à peu près tout et tout le monde, sauf du hockey. Curieusement, j'ai baissé ma garde concernant Evie.

Il regarda au loin pendant un moment avant de continuer.

— Sa mère était une ancienne patineuse artistique et son manager. C'était aussi une ivrogne. Je ne supportais pas d'être près de cette femme. Je crois que c'est parce que ça me rappelait mon frère et la façon dont il était mort. C'est aussi pour ça que je bois rarement plus d'un verre de vin ou deux. Pour faire court, Evie ne s'est pas qualifiée pour l'équipe olympique. Elle est retournée chez elle et s'est bourrée la gueule avec sa mère. Elle était déjà l'une des plus âgées à essayer de se qualifier. Elle n'allait pas avoir d'autre essai, alors je comprenais pourquoi elle partait à la dérive comme ça. Mais elle dérivait de plus en plus. Je pensais que les choses iraient mieux sans l'influence de sa mère, alors j'ai demandé à Evie d'emménager avec moi. Elle l'a fait et les choses ont semblé s'arranger, du moins au début. Un mois après son emménagement, nous nous sommes fiancés. Mais il y avait beaucoup de choses que j'ignorais. Il s'est avéré que les problèmes d'alcool d'Evie n'étaient pas nouveaux. Elle buvait en secret...

Il secoua la tête et se tut un instant avant de déglutir.

— ... depuis ses neuf ans.

— *Neuf ans* ?

Il hocha la tête.

— Je sais. Aujourd'hui encore, même avec le recul, je ne sais pas comment j'ai pu ne pas le voir. Mais elle buvait en grosse quantité par phase, et je voyageais beaucoup avec l'équipe, alors on ne se voyait pas tous les jours, même après qu'elle avait emménagé.

— Waouh.

— Quoi qu'il en soit, Evie a fait plusieurs cures de désintoxication. Elle était sobre pendant un mois, puis je revenais d'un match en extérieur et elle avait replongé. Les médecins des cures de désintoxication l'ont mise sous antidépresseurs pour traiter la cause du problème, mais ça n'a fait que l'aggraver parce qu'elle buvait tout en prenant ces médicaments, et l'alcool frappait encore plus fort. À un moment, je suis arrivé à bout. J'ai décidé d'être là pour elle en tant qu'ami, mais il fallait que je mette un terme à la situation. J'ai contacté un agent immobilier pour lui trouver un logement, prévoyant de m'asseoir avec elle lorsqu'elle serait sobre pour lui parler. Mais l'agent immobilier est passé à la maison en mon absence et Evie a fait le rapprochement. Elle s'est mise dans tous ses états et a pris un tas de pilules. J'ai appelé la police, mais le temps qu'il la trouve, elle flottait dans le lac.

— Oh mon Dieu.

— Quand je suis arrivé, ils étaient en train de fermer un sac mortuaire sur un brancard.

Il secoua la tête.

— Le soir de l'enterrement, je me suis soûlé. Je suis tombé dans l'escalier de ma maison, j'ai mal atterri et je me suis explosé le genou. Ma carrière a aussi pris fin. Certaines personnes ne retiennent jamais la leçon. Je n'ai pas décroché le téléphone quand mon frère a appelé parce que j'étais trop occupé à m'amuser, et je voulais me débarrasser d'Evie parce que c'était trop de travail. J'aurais dû être là pour tous les deux.

Je n'avais peut-être pas connu Ryder ou Evie, mais je ressentais néanmoins une profonde perte. Pas seulement pour les deux humains qui étaient morts, mais pour la perte de foi et de confiance en lui que Fox avait subie à cause ça. Des larmes coulèrent sur mon visage.

— Tu as vécu une tragédie inimaginable. Mais tu ne peux pas t'en vouloir pour les décisions prises par d'autres.

— Deux personnes qui m'aimaient avaient besoin de moi, et je n'ai été là pour aucune d'entre elles. Je ne méritais pas de deuxième chance. Je n'en mérite certainement pas une troisième.

Il tendit la main, essuya mes larmes avec ses pouces et déglutit.

— Mais je suis si foutrement égoïste que je la veux quand même, Josie.

Je le regardai dans les yeux.

— Est-ce que tu dis ce que je crois que tu dis ?

Il haussa les épaules.

— Je n'en ai aucune idée. Je suis nul pour les mots.

Je ris malgré les larmes.

— Tu t'en sors plutôt bien aujourd'hui.

— Alors je vais continuer. Si ce que tu as conclu de tout ce que j'ai dit jusqu'à présent, c'est que je suis follement amoureux de toi et que je ferai tout ce qui est en mon pouvoir pour me faire pardonner de t'avoir blessée si tu me donnes une autre chance, alors peut-être qu'il y a de l'espoir pour moi après tout.

— Tu m'aimes ?

Fox prit mes joues dans ses mains.

— Chérie, si tu me laisses faire, je passerai le temps qu'il faudra et ferai tout ce qu'il faudra pour que tu n'en doutes plus jamais.

— Tout ce qu'il faudra ? Alors tu vas emménager ici, à Manhattan ?

Fox se figea. On aurait dit qu'il allait faire dans son pantalon. J'aurais dû le faire mariner plus longtemps après l'enfer qu'il m'avait fait vivre, mais je craquai et souris.

— *Je plaisante.*

Il expulsa tout l'air qu'il avait retenu et ses épaules se mirent à trembler alors qu'il riait silencieusement.

— Tu vas me faire payer longtemps et de la manière forte le fait d'avoir merdé, n'est-ce pas ?

Je tordis mes lèvres comme si je l'envisageais.

— Pas trop longtemps. Je suppose que les femmes de Laurel Lake le font pour moi depuis que je suis partie.

Il gémit.

— Tu n'as pas idée !

Je souris.

— C'est ce que fait la famille. Elle se serre les coudes.

— Comment se fait-il que tu sois de la famille après seulement deux mois, alors que j'ai vécu là toute ma vie et qu'on me snobe encore.

— Parce que tu le *mérites*, crétin.

— C'est vrai.

Le visage de Fox s'illumina un peu, mais il redevint rapidement sérieux.

— Mais ce que je ne mérite pas, c'est toi, doc. Je ne te mérite pas du tout.

Je souris.

— Je suis assez incroyable.

La lèvre de Fox tressauta.

— C'est vrai, chérie. Tu l'es vraiment.

◦ ◦ ◦

Lorsque nous finîmes de discuter, c'était le milieu de la nuit. Fox, l'homme qui parlait normalement très peu, avait réellement ouvert les vannes. Nous avions parlé de Ryder et d'Evie, de ce que cela avait été pour moi de revenir à New York pour dire au revoir à Nilda, et même de ses difficultés à trouver sa voie après la blessure qui l'avait obligé à prendre sa retraite au hockey.

J'étais émotionnellement et physiquement épuisée quand nous nous glissâmes dans le lit. Fox avait conduit douze heures d'affilée, lui aussi, alors je ne pouvais pas imaginer comment ses yeux étaient encore ouverts. Ma tête était posée sur sa poitrine pendant qu'il passait son doigt sur mon épaule, traçant un huit en silence dans l'obscurité.

— Est-ce que tu l'aimes encore ? dit-il enfin.

Je sentis mes sourcils descendre vers mon nez.

— Qui ça ?

— Le crétin.

C'était le nom qu'il avait donné à mon ex. Mais il ne pouvait pas être en train de me demander si j'étais amoureuse de Noah après tout ce que nous avions partagé ce soir. Si ?

— C'est qui, le crétin ?

— Le type avec qui tu partais à Aruba.

Je me redressai pour le regarder.

— Comment tu as su que Noah et moi avions prévu un voyage à Aruba ?

— Il y avait des papiers à ce sujet dans l'enveloppe que je t'ai apportée, en plus de ton passeport.

— Oh. Oui, c'est vrai. Mais pourquoi me demander si je l'aime encore ?

Le front de Fox se plissa. Il avait l'air aussi confus que moi.

— Parce qu'Opal m'a dit que vous vous remettiez ensemble.

Il ferma les yeux à l'instant où le dernier mot sortit de sa bouche.

— Merde. Elle essayait juste de me faire bouger les fesses, c'est ça ?

— C'est pour ça que tu es venu ici ? Parce que tu pensais que j'allais à Aruba avec Noah ?

— Ce n'est pas la raison qui compte, mais ça pourrait avoir un rapport avec celle qui m'a fait traverser cinq États à cent quarante-cinq kilomètres à l'heure, agrippé au volant.

— Et moi qui pensais que je t'avais tellement manqué que tu avais fini par reprendre tes esprits.

— Tu m'as manqué.

— Pourtant, il a fallu titiller le monstre aux yeux verts pour que tu fasses quelque chose. Mince, si j'avais su ça, je t'aurais dit que je rentrais chez moi pour coucher avec

Noah avant de partir... ça nous aurait épargné bien des peines de cœur.

Les yeux de Fox s'illuminèrent.

— Ne dis pas ça.

— Dire quoi ? demandai-je avec un grand sourire. Que je prévoyais de *coucher* avec Noah ?

En un éclair, je fus retournée et plaquée au matelas sur le dos. Fox était au-dessus de moi, le regard ardent et possessif – un regard qu'il arborait sans complexe, comme toutes ses autres humeurs.

— Tu trouves ça amusant ?

— Ma foi, oui.

— Pourquoi avais-tu besoin que ton passeport soit expédié en vingt-quatre heures, si tu ne quittes pas le pays demain ?

— Il n'y avait pas vraiment d'urgence. Quand je me suis rendu compte que je l'avais oublié, j'ai appelé Opal pour lui demander de le récupérer avant que l'agent immobilier ne commence à faire visiter la maison à des locataires potentiels. Elle m'a dit qu'elle l'enverrait sous vingt-quatre heures pour qu'on puisse le suivre.

Il baissa la tête.

— Je suis tellement crédule.

Il y a quelques minutes, j'étais épuisée, mais avec Fox si proche, mon corps retrouva un second souffle. Je me dis qu'il serait amusant de le provoquer encore un peu.

— Je ne sais pas. Entre le papier et Opal te disant que j'étais de nouveau avec mon ex, il semble logique de penser que j'aurais pu de nouveau *coucher avec Noah*...

Les yeux de Fox s'embrasèrent.

— Il faut vraiment que tu arrêtes de dire ça.

Je me soulevai pour que nous soyons nez à nez.

— Qu'est-ce qu'il y a ? Est-ce que l'idée d'un autre homme *en moi* te dérange à ce point ?

— Tu t'amuses vraiment là, hein ?

— Peut-être...

Fox prit mes deux mains dans l'une des siennes et les tira vers le haut, au-dessus de ma tête. D'une voix rauque, il chuchota à mon oreille :

— Il n'y a qu'une seule façon pour moi de me débarrasser de la jalousie que je ressens en ce moment.

Ma peau se couvrit de chair de poule et mes tétons durcirent jusqu'à devenir des pics.

— Ah oui ? Comment ça ?

Il posa ses lèvres sur les miennes.

— Je vais te baiser pour faire disparaître de nos deux esprits toute pensée d'un autre homme.

J'aimais beaucoup ce que j'entendais.

Sa bouche se déplaça vers mon cou qu'il parsema de baisers jusqu'à ce qu'il arrive à mon oreille. Lorsqu'il parla, les mots vibrèrent sur ma peau.

— Je vais m'excuser à l'avance du fort besoin que j'ai de toi.

Il fit glisser ses articulations sur le côté de mon corps. Lorsqu'il atteignit ma culotte, il tira dessus, la déchirant.

Je sursautai.

— Tu auras ma douceur plus tard.

— Je me fiche de savoir comment je t'obtiendrai, tant que je t'ai.

— Oh, tu m'as, chérie. Par les couilles.

Fox s'aligna avec mon entrée et referma sa bouche sur la mienne tout en s'enfonçant dans mon corps. Je passai mes ongles sur son dos et les y plantai quand il plongea profondément. Mon corps était plein, mais mon cœur aussi. J'avais l'impression... de rentrer chez moi. Comme quand on est soulagé de s'engager dans son allée après un long voyage. Nous étions tous les deux dans une bulle, et je ne voulais plus jamais en sortir. Chaque fois qu'il se retirait, j'en redemandais. Une nouvelle poussée puissante, un nouveau plongeon profond. Mon corps se serra avec avidité, la montée vers l'orgasme ayant déjà commencé.

— Fox...

— Putain, grogna-t-il. Je vais tellement te remplir que mon sperme restera en toi pendant des jours.

Ce fut terminé. Le désespoir dans sa voix me fit basculer. Mon corps explosa dans un orgasme dévastateur. Fox grogna une série de jurons, allant et venant jusqu'à ce que je commence à me détendre. Puis il s'enfonça profondément et lâcha prise. Et tout fut à nouveau normal, comme si la Terre avait tourné hors de son axe pendant des semaines et que la gravité l'avait à présent forcée à se remettre en place.

Plus tard, ma tête reposait sur le torse de Fox tandis qu'il me caressait les cheveux.

— Je suis vraiment désolé de ce que je t'ai fait subir ces dernières semaines.

— Je sais que tu l'es.

Fox leva le bras, me montrant son pouce. Je n'avais pas remarqué le pansement qui l'entourait.

— Qu'est-ce qui s'est passé ?

— Ton canard m'a mordu.

Je ris.

— Tu es sérieux ?

— C'était quelques jours après ton départ. Mais on s'est arrangés. On est amis maintenant.

Il secoua la tête.

— Même un oiseau a compris avant moi que j'étais un imbécile.

Il fit une pause.

— Tu lui manques.

— Elle me manque aussi.

Fox resta silencieux pendant un moment.

— Je veux tout, doc.

J'inclinai la tête pour le regarder.

— Tout quoi ?

— Toi. Des enfants. Un canard. Un chien. Un jardin clôturé où ils pourront tous courir. Peut-être même un stupide monospace. Et je le veux bientôt, chérie.

Mon cœur s'emballa si vite que je crus qu'il allait sortir de ma poitrine.

— Tu es sûr ?

— Je n'ai jamais été aussi sûr de quelque chose de toute ma vie. Si tu ne veux pas revenir à Laurel Lake, j'emménagerai ici.

J'eus une vision soudaine de Fox marchant dans les rues de Manhattan, dépassant la plupart des gens de la tête et des épaules, avec l'air de vouloir arracher celles de tous ceux qui se trouveraient sur son chemin. Je m'esclaffai.

— Toi ? À Manhattan ?

— Pourquoi pas ?

— Oh, je ne sais pas. Tu as déjà pris le métro ?

— Non.

— Un bus public ?

— Non.

— Est-ce que tu sais ce qu'est un stationnement alterné ?

— Non.

— Que penses-tu des fastfoods ?

— Hein ?

Je souris.

— Tu serais malheureux à Manhattan, Fox.

— Pourquoi pas quelque part en dehors de la ville, alors ? Pour que le trajet ne soit pas trop long pour toi. Il y a des endroits comme ça près d'ici, non ? Jersey ou Long Island ?

Je regardai Fox dans les yeux.

— Tu déménagerais vraiment ici pour moi ?

— Je ferais n'importe quoi pour toi, Josie.

Mon cœur fondit.

— Ça compte beaucoup pour moi que tu veuilles renoncer à tant de choses. Mais tu n'as pas à déménager à New York. Je déménagerai à Laurel Lake.

— Vraiment ?

J'acquiesçai.

— J'adore cet endroit. C'est le seul endroit où je me suis jamais sentie chez moi.

Fox poussa un soupir.

— Oh, merci mon Dieu.

Je ris.

— Un peu soulagé ?

— Tu n'as pas idée. Mais j'aurais vraiment déménagé ici si tu avais voulu rester. Laurel Lake est l'endroit où je vis, mais quand tu es partie, j'ai réalisé que tout ça n'avait pas d'importance. Là où tu es, c'est chez moi.

ÉPILOGUE
La carte de Noël par excellence
Josie

Trois mois plus tard

— Pourquoi l'as-tu lâchée ? Je ne crois pas qu'on en ait une seule de bonne parce tu faisais la tête les premières minutes.

Fox grogna et secoua sa main.

— Cette saloperie vient de me mordre. Encore une fois.

Daisy s'élança sur la pelouse. Opal gloussa. Elle se tenait à quelques mètres de là, essayant de prendre notre photo de Noël. Hope, la mère de Fox, était à côté d'elle. Ni l'une ni l'autre n'avait cessé de sourire depuis leur arrivée une heure plus tôt.

— Euh, patron. Je crois qu'elle a fait plus que te mordre.

Opal indiqua la chemise de Fox.

— Tu devrais peut-être regarder vers le bas.

Fox gémit.

— Bon sang.

J'essayai de ne pas paraître amusée.

— Certaines personnes diraient que ça porte chance.

— Comment un canard qui te chie dessus peut être de la chance ?

— Eh bien, on a de la chance que je n'aie pas réussi à choisir la chemise que je préférais pour la photo et que je t'en aie acheté deux, non ?

— Je n'avais pas besoin d'une chemise flanelle, encore moins de *deux*, grogna-t-il.

— Je ne suis pas d'accord. Va te changer. On va laisser Daisy courir quelques minutes pour qu'elle soit plus heureuse quand tu reviendras.

Fox marmonna quelque chose d'incompréhensible dans sa barbe, mais il se dirigea vers la maison.

Hope regarda son fils disparaître.

— Je n'arrive pas à croire que tu lui aies fait porter une chemise en flanelle à carreaux rouges.

Je ne pensais pas qu'il serait approprié de lui dire ce que j'avais dû promettre pour qu'il le fasse, mais hé, ça ne me dérangeait pas. Le look bucheron me convenait parfaitement.

— Alors, combien de cartes vas-tu envoyer cette année ? demande Opal.

— Mille quatre cent quatre-vingt-huit.

— C'est assez précis.

— Je fais tout l'annuaire de Laurel Lake. Je viens de finir d'entrer tous les noms et adresses dans une base de données.

— Donc chaque personne de cette ville va recevoir une photo de Fox portant une chemise en flanelle rouge et tenant un canard avec un nœud assorti sur la tête ?

— Oui.

Elle sourit.

— Roh là là ! Comme les temps ont changé pour le patron.

Et c'était le cas. Mais ils n'avaient pas seulement changé pour Fox. Beaucoup de choses avaient changé pour nous deux. Après la venue de Fox à New York, j'avais quitté mon travail, emballé tout ce que je possédais, sous-loué mon appartement et dit au revoir à tous ceux qui comptaient pour moi – le tout en une semaine. J'avais même emmené Fox chez ma mère quand j'étais allée lui annoncer que je déménageais. Comme prévu, elle n'était pas contente. J'avais eu droit à un sermon sur le fait que je laissais tomber ma carrière pour un homme. Mais en fin de journée, il s'était passé quelque chose d'*inattendu*.

Après le repas, j'avais hâte de partir. Fox m'avait demandé s'il pouvait parler à ma mère en privé avant notre départ. Je savais qu'il était dur, mais ma mère avait l'art de réduire les gens à la moitié de leur taille. J'étais donc nerveuse lorsque les portes du bureau s'étaient refermées. Ils n'étaient ressortis que *quatre-vingt-dix minutes* plus tard. Et ma mère souriait et riait quand elle était apparue.

Un vrai choc.

Fox avait serré ma mère dans ses bras comme s'ils étaient de vieux amis, puis était parti attendre dans la voiture, nous laissant toutes les deux seules quelques minutes. Je n'oublierais jamais ce qu'elle avait dit :

J'ai fait beaucoup d'erreurs dans ma vie. Beaucoup avec toi, Joséphine. Mais la seule chose que j'ai bien faite, c'est d'épouser ton père. Quelque chose chez Fox me fait penser à lui. Il y a quelque chose de pur en lui. Accroche-toi à lui et ne le considère jamais comme acquis. La vie est trop courte.

Les larmes me piquaient les yeux alors que je m'étais jetée dans les bras de ma mère.

Peut-être que son approbation n'aurait pas dû avoir autant d'importance pour moi. Mais ça avait été le cas. Nous ne serions jamais les meilleures amies du monde, mais nous nous parlions toutes les deux semaines.

Opal interrompit mes pensées.

— Quand est-ce que tes nouvelles locataires emménagent ?

Je souris.

— Nilda et sa sœur arrivent la semaine prochaine.

Un mois après mon installation définitive à Laurel Lake, Nilda et sa sœur étaient venues nous rendre visite. Elles étaient tombées amoureuses de la petite ville aussi rapidement que moi et avaient décidé de s'y installer ensemble. Il se trouvait que j'allais bientôt commencer à chercher un locataire, puisque j'avais enfin accepté d'emménager chez Fox. Tout semblait donc se mettre en place. J'avais même passé un entretien à l'université Rehnquist il y a quelques semaines et j'en avais un deuxième lundi. Si tout se passait bien, je serais professeur adjoint de sciences pharmacologiques en janvier.

Fox sortit par la porte arrière de sa maison, toujours en train de rentrer sa chemise dans son pantalon.

— Daisy est là-bas avec ses amis, dis-je en pointant la direction du doigt. Je vais lui laisser encore quelques minutes. Si elle ne revient pas d'elle-même, j'irai chercher une friandise.

Fox haussa les épaules.

— Peu importe.

— Chéri ? l'appela sa mère. Tu crois que tu pourrais passer dans la semaine pour sortir mon sapin de la cave ?

Fox la regarda, mais ne répondit pas. Son esprit était manifestement ailleurs. Je lui donnai donc un coup de coude.

— Ta mère t'a posé une question…

— Vraiment ?

Je hochai la tête.

Il leva le menton vers Hope.

— Qu'est-ce qu'il y a, m'man ?

Elle répéta la question. Mais quelques minutes plus tard, Opal lui posa une question sur un chantier et la même chose se produisit.

Je dus lui donner un deuxième coup de coude.

— Ça va ?

— Oui, pourquoi ?

— Je ne sais pas. Tu as l'air distrait tout d'un coup.

Fox haussa les épaules.

— Je vais bien.

Je supposai qu'il était plus malheureux que je ne l'aurais cru de prendre la photo de la carte de vœux, alors je me dis qu'il fallait en finir.

— Je vais chercher une friandise pour Daisy, puis je l'attraperai pour qu'on puisse faire la photo.

J'attirai Daisy loin de ses amis avec une petite carotte et la pris dans mes bras. Je voulus la donner à Fox, mais il secoua la tête.

— Pourquoi tu ne la gardes pas dans tes bras ?

J'avais décidé de prendre une photo de nous devant le lac avec Fox tenant Daisy pour notre carte de Noël. Il était tellement adorable quand il la tenait. Mais à cet instant, il semblait plus malheureux qu'autre chose. Donc, je ne discutai pas et nous nous mîmes en position devant le lac, Daisy dans mes bras.

Opal brandit son téléphone et sourit.

— Ça tourne ! Prête quand tu l'es, patron.

Ça tourne ? Comme quand on filme ? J'étais sur le point de dire à Opal que je voulais une photo, pas une vidéo, quand je sentis Fox bouger à côté de moi. Je jetai un coup d'œil vers lui, et mon cœur s'arrêta.

Il avait un genou à terre.

— Oh mon Dieu !

Ma main se leva pour couvrir ma bouche. Mais le cri que j'avais poussé avait déjà effrayé Daisy, qui se mit à battre des ailes dans tous les sens. Je l'aurais fait tomber si Hope n'avait pas couru vers nous.

Elle sourit.

— Je la prends.

Je ne pouvais plus respirer. *C'est vraiment en train de se passer ?*

Pas étonnant que Fox ait eu l'air si distrait ! Cependant, pour l'instant, mon Armoire à Glace avait l'air plus nerveuse qu'autre chose. Il faisait neuf degrés cet après-midi, cependant un film de sueur couvrait son front. Il l'essuya du revers de sa manche en flanelle et me prit la main.

— Josie, à la minute où tu as écrasé ma boîte à lettres, tu as été le centre de mon univers. J'ai essayé de garder mes distances, mais quelque chose en toi m'attirait comme la gravité. J'avais simplement besoin d'être près de toi, même si ça signifiait d'accrocher des plaques de plâtre le week-end et d'agir comme si avoir un canard sauvage comme animal de compagnie était normal.

— Hé, rouspétai-je en souriant. C'est normal.

— Ça n'a pas d'importance. J'aurais une volée d'oiseaux si ça te faisait sourire comme tu le fais en ce moment.

Je couvris de ma main mon cœur qui s'emballait.

Fox baissa les yeux pendant un long moment. Quand il les releva, ils débordaient de larmes.

— Tu m'as ramené à la vie, Josie. Et je ne veux rien d'autre que passer le reste de mes jours avec toi. Je veux être sur ta stupide carte de Noël, et avoir de stupides cartes de vacances accrochées à mes murs en mars. Je veux que tu sois la dernière chose que je vois chaque soir avant de fermer les yeux, et la première chose que je vois quand je les ouvre chaque matin. Tu fais de moi un homme meilleur, et tu me donnes envie de m'efforcer de m'améliorer chaque jour, parce que chaque jour passé avec toi éclipse le précédent. Alors, s'il te plaît, dis-moi que tu seras ma femme.

Il regarda Opal et sa mère, toutes deux rayonnantes avec leurs appareils photo braqués sur nous.

— Si ce n'est pas parce que tu m'aimes, alors fais-le pour m'éviter d'avoir à déménager, parce qu'elles sont toutes les deux en train de filmer et que leurs vidéos de moi en train de me faire rejeter auront fait le tour de Laurel Lake d'ici trente secondes.

Je ris et me penchai en avant, pressant mon front contre le sien alors que des larmes coulaient sur mon visage.

— J'aimerais t'épouser, Fox Cassidy.

Fox me passa au doigt une magnifique bague en diamant de coupe émeraude et se leva, me soulevant du sol alors qu'il se redressait de toute sa taille. Il pressa ses lèvres contre les miennes.

— Je t'aime, doc.

— Je t'aime aussi. Mais tu sais que ça va devenir notre carte de Noël, n'est-ce pas ? Toi avec un genou à terre. C'est comme si la boucle était bouclée. Je rêvais d'une vie de conte de fées à Laurel Lake depuis que je suis toute petite. Maintenant tu me l'as donnée.

— Je suis presque sûr que c'est toi qui me l'as donnée, bébé.

Il me fit un clin d'œil.

— Mais je te donnerai quelque chose d'encore mieux plus tard.

(Mais passez à la page suivante
pour voir le résultat de leur carte de Noël !)

Chers lecteurs,

J'espère que vous avez aimé l'histoire de Fox et Josie !
Afin d'être informés de mon actualité, n'hésitez pas à
rejoindre mon groupe Facebook qui réunit déjà plus de
26 000 lecteurs !

Suivez Vi sur Instagram

Inscrivez-vous à sa liste de diffusion pour en savoir
plus sur ses prochaines parutions !

Autres livres
https://www.vikeeland.com/france.html

REMERCIEMENTS

À vous, les *lecteurs*. Sans vous, Vi Keeland n'existerait pas. Merci pour plus d'une décennie de soutien et d'enthousiasme. Je suis honorée que tant d'entre vous soient encore à mes côtés et j'espère que nous aurons encore de nombreuses années ensemble !

À Penelope – Grâce à notre amitié, je pleure un peu moins et je ris beaucoup plus ! Merci d'être toujours là pour me rattraper quand je suis sur le point de sombrer.

À Cheri – Les livres nous ont rapprochées, qui tu es a fait de nous de vraies amies !

À Julie – Merci pour ton amitié. Je suis prête pour quelque chose de nouveau de ta part !

À Luna – Merci pour ton amitié, envers et contre tout.

À mon incroyable groupe de lecteurs sur Facebook, les *Vi's Violets* – 26 000 femmes intelligentes (et quelques hommes géniaux) qui aiment les livres ! Vous représentez tout pour moi et vous m'inspirez chaque jour. Merci pour votre soutien.

À Sommer – Merci de comprendre ce que je veux, souvent avant moi.

À mon agent et amie, Kimberly Brower – Merci d'être ma partenaire dans cette aventure !

À Jessica, Elaine et Julia – Merci d'aplanir toutes les aspérités et de me faire briller !

À Kylie et Jo de *Give Me Books* – Je ne me rappelle même pas comment je me débrouillais avant vous, et j'espère que je n'aurai jamais à le faire ! Merci pour tout ce que vous faites.

À tous les blogueurs – Merci de prendre toujours le temps de lire mes livres et de me soutenir depuis des années !

Je vous aime
Vi

A PROPOS DE L'AUTEURE

VI KEELAND est une auteure de best-sellers no 1 au classement du New York Times, no 1 au classement du Wall Street Journal et figurant au classement de USA Today. Avec des millions d'exemplaires vendus, ses titres sont mentionnés dans plus d'une centaine de listes de best-sellers et sont actuellement traduits en vingt-cinq langues. Avec son mari et ses trois enfants, elle habite à New York où elle vit son propre conte de fées avec le garçon qu'elle a rencontré à l'âge de six ans.